U0448433

丽泽人文学术书系

国家社科基金青年项目"西方儿童文学的中国化与中国现代儿童文学"（批准号：11CWW005）成果

西方儿童文学的中国化研究

胡丽娜　著

商务印书馆
创于1897　The Commercial Press

图书在版编目（CIP）数据

西方儿童文学的中国化研究 / 胡丽娜著． -- 北京：商务印书馆，2024
（丽泽人文学术书系）
ISBN 978-7-100-24055-0

Ⅰ. ①西… Ⅱ. ①胡… Ⅲ. ①儿童文学－文学史研究－中国 Ⅳ. ① I207.8

中国国家版本馆 CIP 数据核字（2024）第 110330 号

权利保留，侵权必究。

（丽泽人文学术书系）
西方儿童文学的中国化研究
胡丽娜 著

商 务 印 书 馆 出 版
（北京王府井大街36号 邮政编码 100710）
商 务 印 书 馆 发 行
三河市尚艺印装有限公司印刷
ISBN 978 - 7 - 100 - 24055 - 0

2024 年 10 月第 1 版	开本 710×1000 1/16
2024 年 10 月第 1 次印刷	印张 16 1/2

定价：88.00 元

目 录

绪 论 1

第一章 中国化的步伐：西方儿童文学汉译历史的考察 28
  第一节 童年观念变迁与西方儿童文学的发生、发展 29
  第二节 西方儿童文学经典的汉译与传播 36
  第三节 从晚清到民国：两套丛书与西方儿童文学的翻译 48

第二章 理论与现实：西方儿童文学中国化的可能性与现实性 60
  第一节 文学的他国化与西方儿童文学的中国化 60
  第二节 中西文化碰撞与传统儿童文学的式微 74
  第三节 启蒙视野与现代儿童文学的"被需求" 84
  第四节 西方儿童文学中国化：建设新儿童文学的捷径 90

第三章 强化与遮蔽：西方儿童文学中国化的路径 101
  第一节 转译、重述、节译到还原：西方儿童文学
       中国化的面貌 102

　　　　第二节　政治意图的实现：未来国民的养成与豪杰译、
　　　　　　　科幻小说热..113
　　　　第三节　教育意旨的彰显：《馨儿就学记》等教育小说................132
　　　　第四节　经典的选择与选择的经典：安徒生的译介与接受...........142
第四章　生成与建设：西方儿童文学经典中国化与本土儿童文学的建构..149
　　　　第一节　白话译介、本位儿童观和多元文体的参照......................150
　　　　第二节　从传教士到文学大师：译者主体与译介姿态的转变........177
　　　　第三节　被引导和预设的原创：从《阿丽思漫游奇境记》到
　　　　　　　《阿丽思中国游记》...199
第五章　反顾与省思：西方儿童文学中国化的检讨..................................208
　　　　第一节　西方儿童文学中国化的意义及其局限性..........................210
　　　　第二节　西方儿童文学经典的张力与中国现代儿童文学的
　　　　　　　现实走向..217
　　　　第三节　中国化与西方化：中国现代儿童文学的审美自觉...........232

余　论..243

参考文献..249
后　记..257

绪　论

18世纪下半叶，儿童文学以一种明确而独立的文学形式，在以英国为代表的西方世界出现并得到长足发展。19世纪40年代之后，维多利亚时代的英国迎来了儿童文学的黄金时代，诞生了《金河王》[①]《水孩子》《爱丽丝漫游奇境记》《北风的背后》《快乐王子》《彼得兔的故事》《柳林风声》等一大批经典之作。在英国之外，丹麦的安徒生于1835年出版了《讲给孩子们听的故事》，该书被认为是近代儿童文学诞生的标志。[②] 美国作家马克·吐温的《汤姆·索亚历险记》、意大利作家卡洛·科洛迪的《木偶奇遇记》等佳作纷纷涌现。20世纪之后，西方儿童文学发展一日千里，进入更为繁荣的新阶段。

相较西方儿童文学漫长的发展历史和丰硕的成绩，在遥远的东方文明古国——中国，儿童文学的萌蘖、诞生要推迟至19世纪末20世纪初。西方儿童文学快速发展的黄金时代，正是晚清中国风雨飘摇、大河改道的变动时代。1840年鸦片战争惨败后，夜郎自大的清王朝被迫打开国门，西方世界的政治、文化、文学经由不同的形式和渠道强势涌入华夏大地。面对列强入侵、内忧外患的民族困境，梁启超、严复等倡导维新变法的有志之士，将西学翻译视为"新民德、开民智、鼓民力"的有效良方。随着这场西学译介潮流的蔚然兴起，中国文学也迎来了近代的转型。"自甲午战后，不但中国的政治上发生了极大的变动，即在文学方面，也正在时时动摇，处处变化，正

[①] 本书论述中所引述的《金河王》《爱丽丝漫游奇境记》等作品的译名，一般都用现在通行的译名。但在历史概述和相关引文分析中，作家和作品的表述会遵照材料中的表述，具体情况笔者均以脚注方式注明。

[②] 〔日〕上笙一郎：《儿童文学引论》，徐效民译，四川少年儿童出版社1983年版，第75页。

好像是上一个时代的结尾，下一个时代的开端。新的时代所以还不能即时产生者，则是如《三国演义》上所说的：'万事齐备，只欠东风'。所谓'东风'在这里却正应改作'西风'，即是西洋的科学，哲学，和文学各方面的思想。到民国初年，那些东西已渐渐输入得很多，于是而文学革命的主张便正式地提出来了。"① 周作人此番对中国近代文学转型、新文学发生的论述，同样适用于19世纪末20世纪初中国儿童文学的发生和发展。

　　随着传教士来华、近代大众传媒的兴起以及西方世界对东方的殖民，西方的童年观、教育观以及儿童文学在晚清中国得以翻译和传播，并对以蒙学读物为主要形式的传统儿童文化体系造成巨大的冲击。以儿童为受众的传教士报刊《小孩月报》的创刊，儿童群体政治意义的彰显，"少年中国说"的提出，维新派的《启蒙画报》《蒙学报》等报刊的创设，梁启超、包天笑、林纾等人对《十五小豪杰》《吟边燕语》《馨儿就学记》等西方儿童文学经典的译介，清末学校教育的改革和新式教科书的编定与广泛发行……在诸多影响因素中，西方儿童文学、儿童读物的大量翻译介绍，对儿童文学的发生有着最为直接的促成作用，这些译介资源"在中国这片古老的土地上，催生出儿童文学的稚嫩萌芽。正是移植西方儿童文学作品，晚清儿童文学才呈现出一片氤氲气象"②。可以说，中国儿童文学的萌蘖、初步发展与"西风"及其生发的各种活动，合力催生了中国的现代儿童观。

　　这种外源性的文学影响，在"五四"时期进一步深入。在儿童文学的发生期，域外的儿童心理学、人类学、教育学等诸多思潮、理论蜂拥而入，安徒生的童话、格林兄弟的童话、《爱丽丝漫游奇境记》、《汤姆·索亚历险记》等经典作品的译介和传播，展现了西方儿童文学的绚烂成就，为起步阶段的中国儿童文学提供了可资借鉴的艺术典范。叶圣陶、陈伯吹、赵景深等一代儿童文学大家都在域外儿童文学经典的影响下走上了创作和翻译的道路。1923年，叶圣陶的童话集《稻草人》出版，鲁迅赞誉该书给中国的童话"开

---

① 周作人：《中国新文学的源流》，华东师范大学出版社1995年版，第56—57页。
② 朱自强：《二十世纪中国儿童文学理论走向——中西方儿童文学关系史视角》，《社会科学战线》1996年第1期。

了一条自己创作的道路"①，这也是"五四"儿童文学对"儿童本位论"的回应和文学实践。尽管周作人对安徒生"无意思之意思"的美学推崇备至，但正如叶圣陶在《稻草人》童话集中所呈现的分裂文本那般，在现实的洪流下，儿童文学选择走出"自己的园地"，朝着现实主义的道路继续探索。

"随着时代的发展，译介的重点已由遥远的理想的'乐土'，转为现实社会的新世界；由充满幻想色彩的童话，转为给人以'切实知识'的科学文艺、现实小说。"②20世纪三四十年代，儿童文学翻译选择的偏向性更为明显。原本专注于欧美儿童文学翻译的文学大师们纷纷转移视线，苏联和弱小民族国家的儿童文学作品被大量译介和推广。在此后的一段时间之内，苏联儿童文学③的翻译数量后来居上，《表》《团的儿子》等现实主义色彩浓郁的作品，一度成为儿童文学建设的榜样。

总之，中国儿童文学的萌蘖、发生和发展，有着鲜明的西方儿童文学影响之烙印。西方儿童文学的中国化④，即其在中国的译介、接受、变异和传播的历程，不仅是西方儿童文学在中国"旅行"、被改造的过程，也是中国儿童文学视野中西方"经典"建构的过程。西方儿童文学的中国化历程，与儿童群体的被发现、儿童本位之儿童观的建立、现代儿童文学的诞生及发展、现代儿童文学审美品性的形成等紧密相关。

一　西方儿童文学的中国传播与中国儿童文学的发生发展

西方儿童文学的中国之旅始于近代来华传教士群体。近代来华传教士译

---

① 鲁迅：《〈表〉译者的话》，《译文》1935年第2卷第1期。
② 王泉根评选：《中国现代儿童文学文论选》，广西人民出版社1989年版，第140页。
③ 本书中涉及的苏联儿童文学是一个相对笼统的概念。学界与苏联文学相关的概念有俄国文学、苏联文学、苏俄文学、俄苏文学、后苏联文学等。就儿童文学来讲，晚清以降传播评介的作品有不同历史时期的作品，既有俄国儿童文学，又有苏联儿童文学。本书的表述如果涉及引述则遵从原文的表述，在一般论述中则以"苏联儿童文学"来统称，不进行俄国儿童文学和苏联儿童文学的严格区分。
④ "西方儿童文学的中国化"中"西方儿童文学"主要指以英国、法国、美国、意大利等西方国家为主的儿童文学经典及其成就，同时也包括苏联（俄国）的儿童文学。在具体行文中，本文还有域外儿童文学的表述，域外儿童文学不等同于西方儿童文学，指的是包括诸如日本、印度等东方各国在内的中国本土之外的儿童文学。

介了大量西方经典儿童文学作品,如吉卜林的动物故事、伯内特①的《秘密花园》。但是,传教士的译介活动带有浓郁的宗教色彩,其译介的初衷和目的在于传教。换言之,当时儿童文学易于被普通民众接受,是实现其传教意图的一种有效手段。这也就决定了传教士对译介作品的选择具有倾向性,主要是民间故事、儿童福音故事、基督教成长小说等。

从时间上溯源,滋养西方儿童文学发展的经典之作——《伊索寓言》早在明代就有译介。1583年利玛窦来到中国,开始他的传教生涯。在他携带的传教书籍中就有《伊索寓言》,以服务于其传达教义、教化民众的目的。"当年耶稣会士自西欧来东方传教时,都带有《伊索寓言》一书,并经常引用其中的寓言作教诲、训诫之用。"②明万历年间,利玛窦的《畸人十篇》第一次将这部寓言翻译成汉语,当时把伊索的名字翻译成"阨琐伯"。书中翻译了《肚胀的狐狸》《两树木》《狮子和狐狸》等寓言。李之藻在序文中说:"乃西泰子近所著书十篇,与《天主实义》相辅行世者,顾自命曰畸人。其言关切人道,大约淡泊以明志,行法以俟命,谨言苦志以禔身,绝欲广爱以通乎天载。虽强半先圣贤所已言,而警喻博证,令人读之而迷者豁,贪者醒,傲者愧,妒者平,悍者涕。"③这有两层意思:第一,这些寓言被选为译介的对象,是因其与《天主实义》相近;第二,译介寓言的目的在于以比喻的方式达成道德训诫的目的。

在利玛窦之后,西班牙传教士庞迪我出于传教的目的,也对《伊索寓言》进行了选译,如卷一的《伏傲篇》里就有《乌鸦和狐狸》等。1625年,中国出现了第一本真正的汉文版《伊索寓言》集子——《况义》。该书由法国金尼阁口述、中国张赓笔录,至此《伊索寓言》在中国正式成书。《况义》的成书过程充满浓郁的宗教色彩:金尼阁是精通汉语的法国耶稣会士,执笔记录的张赓是一位忠诚的教民,该书的刻印地点是在受洗入教的王徵家中。

作为《伊索寓言》的选译本,《况义》对篇目的择取有着自己的标准与

---

① 伯内特(Frances Hodgson Burnett, 1849—1924)是美国著名儿童文学作家,创作了《秘密花园》《小公主》等儿童文学名作。民国时期的译名有步奈特、柏涅特、柏涅忒、伯纳特、白涅德等。
② 戈宝权:《谈利玛窦著作中翻译介绍的伊索寓言——明代中译〈伊索寓言〉史话之一》,《中国比较文学》1984年第1期。
③ 李之藻:《刻畸人十篇》,载李之藻:《李之藻集》,郑诚辑校,中华书局2018年版,第69页。

倾向，即符合基督教义，并在译介中进行适应中国文化的变异："《况义》全书正编收二十二篇，补编收十六篇，共收寓言三十八篇。其绝大部分为《伊索寓言》，但补编前两篇为柳宗元的寓言，也有别的篇出处仍待查考。"[①] 在篇目择取体现中国化策略的基础上，《况义》顺应中国文化接受的努力明显地体现在"义曰"，即每则寓言后都有以"义曰"开头的按语。这些按语正是彰显选译者对寓意阐释的立场和倾向的最好例证。如《北风与太阳》的按语为："义曰：治人以刑，无如用德。"[②] 这种阐释无疑是顺应了儒家经典《论语》中的治国治人思想。

因此，《伊索寓言》是传教士译介西方儿童文学的一个侧影，充分彰显了传教士为译介主体阶段西方儿童文学中国传播的特点。传教士择取吻合其传教理念的作品进行译介，以其为载体有效地传达基督教义；为了更好地使中国民众接受，在译介过程中会有选择性地过滤、删除一些内容，同时有意识地增加、融入更贴合中国传统与文化特点的内容。

传教士作为西方文明传播的特殊群体，在清末西学东渐的进程中发挥了重大作用。传教士创办了英华书院、墨海书馆、广学会等译书机构，翻译出版了大量著作，极大地拓展了中国人的视野。除却《伊索寓言》，传教士还创办了以儿童为受众的《小孩月报》《福幼报》《成童画报》等报刊，亮乐月等传教士还译介了《天路历程》《格列佛游记》《秘密花园》等一大批西方儿童文学经典。总之，在西方儿童文学中国传播的最初阶段，传教士是用力甚多、有突出贡献的译介群体。

在传教士大量传播西方儿童文学的同时，梁启超、林纾、周桂笙、包天笑等晚清志士出于"新民"、塑造未来国民的需求，大力倡导儿童文学翻译。"吾谓欲开民智，必立学堂；学校功缓，不如立会演说；演说又不易举，终之唯有译书……大涧垂枯，而泉眼未涸，吾不敢不导之；燎原垂灭，而星火犹爇，吾不能不然（燃）之。"[③] 在清末的时局中，翻译是一种"燃灯"的工

---

① 杨扬：《〈伊索寓言〉的明代译义抄本——〈况义〉》，《文献》1985年第2期。
② 转引自戈宝权：《谈金尼阁口授、张赓笔传的伊索寓言〈况义〉——明代中译〈伊索寓言〉史话之三》，《中国比较文学》1986年第1期。
③ 林纾：《〈译林〉序》，《清议报》1900年第69期。

作，是当时知识分子和爱国志士开启民智、唤醒国人，实现救亡图存、振兴中华、建设新民的重要启蒙之道。就如梁启超创办的《新小说》，开宗明义地指出："本报宗旨，专在借小说家言，以发起国民政治思想，激励爱国精神……"①在清末小说界革命和启蒙浪潮中，儿童群体被视为未来国民，被赋予了特殊的政治意义。由此徐念慈等人倡导要有专门为儿童的小说："余谓今后著译家，所当留意，宜专出一种小说，足备学生之观摩……其旨趣，则取积极的，毋取消极的，以足鼓舞儿童之兴趣，启发儿童之智识，培养儿童之德性为主……如是则足辅教育之不及，而学校中购之，平时可为讲谈用，大考可为奖赏用。"②在梁启超、周桂笙、包天笑、孙毓修等人的呼号与努力下，儿童文学翻译蔚为大观，涌现了《十五小豪杰》《爱国二童子》《黑奴吁天录》《馨儿就学记》等一系列影响深远的译作。

　　清末的儿童文学翻译有着鲜明的时代特点，有研究者称其为"豪杰译"。梁启超《十五小豪杰》的翻译可谓典型代表。《十五小豪杰》原名《两年间学校暑假》，是法国作家儒勒·凡尔纳（当时译为焦士威尔奴）的作品。该书由英国人译为英文，日本文学家森田思轩从英文译为日文，改名为《十五少年》。梁启超再由日文转译成中文。英译本用英国人惯用体裁，译意不译词，而日译本又将英人体裁替换为日本格调。梁启超的中译则割裂数回，采用中国说部体制。经过如此多道转译和处理的译文，梁启超却自信"当不谓其唐突西子耶""似更优于原文也"。③在当时的译介实践中，这种经由多重转译，为了符合译者意图、适应受众接受进行增删、改编甚至创作的现象数见不鲜。包天笑翻译的《馨儿就学记》也从日文转译。当时日译本将欧美小说的人名、习俗、文物、起居予以日本化。包天笑中译时又将这一切都中国化。在中国化的同时，他还以自己的家事为蓝本创作了"扫墓"等章节。④《扫墓》的章节，与《爱的教育》原书的情节没有任何联系，是译者的一种发挥和创作。有意味的是，《扫墓》章节的影响却很大，曾被收入新式国语

---

① 梁启超：《中国唯一之文学报〈新小说〉》，《新民丛报》1902年第14号，转引自徐中玉主编：《中国近代文学大系·第1集·第2卷·文学理论集二》，上海书店1995年版，第330页。
② 东海觉我（徐念慈）：《余之小说观》，《小说林》1908年第10期。
③ 饮冰子、披发生译述：《十五小豪杰》，世界书局1930年版，第8—9页。
④ 包天笑：《钏影楼回忆录》，中国大百科全书出版社2009年版，第384页。

教材，在当时广泛传播。

清末西方儿童文学翻译的集大成之作便是商务印书馆出版、孙毓修编译的《童话丛书》。该套丛书中很多作品直接编译自西方儿童文学的经典，这种"半译半创作"的形式，是中国儿童文学的初步尝试。茅盾曾说，1909年孙毓修所主编的《童话丛书》"第一本为《无猫国》，这是中国历史上第一次有儿童文学"[①]。这些经过中国化处理的外国儿童文学经典，展示了西方儿童文学进入中国传播的最初面貌，寄予着国人对儿童文学这一文类现实功用的希冀和憧憬，成为清末儿童童年阅读之新文学风景。

随着新文化运动的开展，尤其是得益于商务印书馆、中华书局、世界书局等现代出版机构的大力支持，以文学研究会为代表的文学社团对儿童文学译介的倡导和鼎力支持，西方儿童文学译介的规模和数量都进入了高峰期。"'五四'时代的'儿童文学运动'，大体说来，就是把从前孙毓修先生（他是中国编辑儿童读物的第一人）所已经'改编'（Retold）过的或者他未曾用过的西洋的现成'童话'再来一次所谓'直译'。我们有真正翻译的西洋'童话'是从那时候起的。"[②]"五四"前后的儿童文学翻译，是对晚清时期"豪杰译"的一种修正，是对西方儿童文学的重译，是真正意义上声势浩大的西方儿童文学的译介浪潮。鲁迅、周作人、郑振铎、夏丏尊、赵元任、梁实秋、戴望舒、陈伯吹等曾致力于西方儿童文学经典的译介工作。商务印书馆、中华书局、世界书局、儿童书局、开明书店等现代出版机构也都热衷于国外优秀儿童文学丛书的出版，如开明书店出版了"世界少年文学丛刊"等以国外儿童文学为主体的大型丛书。《儿童世界》《小朋友》等专门性儿童文学刊物，《小说月报》《妇女杂志》《东方杂志》《中华教育界》等文学、综合类刊物都刊载儿童文学译作。在本土原创儿童文学较为薄弱的当时，国外优秀儿童文学译作的出版在整个现代童书出版中占有很大的比重。这些优秀儿童文学资源的引进与传播，为中国本土儿童文学的诞生和初步发展提供了丰厚的滋养。在国外儿童文学经典的熏染和激励下，叶圣陶创作出版了童话集《稻草人》。他直言自己写童话，是"受了西方的影响"，当时"格林、安徒

---

① 茅盾：《商务印书馆编译所生活之一——回忆录（一）》，《新文学史料》1978年第1期。
② 茅盾：《关于"儿童文学"》，《文学》1935年第4卷第2号。

生、王尔德的童话陆续介绍过来了"。① 当时还有一种独特的"续写"现象，如刘易斯·卡罗尔的《爱丽丝漫游奇境记》经由赵元任翻译，在中国有了两种不同形式的演绎，这就是沈从文的《阿丽思中国游记》和陈伯吹的《阿丽思小姐》。

在很长时间内，中国儿童文学走的是模仿创作的道路。陈伯吹曾以"弯路"为题对自己的儿童文学创作和理论研究进行总结反思。他认为自己在创作上"舍本逐末、弃近求远地走进了狭隘的胡同"，没有写出中国气派、中国作风的儿童文学作品，最主要的原因在于过度倾心于西洋的文学与儿童文学。在强调创作上"古为今用，洋为中用"的重要性之后，陈伯吹进一步对自己的理论研究进行批判，认为自己在理论论述中引经据典的往往是外国作家的作品，没有结合中国的具体实际，漠视民间文学，犯了"数典忘祖"的错误。②

陈伯吹先生对自己儿童文学道路的省思道出了儿童文学创作者和研究者共同的焦虑。晚清以降儿童文学发生发展，一直受惠于西方儿童文学的艺术滋养和文学示范，但这种滋养与示范同时也是一种框限和规约。在亦步亦趋的学习模仿过程中，如何挣脱这种模子的束缚，建立中国儿童文学的中国气派和作风，形塑中国儿童文学独具的美学特色，在"古为今用，洋为中用"的基础上开创中国儿童文学的审美自觉，是近一个多世纪以来中国儿童文学发展如影随形的焦虑和思考。

二　西方儿童文学中国化的研究现状与问题

文学的他国化是比较文学变异学的一个重要研究领域，在文学的他国化过程中，传播国的文化规则和文学话语方式发生了改变，这种改变又可以分为两种情形：其一是在接受国的立场上，本国文学被他国文学所同化；其二

---

① 叶圣陶：《我和儿童文学》，载叶圣陶、冰心等：《我和儿童文学》，少年儿童出版社1982年版，第3—4页。
② 陈伯吹：《蹩脚的"自画像"》，载叶圣陶、冰心等：《我和儿童文学》，少年儿童出版社1982年版，第40—41页。

立足点在传播者,传播国的文学被传播到接受国之后,接受国文学对其进行不同程度的解读和改造,其中有利于接受国文学发展的因素最终会被接受国文学改造后吸收,从而使得传播国文学在话语方式上发生改变,最终完成文学的他国化过程。① 在西方儿童文学的中国传播中,文学他国化的两种情形都有许多相对应的文学事实。但是从研究来说,本书更多关注后一种情况,尤其是翻译主体出于不同的目的和需求对译本的处理这一层面。

西方儿童文学的中国化,即西方儿童文学在中国文化语境中,经由文化过滤并在译介与接受中发生的一种更为深层的变异过程,不仅是西方儿童文学被改造的中国之旅,而且是中国儿童文学主动对西方"经典"进行选择、建构、阐释,生成和发展本土儿童文学的历史过程。西方儿童文学的中国化考察,不同于文学传播和翻译研究。但后两者无疑是本研究展开的重要基础,为此有必要系统梳理这方面相关的研究成果。

(一)国内研究现状

清末以来,梁启超等人将儿童文学翻译与新民德、开民智、救国保种等启蒙维新运动相捆绑,使小说、儿童群体的地位空前提高。只是,从理论研究来说,除了梁启超、徐念慈等人较少的理论篇什,当时专门的系统探讨几乎阙如。"五四"时期,《儿童文学概论》《儿童文学研究》等最早一批本土儿童文学理论著述十分重视对儿童文学翻译的研究。儿童文学研究的理论先驱如周作人、郑振铎、茅盾、魏寿镛、朱鼎元、葛承训等十分关注域外儿童文学,并将其视为建构本土儿童文学的重要资源。鲁迅、周作人、郑振铎、茅盾等文学大师都有过儿童文学翻译的实践,撰写了一系列介绍、评述域外儿童文学作家作品的文章,还就儿童文学翻译的特质、语言欧化等问题进行批评。这些丰富的历史实践和理论思考都为本书的研究提供了重要基础。

1925 年是安徒生诞辰 120 周年,这一年《小说月报》推出了《安徒生号》,两期一共刊登了安徒生童话译作 22 篇,史料与评论 13 篇。这既是安徒生童话中国传播的集中展示,又是西方儿童文学传播史上的标志性事件,

---

① 曹顺庆主编:《比较文学教程》,高等教育出版社 2010 年版,第 149—150 页。

也是欧美儿童文学翻译高潮的体现。20世纪三四十年代之后，苏联儿童文学的翻译后来居上，从数量和规模上都超过了欧美儿童文学。1949年之后，欧美儿童文学翻译长期受到抑制，苏联儿童文学译介占据垄断地位。这种境况直到1970年代末得以逐渐改变。1980年代之后，欧美儿童文学翻译逐渐复苏，苏联儿童文学长期垄断的格局被打破。国外优秀儿童文学作品的翻译与出版规模空前，既有"鸡皮疙瘩""冒险小虎队""哈利·波特"这样的畅销书，又有斩获国际安徒生儿童文学奖、纽伯瑞儿童文学奖、林格伦儿童文学奖、意大利博洛尼亚国际儿童书展最佳童书奖、凯迪克图画书奖等代表当下国际儿童文学创作最高水平和最优品质的作品。这些域外优秀儿童文学的引进，极大地丰富了中国儿童文学的面貌，对积极推动本土原创儿童文学建设具有典范意义。国内幻想文学、魔幻文学等思潮的形成与对应文类的译介出版有着紧密联系。

尽管有零散的对不同时期重要译作的推介、评论，有对儿童文学翻译的批评，但从整体上看，儿童文学翻译研究仍处于断续、不成系统的研究状态。1980年代开始，各类以儿童文学概论、儿童文学史命名的论著陆续问世，这些论述多立足于现代儿童文学的整体发展，将域外儿童文学的翻译、传播视为现代儿童文学的外来影响因素。《晚清儿童文学钩沉》考察了《小孩月报》这份传教士报刊对《伊索寓言》等作品的译介；《现代儿童文学的先驱》就文学研究会对外国儿童文学翻译的倡导之功进行了梳理和研究。此外，还有陈伯吹的《谈外国儿童文学作品在中国》、任溶溶的《略谈国外的儿童文学》等重要论述。除了这些现代儿童文学亲历者和翻译家的笔谈文章，王泉根是在外国儿童文学研究方面用力甚多的一位研究者。《论外国儿童文学对中国现代儿童文学的影响》《略论文学研究会翻译外国儿童文学的工作》《略论文学研究会的"儿童文学运动"》等论文，以及《周作人与儿童文学》》都有对外国儿童文学之于中国现代儿童文学多元影响的探讨。朱自强的《二十世纪中国儿童文学理论走向——中西方儿童文学关系史视角》《"童话"词源考——中日儿童文学早年关系侧证》，以及方卫平的《西方人类学派与周作人的儿童文学观》等，都是这一领域的坚实垦拓，显示了新时期以来儿童文学批评界对儿童文学翻译研究的关注。上述研究对域外儿童文学的特色与成就,以及域外儿童文学在中国的译介和传播的状况有一定的阐述和观照,并从文学社团、重要翻译家等维度进行深入阐述,是儿童文学翻译研究的重要收获。

此后,随着中西儿童文学交流的深入,儿童文学翻译与出版进入黄金时代,以重要文学社团、文学翻译家、重要作家的品评为研究对象的成果纷纷涌现。文学研究会作为"五四"时期的重要文学社团,通过《小说月报》《儿童世界》等平台,积极倡导和推动儿童文学发展,在翻译儿童文学领域有重要作为。王卓的《论文学研究会建构的儿童文学》对《小说月报》介绍外国儿童文学的情况进行概述。赵晓红的《〈小说月报〉(1921—1931)翻译儿童文学研究》对 1921—1931 年间《小说月报》刊载的翻译儿童文学作品进行了详细的考察,指出文学研究会从"为人生"这一宗旨出发翻译了大量儿童文学作品,对中国儿童文学的发展起到了积极的推动作用。论文概括了这一阶段翻译的特点:翻译作品的数量远超过原创作品,注重寓言、俄罗斯文学、日本文学、安徒生童话的译介;从美学呈现来说,翻译儿童文学忽视"无意思之意思"作品的译介。[①]许多论文以翻译家群体为对象,进行了翔实的个案研究,如《论茅盾的外国儿童文学翻译策略》《赵景深翻译对儿童文学创作的影响研究》等。

此外,还有研究时段方面的聚焦和拓展。王德威曾提出"没有晚清,何来五四"的学术命题。从儿童文学翻译研究时段来说,晚清是最受瞩目的一段。如《萌芽时期中国儿童文学之翻译——从晚清到"五四"时期》,从译作分类、儿童文学翻译的总体特点,文学研究会翻译的成就及理论分析等层面,结合勒弗菲尔的操控理论及伊塔马·埃文·佐哈尔多元系统论中的"经典"理论,对萌芽时期儿童文学翻译进行了系统而详尽的研究,尤其对此时期政治意识形态操纵下的儿童文学翻译进行了分析。张建青的博士论文《晚清儿童文学翻译与中国儿童文学的诞生》更是这方面的力作。该文在译介学的文化视野下,以晚清时期新的儿童文学观萌生发展为主线,考察晚清儿童文学翻译情况。论文认为外国儿童文学在晚清的译介和传播深刻影响了中国

---

① 赵晓红:《〈小说月报〉(1921—1931)翻译儿童文学研究》,四川外语学院 2011 年硕士学位论文。

儿童文学的诞生。晚清时期域外文学的大量译介，促成了儿童文学意识的萌生，并由此催生了中国儿童文学。在这个进程中，商务印书馆孙毓修编译的《无猫国》具有重大意义，该作品的出现标志着中国儿童文学的初步诞生。

宋莉华的专著《近代来华传教士与儿童文学的译介》，考察的历史时段也集中于晚清到"五四"，具体来说是19世纪中后期到20世纪初期。该书对西方来华传教士的儿童文学翻译活动进行儿童的、文学的、历史的、翻译的、宗教的多重维度考察，选择了儿童福音故事、基督教成长小说、作为儿童读物的文学经典、寓言、民间故事、动物小说中一些特定的代表作品，通过细致的文本细读和外部分析，呈现传教士翻译儿童文学的历史脉络及其特定的文化意图，深入阐述了近代来华传教士参与中国近代儿童文学发展的历史过程及其贡献。王琳的《"五四"时期儿童文学翻译研究》以"五四"时期儿童文学翻译为研究对象，着眼于制约儿童文学翻译的多重因素的考察，重点探讨翻译对当时儿童观、教育理念、民间儿童文学、原创儿童文学等的影响，以及翻译过程中所发生的"创造性叛逆"。同时该书还从女性视角出发，对女性原作者、译者和读者进行考察，分析该时期女性主体意识、社会地位与翻译策略/风格等，对其语言、内容及风格之美学特征进行论述。

在传统儿童文学研究论域之外，儿童文学翻译研究的推进受惠于比较文学的发展。尤其是比较文学对文学译介学与接受学的重视，积极推动了儿童文学的翻译研究。如王建开的《五四以来我国英美文学作品译介史（1919—1949）》、马祖毅的《中国翻译通史》、杨义主编的《中国翻译文学》等都有对儿童文学译介概貌的呈现。比较文学视野下的研究，主要考察西方儿童文学作家作品接受情况及其对中国作家创作的影响。安徒生童话的中国传播及其影响的个案研究成果较丰富，有王蕾的《安徒生童话与中国现代儿童文学》、李红叶的《安徒生童话的中国阐释》、申利锋的《恒星之光：西方经典童话在中国的接受研究（1903—2013）》等。李丽的《生成与接受：中国儿童文学翻译研究（1898—1949）》是目前较为系统的研究，该书对1898—1949年间儿童文学翻译活动的生成、接受与影响进行考察，从诗学、赞助者、语言和译者性情等视角，描述并分析了儿童文学翻译活动的生成过程。接受部分建基于谢弗莱尔的比较文学接受学的研究模式，详细考察了夏丏尊译的《爱的教育》、鲁迅译的《表》等个案；影响部分则运用比较文学影响研究中的渊源学和流传学，从技巧影响、内容影响、形象影响三个方面具体考察儿童文学翻译作品对中国儿童文学创作所产生的影响。申利锋的《恒星之光：西方经典童话在中国的接受研究（1903—2013）》就童话这一文类进行深入阐释。该研究从接受研究的角度，论述西方经典童话在中国的历时接受过程及其对中国童话的多元影响，考察了西方童话文体的独立和经典作品的生成、"五四"前后中国对西方童话的选择、20世纪三四十年代西方童话在中国的传播与接受、新时期中西童话的交融发展等问题。

与本书论题相关的研究成果，另一个重要板块是外国儿童文学经典作家作品和重要译本的研究。如对马克·吐温、安徒生、格林兄弟等经典作家以及《爱的教育》《木偶奇遇记》《奥兹国历险记》等经典作品的艺术评析。传统翻译学视野下对儿童文学译本的研究，如对《爱丽丝漫游奇境记》《爱的教育》等经典译本的研究，其落脚点在于对翻译理论和翻译技巧等实践的探讨，较少深究译本变异背后的文化深层动因。仅《夏洛的网》这一部作品，就有三十多篇学位论文，有从目的论视角研究翻译策略的，有从接受美学视角谈翻译的，有从改写理论视角对不同汉译本中文化因素进行对比的，有对译本中翻译伦理模式进行对比分析的，有从功能翻译理论视角审视的。这些从不同理论视角进行的个案研究，是近年来在儿童文学翻译研究方面的重要收获。

作为西方翻译研究文化学派的重要代表人物，安德烈·勒菲弗尔（Andre Lefevere）在多元系统以及翻译的文化转向的基础上提出了改写理论。他指出翻译是种改写，而且受到特定时期赞助人、主流意识形态和诗学的操控。儿童文学作为文学系统的子系统，长期处于边缘地位，更易受到特定历史文化环境下的意识形态和诗学的操控。近年来，改写理论的应用研究方面涌现了许多儿童文学经典译本的研究成果，如贾柯的《改写理论视角下〈彼得·潘〉两个中译本的对比研究》、张遐霞的《改写理论视野下的〈块肉余生述〉》等。在这种经典译本研究之外，也有对儿童文学翻译的整体研究，如李宏顺的《多维视角下的儿童文学翻译研究》、徐德荣的《儿童文学翻译的文体学研究》等。

总体来看，上述研究重点在于西方儿童文学在中国传播的历史与实践，而对西方儿童文学在被译介、传播及其接受过程中的变异、发展甚至创新的因素关注较少，这恰恰是西方儿童文学中国化的一个重要方面。西方儿童文学中国化过程如何对本土儿童文学产生影响，这种影响的契合点、方式、路径等考察都尚待进一步深入。

同时，从研究数量和规模来说，儿童文学翻译研究依然处于贫弱的境地。据袁毅在2006年的统计："我国翻译工作者协会会刊《中国翻译》近十年来发表的文章共1590篇，其中关于文学翻译的文章有239篇，而关于儿童文学翻译的仅有2篇。儿童文学的翻译和其他文学体裁的翻译无论是在理论的发展上还是在实践上都很不平衡。"[1] 究其原因，或许是源于儿童文学翻译研究长期处于较为边缘的位置，且研究长期各自为阵，陷入顾此失彼的困境。为了更好地推进儿童文学翻译研究，无论是冠之以儿童文学传播或翻译的名字，还是以中国化的理论话语冠名，这一论域的研究亟须一种跨学科的合力，亟待将儿童文学的视野、比较文学和翻译实践等进行整合。

美国儿童文学的中国传播研究的不足就是这方面的典型案例。尽管早在1920年代，林微音等人就已开始译介纽伯瑞儿童文学奖的获奖作品，但近一个世纪以来，美国儿童文学的中国传播与翻译研究尚未系统且深入地展开。有研究者对20世纪上半叶美国儿童文学的译介情况进行系统盘点，总结指出："20世纪上半叶出版的美国儿童文学译作共有66部/篇（不计复译的作品则为50部/篇）。译者共有56人，其中有1佚名。"[2] 笔者对其罗列的译者、译著情况进行仔细分析和比对，发现该文的统计和研究有重要疏漏，究其原因大多在于研究者专业背景的限制，根底在于其对美国儿童文学认识的偏差。比如在对翻译者的统计中，陈伯吹就未被纳入名单。陈伯吹是现代儿童文学大家，创作过《阿丽思小姐》《波罗乔少爷》等作品，又曾担任儿童书局的编辑，主编过"小角丛书"等影响一时的儿童出版物。在美国儿童文学翻译方面，陈伯吹翻译过《百万只猫》《兽医历险记》《蓝花国》《绿野仙踪》等重要作品。其中婉达·盖格（Wanda Gag）的《百万只猫》（Millions

---

[1] 袁毅：《浅论儿童文学的翻译》，《广东外语外贸大学学报》2006年第4期。
[2] 应承霏、陈秀：《20世纪上半叶美国儿童文学的译介》，《浙江外国语学院学报》2013年第3期。

of Cats）出版于 1928 年，被视为美国第一本"真正意义上的绘本"，开启了美国 20 世纪 30 年代绘本黄金时代的序幕。这一部在美国甚至世界图画书发展史上具有里程碑意义的作品，其译者就是陈伯吹。该书当时被列入"图画故事丛书"出版，其开本和封面设计等出版形式弱化了图画书的性质，未能完整传达原作的艺术神韵。但从翻译来说，陈伯吹的译述行为依旧反映出了当时儿童文学界对世界儿童文学发展状况的及时关注。另一方面，《百万只猫》被视为 20 世纪 40 年代陈伯吹的重要创作，这种谬误处理从一个侧面说明了该译本受认可的程度，也暴露了美国儿童文学在中国翻译和传播研究方面的缺憾。

相对于重要译者缺失的问题，另一个需要补充的是研究界对美国儿童文学发展历程及其重要作家作品的相对陌生，最明显体现于纽伯瑞儿童文学奖获奖作家作品研究的贫乏。纽伯瑞儿童文学奖由"美国图书馆协会"于 1922 年设立，其初衷在于表彰和纪念纽伯瑞对欧美儿童文学的开创之功。纽伯瑞儿童文学奖作为世界上首个专门为儿童文学设立的奖项，每年对上一年出版的英语儿童文学作品进行评选，颁发金奖（Newbery Medal Award）一部、银奖（Newbery Honor Books）一部或数部。在近 100 年的评奖历程中，纽伯瑞儿童文学奖的获奖作品成为美国儿童文学发展中的典范，成为考察美国儿童文学发展的重要衡量标准。可是现有对美国儿童文学译介的研究中，都尚未注意到纽伯瑞获奖作品的中国译介这一现象，这既包括对作为奖项整体的忽视，又包括对获奖作家作品译介的忽视。

事实上，早在 1920 年代中国就已开始对纽伯瑞儿童文学奖获奖作品进行译介，中国文学界对《人类的故事》的及时译介充分展现了当时翻译界对国际文坛动态的关注与跟踪。如斩获首届纽伯瑞儿童文学奖金奖的房龙的《人类的故事》就以《古代的人》《上古的人》《远古的人类》等译本传播，只是目前为止对美国儿童文学译介的考察中，基本没有重视这类资料，或者人们更多地关注房龙的《宽容》等作品，而对其儿童文学作品关注甚少。

沈性仁翻译的《人类的故事》于 1925 年 10 月在商务印书馆出版，是目前最早的中译本。1927 年 11 月开明书店出版了林微音翻译的《古代的人》，郁达夫为该书作序。郁达夫对房龙的写作魔力赞不绝口："范龙（即房龙）的这一种方法，实在巧妙不过，干燥无味的科学常识，经他那么一写，无论大人小孩，读他的书的人，都觉得娓娓忘倦了……范龙的笔，有这一种魔力。但这也不是他的特创，这不过是将文学家的手法，拿来用以讲述科学而已。"[1]1928年亚东图书馆推出了译本《上古的人》，此后又有1928年商务印书馆出版的陈叔谅译的《远古的人类》，该书被列入"儿童史地丛书"。1929年，黎明书局又出版了伍况甫译的《万能的人类》（Man, the Miracle Maker），其内容是关于人类怎样控制、利用和战胜自然。此后，房龙的《人类的故事》译为《古代的人》，纳入世界书局"世界少年文库"并于1933年出版。

陆续出版的房龙著作，吸引了不少的青少年读者，引起当时儿童文学推动者的注意，在中国掀起了一股经久不衰的"房龙热"。后来成为历史学家、作家的曹聚仁曾回忆阅读《人类的故事》的经历。他是在候车的时候偶然买到该书的中译本，于是就一发不可收拾发痴似的抱着书，坐车时读，饭后读，靠在床上也读，一直读到天亮。此后将近50年的时间里，他又多次阅读该书。他坦言除了《儒林外史》《红楼梦》，不曾有其他书有如此吸引力。受该书启发，他还立志要写一部《东方的人类故事》。曹聚仁直言房龙对他的影响，远甚于王船山、章实斋。[2]《人类的故事》的最大成就，便是把历史上的人物当作有血有肉的活人看待，每个人都有光明面和黑暗面，每个人身上都住着圣人和魔鬼。徐懋庸也曾撰文《读房龙地理杂感》："今年的出版界，提供了几部好书，《房龙的地理》便是其一，大概是因为可供学校采作教本，销路比较有把握吧，这一部卷帙并不小的书，竟有三家书铺，同时印行译本。我所读的是新生命书局本，改名为《我们的世界》，傅东华译的。房龙的史地著作，原富于文艺意味；傅译又善于传达，因此我读的时候，倒是当作小说的。"[3]这段话指出《人类的故事》作为教本发行，其主要读者群定然是中学生。同时，周作人也曾评述过该书契合儿童接受的特点："这是美国房龙（H. Van Loon 原来大约是荷兰人）所著的《古人》（Ancient Man）的第

---

[1] 郁达夫：《〈古代的人〉序》，载吴秀明主编：《郁达夫全集》第10卷，浙江大学出版社2007年版，第307页。
[2] 曹聚仁：《我与我的世界》，人民文学出版社1983年版，第540—541页。
[3] 徐懋庸：《读房龙地理杂感》，载徐懋庸：《徐懋庸杂文集》，生活·读书·新知三联书店1983年版，第30页。

一章,据现代丛书本译出。虽只寥寥千言,却颇能把'羲皇上人'的情况写了出来。他又著有较大的(却也是为儿童的)一本书《人类之故事》,与威尔士的《历史大纲》同样有名,北大社会科学季刊四号中有高宝寿先生的介绍批评,可以参考。"[1]

在当下研究中,大多研究者未将这样的经典作品纳入儿童文学序列,这或许源于该书出版时被归入史地类图书,故而其文学性未被重视。以沈性仁的译本来说,该书被列入商务印书馆的"少年史地丛书"。该丛书的广告宣传中指出:"本丛书或用游记体或用笔记体叙述各地之历史地理风俗物产及天然风景极饶兴趣,少年读之最易得着史地上的常识。"在该书的序言中,朱经农赞誉房龙的《人类的故事》和威尔斯的《世界史大纲》是欧美史学界中别开生面的书,但两书有很大的差异:"房龙作史,注重启发儿童思想,故持论力求中正和平。"在进一步阐述两书的不同时,他道出:"威尔斯是个文学家,他的书以高尚的理想或优美的文字胜。房龙是个史学家,他的理想和文字,虽也极有精彩,但他取胜的地方,却在选材的精审和理论的平允。房龙的这部书是预备给西方小孩子读的,文字的流畅,兴味的浓厚,读了人人满意。为教育儿童计,这部书似乎比威尔斯的著作稳当一些。还有一层,书中的插画,也是作者自出心裁,体察儿童的心理描绘出来的。这也是书中一种特色……他不照平常史家的习惯,专去描写英雄和新奇的事迹,而处处注重人类思想的变迁,和各种的敦促社会进化的重要运动。拿这种最难处置的史料,做成极有趣味的故事,来告诉小孩子们,使他们听了不生厌倦,我不能不佩服他用笔的巧妙。"[2] 近年来,随着荣膺纽伯瑞儿童文学奖、安徒生国际儿童文学奖等国际大奖的作品的引进和出版,包括沈性仁译本在内,这些20世纪二三十年代的译本得以重新出版。更重要的是,这些出版行为还原了这些作品作为儿童文学作品的历史事实。如2013年天津人民出版社出版的《美国学生人类史》,用的就是沈性仁的译本,而且宣明该书是"第一部获纽

---

[1] 周作人:《上古的人》,载止庵编订:《周作人译文全集》第11卷,上海人民出版社2019年版,第685页。
[2] 朱经农:《〈人类的故事〉序》,载〔美〕房龙:《人类的故事》,沈性仁译,商务印书馆1927年版,第1—4页。

伯瑞奖的儿童经典作品"。

《人类的故事》这样重要的译本被研究界忽视，可能是因为在出版时该书被列入了史地类图书。但也有一些纽伯瑞获奖译本，当年被列为儿童文学丛书出版，在当下研究中也被忽视，最具代表性的就是休·罗芙汀（休·罗夫丁）（H. J. Lofting）的 The Story of Doctor Dolittle。① 该书由蒋学楷译为《陶立德博士》，被列入"世界少年文学丛刊"，1931 年由开明书店出版。顾均正还在《付印题记》中对作家及其作品进行评介："本书中的插图都是作者罗夫丁自己画的，其中如陶立德的家……若是与文字同看，真有无限的趣味。我们看他文字，只要看上一回两回就够了，但是看书中的图画，却永远有如同嚼橄榄一样。"② 但是，当时的译介注重的是单个重要作家的译介，尚没有对纽伯瑞奖这一重要奖项予以关注。陈伯吹将该书翻译为《兽医历险记》，该译本被列入"儿童文学名著译丛"，文类上被列为长篇童话。上述仅以美国儿童文学翻译为例，梳理和罗列儿童文学翻译研究的一些疏漏和尚待加强拓展的面向。

（二）国外研究现状

早在 1981 年，以色列学者佐哈尔·沙维特（Zohar Shavit）就在《今日诗学》（Poetics Today）刊发了《儿童文学翻译之功能及其在文学多元系统中的位置》（Translation of Children's Literature as a Function of its Position in the Literary Polysystem）。文章将佐哈尔的多元系统理论运用于儿童文学翻译研究。尽管佐哈尔反对将儿童文学、翻译文学等视为不重要的文学系统或样式，但长期以来，儿童文学依然处于文学多元系统中的边缘地位。儿童文学处于文学多元系统边缘地位的独特处境，赋予译者的翻译以很大的自由度，译者能够以各种方式操纵原文文本，只要这种操纵依循两个原则：第一是译文对儿童有用和有益，是否有益要根据当前的社会规范来评判；第二是译文

---

① 休·罗芙汀是第二届纽伯瑞儿童文学金奖得主，他的作品代表作是 The Story of Doctor Dolittle。作家的常见译名有休·罗芙汀、休·洛夫廷、休·罗夫丁、休·罗夫登、休·罗弗庭等，该系列现最通用的译名是《杜立德医生》。本书在表述时遵照当时的译名。
② 顾均正：《付印题记》，载休·罗夫丁：《陶立德博士》，蒋学楷译，开明书店 1931 年版，第 2 页。

符合儿童的理解力，译者可以根据儿童年龄特征及其相应的理解力，对文本进行增删。这一理论也成为儿童文学翻译研究，包括本书所涉及的文学他国化研究的重要理论依据。

21世纪之后，西方儿童文学翻译研究受到越来越多的关注。2003年著名翻译刊物 Meta 推出了一期儿童文学翻译研究专刊，刊载了多篇翻译研究论文。同时，国际权威期刊诸如《今日诗学》（Poetics Today）、《儿童文学》（Children's Literature）、《儿童文学季刊》（Children's Literature Quarterly）、《译者》（The Translator）、《新比较》（New Comparison）等经常不定期刊发儿童文学翻译研究论文。

2006年圣杰罗姆出版社（St. Jerome Publishing）出版了约翰·范·科利尔（Jan Van Coillie）和沃尔特（Walter P. Verschueren）编写的儿童文学翻译研究论文集《儿童文学翻译：挑战与策略》（Children's Literature in Translation:Challenges and Strategies）。同年，英国南汉普顿大学儿童文学翻译研究中心的吉莉安·拉蒂（Gillian Lathey）编辑出版了《儿童文学翻译读本》（The Translation of Children's Literature: A Reader）。2013年，本杰明·列斐伏尔（Benjamin Lefebvre）编辑了《儿童文学的文本转换：改编、翻译、反思》（Textual Transformations in Children's Literature: Adaptations, Translations, Reconsiderations）。这几本论文集汇集了国际上在儿童文学翻译研究领域有建树的重要学者的论文，成为儿童文学翻译研究的重要资料。

吉莉安·拉蒂是近年来在儿童文学翻译研究领域著述颇丰的一位研究者。《儿童文学翻译读本》收录的论文从不同视角对儿童文学翻译进行多元探讨。如关于插图和儿童文学翻译关系的探讨就颇具前瞻性。比吉特·斯托特（Birgit Stolt）论述了插图在儿童翻译文学中的重要地位。她将插图视为儿童文学整体不可缺少的有机成分。埃默·奥沙利文（Emer O'Sullivan）直接以"图像翻译"（Translating Pictures）为题，认为插图是儿童文学译者在翻译时必须面对的巨大挑战，文字和图片两种媒介的相互作用使得翻译过程变得更为复杂。尤其是当文字故事和图片内容不对应，或者插图内容在文字故事中没有被提及的时候，译者必须有所交代。译者对原文的阅读会受到插图的影响，译者有时得把插图内容诉诸文字叙述。芬兰翻译家里塔·奥蒂宁

（Riitta Ottinen）对此也有应和，她认为文本和插图之间是一种对话关系，翻译文学文本时必须将插图的翻译考虑在内。

2010年，吉莉安·拉蒂又推出了《译者在儿童文学中的角色：隐形的故事讲述者》(The Role of Translators in Children's Literature: Invisible Storytellers)。该书从历时性角度梳理了9世纪迄今的英国儿童文学翻译史，尤其对19世纪和20世纪的英国文学翻译进行重点阐述。正如儿童的发现之于儿童文学诞生的重要性一般，拉蒂在书中也格外看重儿童的发现与儿童文学翻译的关联。早期圣经、寓言、神话以及成人文学的翻译，尽管存在着被儿童接受和阅读的状况，但并未有独立专为儿童的读物，译者也没有专门的为儿童翻译的概念。直到18世纪晚期，随着儿童文学的诞生和发展，儿童作为独立群体被发现和重视，译者才开始考虑专门以儿童为读者对象的翻译。在具体论述中，拉蒂选取了大量在英文儿童文学翻译史中贡献卓越的人物，结合其生平、译作特点和思想等进行详尽分析。

里塔·奥蒂宁是芬兰著名作家、翻译家。她结合自己的创作、改写和翻译实践，对儿童文学翻译进行了系统研究，曾刊出《故事和插图的对话关系》(The Dialogic Relations between Text and Illustrations: A Translatological View)等论文。2000年，她将以往研究进行综合，出版了专著《为孩子翻译：儿童文学与文化》(Translating for Children: Children's Literature and Culture)。在这本书中，她特别强调儿童文学翻译不仅是儿童文学的翻译，而是一种为儿童的翻译。因此，她格外注重翻译过程，翻译中译者的行为，尤其是为儿童翻译的特点。译者在翻译中势必会将自我的文化观念、阅读经验带入翻译。在童书翻译中，译者的儿童观、他们对童年的看法直接影响着翻译的呈现。儿童文学翻译是一种对话，涉及读者、作者、插画家、译者和出版者等诸多因素。为儿童翻译的特殊性还在于要考虑文本之外的一些因素，如插图的故事、孩子的阅读行为（如大声朗读），以及改编等问题。儿童文学翻译是对原作者创作意图的一种发现和再生产。相对于原作者的权威性，儿童文学翻译会在意译者和目标语言读者的意图。里塔·奥蒂宁的论著成功地展示了儿童文学翻译，尤其是为儿童的翻译的多元面貌，对儿童文学翻译理论的探索和讨论具有明显的实用性和现实指导性。在本书的研究中，传教士、晚清爱国志士、文学大师等不同译介主体，他们的儿童观，及对儿童文学性质和功用的认识等观念直接影响了西方儿童文学呈现的面貌，以及译本中国化处理的策略。

埃默·奥沙利文是德国的儿童文学研究者，她的论著《比较儿童文学》（*Comparative Children's Literature*）是在她的教授资格论文基础上修改并翻译为英文出版的。该书曾因其在儿童文学研究方面的突出贡献获得国际儿童文学研究会的理论奖。奥沙利文指出，儿童文学已经成为跨越语言和文化边界的世界性存在。她追溯了比较儿童文学研究的历史，架构了比较儿童文学研究的框架：影响和传播研究、互文性研究、媒介间性研究、形象研究等。该书还设立专门的章节探讨儿童文学翻译，主要考察了翻译中的儿童中心论（a child-centred theory）、功能与叙述方法（fuctionalist and narratological approach）、文化和语言规则在翻译中的影响（the influence of cultural and linguistic norms）、读者阅读能力估判（assumptions about the competence of young readers）对翻译的影响等。奥沙利文对儿童文学翻译的研究始终结合儿童文学的经典文本进行，如对《爱丽丝漫游奇境记》在德国语境下的传播和改写等。

相对于国内的研究，国外儿童文学翻译研究的视野更为开阔，对相关翻译理论的运用更为熟稔和自得。这方面的研究有加布·汤姆森-沃尔格穆斯（Gaby Thomson-Wohlgemuth）的《国家控制下的翻译：德国民主共和国的年轻人读物》（*Translation under State Control: Books for Young People in the German Democratic Republic*）；埃琳娜·古德温（Elena Goodwin）的《将英语翻译成俄语：苏联和现代俄罗斯的儿童文学政治》（*Translating England into Russian: The Politics of Children's Literature in the Soviet Union and Modern Russia*）。同时，国外许多硕博士论文也以儿童文学翻译为选题，近来也有不少优秀成果，有的还被纳入了杰克·齐普斯（Jack Zipes）主编的"儿童文学与文化"（Children's Literature and Culture）丛书，如克鲁格·海黛（Kruger Haidee）的《后殖民多元系统：翻译儿童文学在南非的生产和接受》（*Postcolonial Polysystems: the Production and Reception of Translated Children's Literature in South Africa*）。

三 西方儿童文学中国化研究的主要内容和方法

陈思和提出20世纪之后中国文学发展中的鲜明特征是"20世纪中国文学的世界性因素"[①]。这些世界性因素与原有的文学传统形成冲击、对话、碰撞和交流,最后融入中国文学的发展。《中国比较文学》杂志曾发起对"20世纪中国文学的世界性因素"的讨论,尽管儿童文学的发生吸纳了世界性因素,有着明显的外源性影响。即西方儿童文学的译介和传播、接受是促成本土儿童文学诞生的重要因素。但是长久以来,无论在中外文学关系研究,还是在文学传播与影响研究等领域,儿童文学的声音都显得十分微弱。本书希望在中西儿童文学文化交流的坐标上,以重要译者和译本为典型个案,以融合时代文化语境的文化研究,以及翻译学相关方法,对西方儿童文学的中国化进行综合考察。

本书论述的理论资源主要倚赖译介学和当代翻译理论,如翻译目的论、多元系统论和改写理论。当代西方文化翻译学者谢莉·西蒙(Sherry Simon)曾指出1980年代之后,"文化转向"成为翻译研究中最激动人心的一种进展。文化转向为翻译研究增添了一个重要的维度。以往一直困扰翻译理论家的传统问题是"我们应该怎样去翻译,什么是正确的翻译?"(How should we translate, what is a correct translation?)而在文化转向之后,研究者的重点转向了一种描述性的方法,去追问"译本在做什么?它们怎样在世上流通并引起反响?"(What do translations do, how do they circulate in the world and elicit response?)她认为:"这种转向使我们理解到翻译与其他交流方式之间存在着有机的联系,并视翻译为写作实践,贯穿所有文化表现的种种张力尽在其中。"[②]这种文化转向,与20世纪90年代译介学理论中将翻译作为跨文化交流实践活动,以译文为导向的、深入思考译文的创造性叛逆的观点不谋

[①] 陈思和:《20世纪中国文学的世界性因素》,《中国比较文学》2001年第1期。
[②] Sherry Simon, *Gender in Translation:Cultural Identity and the Politics of Transmission,* Routledge,1996, p.7. 转引自谢天振:《文化转向:当代翻译研究领域的新拓展》,载乐黛云、〔法〕李比雄主编:《跨文化对话》第15册,上海文化出版社2004年版,第66页。

而合。国内译介学学者谢天振就提出,译介学"最初是从比较文学中媒介学的角度出发,目前则越来越多是从比较文化的角度出发对翻译(尤其是文学翻译)和翻译文学进行的研究。严格而言,译介学的研究不是一种语言研究,而是一种文学研究或者文化研究,它关心的不是语言层面上出发语和本族语转换过程中信息的失落、变形、增添、扩伸等问题,它关心的是翻译(主要是文学翻译)作为人类一种跨文化交流的实践活动所具有的独特价值和意义"[①]。这种以译文为中心,着重考察译文变异背后的历史文化和意识形态等问题的研究,正是西方勒菲弗尔改写理论的核心内容。

20世纪70年代以色列学者伊塔马·埃文−佐哈尔(Itamar Even-Zohar)提出了多元系统理论。该理论认为"翻译文学本身也有层次之分……在某部分翻译文学占据中心位置的同时,另一部分的翻译文学可能处于边缘位置"[②]。在这个多元系统理论中,佐哈尔提到了儿童文学,他认为由于儿童文学在文学多元系统中处于边缘地位,译者在翻译儿童文学时就有着很大的自由度,他们能够以各种方式操纵原文文本,只要他们的翻译行为是基于有益和有用,以及符合儿童理解力的两个原则。前一个原则体现了儿童文学翻译有着明显的教育目的,这也一度是翻译儿童文学的主要指导准则。在西方儿童文学中国传播的进程中,儿童文学有用和有益的原则一直贯穿于翻译实践:从晚清启蒙志士对儿童文学启蒙愚昧、培育未来国民的认识,到20世纪三四十年代对文学作为抗战宣传工具现实功用的重视。同时,在儿童文学翻译中还有一个重要的原则,那就是对儿童性的尊重,不同的儿童观会产生不同形态的儿童文学翻译。有用、有益和适合儿童理解这两个标准在很大程度上主导着对原文文本和翻译策略的选择。如果这两个原则发生冲突,那么译文中就会出现相互矛盾的特点。

改写理论方面,美国学者劳伦斯·韦努蒂(Lawrence Venuli)赞同翻译是一种改写的观点,改写是"根据原文问世之前早就存在在目的语中的价值观、信仰和语言表达方式对外国文本进行",改写的发生"往往是根据占主

[①] 谢天振:《译介学》,上海外语教育出版社1999年版,第1页。
[②] 〔以色列〕伊塔马·埃文−佐哈尔:《翻译文学在文学多元系统中的位置》,庄柔玉译,载陈德鸿、张南峰编著:《西方翻译理论精选》,香港城市大学出版社2000年版,第121页。

导地位到处于边缘地位的文化规范的层次决定的,从而也决定了译本的制作、发行和流行"。① 他认为"作品的意义是多元的。一个译本只是临时固定了作品的一种意义,而且,这种意义的固定(亦即翻译)是在不同的文化假设和解释选择的基础上形成的,并受到特定的社会形势和不同的历史时代的制约。意义是一种多元的、不定的关系,而不是一成不变的、统一的整体……而所谓确切翻译的规范,所谓'忠实'和'自由'的概念,都是由历史决定的范畴"②。在此,一些经典儿童文学作品如意大利作家亚米契斯的《爱的教育》的汉译本,无论是包天笑的《馨儿就学记》带有改写创作性质的翻译,还是夏丏尊的《爱的教育》从日文的转译,抑或是王干卿直接从意大利文的翻译,都不做优劣程度的评判,而是将译本的产生还置到特定的历史语境下予以剖析,解析译者将译本以那样的方式呈现的缘由及其意图。

在安德烈·勒菲弗尔(Andre Lefevere)看来,翻译就是对原作的改写,改写就是"操控",因此翻译就是操控。这是他在与巴斯奈特合编的《翻译、历史与文化》一书中明确提出的。此后他在《翻译、改写以及对文学名声的操控》(Translation, Rewriting and the Manipulation of Literary Fame)中进一步阐释了翻译即改写这一思想,探讨了改写的作用以及缘何要研究改写。在他看来文学系统受到内外两种因素的制约。内部因素指的是某种占统治地位的诗学与思想意识;外部因素即赞助人的力量,指的是某种权力对文学的阅读、写作和改写施加的影响。这就是操控文学的翻译的三种力量:意识形态、诗学和赞助者。"翻译当然是原文的一种改写形式。所有的改写形式,无论出于什么意图,均反映了一定的意识形态和诗学;而此意识形态和诗学在特定的社会又以特定的方式操控文学,改写就是操控,为权力服务……翻译史也是文学创新史,是一文化对另一文化的形塑史,但改写也会压制创新……"③ 改写理论正是近年来儿童文学研究中运用较多的方法之一。在论及清末林纾对《伊索寓言》的译述等相关现象时,本书将细致分析这种意识形态操控下的

---

① 郭建中编著:《当代美国翻译理论》,湖北教育出版社 2000 年版,第 191 页。
② 郭建中编著:《当代美国翻译理论》,湖北教育出版社 2000 年版,第 190—191 页。
③ Andre Lefevere, *Translation, Rewriting and the Manipulation of Literary Fame*, London and New York, Routledge, 1992, p. 7.

改写。

最后是研究中涉及的一些重要概念的界定。首先是儿童文学的概念。在关于西方儿童文学中国传播的分析中，需要对儿童文学概念予以界定。"如果儿童文学是专门为儿童所写，让儿童快乐的话，那么，经典文学中或许根本没有'儿童文学'这一种类［《伊索寓言》（Aesop's Fables）主要是民间故事］。"① 约翰·洛威·汤森在《英语儿童文学史纲》中研究儿童文学起源的时候，仍主动纳入"训诫诗文"等儿童文学前史的材料——专为儿童或少年所写的题材，但不是故事；以及故事，但并不专为儿童所写的作品。在被誉为"世界儿童文学理论双璧"之一的《书，儿童与成人》中，保罗·阿扎尔专门以"成人长期以来对儿童的压迫"和"儿童对成人的抵抗"为题对儿童文学的发生语境、儿童的文学接受进行阐释："儿童们在这场旷日持久的搏斗中将那些最优秀著名的书变成了他们所热爱的书籍。这些书的作者原本只为成人书写，然而孩子们却将他们纳入了自己的世界。"②《格列佛游记》《鲁滨逊漂流记》《堂吉诃德》等原本并不是专门为儿童准备的文学，但是都为儿童喜闻乐见并津津乐道。这些为成人创作却被儿童据为己有的读物，在儿童文学史书写中，是必须触及的重要现象。西方儿童文学的中国传播进程中，最先被译介和引入的是两种类型，其一即《伊索寓言》和民间故事类，其二是《天路历程》《鲁滨逊漂流记》《格列佛游记》等不是为儿童创作的，却在一定程度上具备被儿童所认可的特质，深受儿童喜欢的作品。这从清末的译介出版中可见一斑。德国儿童文学的中国传播是从《格林童话》和《莱辛寓言》的汉译开始的。因此，这些直接被儿童读者占用的成人文学读物或从中转化而来的文学资源，加上现代意义上的儿童文学创作，都属于本书论述的西方儿童文学范畴。

西方儿童文学既是一个地理上的概念，更是一个文化上的概念。这其中需要特别指出的是苏联儿童文学。在清末民初的儿童文学发生阶段，苏联（俄国）儿童文学影响较小。从规模和数量来说，苏联儿童文学的译介高峰

---

① 〔英〕约翰·洛威·汤森：《英语儿童文学史纲》，王林译，湖南少年儿童出版社2020年版，第2页。

② 〔法〕保罗·阿扎尔：《书，儿童与成人》，梅思繁译，湖南少年儿童出版社2014年版，第63页。

是在20世纪20年代之后，尤其是在三四十年代达到高峰，在五六十年代，苏联儿童文学甚至一度居于垄断地位，对中国儿童文学产生深远影响。当时国内儿童文学所倡导和盛行的教育工具论等重要理论都与苏联儿童文学的影响密不可分。考虑到苏联（俄国）儿童文学在中国译介和影响的实际情况，在清末民初时间段中，论述的重点在于英、法、美、德等国家，苏联（俄国）儿童文学提及较少，并且依据译介实践予以选择性阐述。

其次是中国化的概念。中国化是文学他国化的一种具体体现。在儿童文学翻译传播中，这种照顾到读者理解接受水平和文化适应性的改写，既有悠久的历史，又有着鲜活的当下生命力。如美国儿童文学在引入英国的过程中，进行了从文化差异到拼写习惯的各种翻译改写，以适应英国读者的需要。反之，英国儿童文学输入美国之后，也面临着各种美国化（Americanization）处理，正如怀特海（Whitehead）指出，这种"美国化"体现在标题、故事背景、人物名字以及英国文化独有的典故，再加上拼写、标点符号、词汇和习语都可能在译文中被改变。目标儿童读者的年龄越小，翻译中改动和对原文的偏离也就越大。本书论及的中国化，指的是对域外儿童文学作品所进行的适应中国读者的一系列处理方式。主要内容为晚清以来西方儿童文学在译介及传播过程中的变异及其中国化的过程，探讨西方儿童文学如何中国化以及这一现象对中国现代儿童文学发展的影响和意义。本书将从中国现实文化语境出发，探讨西方儿童文学中国化的可能性与现实意义，西方儿童文学中国化的路径与问题，并在此基础上试图阐述这一现象之于中国现代儿童文学的意义。

为此，本书系第一次对西方儿童文学的中国化历程进行系统梳理，对西方儿童文学的中国化及其对中国现代儿童文学的意义作深入的研究。深入探讨晚清以降不同时期不同译介主体在西方儿童文学中国化过程中的选择、译介策略、译介态度，深剖这种强化和遮蔽背后的意识形态、文化的蕴含等深层动因，研究西方儿童文学中国化与现代儿童文学审美品性建构之间内在而深层的紧密联系。

西方儿童文学的中国化历程，是中国儿童文学主动吸纳外来文学资源以实现现代转换的过程，也是西方儿童文学在中国译介、传播、发生影响的过程。晚清以降,启蒙与现代性建设的需求,使得传统儿童文学势必进行现代转型并产生具有现代思想的新文学,这就为西方儿童文学的中国化提供了现实需求与生成语境。从安徒生、王尔德等重要作家,到《爱的教育》等经典的被选择和再建构,从传教士到文学大师的译者主体转变,从重述、节译、改编到还原的译介策略,西方儿童文学的中国化进程与现代儿童文学的诞生、发展紧密联系,并对现代儿童文学体系的建立和审美品性的形成有着重要的影响。当然,西方儿童文学的中国化及其裨益于现代儿童文学发展的同时也隐藏着一些不利因素。中国现代儿童文学的发展,必然要在选择与扬弃西方儿童文学的过程中达到文学的自觉。

第一章 中国化的步伐：西方儿童文学汉译历史的考察

晚清以降西方儿童文学的翻译和出版，成为当时中国孩童童年阅读的深刻记忆。现代儿童文学大师，如冰心、郭沫若、钱锺书都曾深情回忆童年时代阅读西方儿童文学作品的情形。"当我还是一个小学生的时候，偶尔从同学手中借读到《无猫国》，接着是《怪石洞》。光这两个书名，就够吸引孩子们好奇、求知的那颗小心灵了。当年商务印书馆和中华书局，先后出版了上百种的这一类的童话丛书。它们的老家在西欧的居多，可是东方的孩子也热情地欢迎。那些如《一千零一夜》《希腊罗马神话传说》等，仿佛是个大本营，经过重述、改写或编选后，和全神贯注、目光炯炯的小读者见面了。"[①] 这是现代儿童文学大师、翻译家、出版家陈伯吹的一段话，而《阿丽思小姐》正是受英国儿童文学经典《爱丽丝漫游奇境记》影响的创作，可见西方儿童文学的中国传播之深入及其之于儿童阅读、作家创作的影响之深远。如果进行历史追溯，西方儿童文学的中国传播可以溯源到明代《伊索寓言》的翻译。《伊索寓言》之后，尤其是清末以来，大批西方儿童文学经典作品进入中国，对儿童群体的"发现"、儿童文学的萌蘖和诞生产生了重要的影响。

---

① 陈伯吹：《阿丽思小姐》，湖南人民出版社1981年版，第1页。

第一节　童年观念变迁与西方儿童文学的发生、发展

儿童文学史家约翰·洛威·汤森在《英语儿童文学史纲》一书的开篇，提纲挈领地指出："先有儿童，才有儿童文学。我们所讨论的'儿童'，不是指缩小的男人或女人，而是一群有自己特殊的需求和兴趣的人。'儿童'这一概念，直到近代才在西方社会出现。"[①] 只有儿童被发现，儿童的主体价值得到认可，儿童的书籍或者说儿童文学的产生才有可能。因为儿童文学是一个由目标读者所定义的文本集。儿童文学是什么以及成人对它的思考跟社会对于儿童的观念——儿童是谁？他们如何需要阅读？他们需要阅读什么——纠缠在一起。[②] 作为儿童文学的目标受众，儿童维度的变化始终是这一文类生存和发展的前提。西方儿童文学的发生、发展与成人对待儿童的观念和方式，即童年观的变迁紧密相关。儿童的被发现，儿童主体价值和文学需求的被尊重正是儿童文学作为独立文类诞生的重要基石。

一　儿童的发现和西方儿童文学的发生

在遥远的古希腊，儿童并没有被视为独立的主体，也没有受到应有的重视。尼尔·波兹曼指出，我们对古人如何看待儿童这一问题知之甚少。"希腊人把童年当作一个特别的年龄分类，却很少予以关注。有个谚语说希腊人对天底下的一切事物都有对应的词汇，但这个谚语并不适用于'儿童'这个概念。"[③] 在希腊文中，"儿童"和"青少年"这两个词是含混不清的，几乎包括了从婴儿期到老年的任何人。在希腊人流传到今天的绘画与塑像中，也没有儿童的身影。古罗马时期，人们的童年意识发生了变化和超越，古罗马艺术就表现出一种不同寻常的年龄意识，既有未成年人的意识，又有成长中的

---

① 〔英〕约翰·洛威·汤森：《英语儿童文学史纲》，王林译，湖南少年儿童出版社2020年版，第2页。
② 〔加〕佩里·诺德曼、梅维丝·雷默：《儿童文学的乐趣》，陈中美译，少年儿童出版社2008年版，第122页。
③ 〔美〕尼尔·波兹曼：《童年的消逝》，吴燕莛译，广西师范大学出版社2004年版，第7页。

孩子的意识。[1]古罗马人还发展出了羞耻的观念，把成长中的孩子同羞耻的观念联系起来。波兹曼认为这在童年概念的演化过程中是非常关键的一步，因为没有高度发展的羞耻心，童年便不可能存在。[2]

在罗马时代童年概念的曙光显现之后，自罗马帝国灭亡到印刷机发明之间的一千多年时间中，童年的命运在整个欧洲都淹没于愚昧黑暗的中世纪。法国的历史学家菲力浦·阿利埃斯（Philippe Ariès）坚持认为传统社会看不到儿童，甚至看不到青少年。在《儿童的世纪：旧制度下的儿童和家庭生活》（Centuries of Childhood）一书中，他通过对四个世纪的绘画、日记、游戏、礼仪、学校及其课程演变的考察，探讨了家庭生活现代观念的演进以及儿童地位和处境不断得到改进的过程。他认为中世纪的西方人缺乏儿童的观念，儿童的独特性及童年时期作为人的特殊人生阶段未被发现。12世纪前后，中世纪的艺术依然未涉及儿童，也没有表现儿童的意愿。阿利埃斯认为儿童形象在艺术上缺失不是由于当时人们的笨拙和无能，而是表现了当时的儿童被忽视的地位。"在13世纪，尽管人们有了更多想表现儿童的意愿，但依然遵循旧法。在圣路易的插图本《圣经》中，孩子形象的呈现更频繁，但除身材之外，仍然没有其他的特征。"[3]阿利埃斯注重对艺术史和绘画的探寻，他认为到13世纪末，儿童没有自身的特点，只是身材缩小的成人，他们穿着和大人相仿的服装，和大人一起劳动、社交、玩耍。在艺术领域，从14世纪开始，尤其是在15世纪的历史进程中，艺术领域所表现的孩子类型发生了变化，圣婴形象增多且更多样化，还出现了两类新的儿童表现形式，即肖像和男孩裸像。16世纪殇儿肖像的出现在观念史上是非常重要的时刻，因为已有一种标志将孩子们区别开来。到了17世纪，儿童成为绘画单独表现的对象，儿童成为最受欢迎的模特之一，"有一种新情感开始赋予这些脆弱并受死亡威胁的小生命以特殊性"[4]。阿利埃斯总结说："对儿童的发现也许从13

---

[1] J. H. Plumb. The Great Change in Children, *Horizon*, Vol. 13, No. 1, 1971.

[2] 〔美〕尼尔·波兹曼：《童年的消逝》，吴燕莛译，广西师范大学出版社2004年版，第12页。

[3] 〔法〕菲力浦·阿利埃斯：《儿童的世纪：旧制度下的儿童和家庭生活》，沈坚、朱晓罕译，北京大学出版社2013年版，第51页。

[4] 〔法〕菲力浦·阿利埃斯：《儿童的世纪：旧制度下的儿童和家庭生活》，沈坚、朱晓罕译，北京大学出版社2013年版，第66页。

世纪开始,我们通过15世纪和16世纪的艺术史和绘画追寻着它的路标。但各方面的证据日益增多并富有说服力,是从16世纪末开始的,而且主要在17世纪。"①17世纪之后,儿童与大人不同的新观念开始盛行,童年时期的独立状态的概念才逐渐为人接受,"童年的天真无邪"以及童年的身体、姿态、幼童的童言稚语受到尊重。18世纪中叶,现代的儿童观念终于出现了,孩子成为家庭的中心。尽管阿利埃斯秉持的"中世纪没有儿童"的观点受到了一定程度的批判,但《儿童的世纪:旧制度下的儿童和家庭生活》揭开了西方儿童史研究的序幕却是不争的事实。

现代童年观念的产生时间有不同的论说。有研究者特别指出文艺复兴与童年发现的关联,认为文艺复兴的伟大发明之一便是童年的概念,这是最具人性的一个发明。大约在16世纪,童年作为一种社会结构和心理条件产生,经过不断提炼和培育,延续至今。②儿童的发现与发展是一个开放、拓展的命题,是多种因素合力促成的产物。在西方童年观念发展中,还有一批重要的人物及其倡导的思想革命,极大地启蒙和推动了西方童年观念的发展与更新。从此,儿童独立的精神世界、儿童不同于成人的精神需求与特征受到肯定和重视。

约翰·洛克的《教育漫话》关注儿童身心的全面发展,指出教育的真正目的是帮助儿童获得享有幸福人生所必需的能力和知识。他提出的儿童"白板说"影响深远。"白板说"即儿童是一块白板,可以被随心所欲地塑造成任何样子。抛开该理论不科学的一面,其观点背后所发现的儿童独立自主性、儿童的发展潜能以及重视儿童的个体差异性等论述对现代儿童观依然有着重要意义。洛克认为"儿童究竟是儿童",儿童有其独立性,他认为做事疏忽和喜好快乐都是儿童时期的特性,成人应该许可儿童的愚蠢和幼稚的举动。他坚持"应该把儿童当作具有理性的动物去看待"。③他还十分重视教育力量的影响,注重儿童期精神养成的重要性,认为童年期的精神养成会影响

---

① 〔法〕菲力浦·阿利埃斯:《儿童的世纪:旧制度下的儿童和家庭生活》,沈坚、朱晓罕译,北京大学出版社2013年版,第73页。
② 〔美〕尼尔·波兹曼:《童年的消逝》,吴燕莛译,广西师范大学出版社2004年版,第2页。
③ 〔英〕约翰·洛克:《教育漫话》,傅任敢译,教育科学出版社1999年版,第58页。

一个人一生一世的生活。[1]

"在万物的秩序中，人类有它的地位；在人生的秩序中，童年有它的地位；应当把成人看作成人，把孩子看作孩子。"[2] 卢梭在《爱弥儿》中对儿童的独特地位进行了深入阐述。他极富智慧与激情地肯定儿童世界的独立性及其潜能，从而极大推进了西方童年观的变革。卢梭认为我们看待儿童的观念错了，我们对儿童是一点也不理解的并由此陷入歧途。而要着手解决这个问题，我们就不能将孩子当成大人看待，他建议对学生好好地研究一番。[3] 这个问题正是卢梭写作《爱弥儿》的动机。《爱弥儿》中尊重儿童的本真，将儿童当儿童看待，肯定儿童世界独特性的见解，以及根据儿童年龄特征施以不同教育的思想成为西方童年发现中闪亮夺目的一笔。"卢梭思想触及了生活的各个领域，改变了西方世界的见解。""从他之后，全欧洲的女士都开始注意护理和保护她们的孩子；哲学家们从他的著作中看到了囚禁身心的大门正在被打开。"[4] 对儿童文学来说，"卢梭阐发并建构了近代最完整、最透彻、最先进的儿童观，从而在哲学思想上为近代儿童文学的更大发展提供了依据和动力"[5]。

柄谷行人在《现代日本文学的起源》中指出，卢梭对儿童的发现，他所尝试的关于儿童的科学观察方法具有重要的启示意义。"他所说的孩子——自然人并非历史的经验性的东西。卢梭为了批判至今积累下来的作为幻想的'意识'，或者为了批判作为历史形成物的制度之不证自明性，在方法上假设了'自然人'的存在。他认为：这是'为了排除遮蔽了我们的眼睛使之无法看到有关人类社会现实基础的知识这一困难，我们所能利用的唯一手段'。就是说，所谓孩子不是实体性的存在，而是一种方法论上的概念。但是，反过来也可以说，正是在这种方法论的眼光之下，孩子成了可观察的对象。或者说，作为观察对象的孩子是从传统的生活世界隔离开来被抽象化了的存在。"[6]

---

[1] 〔英〕约翰·洛克：《教育漫话》，傅任敢译，教育科学出版社1999年版，第42页。
[2] 〔法〕卢梭：《爱弥儿》上，李平沤译，商务印书馆2017年版，第82页。
[3] 〔法〕卢梭：《爱弥儿》上，李平沤译，商务印书馆2017年版，第2—3页。
[4] 〔美〕S. E. 弗罗斯特：《西方教育的历史和哲学基础》，吴元训、张俊洪、宋富钢等译，华夏出版社1987年版，第341、352页。
[5] 方卫平：《法国儿童文学导论》，湖南少年儿童出版社1999年版，第92页。
[6] 〔日〕柄谷行人：《现代日本文学的起源》，赵京华译，生活·读书·新知三联书店2006年版，第124页。

童年是如何发现的？这是一个仁者见仁的问题。美国研究者尼尔·波兹曼认为印刷媒介的兴起使得童年被发现。16 世纪，因印刷术和社会识字文化的出现，一种新的传播环境得以形成。波兹曼格外看重印刷术的发明对成年和童年概念形成的意义，具体阐述了印刷机的发明如何创造了一个全新的符号世界。这个全新的符号世界要求确立一个全新的不包括儿童在内的成人的概念，并促使儿童从成人世界分离而获得独立。儿童从成人世界中的分离也就形成了童年。到了 19 世纪 50 年代，几百年的童年发展已颇具成效，在整个西方世界，童年的概念已经成为社会准则和社会事实。[①] 这仅是波兹曼关于传媒发展与童年发现的论断，也是社会时代发展变化之于童年观念的一种反映。另一位研究者指出："我们无法将儿童当作一个同质的范畴来谈论他们：童年的意义是什么以及童年如何被经验，很显然是由性别、种族或民族、社会阶级、地理位置等社会因素决定的。"[②] 从印刷媒介的出现到当下的传媒化生存时代，童年生态已然发生了翻天覆地的变化，童年观念的变化与更迭使儿童文学走向了一条全新的发展轨迹。这是因为作为构成儿童文学理论的要点，如何把儿童作为一个整体对待的"儿童观"直接决定了一个时代的儿童文学发展面貌。"把儿童时代只看作是有别于成人预备期的儿童观，会导致赞许娱乐性、趣味性的儿童文学主张占主导地位。"[③] 这也就不难理解，为何在清教主义原罪观的笼罩下，儿童被视为需要被救赎的群体，而当时儿童文学的叙述大多充满宗教训诫意味。

童年观念的演进和发展，现代童年观的生成只是促成现代儿童文学诞生发展的多元因素之一，正如《简明不列颠百科全书》在"儿童文学"词条中所指出的那样，儿童的发现和儿童文学的诞生，是与思想启蒙运动、中产阶级的兴起、妇女运动的开始和浪漫主义运动等许多历史因素联系在一起的。[④]而在历史发展的大潮中，威廉·布莱克、刘易斯·卡罗尔、马克·吐温、安

---

① 〔美〕尼尔·波兹曼：《童年的消逝》，吴燕莛译，广西师范大学出版社 2004 年版，第 74 页。
② 〔英〕大卫·帕金翰：《童年之死：在电子媒介时代成长的儿童》，张建中译，华夏出版社 2005 年版，第 67 页。
③ 〔日〕上笙一郎：《儿童文学引论》，郎樱、徐效民译，四川少年儿童出版社 1983 年版，第 194 页。
④ 中国大百科全书出版社《简明不列颠百科全书》编辑部译编：《简明不列颠百科全书》第 2 卷，中国大百科全书出版社 1985 年版，第 794 页。

徒生可谓"无法预言的天才",这些天才以其非凡的智慧与艺术创造力,使儿童文学成为熠熠生辉的存在,为儿童文学的园地增添了《天真之歌》《爱丽丝漫游奇境记》《汤姆·索亚历险记》《海的女儿》》等儿童文学经典。

二 20 世纪上半叶之前西方儿童文学发展概貌

保罗·阿扎尔在《书,儿童与成人》中对西方长期以来存在的不合适的寓教于乐、道德教育和虚假夸张的儿童文学观进行了批判。他指出:"这些贫乏苍白、毫无滋味的事物横扫一个又一个国家,成为了整个欧洲儿童的营养。从 18 世纪末到 19 世纪初发展起来的一系列文字,似乎从根本上忽视了究竟什么是儿童们所喜欢的,否定了儿童本身的特点,它们就如同一堆巨大的垃圾一般,如此存在了整整 100 年。"[①]这也就不难理解,在 18 世纪之前,为儿童自发选择并由衷喜欢的大多是成人文学作品,如英国丹尼尔·笛福的《鲁滨逊漂流记》(1719)、英国江奈生·斯威夫特的《格列佛游记》(1726)、德国戈特弗里特·奥古斯特·毕尔格的《敏豪生的旅行和冒险》(1786)[②]等作品。

得益于童年观念的更新,直到 19 世纪中叶,儿童文学在经过大约一百年平淡无奇的进展后,终于有了突破。如安徒生生活的时代,"在社会上,在科学、诗和艺术中,大自然和孩子已经变成崇敬的对象"[③]。良好的社会历史氛围助推了作家的创作。在这样的环境中,安徒生——这位深谙儿童心理的抒情诗人,写出了《打火匣》《海的女儿》《丑小鸭》等一系列经典的童话。除了安徒生这位天才童话作家,世界儿童文学也陆续进入了繁盛时期。就国别文学来说,最明显的是英国维多利亚时代出现了儿童文学的第一个黄金时代,这也是世界儿童文学史上群星璀璨的黄金时代。既有狄更斯

[①] 〔法〕保罗·阿扎尔:《书,儿童与成人》,梅思繁译,湖南少年儿童出版社 2014 年版,第 51 页。
[②] 德国戈特弗里特·奥古斯特·毕尔格的《敏豪生的旅行和冒险》,该表述是遵循了《书,儿童与成人》中的表述。这部作品的译名有《敏豪生奇遇记》《敏豪生奇游记》等,现在最常用的译名是《吹牛大王历险记》,作家名翻译最常见的是毕尔格、比尔格等。
[③] 〔丹〕乔治·布兰兑斯:《童话诗人安徒生》,严绍端译,载小啦、约翰·迪米留斯主编:《丹麦安徒生研究论文集》,安徽少年儿童出版社 1999 年版,第 29、40 页。

（Charles Dickens）、斯蒂文森（Robert Louis Stevenson）、吉卜林（Joseph R. Kipling）等现实主义题材的大家，又有威廉·梅克比斯·萨克雷（William M. Thackeray）、金斯利（Charles Kingsley）、奥斯卡·王尔德（Oscar Wilde）等致力于开创童话等幻想性题材的大师。《金河王》《爱丽丝漫游奇境记》《水孩子》《北风的背后》《快乐王子》《柳林风声》《潘彼得》等经典著作熠熠生辉。

美国儿童文学在南北战争之后取得极大发展，有路易莎·梅·奥尔科特的《小妇人》、马克·吐温的《汤姆·索亚历险记》、莱曼·弗兰克·鲍姆的《绿野仙踪》以及杰克·伦敦的动物小说等，这些不同类型的儿童文学佳作使得美国儿童文学精彩纷呈。

而在英语儿童文学之外，德国、法国、意大利等国的儿童文学也取得了长足发展。德国文学中《尼伯龙根之歌》等民间史诗源远流长地滋养了德国儿童文学。19 世纪之前，《痴儿西木传》《莱辛寓言》《吹牛大王历险记》等作品就备受儿童欢迎。随着德国浪漫主义运动的兴起和发展，许多浪漫派文学主将对民间传说的搜集和整理，为儿童文学留下丰富遗存，如路德维希·蒂克的《穿靴子的猫》，路德威格·阿尔尼姆搜集编选的德国民间歌谣集《儿童的奇异号角》等。其中最值得关注的是雅各布·格林和威廉·格林两兄弟搜集和整理的《儿童和家庭故事》，[①] 这两百多篇民间故事不仅是德国儿童文学史上标志性成果，更是世界儿童文学的经典。19 世纪末以来，德国儿童文学界又先后涌现了凯斯特纳、米切尔·恩德等儿童文学大家。在其他德语国家，瑞士作家施比丽的《海蒂》[②]、奥地利作家费利克斯·萨尔腾的《小鹿斑比》、涅斯特林格的《弗朗兹的故事》等都是儿童文学杰作。

法国儿童文学在中世纪便出现了《列那狐的故事》这一伟大的民间故

---

① 雅各布·格林和威廉·格林两兄弟搜集和整理的《儿童和家庭故事》在中国有不同的译本，其中最常见的是《格林童话全集》《格林童话》这两个表述，有的译本也会加上副标题，如魏以新的新译本题为《格林童话全集：儿童和家庭故事》。本书在论述中大多时候采用《格林童话》的表述。
② 施比丽（Johanna Spyri），瑞士儿童文学作家，曾有史必烈、史班烈等译名。现通译为约翰娜·斯比丽，她的作品 Hei Di 是一部可以与《汤姆·索亚历险记》《爱的教育》相媲美的经典儿童文学作品。该作品曾被拍摄成电影，由童星秀兰·邓波儿主演，影响一时。陈伯吹曾将该书译为《小夏蒂》，现通译为《海蒂》。

事。17世纪末贝洛出版了童话故事集《鹅妈妈的故事》。19世纪法国儿童文学迎来了黄金时代,童话方面有塞居尔夫人的《驴子的回忆》和乔治·桑的《格里布尔奇遇记》,还有儒勒·凡尔纳的《海底两万里》《八十天环游地球》等科幻小说,以及埃克多·马洛的《苦儿流浪记》。20世纪之后,法国儿童文学在童话、小说、诗歌和图画书创作方面取得长足发展,涌现了安托万·德·圣-埃克苏佩里的《小王子》、马塞尔·埃梅的《捉猫故事集》等佳作。

意大利儿童文学有卡洛·科洛迪的《木偶奇遇记》、亚米契斯的《爱的教育》、贾尼·罗大里的《洋葱头历险记》等佳作。

随着传教士来华与西方世界对东方的殖民,西方儿童文学经典之作以各种渠道进入晚清中国,对清末以降中国儿童文学的萌蘖和现代儿童文学的发生产生了积极的影响。

第二节　西方儿童文学经典的汉译与传播

西方儿童文学汉译的历史最早可以追溯到明代,换言之,西方儿童文学的中国之旅早在明代就已现端倪。这种零星翻译的现状持续了很久,鸦片战争之后,西学东渐之风日盛,从科学技术、政治制度到文学文化等不同领域的译介都相继展开。"中国近代翻译文学发端于鸦片战争时期。"[①] 在时代大潮中,西方儿童文学的汉译也步入新阶段。

一　西方儿童文学汉译的历史

明万历年间,西欧的耶稣会士相继东来,他们除了宣传天主教,也开始把西洋的科学文明介绍到中国来。[②] "欧美发骎势渐东,全凭基督作先锋。"[③] 1583年利玛窦来到中国大陆,开始传教生涯。在他携带的传教书籍中

[①] 陈玉刚:《中国翻译文学史稿》,中国对外翻译出版公司1989年版,第21页。
[②] 戈宝权:《中外文学因缘:戈宝权中国比较文学论文集》,北京出版社1992年版,第371页。
[③] 顾炳权:《上海洋场竹枝词》,上海书店1996年版,第219页。

就有《伊索寓言》，以服务于其传达教义、教化民众的目的。"当年耶稣会士自西欧来东方传教时，都带有《伊索寓言》一书，并经常引用其中的寓言作教诲、训诫之用。"[①] 这在法国史学家裴化行的《利玛窦评传》中得到印证："有位官员见了有这种画（指有宗教插图的读物）的一本关于救世主的小册子，爱之若狂，我（利玛窦）表示歉意：这是我教的书，不能送给他……他只好接受《伊索寓言》算了。"[②] 不过，这里的《伊索寓言》还不是中文译本，而是当时在日本的耶稣会士于1592年刊印的《伊索寓言》改写本。而据学者考证，明万历二十四年，即1596年修建的现存于玉皇阁后面石柱上的浮雕石刻就是《伊索寓言》中"狐狸和乌鸦"的故事。据此他认为《伊索寓言》传入中国的时间至少可以提前到1596年。[③] 直到明万历年间，1608年，利玛窦的《畸人十篇》第一次将这部寓言翻译成汉语，当时把伊索的名字翻译成"阨琐伯"："阨琐伯氏，上古明士。不幸本国被伐，身为俘虏，鬻于藏德氏，时之闻人先达也，其门下弟子以千计。"[④] 书中翻译了《肚胀的狐狸》《两树木》《狮子和狐狸》等寓言，可以说是西方儿童文学中国翻译的最早体现。此后，在中西文化交流中，断断续续有一些儿童文学作品得到了译介，如1625年（天启五年）法国传教士金尼阁口译、张赓笔述、在西安刊行的《况义》（系《伊索寓言》的选译本，收寓言22篇），1837年在广州出版的英国人罗伯特·汤姆的《意拾喻言》（1840年重印，收寓言81篇）。

传教士创办的翻译机构，晚清政府组建的翻译机构都从事西书的翻译，主要有墨海书馆、京师同文馆、江南制造局、益智书会、广学会等。传教士敏锐地捕捉到了晚清大众传媒兴起的时机，创设翻译机构，创办报刊。传教士之后，梁启超等人也意识到新兴传媒的舆论引导作用，创办了《新小说》等刊物。一时间，《中西闻见录》《小孩月报》《万国公报》《申报》《蒙学报》《新小说》等报刊都陆续开始刊登译介的西方儿童文学作品。1872年《申报》上刊载过英国斯威夫特的名著《格列佛游记》中关于小人国的片段，题名

---

① 戈宝权：《中外文学因缘：戈宝权中国比较文学论文集》，北京出版社1992年版，第383页。
② 〔法〕裴化行：《利玛窦评传》上，管震湖译，商务印书馆1993年版，第214页。
③ 余迎：《伊索寓言传入中国的时间应提前》，《史学月刊》2008年第10期。
④ 〔意〕利玛窦：《畸人十篇》，转引自朱维铮主编：《利玛窦中文译著集》，香港城市大学出版社2001年版，第466页。

《谈瀛小录》；1875 年创办的传教士报刊《小孩月报》，就有对伊索、拉·封丹、莱辛等人的寓言的述译；1888 年，天津时报馆出版过《伊索寓言》的单行本，张赤山译，书名为《海国妙喻》；1898 年裘毓芳（梅侣女史）翻译的《海国妙喻》在《无锡白话报》第 1—24 期连载，同年商务印书馆将它印成单行本发行；1898 年沈祖芬的《绝岛漂流记》（Robinson Crusoe，即《鲁滨逊漂流记》）出版。

尽管有上述译介活动，但这一时期儿童文学的译介大多是零散的、片段的，比较系统全面地对西方儿童文学进行翻译和介绍是在 19 世纪末 20 世纪初。严复曾呼吁：“今日要政，统于三端：一曰鼓民力，二曰开民智，三曰新民德。”[①] 梁启超的《新民说》也指出：“新民为中国之第一急务。”[②] 清末维新派出于救国保种、开启民智的需求，倚重翻译来实践并推动新民的任务，尤其是小说的翻译被赋予了格外重要的政治意义。严复、夏曾佑在《本馆附印说部缘起》（1897）中阐述了小说和社会人心风俗的关联：“夫说部之兴，其入人之甚，行世之远，几几出于经史上，而天下之人心风俗，遂不免为说部之所持。”在他们看来，欧美等先进国家开化民智的进程中，都曾有小说之助：“且闻欧、美、东瀛，其开化之时，往往得小说之助。是以不惮辛勤，广为采辑……宗旨所存，则在乎使民开化。”[③] 在清末科学小说、冒险小说、侦探小说的翻译大潮中，儿童文学厕身其中。安徒生、格林兄弟的童话等一大批经典开始进入中国。仅 1901—1909 年间就先后发表、出版了《爱美耳钞》（即《爱弥儿》）、《十五小豪杰》、《绝岛漂流记》（即《鲁滨逊漂流记》）、《海底旅行》、《二勇少年》、《月界旅行》、《空中飞艇》、《海外天》、《大人国》、《小子志之》（即《最后一课》）、《千年后之世界》、《地底旅行》、《秘密电光艇》、《海底漫游记》、《飞访木星》、《孝子碧血记》、《馨儿就学记》（即《爱的教育》）等多部译文。

在此需要重申儿童文学概念的认识问题。从西方儿童文学历史溯源来

[①] 严复：《原强》，载《严复诗文选注》，江苏人民出版社 1975 年版，第 54 页。
[②] 梁启超：《新民说》，中州古籍出版社 1998 年版，第 46 页。
[③] 几道、别士：《本馆附印说部缘起》，载陈平原、夏晓虹编：《二十世纪中国小说理论资料（1897—1916）》第一卷，北京大学出版社 1997 年版，第 27 页。

看，有大量专为儿童创作的并非故事类的文字，以及并非专为儿童创作的故事都被纳入儿童文学的范畴。这也是《英语儿童文学史纲》《书，儿童与成人》等史论著作所秉持的历史立场。我们对西方儿童文学中国传播历程的考察中，也将这类作品纳入论述范围。

周桂笙的《新庵谐译》（1903），其中翻译了许多童话和寓言。卷一有《一千零一夜》《渔者》，节译自《天方夜谭》；卷二有《猫鼠成亲》《狼羊复仇》等，译自《伊索寓言》《格林童话》《豪夫童话》等书。再如英国儿童文学的最早传播是从《格列佛游记》开始的。在清末民初影响一时的林译小说中，《希腊名士伊索寓言》《黑奴吁天录》《英国诗人吟边燕语》等都与儿童文学密切相关。尽管从严格意义上说，这些作品并非纯粹的儿童文学作品，但却深受儿童读者的喜欢。在译成中文之后，也受到中国读者的喜欢。钱锺书谈及林译小说的魅力时指出，他学习外语的兴趣就归功于对林纾翻译小说的阅读。他认为商务印书馆发行的《林译小说丛书》，将十一二岁的少年带入了一个迥异于《水浒传》《西游记》《聊斋志异》的另辟的新天地。得益于林译小说的魅力，钱锺书领略了西洋小说的迷人之处，津津不厌地阅读了哈葛德、欧文、司各特、迭更斯（狄更斯）的作品。[①]这些汉译小说，无论是译者有意为儿童译介，抑或是出于其他目的并非专为儿童群体翻译，在其出版之后都成为清末一代儿童童年阅读的恩物。

从清末民初的儿童文学翻译整体面貌来说，占据主体地位的恰好就是这类成人文学作品或经由成人文学改编而成的作品。真正意义上的儿童文学作品的译介在"五四"时期达到高潮。欧美重要儿童文学作家及其代表作纷纷被译介。如英国儿童文学经典《爱丽丝漫游奇境记》《潘彼得》《水孩子》《北风的背后》《柳林风声》，美国儿童文学经典《汤姆·索亚历险记》《秘密花园》等，很多作品还出现了多种译本。晚清以降，欧洲、亚洲、美洲等国的儿童文学纷纷被引进，其中尤以欧洲的作品为多，这与欧洲儿童文学的发达程度有关。从国别上来说，英国、法国作品占据主导地位。据李丽的统计，就1898—1919年间儿童文学翻译作品的国别分布来说，英国和法国居

[①] 钱锺书等：《林纾的翻译》，载《七缀集》，上海古籍出版社1994年版，第82页。

于首位，占总量的 22.1%，其次是日本和阿拉伯，占总量的 7.6%。

反观晚清到民国西方儿童文学中国传播的历程，可以发现明显的阶段性特点。晚清梁启超等人秉持"经世致用"的原则以文学实现救亡图存的政治抱负，译介活动以科学小说、冒险小说、教育小说为主体，作品选择方面注重与时代形势相契合，儿童文学的本体性并未得到重视。"五四"之后，受益于儿童的发现和儿童本位文学观的倡导，当时译介作品的儿童性和文学性逐渐被看重。如《爱丽丝漫游奇境记》这样"无意思之意思"的作品就是这一时期译介的典型代表。而到了 1930 年代，翻译选择的偏向性又有了明显的转变。"随着时代的发展，译介的重点已由遥远的理想的'乐土'，转为现实社会的新世界；由充满幻想色彩的童话，转为给人以'切实知识'的科学文艺、现实小说。"[①] 原本专注于欧美儿童文学翻译的文学大师们纷纷转移视线，选取俄国和弱小民族国家的儿童文学进行译介。鲁迅翻译有俄国作家爱罗先珂的《爱罗先珂童话集》《桃色的云》，班台莱耶夫的《表》；荷兰望·蔼覃的童话《小约翰》；匈牙利至尔·妙伦的童话《小彼得》。茅盾译有俄国作家契诃夫的《万卡》，卡达耶夫的《团的儿子》；捷克斯洛伐克童话《二个月》；瑞典拉格勒孚的儿童小说《罗本舅舅》；波兰犹太作家裴莱兹的儿童小说《禁食节》；智利巴里奥斯的儿童剧《爸爸和妈妈》；西班牙贝纳文特的幻想儿童剧《太子的旅行》；匈牙利莫尔奈的儿童小说《马额的羽饰》；荷兰台地·巴克尔的儿童小说《改变》等。[②]

二 英美等主要国家儿童文学汉译概貌

美国儿童文学在中国的传播，可以溯源到 1901 年。林纾、魏易翻译的文言译本《黑奴吁天录》由武林委氏刊行。1903 年，上海的《启蒙画报》使用白话章回体演义的小说形式刊载了《黑奴传》。这番连载了三期之后就杳无下文的现象，可谓美国儿童文学在中国传播之始。此后 1905 年，东海觉我（徐念慈）翻译了《黑行星》（*The End of the World*，今译《世界的终结》），

---

① 王泉根评选：《中国现代儿童文学文论选》，广西人民出版社 1989 年版，第 140 页。
② 金燕玉：《茅盾的儿童文学翻译》，《苏州大学学报》（哲学社会科学版）1986 年第 1 期。

在上海小说林出版。1913年，孙毓修编辑的《童话丛书》第一集之十八即为美国作家John Muir的《风箱狗》。传教士也参与了美国儿童文学的翻译，主要有刘乐义（G. R. Loehr）、亮乐月（Laura M. White）、L. S. Chow和季理斐夫人（Mr. Mac Gillivray）。其中亮乐月翻译最多，译介了包括伯内特《小公主》《小英雄》[①]等在内的多部作品。传教士以儿童文学为载体，以服务传教为目的，成为在中国传播美国儿童文学的最早人群。

清末民初美国儿童文学在中国的传播无论是数量还是规模都相对较小，"五四"之后，美国儿童文学的译介逐步进入高潮，并在20世纪三四十年代达到鼎盛。翻译涉及的文体有小说、儿童故事、童话、连环画故事、寓言等。译介的主要作家作品有女作家伯内特的《小公主》（Sara Crewe）《小英雄》（Little Lord Fauntleroy）《秘密花园》（Secret Garden）和《蓝花国》（The Land of Blue Flower）；奥尔德里奇（Thomas B. Aldrich）的 The Story of a Bad Boy，译本有《顽童自传》（李敬祥译，启明书局1936年版；赵余勋译，上海少年书局1933年版）以及《顽童小传》（顾润卿译，世界书局1933年版）、《顽皮的孩子》（余针译，版权页题嘉禄书局总经售，1948年版）。马克·吐温的 The Adventures of Tom Sawyer 出现了四个译本，分别是《汤姆莎耶》（月祺译，开明书店1932年版）、《汤模沙亚传》（吴景新译，世界书局1933年版）、《汤姆沙亚》（周世雄译，启明书局1939年版）、《孤儿历险记》（章铎声译，光明书局1947年版）。其他作品还有《顽童流浪记》（The Adventures of Huckleberry Finn）和《傻子旅行》（The Innocents Abroad）。帕金斯（Lucy Fitch Perkins）"双生子"系列小说创作于1910年代，该系列中的《爱斯基摩小朋友》（The Eskimo Twins）、《瑞士小朋友》（The Swiss Twins）、《斯巴达小朋友》（The Spartan Twins）、《苏格兰小朋友》（The Scotch Twins）、《挪威的双生子》（The Norwegian Twins）等8部都由王素意译为中文，被列入"儿童史地丛书"出版。在经典作家作品译介的同时，当时文坛对美国儿童文学的

[①] 该书是伯内特的代表作，现通行的译名是《小勋爵》。在1930年代，该书曾出现多种译本，主要有刘大杰译的《孩子的心》，1930年3月北新书局初版，到1937年10月该书已经出版到第5版。1931年8月商务印书馆出版的王学理译的《小公子》。1931年10月开明书店出版的孙立ающ译的《小公子》（该书被列入"世界少年文学丛刊"）。1933年世界书局出版的杨镇华译的《小伯爵》上下册（该书被列入"世界少年文库"）。其他译本还有1936年10月启明书局张由纪译的《小公子》。

动态关注十分及时。例证之一就是卢林斯（M. K. Rawlings）的《一岁的小鹿》(*The Yearling*) 获得1939年普利策文学奖，1940年3月上海西风社就出版了陈东林的节译本。美国儿童文学译介的另一个值得关注的现象是纽伯瑞儿童文学奖获奖作品的翻译。房龙的《人类的故事》斩获第一届纽伯瑞儿童文学奖金奖，1925年商务印书馆就出版了由沈性仁翻译的中译本。此后，该书还出现了林微音的译本《古代的人》、陈叔谅的译本《远古的人类》、伍况甫的译本《万能的人类》等。较之于美国儿童文学在本土繁盛的发展状况，其在中国的传播和影响就显得局促得多，译介数量不多，不成体系，被译介作家的覆盖面不广泛，译本呈现上大多以节译、编译为主。

在17世纪末18世纪初，"一个还没有任何专门为儿童创作书籍的年代，在英国居然有一本以一种最悲情最偏执的方式专向儿童讲述'赎罪'这个主题的书……一部纯想象的，起初并不为儿童所创作的著作，却恰恰拥有他们最喜欢的各项元素。它是一本神秘的想象作品，将天主教徒的存在以近乎寓言和小说的形式呈现了出来"。①保罗·阿扎尔以诗意的语言，激情地描述了英国儿童文学发展的先天优势，他所论述的这本"赎罪"的图书就是《天路历程》。也正是《天路历程》《格列佛游记》等作品率先进入中国，开启了英国儿童文学的中国传播历程。

从规模和数量上说，英国儿童文学的译介远甚于美国儿童文学。这既有在晚清就已开启的对斯威夫特、王尔德等作家的译介，又有对英国自维多利亚时代儿童文学黄金时代到20世纪初的重要作家作品的译介，如萨克雷、金斯利、罗斯金、卡罗尔、王尔德、巴里、吉卜林等。其中金斯利的《水孩子》译本多达5种，罗斯金的《金河王》出现了4个译本。英国儿童文学作品成为当时满足少年儿童读者的文学需求的重要读物。如20世纪30年代初期，世界书局出版的"世界少儿文库"，就收录了金斯利、王尔德、吉卜林等人的童话和小说。以英国作家斯蒂文森为例，他的诗歌、小说都得到较为全面的译介。其中 *A Child's Garden of Verses*、*Silver Island* 还有多个中译本。1904年，商务印书馆出版了商务印书馆编译所编译的《金银岛》，共有85

---

① 〔法〕保罗·阿扎尔：《书，儿童与成人》，梅思繁译，湖南少年儿童出版社2014年版，第160页。

页，明显是节译本，作者斯蒂文森被译为司得反生。1913年该书又被列入"说部丛书"，多次再版。顾均正的译本《宝岛》（开明书店1930年版），被列入"世界少年文学丛刊"，是所有译本中最受欢迎的，自初版到1947年已经出了7版。何萝雷的译本《金银岛》（启明书局1936年版）将作者译为史蒂文孙。此外，还有世界书局、三民图书公司的译本等。*A Child's Garden of Verses* 现通用的译名为《一个孩子的诗园》，当时则由赵景深翻译为《儿童的诗园》，由北新书局出版。

法国儿童文学的译介始自儒勒·凡尔纳科学小说的翻译。1900年世文社刊印薛绍徽女士翻译的《八十日环游记》，这是第一部科幻小说的翻译，并由此掀起了晚清科幻小说译介的热潮。凡尔纳的科学小说在当时被争相译介。法国儿童文学中译最突出的是马洛，他的小说 *Sans Famille* 译本多达7种。包天笑将其译为《苦儿流浪记》，该书还得到教育部嘉奖，成为教育小说译介的代表。此后这一作品又有徐蔚南的《孤零少年》（世界书局1933年版），林雪清、章衣萍的《苦儿努力记》（上海儿童书局1933年版），赵余勋的《苦女奋斗记》（少年书局1933年版）、陈秋帆《无家儿》（商务印书馆1938年版）、唐允魁《苦女努力记》（启明书局1940年版）等多种译本，且多种译本都再版多次，可见该作品在当时的传播程度之广。1921年，胡愈之在《东方杂志》撰文介绍法国的儿童小说，文章评析了法国文学家长于心理分析的传统，在儿童小说方面着重介绍了波拉斯佛（Rene Boylesve）的《阑干上的孩子》、伏胜（Viosion）的《小学生季拉》（L'Elive Gilles）。[①] 除小说之外，法国儿童文学的寓言、童话等文体也都有中译。拉封丹（当时译为拉风歹纳、拉丰登）的寓言就有多个译本，主要有张若谷的翻译，在《小说月报》第17卷第1号到第12号连载。此外，还有CF女士翻译了孟代童话集《纺轮的故事》，穆木天翻译了法郎士的长篇童话故事《蜜蜂》，顾均正翻译了保罗·缪塞的童话《风先生和雨太太》，戴望舒翻译了贝洛尔的童话集《鹅妈妈的故事》等。

德国儿童文学的译介，最具代表意义的是《格林童话》的译介。《格林

---

① 胡愈之：《法国的儿童小说》，《东方杂志》1921年第18卷第12号。

童话》从晚清进入译介视野以来,在商务印书馆、开明书店等大小书局出版过数十种译本,形式上有改编本、节译本、缩写本等。1934年魏以新翻译的《格林童话全集》收录210篇童话,可谓当时《格林童话》汉译史上具有里程碑意义的译本。魏以新还翻译了《闵豪生奇游记》(即《吹牛大王历险记》),1930年由华通书局出版。德国作家凯斯特纳在1929年出版的《爱弥儿捕盗记》,早在1934年就由林雪清译为中文由儿童书局出版。到1939年1月,该书已经连续6版,书中主角爱弥儿成为影响一时的儿童形象。有意思的是,该书正文之前有"一个读者的话",署名徐晋,向读者亲切地讲述了自己曾在京沪夜车上熟睡时,给小偷偷去了二百七十块钱的经历,并且感叹:"可是我那时没有爱弥儿那么勇敢,也没有爱弥儿那么机警,一任那小偷逃之夭夭,惭愧惭愧!"他还分享了他的阅读感受:"我读了《爱弥儿捕盗记》,觉得这也是一个教训;虽则和爱弥儿的外祖母所谓的教训观点完全不同。"[①] 这位徐晋就是儿童书局的创办人张一渠,此事可谓德国儿童文学传播中的一段佳话。1940年代,《爱弥儿捕盗记》还推出了《学生捕盗记》(程小青译,南光书店1943年版)、《小学生捕盗记》(林俊千译述,文光书局出版,具体出版年月不详,卷首译者前记写于1940年7月)等译本。徐志摩、李长之、赵景深、顾均正等现代文学大师都曾致力于德国儿童文学的译介。同时,文学界也通过英译本等中介了解和关注德国儿童文学状况。如阿英(钱杏邨)就通过戴尔士(Ha Dailes)的英译本《劳动儿童故事》(*Fairy Tales for Worker's Children*)探讨德国儿童文学思想和技巧方面的特色。"原文不知道是德国哪家出版社,英译本版本很大,字也很适宜于儿童,纸张不伤目……"[②] 由此可窥见德国儿童文学译介状况之一斑。

三 苏联儿童文学的中国传播与影响

相对其他西方国家的儿童文学来说,苏联(俄国)儿童文学的翻译呈现

[①] 徐晋:《一个读者的话》,载林雪清译述:《爱弥儿捕盗记》,徐晋编校,儿童书局1934年版,第1页。
[②] 钱杏邨:《德国文学漫评》,《小说月报》1928年第19卷第3号。

出明显的阶段性特征。1910—1919年间几乎没有译作,到了1920—1929年,则有11部作品被翻译,是同时期儿童文学作品翻译最多的国家,占翻译作品总量的17.8%。1930年代之后,苏联儿童文学翻译数量直线上升,达到了32部,占同时期翻译作品总量的12.4%,仅次于英国,位列第二。到了1940年代,苏联儿童文学作品的译介量占据了绝对多数的主导地位,作品总量有80部,占同时期翻译总量的38.1%,当时位列第二的英国翻译作品数量为28部。[1]

苏联儿童文学译介的鲜明阶段性与其作品鲜明的现实主义精神密切相关。20世纪20年代之后,苏联儿童文学翻译逐渐受到重视,契合了当时对儿童问题密切关注的现实语境。一大批直接揭露社会罪恶,反映社会下层人民及其子女苦难生活的外国儿童读物被陆续介绍进来。鲁迅、茅盾等文学大师都投身于苏联儿童文学翻译。早在20世纪初,鲁迅与周作人合译的《域外小说集》就译刊了王尔德创作的暴露社会黑暗的童话《安乐王子》。后来鲁迅又翻译了《桃色的云》《表》等。鲁迅在《坟·杂忆》中曾阐述翻译爱罗先珂童话和《桃色的云》的原因,"我当时的意思,不过要传播被虐待者的苦痛的呼声和激发国人对于强权者的憎恶和愤怒而已",他特别指出,"并不是从什么'艺术之宫'里伸出手来,拔了海外的奇花瑶草,来移植在华国的艺苑"。[2]鲁迅对《小彼得》《表》等作品的翻译目的也延续了这种翻译旨趣:"告诉小读者,要生存必须改变不合理的社会制度,而改变社会制度必须由斗争取得。"这一类"勇敢而明白的斗士"是一种鼓励和引导,"为了新的孩子们,是一定要给他新作品,使他向着变化不停的新世界,不断的发荣滋长的"[3]。

早在1921年,茅盾主编的《小说月报》就推出了《俄国文学研究专号》,刊载了日本西川勉撰文,夏丏尊译述的《俄国底童话文学》。该文对格来洛夫(克雷洛夫)的动物寓言、普希金的《渔夫与金色鱼的故事》、托尔

---

[1] 李丽:《生成与接受:中国儿童文学翻译研究(1898—1949)》,湖北人民出版社2010年版,第33页。
[2] 鲁迅:《杂忆》,载《鲁迅全集》第一卷,人民文学出版社2005年版,第237页。
[3] 鲁迅:《〈表〉译者的话》,《译文》1935年第2卷第1期。

斯泰的《两个农夫》、契诃夫的《渴睡的头》等6位作家的作品进行介绍和分析。《小说月报》经由日本文学这一中介了解介绍俄国儿童文学状况，是因为"俄国底童话中，现实的分子似多于空想的分子"，同时从文学的社会功用来说，介绍的6位作家的作品"于俄国底革命，功效也着实不小"。① 这类作品中对异国社会黑暗的抗争和"被虐待者的苦痛的呼声"，不仅影响着中国读者，而且深深地刺激着中国作家。

20世纪三四十年代之后，被选择译介的苏联儿童文学，洋溢着更为强烈的现实色彩和浓郁的战斗气息。其中最有影响的作家作品有盖达尔的《远方》《第四避弹室》《铁木尔及其伙伴》，班台莱耶夫的《表》《文件》，卡达耶夫的《团的儿子》，莫吉列夫斯卡雅的《小夏伯阳》等。这些作品的译介契合了当时中国的现实境遇。陈伯吹曾说："其时正是领土日蹙，国难日深，这些作品不仅直接对小读者灌输革命斗争思想，进行爱国主义教育，也对儿童文学的创作方向有所启示，有所鼓舞。"在这些作品的现实主义精神的感召之下，陈伯吹创作了《华家的儿子》《火线上的孩子们》《少年英雄》等以抗击敌人为内容的作品，并希冀于以此起到宣传鼓动的作用。对于鲁迅翻译的班台莱耶夫的儿童小说《表》，他认为这部作品"是向儿童文学注射了一针新的血液，从而产生了新的蓬勃生长的力量"②。到了40年代，董林肯又将《表》改编成五幕儿童剧，继续弘扬其现实主义精神。

这种现实主义的精神指向不仅指引着翻译的选择，同时也锚定了作家的创作方向。在20世纪三四十年代儿童文学创作和翻译上颇有建树的巴金回忆说："我是爱罗先珂童话的爱读者"，他的童话"在我的思想上留下了很深的烙印""我四篇童话中至少有三篇是在他的影响下面写出来的"。③ 回顾巴金的童话创作，"激发国人对于强权者的憎恶和愤怒"，诅咒反动统治"象长生塔那样一定要垮下来"的童话集《长生塔》就是这种产物。贺宜被认为是

---

① 〔日〕西川勉：《俄国底童话文学》，夏丏尊译，《小说月报》1921年第12卷号外《俄国文学研究专号》。
② 陈伯吹：《谈外国儿童文学作品在中国》，载陈伯吹：《儿童文学简论》，长江文艺出版社1982年版，第70页。
③ 巴金：《谈〈长生塔〉》，《收获》1979年第1期。

"把战争和血泪的现实,表现在儿童文学作品里的勇敢的尝试者"①。回顾自己的创作道路,贺宜直言自己深受苏联儿童文学影响,他说读了《小彼得》和《裂》以后深受启发,他以为这样的作品能帮助儿童认识现实,是真正的儿童文学,因此激励自己"要不不写,写就写这样的"。②

在中国儿童文学发展和理论建设的征途中,苏联儿童文学的影响可谓后来居上。当时的作家、翻译家对苏联儿童文学的现状十分了解。如翻译家萧三在《略谈儿童文学》中就曾评价说"苏联儿童文学读物是很丰富"。文章还介绍了当时的主要作家和创作情况:"数一数有名的儿童文学作家和诗人,全苏联儿童酷爱的马尔夏克、米哈尔柯夫、楚科夫斯基等都是得到列宁勋章或红星勋章;许多不专门创作儿童文学的有名作家,从高尔基起都为儿童创作,或从事写儿童的创作;卫国战争时期,描写儿童参加抗战的作品和给儿童出版的读物非常之多。这都可见对于儿童文学的重视。"在检索苏联儿童文学成就的同时,萧三看到国内的儿童文学的贫乏和不被重视的境地,希望作家能"不忘掉这一年少的读者层"。③

随着作品的大量译介,苏联儿童文学的理论文章也得到译介并逐渐产生重要影响。1936年《文学》第7卷第1号发表了沈起予翻译的高尔基的《儿童文学的"主题"论》,这种直接翻译介绍苏联儿童文学理论文章的做法风行一时。与此同时,还有介绍苏联作家、理论框架观点的文章,如介绍苏联作家马尔夏克的儿童文学创作及其对儿童文学功能、内容的认识的文章。茅盾在《关于"儿童文学"》中介绍马尔夏克关于儿童文学的见解。《儿童文学在苏联》介绍了苏联儿童如何迫切需要文学读物以及苏联政党对儿童文学创作和出版的重视情况。此后,茅盾又撰写了《儿童诗人马尔夏克》《马尔夏克论儿童文学》等文章。

在儿童文学建设方向上,苏联儿童文学一度是国内儿童文学的标杆。钟望阳在《我们的儿童读物》中说:"……良友图书公司翻译的一套《苏联童

---

① 范泉:《新儿童文学的起点》,《大公报》1947年4月6日。
② 转引自北京师范大学编:《文学论文集及鲁迅珍藏有关北师大史料》,北京师范大学出版社1981年版,第234页。
③ 萧三:《略谈儿童文学》,《解放日报》1942年12月17日。

话》,例如《童子奇遇记》《白纸里的字》《书的故事》和《钟的故事》等以及《译文》上面鲁迅先生译的《表》,曹靖华先生译的《远方》,还有另一位先生的《第四避弹室》,以及生活书店的《文件》等等的苏联儿童的和少年的文学,这给中国一辈从事于儿童文学的作家的,的确是一个很有力的刺激,中国童话向着新的前途上猛进,而对蕴有的自国的封建气味的和西洋的贵族气味的童话的有批判的作为文学遗产来接受,可说是已有了它的基础了!"① 对苏联儿童文学的倚重是当时儿童文学的潮流,为此翻译家、作家呼吁:"团结文坛上的力量,有计划的大规模的介绍苏联的文学到我们的国土上来,是近日我们文学工作者急切的任务。"② 而在1949年之后相当长一段时间,苏联儿童文学,无论是理论建议抑或创作的探索,都成为新中国儿童文学发展的重要导向。

第三节　从晚清到民国:两套丛书与西方儿童文学的翻译

西方儿童文学的译介成为清末以来不断更新发展的大众传媒的重要内容资源。从清末梁启超创办的《新小说》,传教士报刊《小孩月报》,到商务印书馆早期的"说部丛书",都有对域外儿童文学的刊载,如斯蒂文森的《金银岛》、笛福的《鲁滨逊漂流记》等儿童文学作品;此后商务印书馆的《小学生文库》《幼童文库》《中学文库》,中华书局的《小朋友丛书》《世界童话》等大型丛书都有儿童文学译作。除此之外,世界书局、儿童书局、大东书局等专门的出版机构,也都曾出版以儿童文学译作为主体的丛书,西方儿童文学译作俨然成为各家出版社竞相采用的优质出版资源。这类儿童文学丛书中,最有影响的就是孙毓修编辑的《童话丛书》、开明书店的"世界少年文学丛刊"等。

---

① 钟望阳:《我们的儿童读物》,载王泉根评选:《中国现代儿童文学文论选》,广西人民出版社1989年版,第161页。
② 力扬:《对于苏联文学的感想》,《文学月报》(重庆)1940年第2卷第5期。

一 《童话丛书》:晚清儿童文学翻译的集大成者

1908年11月,商务印书馆出版了孙毓修主编的《童话丛书》第一集第一编《无猫国》。张梓生说:"中国出版的单行童话,要算商务印书馆的《无猫国》为最早。"[1] 此后十多年时间中,《童话丛书》一共出版了三集102编(种)。孙毓修主编了第一、二集,1916年之后茅盾也参与了该丛书的编撰工作。该丛书的第三集由郑振铎主编。参与丛书编撰的还有高真长、谢寿长等人。

《童话丛书》是晚清以来西方儿童文学翻译的集大成之作,该丛书的出版是西方儿童文学中国化进程中的重要事件。"在我们中国,大家公认有儿童文学这件东西是起源于三十年前对于西洋儿童读物的翻译,如《无猫国》《大拇指》等等。"[2] 也有研究者指出:"这表明我国儿童文学尚处在发掘中国古代典籍、编译外国儿童文学作品的启蒙阶段。但它规模之大、持续之久,已用白话写作与拥有广泛的小读者,都说明《童话丛书》是中国近现代出版史上最早的一套大型的专门性的儿童文学丛书。"[3] 对于儿童文学翻译史的考察来说,《童话丛书》是不可或缺的重要对象。

《童话丛书》是对西方儿童文学的第一次规整而系统的译介。《童话丛书》中外国儿童文学作品编译达64种,中国历史故事36种,茅盾创作的有2种。赵景深曾详尽分析了孙毓修编撰图书的内容来源,认为其编辑的77种图书中来自中国历史故事有29种,其余的48种都源于西洋民间故事和名著,囊括了格林童话、安徒生童话和贝洛童话、希腊神话以及《格列佛游记》等作品。[4] 具体情况如下:选自格林童话的有《大拇指》《三王子》《姊弟捉妖》《皮匠奇遇》《三姊妹》;来自安徒生童话的有《小铅兵》《海公主》;选自法国贝洛童话的有《红帽儿》《玻璃鞋》和《睡公主》等;来源于希腊神话的有《三问答》《勇王子》《木马兵》《十年归》《点金术》;来自梁启超等人已

---

[1] 张梓生:《论童话》,《妇女杂志》1921年第7卷第7号。
[2] 钱小柏:《中国的儿童文学向哪里走》,载蒋风主编:《中国儿童文学大系》理论(1),希望出版社1988年版,第258页。
[3] 蒋风、韩进:《中国儿童文学史》,安徽教育出版社1998年版,第113页。
[4] 赵景深:《孙毓修童话的来源》,《大江月刊》1928年第11期。

经译述了的《泰西五十轶事》的有《无猫国》《三问答》《狮子报恩》。此外还有来自英国作家笛福的《绝岛飘流》,改编自斯威夫特《格列佛游记》的《小人国》《大人国》等。寓言有《人外之友》《义狗传》《鹰雀认母》《麻雀劝和》《云雪争竞》《俄国寓言》《西藏寓言》《哑口会》等,其他还有《快乐种子》《睡王》《好少年》《万年灶》《风箱狗》《我知道》《非力子》《梦游地球》等。当然,除了西方儿童文学经典,也有改编自东方民间故事的典范《天方夜谭》中的《能言鸟》《如意灯》等作品。

赵景深指出,孙毓修主编的《童话丛书》的来源,"疑心有一小半是取材于故事读本,而不是取材于专书的"。他认为其来源主要有三种:(1) Chamber's Narrative Readers;(2) "A. L" Bright Story Readers;(3) Books for the Bairns。① 这套丛书囊括西方各类儿童文学经典如格林童话、贝洛童话、安徒生童话,这主要归功于孙毓修宽广的阅读视野。孙毓修被茅盾赞誉为"中国编辑儿童读物的第一人"②"中国有童话的开山祖师"③,在儿童文学改编、译介和儿童读物编辑方面都有很高建树。谢菊曾在《涵芬楼往事》中忆及对孙毓修的印象:"案头堆着许多西文杂志,内中如伦敦出版的《少年百科全书》……随手把这些杂志翻阅了一下,才明白孙老前后编写的许多作品,凡关于欧美的名人逸事、名胜古迹、史话、民话、古典文学以及百科常识等一类东西,无一不取材于这些刊物,那本《欧美小说丛谈》亦不例外。"④ 这种广泛涉猎、积极借鉴国外出版物的策略,还体现在孙毓修主编的《少年杂志》等刊物中。《少年杂志》《常识谈话》对科技动态和时事的展示,《少年丛书》对中外名人的传略和逸事的介绍等,这些极富前瞻眼光和创见的编辑成果,都得益于孙毓修深厚的学识修养和开阔的眼界。

《童话丛书》一经推出,就广受读者欢迎。最初两编出版后,销路很好,孙毓修也很快得到了同事与友人的反馈。他在《起居记》戊申十二月十六日(1909年1月7日)记道:"《童话》已发行。高梦旦言,《无猫国》最浅显,

---

① 赵景深:《孙毓修童话的来源》,《大江月刊》1928年第11期。
② 茅盾:《关于"儿童文学"》,《文学》1935年第4卷第2号。
③ 茅盾:《商务印书馆编译所生活之一——回忆录(一)》,《新文学史料》1978年第1期。
④ 谢菊曾:《涵芬楼往事》,载《随笔丛刊》第六集,广东人民出版社1980年版,第86页。

销场甚好,《三问答》则稍艰深。"[1] 这些改编自西方儿童文学经典的作品,成为清末民初童年阅读的深刻记忆。早在20世纪20年代,《童话丛书》就广为时人称道。郑振铎曾将《无猫国》《大拇指》等作品缩写为短故事,刊载在《儿童世界》上以增进儿童看书的欲望。同时,该丛书中的《无猫国》《大拇指》等作品也成为老一辈作家童年阅读的重要记忆。赵景深在晚年时仍深情描述儿时阅读《无猫国》时的情景,自称是孙毓修派,他以为《童话丛书》为好几万孩童阅读喜爱,是孙毓修留下的大礼物。张若谷在《文学生活》中更是将孙毓修编的《大拇指》《无猫国》等作品称为童年时代的恩物和好伴侣。冰心也曾忆及童年时代对该丛书的喜爱:"我的舅舅从上海买到的几本小书,如《无猫国》《大拇指》等,其中我尤其喜欢《大拇指》,我觉得那个小人儿,十分灵巧可爱,我还讲给弟弟们和小朋友们听,他们都很喜爱这个故事。"[2] 在张天翼、朱湘等作家的童年回忆中也都有《无猫国》的影子。《童话丛书》的受欢迎程度和深远影响可见一斑。而与孙毓修同事的茅盾,在20世纪70年代末儿童读物相对匮乏的困境中,依然念念不忘《无猫国》,希望对有百种之多的《童话丛书》进行审核,加以翻印,以缓解当时儿童的文学性读物很少的局面。[3]

《童话丛书》出版之后,中华书局跟风出版了《世界童话》,其广告称:"本局编辑《世界童话》百种,选择中外古今人物传记、掌故时事以及博物资料,德育模范,寓言游戏,莫不兼采。文字浅显,图画简明,使儿童易于领悟,乐于观览。而议论正大,述事简明,恰合儿童之心理,符共和之真谛……"该丛书第一批十种有《二王子》《梦三郎》《魔博士》《指环魔》《法螺君》《卜人子》《驴公主》和《铁王子》等。[4] 可见,西方儿童文学的译介和传播已拥有广泛的读者群。

---

[1] 孙毓修:《起居记》,载柳和城:《孙毓修评传》,上海人民出版社2011年版,第70页。
[2] 冰心:《我是怎样被推进儿童文学的队伍里去的》,载叶圣陶、冰心等:《我和儿童文学》,少年儿童出版社1980年版,第16—17页。
[3] 茅盾:《中国儿童文学是大有希望的——对参加"儿童文学创作学习会"的青年作者的谈话》,《人民日报》1979年3月26日。
[4] 原载《申报》1914年1月13日头版,转引自柳和城:《孙毓修评传》,上海人民出版社2011年版,第76页。

《童话丛书》的受欢迎,得益于孙毓修在译述时所坚持的明确的儿童受众意识。当时商务印书馆刊出的《童话丛书》广告称:"童子略识文字,无不喜看小说,惟无稽之说,既失之谬妄,而新旧小说,或文字高尚、理论精深,非幼年所能领。故东西各国,特编小说为童子之用,欲以启发智识,含养德性。是书以浅明之文字,叙奇诡之情节,并多附图画,以助兴趣。虽语多滑稽,然寓意所在必轨于正,童子阅之,足以增长德智,妇女之识字者,亦可借为谈助。"[①] 这是近代以来第一次明确地以儿童为目标受众,为儿童编制的儿童文学丛书。

　　作为最早有意识为儿童编撰读物的编辑,孙毓修对儿童读者的阅读心理、接受习惯有精准的认识。他以发展的眼光审视儿童读者的需求:"文字之浅深,卷帙之多寡,随集而异。盖随儿童之进步,以为吾书之进步焉。并加图画,以益其趣。"为了更好满足读者的需求,《童话丛书》采取分集出版的方式:第一集每种规定为五千字,页数在20页上下,读者定位为七八岁的儿童;第二集字数加倍,文字也稍深,页数增至30页左右,适合于十、十一岁儿童。他十分注重读者的阅读意见,每成一编,就请高梦旦将手稿带回家,"召诸儿而语之,诸儿听之皆乐,则复使之自读之。其事之不为儿童所喜,或句调之晦涩者,则更改之"[②]。

　　孙毓修清醒地认识到当时的读物存在语言过于"典与雅"等缺陷,并且洞察到儿童喜爱故事的阅读天性。他指出:"荒唐无稽之小说,固父母之所深戒,达人之所痛恶者,识字之儿童,则甘之寝食,秘之于箧笥。纵威以夏楚,亦仍阳奉而阴违之,决勿甘弃其鸿宝焉。"对于欧美国家尊重儿童心理之所宜,盛作适合儿童之程度的儿童小说以迎之的情况,孙毓修心向往之且极为推崇:"说事虽多怪诞,而要轨于正则,使闻者不懈而几于道,其感人之速,行世之远,反倍于教科书。"看到国内儿童阅读需求与相应儿童读物欠缺的情况,感于欧美同行的实践,孙毓修开始《童话丛书》的编辑。在取材方面,从"不足为学问之助"的旧小说中"刺取旧事,与欧美诸国之所流

---

① 原载《小说月报》第2卷第1号,转引自柳和城:《孙毓修评传》,上海人民出版社2011年版,第72页。
② 孙毓修:《〈童话〉序》,《东方杂志》1909年第5卷第12号。

行者，成童话若干集，集分若干篇"，以起到"假此以为群学之先导，后生之良友，不仅小道，可观而已"的作用。① 在具体的编辑实践中，孙毓修灵活操作，不拘一格，以寓言、述事、科学三种体例进行。值得指出的是，孙毓修认可的"童话"概念有些杂糅，几乎等同于儿童文学的概念，包括了童话、小说、寓言、神话传说、中外历史、人物传记等。

柳和城指出《童话丛书》的第一集第三编《大拇指》，从1909年到1922年间，再版发行达十四次之多。② 有意思的是，《童话丛书》的评论中被提及最多的是那些改编自西方儿童文学的作品，来源于中国文化传统的作品从数量上有29种，大约是102种的三分之一。但从影响来说，这些读物的魅力则显得较弱，不能与西方儿童文学作品相提并论。为此，朱自强断言在《童话丛书》中，中国历史故事只是小小的配角，支撑门面的完全依靠西方儿童文学。③ 将《童话丛书》放在西方儿童文学中国传播历程中，尤其是从西方儿童文学中国化的视角予以审视，孙毓修的译介策略就显得格外有研究意义，具体表现在以下两个方面。

（一）重视道德说教，编译时渗透中国传统观念

孙毓修将童话视为践行孝道等传统美德的有效载体。第一集第三十七编《教子杯》的开头就是一大串中国传统孝道言论："凡是会看童话的，当知事父母当孝。古时子路负米、曾子养志，这些故事，自必听过。奉养父母，使父母无冻饿之忧。如子路到百里之外，负米归来，养活父母，固是人子所应该的。然此还不是孝字中最大的职务，必如曾子的养志，方算尽了最大的职务了。"④ 赵景深认为"儿童对于儿童文学，只觉他的情节有趣，若加以教训，或是玄美的盛装，反易引起儿童的厌恶"。他曾谈起过自己幼时对《童话丛书》教训性的不满，幼时看孙毓修的《童话》，第一二页总是不看的，因为那些圣经贤传的大道理，不但看不懂，就是懂也不愿去看。这显然是读者阅

---

① 孙毓修：《〈童话〉序》，《东方杂志》1909年第5卷第12号。
② 柳和城：《孙毓修评传》，上海人民出版社2011年版，第72页。
③ 朱自强：《中国儿童文学与现代化进程》，浙江少年儿童出版社2000年版，第135页。
④ 《教子杯》，转引自柳和城：《孙毓修评传》，上海人民出版社2011年版，第77页。

读感受的真实袒露。而站在儿童文学评论者的立场,他在和周作人关于童话的讨论中倡导的是"自然生出,不是造作出的"童话艺术,为此他不无直率而严厉地批评当时编者的"操之过急":"教训和玄美陶冶儿童的性情,何尝不好,不过他们太心切了一些,便不顾儿童能否受用,尽量的把饭塞了进去,弄到结果,只是多使儿童厌恶些罢了。"[1]从文化操纵论来说,这也正是译者将译本作为寄托文化意图载体的体现。这种道德说教的痕迹,在茅盾编译自《格林童话》的《好运气的汉斯》和《海斯交运》中还有明显的延续:"海斯这段故事,编书人讲完了。编书人却有几分感触,不晓得看官们有否,姑且说来与诸位一听:第一,编书人不怪海斯愚笨,只怪他贪心不足,见异思迁。第二,天下的事,终没有十全十美的。只要自己有见识,有耐心,无事不可做到。这两层意思,不知看官们以为怎样?"[2]"编书人"直接跳出故事,告知读者自己的解读,将编译旨趣进行传达,可谓当时的惯常操作。

儿童文学在儿童教育上的价值,儿童故事对道德说教的取舍等情况,在"五四"时期的翻译中有了明显变化,即道德说教的弱化和文学性的张扬。如文基(郑振铎)译述的《列那狐的历史》连载于《小说月报》第16卷第8—12号,有44则故事。郑振铎赞誉它是"一部伟大的禽兽史诗",他认为:"《列那狐的历史》最可爱最特异的一点,便是善于描写禽兽的行动及性格,使之如真的一般;还有它引进了许多古代的寓言,如熊的被骗,紧夹在树缝中,狼的低头看马蹄,被马所踢等等,而能够自由的运用,使之十分的生动,也是极可使我们赞美的。"[3]在翻译策略上,为了适宜于中国儿童的接受,采用了"重述"的方法,但并没有删略太多内容。郑振铎还不忘记对他所见的英译本进行批评。这个英译本删节了原书的三分之二,还修改了故事的结局。不同于原书列那狐重获自由的处理,英译本不想让狡者得志,竟安排了列那狐被处死刑的结局。郑振铎立场鲜明地强调:编译儿童书而处处顾

---

[1] 赵景深、周作人:《童话的讨论》,载赵景深编:《童话评论》,新文化书社1934年版,第171页。
[2] 茅盾:《海斯交运》(《童话丛书》第一集第八十七编),载孔海珠编:《茅盾和儿童文学》,少年儿童出版社1984年版,第150页。
[3] 郑振铎:《〈列那狐的历史〉译序》,载《郑振铎全集》第十三卷,花山文艺出版社1998年版,第16—17页。

全"道德",注定会失掉许多文学的趣味。可见,在文学趣味和所谓道德引导的衡量上,郑振铎更倾向于文学性的呈现,对此种出于道德考虑的改写持不赞同的态度。

(二)故事内容的中国化处理

林文宝曾这样评价孙毓修的编译:"故事完全是中国式的,即使那些外国故事,他也要把它写成适合中国阅读习惯的作品。他认为'童话'的对象是儿童,一定要使儿童能够阅读,儿童感到欢喜。"①孙毓修对《无猫国》《海公主》等西方儿童文学作品都进行了一番中国化的改头换面,将故事进行中国化的处理,最明显体现于开头的"楔子"式文字;"孙作童话,仿效宋人评话体裁,开头常有一段'楔子'式文字,或先讲一段与正文有联系的中国故事;或者提纲挈领,点评一番。"②在《无猫国》的开头,孙毓修先讲了一个中国的有猫国鼠台的故事,加以总结性的话语:"此便是鼠台的故事,和尚生在有猫国里,不肯养猫,以致遭此大祸。"接着再细细讲述国外的无猫国故事。而在故事的最后,大男得了金银珠宝成为大富人之后,并没有恃才傲物,而是将财物分与众人,同时虚心向学,尊敬主人。孙毓修在最后称赞道:"你看他有钱之后,安心读书,要做个上等之人。这才算受得住富贵了。"这样的结尾文字,并非原文内容,而是孙毓修依据中国"万般皆下品,唯有读书高"的传统的一种改写。又如《绝岛飘流》(第一集第四编),这是英国作家笛福《鲁滨逊漂流记》的故事,孙毓修却在开篇用数页文字先讲一堆大道理,"古人说道:'人之一身,备百物而为之用'。造此百物,定非一人所能。种田地者,专管种田地,是谓之农;造器具者,专管造器具,是谓之工;贩卖农工所成之物,专管贩卖,是谓之商……"③编译者诉说一番"百物"来之不易的道理,如此煞费苦心的训诫之后,才开始鲁滨逊漂流荒岛的故事。

---

① 林文宝:《试论我国近代童话观念的演变:兼论丰子恺的童话》,台北万卷楼图书股份有限公司2000年版,第45页。
② 柳和城:《孙毓修评传》,上海人民出版社2011年版,第76页。
③ 《绝岛飘流》,转引自柳和城:《橄榄集》,商务印书馆2020年版,第414页。

此外，孙毓修主编的《少年杂志》也编译了不少儿童文学作品，同样采取类似处理方式。如第 2 卷第 3 号的《孤儿自述》，改译自英国小说家狄更斯的小说《大卫·柯波菲尔》。孙毓修写了类似"楔子"式的按语："孤儿虽是可怜，却因自小经了患难，凡事深知甘苦，后来成为名人的倒也不少。""此书是迭更司自述一生的阅历，句句从小孩子的肺腑中流出。普天下的孤儿见了，也当洒一掬同情之泪，然浩然自立的念头，也从此而生了。"①又如《男爵孟恪生之奇遇》是一部诙谐小说，孙毓修加了一篇"译者附识"：

立身以诚实无欺为贵。若造为诳语以欺人，人未必可欺，而转以自欺耳。荷兰男爵孟恪生有慨于此，欲著一书，戒人毋欺。虑庄语之严正，不如谐语之易以动人也。乃托为自己游历之辞，题其书曰《男爵孟恪生平常游历骇闻记》。夫平常之游历，安得有骇闻之冒险？不必读其书，闻其名即已足令人哑然失笑矣。其书畅作荒唐之辞，谰言欺人，读之，未有不骂著书人之无耻者。孟恪生岂好以其名供人咒骂哉？人能鉴此，而言行悉归于诚实，无使人指之曰：此又一孟恪生也。此孟恪生著书之本心也。②

对当时处于发生期的中国儿童文学和儿童文化建设来说，本土原创作品相对薄弱和匮乏，翻译作品大行其道，以中国化方式改写域外资源是儿童文学本土化建设努力的重要手段。孙毓修成功实践的改编方式，成为日后儿童读物编辑继承、发扬的重要传统。如《儿童世界》《小朋友》等刊物都以古今中外优秀文化资源为其重要的题材库，而郑振铎、叶圣陶、王人路等儿童读物编辑也很好地秉持了改编的传统，并将其作为建构儿童文化、促进儿童文学发展的重要路径。

---

① 《孤儿自述》，《少年杂志》1912 年第 2 卷第 3 号。
② 《少年杂志》1911 年第 1 卷第 5 号。

二 "世界少年文学丛刊"与西方儿童文学的译介

西方儿童文学翻译在 20 世纪三四十年代进入高潮期,这其中徐调孚主编的"世界少年文学丛刊"代表了这一时期翻译的最高成就。"开明书店在三十年代前后(一九二七——一九三七年)陆续出版了一套'世界少年文学丛刊',其中安徒生作品的译本,占了较多的数量,但其他的童话佳作也不少,例如徐调孚译的《木偶奇遇记》与顾均正译的《风先生和雨太太》,在孩子们队伍里传诵一时,历久勿衰。"[①] "世界少年文学丛刊"是开明书店在 1927 年之后陆续推出的大型儿童文学丛书,出版时间延续到 1949 年,主编为徐调孚,主要参与者有顾均正、赵景深、夏丏尊、张友松等人。

首先,该丛书囊括了诸多西方儿童文学经典名著,"我们的取材,先从翻译重述着手,译笔务使浅显,使适宜于读过几年书的孩子的自阅"[②]。该丛书是当时西方儿童文学中译的集大成者,其中《爱的教育》《木偶奇遇记》都是超级畅销书,影响一时。该丛书收录了叶圣陶的《稻草人》、冰心的《寄小读者》等本土原创儿童文学作品,其主体构成却是西方儿童文学名著的译文,有《水孩子》《玫瑰与指环》《灰姑娘》《孤儿历险记》,还有《风先生和雨太太》《爱的教育》《鲁滨逊漂流记》《鹅妈妈的故事》《木偶奇遇记》等。该丛书还汇集了当时儿童文学翻译的诸多名家,如徐调孚、顾均正、楼适夷、章铎声、赵景深等。

其次,该丛书是明确的儿童本位论观念指导下的翻译实践。主编徐调孚撰写的广告《一个广告——世界少年文学丛刊》洞察并尊重儿童阅读特性和文学需求。张扬"孩子是天使!孩子能获有广大的普泛的宠爱之幸运!我们对他惟有欣羡"。他对儿童读者有着美好的憧憬与期许:"我们应给他们的生活以愉快;我们应满足他们游戏的精神;我们应予他们以正确的观察的能力;我们应扩展他们情绪的力量;启发他们想象的能力,训练他们的记忆,运用他们的理性;我们应增加他们对于社会的关系的强度……于是,我们要

[①] 陈伯吹:《牧歌声声一线牵》,载中国出版工作者协会编:《我与开明》,中国青年出版社 1985 年版,第 14—15 页。

[②] 徐调孚:《一个广告——世界少年文学丛刊》,《文学周报》1928 年第 255 期。

给他们以文学，适宜于他们的文学，他们自己的文学。"徐调孚对读者年龄和接受特点进行详尽分析：一岁到三岁是婴儿期，三岁到十岁是幼儿期，这又细分为两期，六岁以前为前期，六岁以后为后期，十岁到十五岁是少年期，十五岁到二十岁是青年期。该丛书的目标受众为少年期和幼儿后期的读者："我们在这里所称为的'少年文学'，自然是适用于少年期的，然而其中一部分却也适宜于后期幼儿期的。"他认为儿童在不同时期对文学文类的需求是不同的。幼儿期的文学题材和少年期的有不同的侧重。幼儿期以奇异幻想为尚，所以童话、故事、儿歌等是适宜于这时期的。少年期为浪漫的情绪发达之期，故小说、神话、传说等是最适宜的了。[①]为此，编者依据对儿童年龄特征和接受特点的精准判断，主张向不同年龄段施以不同文体的文学读物。

最后，该丛书编撰所秉持的"儿童本位论"突出体现在对插画、印刷和装帧的重视。周作人谈及幼时读书情况时说喜欢看绣像书，只是绣得太呆板了，所以由《三国演义》的绘图转到《尔雅图》和《诗中画》一类那里去了。何况"中国向来以为儿童只应该念那经书的，以外并不给预备一点东西，让他们自己去挣扎，止那精神上的饥饿"。所以，面对儿童的需求，其实际状况却是，"只就儿童用的画本的范围而言，我可以说不会见到一本略好的书"。画本尚且如此，更不用说插图为辅的文字图书了。以专门针对儿童读者的《童谣大观》来说，印刷方面尤其是插画的情况就很不理想，周作人直言那些绣像式的插画令人不愉快，不如舍去反倒清爽。他还追溯这些插画的源头，认为它们和小学教科书中那些不中不西，没有生气的傀儡画和教育画有着一定关联。当时出版物的插图情况大致如下："中国现在的画，失了古人的神韵，又并没有新的技工，我见许多杂志教科书上的图都不合情理，如阶石倾斜，或者母亲送四个小孩去上学，却是一样的大小。这样日常生活的景物还画不好，更不必说纯凭想象的童话绘了，——然这童话绘却正是儿童画本的中心。我至今还很喜欢鲁滨孙等人的奇妙的插画，觉得比历史绘更为有趣。但在中国却一册也找不到。幸而中国没有买画本给小儿做生日或过节的风气，否则真是使人十分为难的事了。儿童所喜欢的大抵是线

---

① 徐调孚：《一个广告——世界少年文学丛刊》，《文学周报》1928 年第 255 期。

画，中国那种的写意画法不很适宜，所以即使往古美术里去找也找不到什么东西，偶尔有些织女钟馗等画略有趣味，也稍少变化。"① 中国童书插画的拙劣与不受重视可谓当时的普遍现象。即使是专为儿童的刊物《儿童世界》也免不了粗陋。鲁迅曾在《二十四孝图》中说："自从所谓'文学革命'以来，供给孩子的书籍，和欧美、日本的一比较，虽然很可怜，但总算有图有说，只要能读下去，就可以懂得了……每看见小学生欢天喜地地看着一本粗拙的《儿童世界》之类，另想到别国的儿童用书的精美，自然要觉得中国儿童的可怜。"② 偶尔有一些出色之作就显得格外珍贵。郑振铎给叶圣陶于1923年由商务印书馆出版的《稻草人》作序时，格外提到了其中的插图："这童话集里附有不少美丽的插图。这些图都是许敦谷先生画的。我们应该在此向他致谢。有这种好图画印在书本里，在中国，可以说此书是第一本。"③

在这样的背景下，"世界少年文学丛刊"对插图和装帧的重视就显得弥足可贵。徐调孚对印刷十分重视，他曾坦言："我们认为粗纸错字的印刷，对于读者是一种侮辱，尤其是儿童。我们在这里将尽量地加入美丽的插图，印刷和装帧，都以美观为前提。"④ 这在实际出版物中可得到印证。英国儿童文学中的瑰宝《柳林风声》(the Wind in the Willows)由尤炳圻译为《杨柳风》，该书特邀丰子恺精心制作了十余幅插图，又有周作人作序。叶圣陶评价该书是"难得的少年读物"，指出"这是专给少年看，或是心里还有少年精神活着的人们看的书。这是生命、目光、流水的书，尘土飞扬的路边和冬天的炉边的书。经尤炳圻先生用道地的国语译出，忠实流畅。书前有周作人先生的新序，由丰子恺先生精心作插图十余幅，是难得的少年读物"。⑤

---

① 周作人：《关于儿童的书》，《晨报副镌》（文学旬刊）1923年8月17日。
② 鲁迅：《二十四孝图》，载《鲁迅全集》第二卷，人民文学出版社2005年版，第258—259页。
③ 郑振铎：《〈稻草人〉序》，《文学周报》1923年第92期。
④ 徐调孚：《一个广告——世界少年文学丛刊》，《文学周报》1928年第255期。
⑤ 叶圣陶：《世界少年文学丛刊》，载叶至善、叶至美、叶至诚编：《叶圣陶集》第十八卷，江苏教育出版社2004年版，第282页。

第二章 理论与现实：西方儿童文学中国化的可能性与现实性

西方儿童文学的中国化历程，是西方儿童文学在中国译介、传播、发生影响的过程，也是中国儿童文学主动吸纳外来文学资源以实现现代转换的过程。晚清以降，启蒙与现代性建设的需求，使得传统儿童文学势必要进行现代转型并产生具有现代思想的新文学，这就为西方儿童文学的中国化提供现实需求与生成语境。安徒生童话、王尔德童话、《爱的教育》等经典的译介，展现了越来越丰富多元的西方儿童文学世界。从亮乐月为代表的传教士群体，到梁启超、包天笑、周作人、赵元任等文学大师的译介实践，晚清以降儿童文学译者主体发生明显转变，译介策略方面也经历着从重述、节译、改编到还原原文的转向。西方儿童文学的中国化，即西方儿童文学在中国文化语境中，经由文化过滤并在译介与接受中发生的一种更为深层的变异过程。这不仅是西方儿童文学被改造的中国之旅，而且是中国儿童文学主动对西方"经典"进行选择、建构、阐释，生成和发展本土儿童文学的历史过程。

第一节 文学的他国化与西方儿童文学的中国化

作为比较文学变异学的一个重要研究领域，文学的他国化指的是一国文学在传播到他国后，经过文化过滤、译介、接受之后发生的一种更为深层次的变异，传播国文学本身的文化规则和文学话语已经在根本上被他国——接受国所同化,从而成为他国文学和文化的一部分。[1]

中国化是文学他国化的一种具体体现。在儿童文学翻译传播中,这种照顾到读者理解接受水平和文化适应性的改写,既有悠久历史,又有着鲜活的当下生命力。

一 同化、异化和改写理论

在文学翻译中一直存在着同化和异化两个问题。异化翻译(foreignizing translation)是劳伦斯·韦努蒂在《译者的隐形——翻译史论》(The Translator's Invisibility—A History of Translation)中提出的一个重要概念。

从源头来说,韦努蒂的观点批判吸收了德国神学家和哲学家弗里德里希·施莱尔马赫关于翻译方法的观点。1813年,施莱尔马赫发表了《论不同的翻译方法》的演讲。施莱尔马赫指出翻译的方法有两种,他认为译者可以选择归化或异化的译法,具体来说就是"译者要么让作者安居不动,把读者领向作者;要么让读者安居不动,把作者领向读者","前者从民族中心主义出发,使原文屈从于目的语文化价值观,将作者带回本国;另一种异化法,即偏离民族中心主义,压制目的语文化价值观,标示原文的语言和文化差异,让读者走出国门"。[2]施莱尔马赫甚至把翻译提升到民族主义议程上,认为翻译在普鲁士民族运动中发挥了重要的作用,通过对精英文学的培育,翻译丰富了德语,改变了德意志文化的历史命运,使其成为全球霸主。施莱尔马赫认为,翻译只有归化法和异化法两种方法,异化翻译的出现首先表现为翻译的文本选择,译者可以通过那些被主体文化所排斥的文本,重构外国文学的经典,从而抵抗主体文化中的主流话语。也就是说异化翻译对德语的作用在于创造一种民族文化,这是一种不受法国政治影响的德意志民族文化,这一公共空间只向"演讲天才"开放,只向文学精英开放。

韦努蒂认为作为一种翻译理论和实践,异化翻译是某些欧洲国家在特定

---

[1] 曹顺庆、郑宇:《翻译文学与文学的"他国化"》,《外国文学研究》2011年第6期。
[2] 〔美〕劳伦斯·韦努蒂:《译者的隐形——翻译史论》,张景华、白立平、蒋骁华译,外语教学与研究出版社2009年版,第20页。

历史时期所特有的。异化翻译有其可取之处，"是对世界现状的一种战略性文化干预，反对英语国家的文化霸权及其与世界其他国家之间不平等的文化交流"。他还进一步指出，英语中的异化翻译有时是抵制民族中心主义与种族主义、文化自恋与帝国主义的一种形式，有利于民主的地缘政治关系的确立。[①] 韦努蒂立场鲜明地阐释道，提倡异化翻译，反对英美归化传统，并非要废除文化政治议程，其核心是要开创一种抵制目的语主流文化价值观的翻译理论和实践，从而彰显外语文本的语言和文化差异。

这样的策略有利于民族文化的重构，有利于构造以异化为基础的文化身份，因此异化翻译有着极为丰富的内涵："一方面，异化翻译对原文进行以本民族为中心的挪用，将翻译视为再现另类文化的场域，因而从文化政治的角度把翻译提上议事日程；另一方面，正是翻译呈现出来的另类文化使异化翻译能够反映出原文在语言和文化上的差异，发挥重新建构文化的作用，并使那些与民族中心主义相背离的译文得到认可，在一定程度上修正本国的文学经典。"[②] 就西方儿童文学的中国译介进行来说，在清末的一段实践中，梁启超、包天笑等人都选择了异于中国传统文化观念的文本，典型的如科学小说、冒险小说的翻译。这些异域文学景观迥异于传统中国文学风貌，但译者们大多采用了归化处理策略，进行中国化改写。同时，得益于大众传媒的兴起、晚清域外文学的翻译和近代文学的转型，精英文化开始向大众传播。

只有把翻译与特定的文化情境联系起来，与特定时期不断变化的外国的接受情况联系起来，与不断变化的本土价值体系联系起来，我们才能将某种翻译策略界定为"异化"或"归化"。[③] 而陌生化（disfamiliarition）的翻译策略，不仅在语言结构和用词上注重传达原文的异国情调（foreignism），还冒险在译文中采用非常用和非标准词汇，如采用不符合语言习惯或晦涩难懂的

---

① 〔美〕劳伦斯·韦努蒂：《译者的隐形——翻译史论》，张景华、白立平、蒋骁华译，外语教学与研究出版社2009年版，第21页。

② Lawrence Venuti, *The Translator's Invisibility—A History of Translation*, New York: Routledge Press, 1995, p.148.

③ 〔美〕劳伦斯·韦努蒂：《译者的隐形——翻译史论》，张景华、白立平、蒋骁华译，外语教学与研究出版社2009年版，第301页。

表达方法，或者，将俚语、新词和古语混用在一起。①"异化翻译是一种另类文化实践，它发展在本土处于边缘地位的语言和文学价值观，包括因抵抗本土价值观而被排斥的异域文化。一方面，异化翻译对原文进行以我族为中心的挪用，将翻译作为再现另类文化的场点，从而把翻译提上了本土的文化政治议程；另一方面，正是这种另类的文化姿态使异化翻译能够彰显原文的语言和文化差异，发挥话语重构作用，并使那些偏离我族中心主义的译文得到认可，并有可能修正本土的文学经典。"②

韦努蒂曾指出传统的通顺翻译事实上造成了译者的隐形（invisible），导致了译者地位的边缘化。这主要通过两个方面来体现，首先是译者倾向于通顺，努力使译文语言地道，可读性强，有一种透明的感觉。其次这使出版商、评论者和读者因喜欢通顺译文而要求译文读起来不像是翻译。在通顺的要求下，译者成为了透明的存在，为此韦努蒂提倡异化翻译。而在儿童文学翻译中，通顺却是一个长期被重视且一再重复的话题，是由翻译的目标受众的特殊性决定的。

韦努蒂指出："翻译是译者在阐释的基础上用目的语能指链代替原语能指链的过程……译文的生存是建立在译文本身与特定文化环境及社会环境的关系之上的，在这种特定的文化环境和社会环境之下，译文才能得以产生并为人们所阅读。"由此可见译文的生成与特定文化环境紧密相关，是在特定文化和社会场域下的一种建构。但正如韦努蒂指出的，这种关系指向了一种暴力，"这种暴力存在于翻译目的和翻译活动本身：以目的语中预先存在的价值观、信仰、表达法重构原文，而这种重构总是在主流与边缘的等级系统中进行，它始终决定着文本的生产、流通和接受"③。在具有高度自我意识的翻译中，译文中的差异因素都要被目的语文化的可理解性、典律与禁忌、法规与意识形态所同化。

---

① 〔美〕劳伦斯·韦努蒂：《译者的隐形——翻译史论》，张景华、白立平、蒋骁华译，外语教学与研究出版社 2009 年版，第 8 页。
② 〔美〕劳伦斯·韦努蒂：《译者的隐形——翻译史论》，张景华、白立平、蒋骁华译，外语教学与研究出版社 2009 年版，第 7 页。
③ 〔美〕劳伦斯·韦努蒂：《译者的隐形——翻译史论》，张景华、白立平、蒋骁华译，外语教学与研究出版社 2009 年版，第 19 页。

韦努蒂分析了德南姆的翻译理论和实践，指出了德南姆所说的归化翻译的问题，翻译要自然流畅和适合原文，对通顺的追求等促成了译文的可读性和透明。而透明的结果是掩盖了译作产生的文化语境和社会语境——比如审美观、阶级以及国家的意识形态等。①但归化法一直在英语的翻译理论和实践中占据主导地位，而且归化与不同的社会潮流结合，被用于维持不断变化的文化和政治功能。②

同化和异化之争已有数百年历史。苏珊·巴斯内特认为两者争论的焦点在于两种选择：（1）译者是否该为了满足国内文化消费而设法抹去源语文本中的歧异痕迹，以便重塑该文本，使其符合目的语文化系统中流行的规范和期待值；（2）译者是否应该设法选择一种更贴近源语文化系统的翻译策略。同化策略和异化策略各有其优势。同化策略可以更加完整地把一种源语文本引入目的语文化系统，因为该文本针对的是对另一种文化系统完全一无所知的读者。异化策略则可以确保一种文本本身具有的异质性，这样读者就可以确信他们面对的文本来自一种完全不同的文化系统。也就是说文本包含外来痕迹——那种使它与产自于目的语文化系统的任何文本都明显不同的痕迹。③从同化和异化翻译的历程来说，英语中的异化翻译有时是抵制民族中心主义和种族主义、文化自恋与帝国主义的一种形式，有利于民主的地缘政治关系的确立。

勒菲弗尔在《翻译、改写以及对文学名声的操控》中指出，翻译不仅仅是语言层面的转换，而且包含译者对原作所进行的文化层面上的改写。译者会依据特定历史条件的差异，主要是意识形态（ideology）和诗学（poetology）方面，对原作进行适当的调整，使得译本与特定历史时期的主流意识形态和诗学形态相符，从而让译本为更多的读者所接受。从西方儿童文学翻译历史进程来看，这种改写和操控最为明显地体现在清末梁启超等人

---

① 〔美〕劳伦斯·韦努蒂：《译者的隐形——翻译史论》，张景华、白立平、蒋骁华译，外语教学与研究出版社2009年版，第68页。
② 〔美〕劳伦斯·韦努蒂：《译者的隐形——翻译史论》，张景华、白立平、蒋骁华译，外语教学与研究出版社2009年版，第72页。
③ 〔英〕苏珊·巴斯内特：《把消息带回家：同化策略与异化策略》，曹明伦译，载周发祥等编：《国际翻译学新探》，百花文艺出版社2006年版，第155—156页。

的"豪杰译"时期。

二 中外文学交流和传播进程与中国化

"打开中国的翻译史册,仅在'五四运动'以前,就有过三大翻译高潮,即从东汉到宋代的佛经翻译,明末清初的科学翻译和鸦片战争以后的西学翻译。"[1]这三次翻译高潮的形成与蔓延,对中华文明的发展产生过重大影响。东汉末年,佛经翻译活动日渐增多,这一翻译活动绵延至北宋初,古代印度文化通过佛经翻译与中国固有儒道文化发生交流碰撞,两者之间的抵牾与融合,也是异质思想文化被翻译的过程。道安的"五失本"和"三不易",彦琮的"八备"说以及玄奘的"五不翻"都是对相关翻译实践和经验的总结。印度佛教本身能融入中华文化并于其中生长,是因其本身与中华文化有相近或相同的因素,包含着可以补充中华传统文化的特定内容。但更重要的是,印度佛教在传入中国时,就依附和迎合中国本土文化。[2]

明末清初的科学翻译肇始于西方传教士。传教士带来了基督教义、古希腊哲学以及17世纪自然科学等。鸦片战争以后的西学翻译,从某种意义来说是明末清初科学翻译的一种延续,翻译的内容不再仅仅是声光化电、律法史地等书籍,而在科学翻译的基础上融汇了政治、经济、人文艺术等事关文明程度的现代内容。尽管如此,从中国化立场来说,两者仍然有着鲜明的区别。明末清初的科学翻译,因其内容为科技,要求翻译的精准。而西学翻译无论是严复的《天演论》还是梁启超"小说界革命"之后兴起的文学翻译,都有着更为明显的中国化痕迹。

这其中还有一个重要问题,就是翻译的立场。西学东渐以来,如何对待外来文化,如何洋为中用,一直是不可规避的重要话题。鲁迅在《拿来主义》中批判了"闭关主义"和"送去主义",提出要"运用脑髓,放出眼光,自己来拿"。他将外国文化喻为大宅子,讨论了三种不同的态度:保守主义

---

[1] 唐瑾:《编辑的话》,载刘宓庆:《文化翻译论纲》,湖北教育出版社2005年版,第319页。
[2] 马祖毅等:《中国翻译通史》,湖北教育出版社2006年版,第3页。

的、崇洋媚外的和拿来主义的。保守主义者害怕新事物，徘徊不敢进门，亦或者勃然大怒，放火烧光；崇洋媚外者，不加区分选择，照单全收，淹没丧失自我；唯有"拿来主义者"有清醒的自我评判，以开放的胸襟，以"沉着，勇猛，有辨别，不自私"的心态对待外来事物。拿来主义不失为一种好的方式，亦是取其精华，去其糟粕的批判性吸收和建设的方式。在新文艺的建设上，鲁迅也倡导这样的拿来主义："没有拿来的，人不能自成为新人，没有拿来的，文艺不能自成为新文艺。"①此后，鲁迅又表述过类似的立场："虽是西洋文明罢，我们能吸收时，就是西洋文明也变成我们自己的了。好像吃牛肉一样，决不会吃了牛肉自己也即变成牛肉的……"②所以，洋为中用是清末以来译介的基本立场，也即面对西方文化、文学时的中国主体立场，"并非将自己变得合于新事物，乃是将新事物变得适合于自己而已"③。

这样的观点代表了一代学人对待外国文学的态度，也是西方儿童文学中国化可能性的重要前提。对于中国儿童文学建设，西方儿童文学提供了一种典范，一种可借鉴的文学技巧。但在学习之后，更重要的问题是挣脱这种影响的束缚，探寻创作的创新之路。"对一些新的创作方法的运用既不能一味追求，也不可一概排斥，只要有助于表现人物，加强主题，就可拿来为我所用，不过有一点不能忘却，这就是别忘记自己是个中国人，是在写反映中国国情的作品。如果在创作中单纯追求某些外来的形式，这是没出息的，要使作品有持久的生命力，需要的是认真吸取这种'进口货'中的精华，受其影响，又摆脱影响，随后才能植根于中国的土壤中，创作出既创新又有民族特点的作品。"④施蛰存这一番对"现代派"的论说同样适用于西方儿童文学影响下中国儿童文学的创作探索。西方儿童文学为中国儿童文学创作提供了文学观念、技巧等方面的诸多滋养，但中国儿童文学受滋养的同时需要摆脱其影响，扎根于中国特定的文化语境，创作出具有中国气质的作品。

翻译理论研究的"文化转向"建议将翻译放置于广阔的社会文化语境中

---

① 鲁迅：《拿来主义》，载《鲁迅全集》第六卷，人民文学出版社2005年版，第40—41页。
② 鲁迅：《关于知识阶级》，载《鲁迅全集》第八卷，人民文学出版社2005年版，第228页。
③ 鲁迅：《华盖集·补白》，载《鲁迅全集》第三卷，人民文学出版社2005年版，第109页。
④ 施蛰存：《关于"现代派"一席话》，载施蛰存：《北山散文集》，华东师范大学出版社2001年版，第678页。

予以探查，进而探讨"一个文本是如何被选择并翻译的，在这一选择中译者担当着什么角色，编者、出版商或赞助人又充当着什么角色……译作是如何被译入语体系接受的"等一系列问题。[1] 依循这样的思路，以西方儿童文学的纵向发展历程为坐标，对晚清以降在中国传播的西方儿童文学作家作品进行审视，不难发现西方文化视野中的经典作品及其对作品的解读评判标准，与中国的文学视野下的评判有着明显的差异与裂缝。对于这种差异与裂缝，翻译是推动其生成的重要环节，换言之，许多作品在西方与中国传播与接受的差异是翻译使然。哪些作家作品被译介，缘何同一时代的重要作品有的早就有中译本，而有的迟迟未被译介，为何同一国别文学中一流的经典之作未被译介，而二三流的作品却被竞相译介并广为流传？近代以来西方儿童文学中国译介史上，这样的追问也是必需的。因为，西方儿童文学的被译介和传播的过程同时也是中国文化视野下对西方儿童文学经典的选择和建构过程。这集中体现在"五四"时期对译介作品的选择上，当时的翻译秉持有用的原则，有着明确的经典意识。

"五四"时期，随着文学旨趣的变化，当时译坛很多的活跃人物都对清末以来的翻译实践进行省思。胡适在《建设的文学革命论》中曾指出："现在中国所译的西洋文学书，大概都不得其法，所以收效甚少。"对此，他拟订出几条翻译西洋文学名著的办法，其中第1条便是：只译名家著作，不译第二流以下的著作。他倡议国内真懂得西洋文学的学者应该开一会议，公共选定若干种不可不译的第一流文学名著……其第二流以下，如哈葛得之流，一概不选。诗歌一类，不易翻译，只可从缓。[2] 他的这种以名家名著为主的译介意识得到了积极的响应，如当时任《新潮》月刊主任编辑的傅斯年就在《译书感言》中应和这种观点。他提出4个应该注意的方面，开首即是："（1）翻译一部书以前，先问这本书是否本身有价值，是否在同类之中算最好的。（2）翻译一部书以前，先问这本书是否到了翻译的地步了，是否还有

---

[1] 〔英〕苏珊·巴斯内特（Susan Bassnett）、〔英〕安德烈·勒菲弗尔（André Lefevere）：《文化构建：文学翻译论集》（*Constructing Cultures, Essays on Literary Translation*），上海外语教育出版社2001年版，第123页。

[2] 胡适：《建设的文学革命论》，《新青年》1918年第4卷第4号。

应当较先翻译的……"接着他指出应当翻译对中国人最有用的,还列举了8个条件,其中最后的第8条说:"专就译文学一部分而论,也是如此;'只译名家著作,不译第二流以下的著作'。这是胡适之先生在他的《建设的文学革命论》中的一条提议。"[1] 晚清以降,在对西方儿童文学进行中国译介时,大多秉持着译介经典的原则。《安徒生童话》《格林童话》《潘彼得》《爱丽丝漫游奇境记》《木偶奇遇记》等经典渐次进入中国,只是译本却面临着各不相同的命运,这种命运的形成与译者的处理、译本的呈现是否契合中国文化需求有着密切关联。

"五四"时期,译介的另一导向是本着倡导有用、改良社会的原则。傅斯年在《译书感言》中,言明译介西书要选最好的,这最好的和次好的和不好的分别在于其是否有用,"所以我们说'应当翻译好的'还是句笼统的话,不如说,应当翻译最有用的——对于中国人最有用的"。[2] 志希(罗家伦)在《今日中国之小说界》中对要在中国译外国小说的人,提出了四条意见,其中第一条最要紧的就是选择材料。他认为小说是要改良社会的,所以要取值得借鉴,合于这个宗旨的。[3] 这种服务社会改革的宗旨,成为当时译介的重要选择原则。

文学研究会的"西谛"(郑振铎)写了《盲目的翻译家》一文,赞同有人批评某些报刊登载从英美杂志上译出的"无名的等闲作品",他认为文学翻译应该有选择,无论是英美新近杂志的作品还是那些有确定价值的作品,翻译的选择应该立足于中国的现实,"请先睁开眼睛看看原书,看看现在的中国,然后再从事于翻译"[4]。因此,在他看来,即使是《神曲》《哈姆雷特》等外国名著,对于旧文学的破坏,对于新文学观的建设也不会产生大的影响。他认为介绍外国文学,应该考虑两方面的作用,第一是能改变中国传统的文学观念;第二是能引导中国人到现代的人生问题,与现代思想相接触。[5]

---

[1] 傅斯年:《译书感言》,《新潮》1919年第1卷第1号。
[2] 傅斯年:《译书感言》,《新潮》1919年第1卷第1号。
[3] 志希(罗家伦):《今日中国之小说界》,《新潮》1919年第1卷第1号。
[4] 郑振铎:《盲目的翻译家》,《晨报副镌》(文学旬刊)1921年6月30日。
[5] 郑振铎:《无题》,《晨报副镌》(文学旬刊)1922年8月11日。

三 从"儿童的发现"到"为儿童而译"——中国儿童文学翻译观之嬗变

日本的文艺批评家柄谷行人曾指出日本现代文学的起源与自身"认识装置"发生根本性变化密切相关。就文学问题而言,"谁都觉得儿童作为客观的存在是不证自明的。然而,实际上我们所认为的'儿童'不过是晚近才被发现而逐渐形成的东西"[①]。作为东方文明古国的中国,儿童也在清末民初逐渐被发现,但当时的儿童文学翻译,其秉持的儿童观还是基于儿童作为未来国民的政治意义,而非儿童期自有的价值和意义。鲁迅在《我们现在怎样做父亲》中表达了与柄谷行人同样的见解:"直到近来,经过许多学者的研究,才知道孩子的世界,与成人截然不同;倘不先行理解,一味蛮做,便大碍于孩子的发达。所以一切设施,都应该以孩子为本位。"[②] 以儿童为本位的观念的提出与实践,经历了一个过程。西方人类学、儿童心理学等资源的输入,催生了现代儿童观,进而催生了本土儿童文学。1920 年以后,周作人也连续发表《儿童的文学》《关于儿童的书》等论文,逐渐形成"儿童本位论"的文学观。在《儿童的文学》中,周作人重申了儿童独立存在的价值。"以前的人对于儿童多不能正当理解,不是将他作为缩小的成人,拿'圣经贤传'尽量的灌下去,便将他看作不完全的小人,说小孩子懂得什么,一笔抹杀,不去理他。近年来才知道儿童在生理心理上,虽然和大人有点不同,但他仍是完全的个人,有他自己内外两面的生活。"[③] 这一时期,无论是对儿童文学定义还是对如何建设儿童文学的探讨,都建基于儿童本位的观念。郭沫若就认为"儿童文学,无论采用何种形式(童话、童谣、剧曲),是用儿童本位的文字,由儿童的感官以直达于其精神堂奥,准依儿童心理的想象与感情之艺术"[④]。如果说处于发生期的儿童文学逐渐建立了儿童本位论的观念,那么这种观念在儿童文学的译介中同样得到体现,并且对翻译的演进有着明显的

---

① 〔日〕柄谷行人:《日本现代文学的起源》,赵京华译,生活·读书·新知三联书店 2003 年版,第 112 页。
② 鲁迅:《我们现在怎样做父亲》,载《鲁迅全集》第一卷,人民文学出版社 2005 年版,第 140 页。
③ 周作人:《儿童的文学》,《新青年》1920 年第 8 卷第 4 号。
④ 郭沫若:《儿童文学之管见》,《民铎》1921 年第 2 卷第 4 号。

影响，促使儿童文学翻译过渡到以儿童为目标受众的阶段。

早在1923年，西方儿童文学在中国传播逐渐步入繁盛的时期，沃尔特·本雅明就明确指出："翻译不可能与原作相等，因为原作通过翻译已经起了变化。"在此基础上，译者的工作就是富有创造性的，"既然翻译是自成一体的文学样式，那么译者的工作就应该被看作诗人工作的一个独立的、不同的部分"①。翻译是一种创造性劳动，译本的呈现和译者的个人素养、翻译目的等密切关联。在《译文学书方法的讨论》中，茅盾对翻译文学工作者的素养和责任感有很高的要求："（1）翻译文学书的人一定要他就是研究文学的人。（2）翻译文学书的人一定要他就是了解新思想的人。（3）翻译文学书的人一定要他就是有些创作天才的人。"②这就要求译者有一定的文学素养和研究能力，要有对新思想和思潮的了解，而且译者要具备文学才能和天赋。这是从事文学翻译的基本要求，儿童文学的翻译因其儿童受众的特殊性，除却尊重文学翻译的基本规律，还要适应儿童读者的特殊要求。从这个意义来说，儿童文学翻译除却一般翻译转换的诸种困难，还要兼顾儿童读者的阅读和接受，即儿童性、趣味性等要求，这也是更有难度、更为艰巨的任务。

（一）直译与意译

鲁迅在《关于翻译的通信》中将中国的译文读者分为三类，主张对不同的读者要有不同的译文。他将读者分为甲乙丙三种。甲为受了教育的读者；乙为略能识字的读者；丙为识字无几的读者。他认为丙类读者不在译文的读者范围之内。至于供给甲类读者的译本，他主张"宁信而不顺"，译文中还应该时常加些新的字眼，新的语法，但不宜太多。通过这样的努力，群众的言语才能丰富起来。③1922年，赵景深和周作人在《关于童话的讨论》中讨论过儿童文学的翻译，就翻译在文字处理方面的问题进行探讨："你说教育童话，他那意思可用消极的选择，但是文字方面，若介绍童话给儿童看，究应怎样译法（直译，意译或其他）才算合适呢？"周作人对此的看法是：

---

① 转引自陈德鸿、张南峰编：《西方翻译理论精选》，香港城市大学出版社2000年版，第197、205页。
② 茅盾：《译文学书方法的讨论》，《小说月报》1921年第12卷第4号。
③ 鲁迅：《关于翻译的通信》，载《鲁迅全集》第四卷，人民文学出版社2005年版，第392—393页。

"我本来是赞成直译的,因为觉得以前林畏庐先生派的意译实在太'随意言之,随意书之'了。但是直译也有条件,便是必须达意,尽中国语的能力所及的范围以内,保存原文的风格,表现原语的意义,换一句话就是信与达。"接着,他结合《金刚经》等翻译例证批评了当时误会直译的意思,将直译处理为一字一字把原文转为汉字的生硬做法,强调他所主张的翻译法是信而兼达的直译,名称上可以叫作意译,而那些随意增删改窜的译法并非意译,而是随意译。他特别强调童话翻译的特殊性,因为受众儿童兼具好奇和守旧的特点,所以童话翻译可以比直译自由一点。[①] 由此可见,周作人对晚清儿童文学翻译界流行的随意增删改窜的行为是持有批评态度的,同时他极为看重儿童接受者的特点。

(二)力避欧化,适应中国人阅读需求

翻译是语言之间的转换,每种语言都有其相对独立的系统和特殊的规约。中国语言文字的特殊性使得译介儿童文学作品时的语言转换格外艰难。周作人说:"中国用单音整个的字,翻译原意极为难,即使十分仔细,也只能保存原意,不能传本来的调子。"[②] 这种转换的困难,使得很多译者的精力在于传达原文的意义,形成了儿童文学翻译中欧化严重的现象。

赵景深曾批评鲁迅的"硬译"。他在《读书月刊》发表《论翻译》,言明翻译要注重读者和顺畅程度:"我以为译书应为读者打算,换一句话说,首先我们应该注重于读者方面。译得错不错是第二个问题,最要紧的是译得顺不顺。倘若译得一点也不错,而文字格里格达(疙里疙瘩),吉里吉八(结里结巴),拖拖拉拉一长串,要折断人家的嗓子,其害处当甚于误译……所以严复的'信''达''雅'三个条件,我认为其次序应该是达、信、雅。"赵景深的翻译主张是宁错而务顺,毋拗而仅信。他十分注重读者对翻译作品的接受:"我的一番心意只是想接近读者,取得读者大众。"他的译书方法和主张是比周瘦鹃、林纾这种古文化的译法要欧化一些,但比起其他几位译者

[①] 赵景深、周作人:《童话的讨论》,载赵景深编:《童话评论》,新文化书社1934年版,第175—177页。
[②] 周作人:《随感录二十四》,《新青年》1918年第5卷第3号。

又要创作化一点。他还列举了理想的标准是胡适译短篇小说那样明澈如水的地步。①赵景深"与其信而不顺,不如顺而不信"的主张,遭到卢纶的驳斥,这集中反映在《几条"顺"的翻译》《风马牛》等文章。抛开这些论证,赵景深指出的译文应使其创作化,逐渐欧化的设想,对儿童文学翻译有着积极的借鉴意义。如在翻译对话时将说话者放在译文前面,这样处理更为接近国人阅读习惯,更能取得读者认同。再如在翻译外来人名时使用带有明显性别色彩的词语,便于读者记忆。这些特别的处理正是对晚清林纾、梁启超等开创的中国化翻译的延续。

20世纪30年代,茅盾对儿童文学的翻译有多次阐述,并着重批评当时翻译文字上的欧化现象。茅盾的《给他们看什么好呢》就西方儿童文学名著汉译在读者中的接受情况进行了分析,他认为尽管有《儿童世界》《小朋友》等刊物,以及《世界少年文学丛书》之类出版物,但是因为这类文艺读物数量不多,加之译文偏于欧化,所以很多孩子自寻"出路",阅读《七侠五义》《水浒》等旧书。《宝岛》(即《金银岛》)《金河王》之类名著的汉译却显得沉闷难懂,不对胃口。而究其原因,很大程度上是译文偏于欧化造成的。为此茅盾倡议"热心儿童文学的朋友联合起来研究他们译著何以不受儿童的热烈喜爱"。②

(三)儿童性的坚守,倡导简洁平易、尊重儿童性的译文

鲁迅在《鱼的悲哀》译者附记中说:"近时,胡愈之先生给我信,说著者自己说是《鱼的悲哀》最惬意,教我尽先译出来,于是也就勉力翻译了。然而这一篇是最须用天真烂漫的口吻的作品,而用中国话又最不易做天真烂漫的口吻的文章。"③鲁迅用"天真烂漫"来形容儿童文学语言表达的效果,这也是儿童文学译者面临的共同难题。

> 译文既须简洁平易,又得生动活泼;还得"美",而这所谓"美"

---

① 赵景深:《论翻译》,《读书月刊》1931年第6期。
② 茅盾:《给他们看什么好呢》,《申报》1933年5月11日。
③ 鲁迅:《〈鱼的悲哀〉译者附记》,载《鲁迅全集》第十卷,人民文学出版社2005年版,第224页。

决不是夹用了"美丽的词句"（那是文言的成分极浓厚的）就获得；这所谓"美"，是要从"简洁平易"中映射出来。我们的苛刻的要求是："儿童文学"的译本不但要能给儿童认识人生，（儿童是喜欢那些故事中的英雄的，他从这些英雄的事迹去认识人生，并且构成了他将来做一个怎样的人的观念），不但要能启发儿童的想象力，并且要能给儿童学到运用文字的技术。①

这是兼具文学创作才情与丰富翻译实践的文学大师对于儿童文学翻译之艰难的一种陈述。在儿童文学翻译实践中，这种儿童的话是很难操作的。鲁迅在翻译《表》时哀叹："想不用什么难字，给十岁上下的孩子们也可以看。但是，一开译，可就立刻碰到了钉子了，孩子的话，我知道得太少，不够达出原文的意思来，因此仍然译得不三不四。"②同为现代文学大师的巴金，对儿童文学翻译的不易也有切身感受。他翻译王尔德的童话集《快乐王子集》持续了两年多时间，因为不满意自己的译文，失去了勇气，甚至把原书搁回到书架上，不去动它。他还说自己不是王尔德童话的适当的翻译者，他的译文只能说是试译稿。当这本《快乐王子集》再版时，巴金依旧坦率地道出自己的不安："抱歉的是，我的朴素的笔传达不出他那十分丰富、华丽的辞藻的光彩。"③

相较于"五四"之后翻译者对儿童文学翻译特殊性和难度的认识，晚清一代梁启超、林纾等译者显得相对乐观而自信。如梁启超的《十五小豪杰》经过多重转译，即从法文译为英文，再从英文译为日文，最后从日文转译为中文，翻译中采用中国化处理方式，用中国说部体式，内容上有删节调整，经过此番转化处理之后，梁启超依然在第一回的"附记"中相信自己的翻译，"自信不负森田。果尔，则此编虽令焦士威尔奴覆读之，当不谓其唐突西子耶"④。这种翻译自信的背后，其实隐藏着翻译者对儿童文学接受特殊性、

---

① 茅盾：《关于"儿童文学"》，《文学》1935 年第 4 卷第 2 号。
② 鲁迅：《〈表〉译者的话》，《译文》1935 年第 2 卷第 1 期。
③ 巴金：《〈快乐王子集〉译本新版再记》，载张耀辉编：《巴金和儿童文学》，少年儿童出版社 1990 年版，第 391 页。
④ 饮冰子、披发生译述：《十五小豪杰》，世界书局 1930 年版。

译文儿童性等方面估计不足的问题。

第二节 中西文化碰撞与传统儿童文学的式微

1900年，美国美以美会传教士泰勒·何德兰（Isaac Taylor Headland）收集了152首北京地区的儿歌，辑录为《孺子歌图》，由纽约黎威勒公司印发出版。次年，他又撰写了《中国的男孩和女孩》，从他者的眼光与立场，详尽记录了儿童的游戏、家庭、儿歌等清末中国儿童生活。在美国传教士对中国儿童及其文学生活予以关注，将中国儿歌童谣翻译介绍到美国的同时，以童谣、民间故事、蒙学读物等为主要类型的传统儿童文学却面临着式微和亟待转型的困境。而这种困境的生成，既与文学发展的自身规律有关，又与西学东渐的中西文化交流碰撞的大语境有着紧密联系。

一 古代儿童文学遗存

学者斯科特·多萝西娅·海沃德（Scott Dorothea Hayward）在《中国通俗文学与儿童》（*Chinese Polular Literature and the Child*）一书中曾表示："在中国，直到十九世纪末，专门为儿童（除去入学儿童）创作的文学没有以任何可能的方式存在。相反，从最早的时期起，中国儿童就能很幸运地从讲故事人那里听到故事了，这些故事人的表演包含每一种类的故事，故事来源于一个巨大的文学目录，可以追溯到公元前10世纪前。神话、传说、动物寓言、上帝和鬼、英雄和恶棍、爱和战争，都通过歌曲、诗歌、笑话、歌谣、谜语等被散布开来，成为讲故事人的材料。"[①] 相对于中国古代儿童文学的丰富遗存，海沃德的罗列仅覆盖其中一隅，即通俗文学或谓之曰民间文学的遗存。中国源远流长的民间口头文学为历代儿童的成长提供了丰厚的精神食粮，如《牛郎织女》《田螺姑娘》《老虎外婆》《蛇郎》等。

---

① Scott, Dorothea Hayward, *Chinese Popular Literature and the Child*, American Library Association, 1980, p.1.

民间故事之外，民间童男童女咏唱的歌谣也即童谣，也是古代儿童文学的丰厚遗存。周作人引日本中根淑《歌谣字数考》说："所谓歌谣者，盖本有心人所作，流行于世，童子习而歌之者尔。"① 在另一篇《儿歌之研究》中，周作人引述了中根淑关于童谣起源的说法："周宣王时童女歌，檿弧箕服，实亡周国为童谣之起源。"② 《国语·晋语》对童谣的定义如下："童，童子。徒歌曰谣。"《汉书·五行志》有载："女童谣，闾里之女童为歌谣也。"儿童歌谣以童谣、孺子歌、童儿歌、儿谣、小儿谣、孺歌、小儿语、小孩语等不同名称活跃于文学中。《左传》《国语》《史记》《汉书》《战国策》《列子》等典籍中多有歌谣的记载。如《孟子·离娄上》："沧浪之水清兮，可以濯我缨；沧浪之水浊兮，可以濯我足。"只是，在明代以前的漫长历史中，儿歌被作为"诗妖"，主要被记载于各朝代史书的《五行志》。明代之后，有人开始有意识地对童谣进行搜集和整理。杨慎曾搜集童谣儿歌、谚语等，编成《古今风谣》《古今谚》等书。吕坤认为"小儿皆有语，语皆成章，然无谓"，他极为看重童谣这种通俗文学形式的教化功能，编成《演小儿语》（1593）。书中收集山西、河南、山东、陕西等地的儿歌46首，文字浅近、内容生动，便于口头传诵，如"八十老儿种白果，但有人吃何必我。当路一木横，来往碍人行。难得过去我，任他车马倾"。吕坤的父亲吕得胜曾编《小儿语》《女小儿语》等卷。吕得胜《〈小儿语〉序》中还有对儿歌的娱乐性，以及其适宜儿童接受兴趣和特点的理论阐释：

> 儿之有知而能言也，皆有歌谣以遂其乐。群相习，代相传，不知作者所自。如梁宋间《盘脚盘》《东屋点灯西屋明》之类，学焉而于童子无补，余每笑之。夫蒙以养正，有知识时，便是养正时也。是俚语者固无害，胡为乎习哉。余不愧浅末，乃以立身要务，谐之音声。如其鄙俚，使童子乐闻而易晓焉，名曰"小儿语"。是欢呼戏笑之间，莫非义理身心之学。一儿习之，可为诸儿流布；童时习之，可为终身体认，庶

---

① 周作人：《歌谣杂话》，《中华小说界》1914年第2期。
② 周作人：《儿歌之研究》，《绍兴县教育会月刊》1914年第4号。

几有小补云。纵无补也,视所谓《盘脚盘》者,不犹愈乎!①

康熙初年郑旭旦辑录的浙江儿歌集《天籁集》,收集了浙江儿歌四十六首,编者在每一首儿歌前后都加上评语按语,句中还有夹评夹注。该书于1862年由许之叙刻于湖南。《许序》指出:"古谚童谣纯乎天籁,而细绎其义,徐味其言,自有至理存焉,不能假也……集中所采歌谣,半皆童时时诵之词。吾愿世之抚婴孩者,家置一编于襁褓中,即可教之,则为之长者,口传耳熟,自警警人,良知良能,藉以触发,庶几为师箴瞍赋之一助云尔。"②可见,作为郑旭旦的同里许之叙对童谣十分看重,认为童谣是天籁,蕴含着无限的至理。他甚至倡导为人父母、抚养孩童者,都要备置该书,时时为儿童吟诵,作为蒙学的重要补充。这种对童谣的肯定与赞赏在《〈天籁集〉序》中得到更鲜明的体现,郑旭旦认为童谣是"天地之妙文",指出在"文行而天地之妙文皆熄"的困顿中,终有必不容熄者,那就是童谣,因为"天机活泼,时时发见于童谣"。为此,他穷尽心力,"是以起衰而无征不信,则不得不笔之于书",③耗费十五年的苦功,完成这样一项"快心满志"的事业。他对童谣的出版传播寄予极大的志向和抱负:"是集不出则已,出则泄尽天地秘藏。将来贩夫村妇女子小儿无不可以大通文理。"他希望这样的天地妙文可以世世代代流传下去,但感叹于个人的搜集能力有限,希望后世有更多人从事童谣搜集和传播:"天下之妙文颇多,一人之见闻有限,续而广之,是所望于天下后世之有心者。"④

郑旭旦之后,出现了不少对童谣"续而广之"的有心人。如悟痴生出于"广前集之未备"的目的辑录的《广天籁集》,收录了浙江儿歌二十三首。《广天籁集》出版之后,粥粥子评析道:"读此二集,乃觉耳畔犹有余音,甚矣其足以感人也。"《广天籁集》中收录的很多儿歌生动流畅,至今仍在民间流传,如"排排坐,吃果果,爹爹回来割耳朵。称称看,二斤半。烧烧看,两大碗。

---

① 吕得胜:《〈小儿语〉序》,载赵景深等编:《古代儿歌资料》,少年儿童出版社1963年版,第10页。
② 《许序》,载赵景深等编:《古代儿歌资料》,少年儿童出版社1963年版,第20页。
③ 《〈天籁集〉序》,载赵景深等编:《古代儿歌资料》,少年儿童出版社1963年版,第21页。
④ 《天籁集醒语》,载赵景深等编:《古代儿歌资料》,少年儿童出版社1963年版,第24页。

吃一碗,剩一碗,门角落头斋罗汉;罗汉不吃荤,豆腐面筋囫囵吞"。

《广天籁集》之后,光绪年间有《越谚》等。清末民国初年,北京出现了一些专门抄写发售各种戏曲曲艺的民间小手工业者,如"百本堂"(张姓)、"别梦堂"等。其中百本张、别梦堂钞本中都有儿歌作品。除此之外,清末以来,传教士群体对中国儿童的生活产生了极大的兴趣,在对中国儿童童年生活观察记录的同时,搜集整理了一些童谣。最有代表性的是美国传教士何兰德搜集的《孺子歌图》(*Chinese Mother Goose Rhymes*)。该书 1900 年在纽约出版,共收儿歌一百四十首,也有一些谚语、谜语被误认为儿歌。在编排上,每首儿歌都有照片插图,照片内容大多符合儿歌内容,或为儿童游戏,或是儿歌所唱的事物。"五四"时期《歌谣周刊》第一册 21 号(1923 年 6 月 3 日出版)还对该书进行翻译,刊载了该书收录的颠倒歌"忽听门外人咬狗,拿起门来打开手,拾起狗来打砖头,又被砖头咬了手。骑了轿子抬了马,吹了鼓,打喇叭"。

故事性强且富有文学色彩的蒙养读物也是古代儿童读物的重要组成部分。这其中最为典型的就是明代嘉靖刊本的《日记故事》。《日记故事》的页面分为上下两截,上面部分是插图,下面部分是浅显的文字,内容大多为启发儿童智慧的小故事,像司马光破瓮救小儿以及灌水浮球、曹冲称象等。这些故事"大都是儿童自身的故事,所带的成人的成分并不浓厚,也不怎样趋重于教训。故相当的还近于儿童的兴趣"[1]。这类有着精美插图的读物,深受儿童喜爱,这在鲁迅童年阅读中有记录:"我那时最爱看的是《花镜》,上面有许多图。他说给我听,曾经有过一部绘图的《山海经》,画着人面的兽,九头的蛇,三脚的鸟,生着翅膀的人,没有头而以两乳当作眼睛的怪物,……"[2]类似的蒙养读物还有明代萧汉冲的《龙文鞭影》、陶赞廷的《蒙养图说》、清代程允升的《幼学琼林》等。

周作人在《古童话释义》中指出:"中国虽无古童话之名,然实固有成文之童话,见晋唐小说,特多归于志怪之中,莫为辩尔。"[3]《西游记》《封神演义》

---

[1] 郑振铎:《中国儿童读物的分析》,《文学》1936 年第 7 卷第 1 号。
[2] 鲁迅:《阿长和〈山海经〉》,载《鲁迅全集》第二卷,人民文学出版社 2005 年版,第 243 页。
[3] 周作人:《古童话释义》,载《儿童文学小论》,儿童书局 1932 年版,第 39 页。

《水浒传》《聊斋志异》《阅微草堂笔记》等古典文学中蕴积的富有幻想色彩和强烈故事性的篇章都成为儿童喜闻乐见的文学材料。加之中国诗词传统中那些清新别致、富有童趣的诗篇，还有《千家诗》《神童诗》等，语言浅显生动，都是古代儿童文学的重要载体。在《儿童的书》中，周作人感叹："在儿童不被承认，更不被理解的中国，期望有什么为儿童的文学，原是很无把握的事情，失望倒是当然的。儿童的身体还没有安全的保障，哪里说得到精神？不过我们总想能够替小朋友们尽一点力，给他们应得的权利的一小部分。"[①] 周作人的这种失落与无奈反映了长久以来儿童的历史处境与地位。只是，中国漫长悠久的古代文学长河中也曾为儿童、童年留出过"自己的园地"。

除历代各种童蒙教育形塑的神童、孝子等严肃的儿童形象之外，文人骚客的笔墨描摹了孩童世俗化、生活化的不同面向。辛弃疾这样描画儿童的可爱，"西风梨枣山园，儿童偷把长竿。莫遣旁人惊去，老夫静处闲看"；"茅檐低小，溪上青青草。醉里吴音相媚好，白发谁家翁媪？大儿锄豆溪东，中儿正织鸡笼。最喜小儿亡赖，溪头卧剥莲蓬。"杨万里的不少诗歌也满溢童趣，"篱落疏疏一径深，树头新绿未成阴。儿童急走追黄蝶，飞入菜花无处寻"；"一叶渔船两小童，收篙停棹坐船中。怪生无雨都张伞，不是遮头是使风。"在范成大的笔下："昼出耘田夜绩麻，村庄儿女各当家。童孙未解供耕织，也傍桑阴学种瓜。"袁枚则描画了聪慧的牧童："牧童骑黄牛，歌声振林樾。意欲捕鸣蝉，忽然闭口立。"即使是相对沉重的杜甫，也曾如此轻松地缅怀自己的童年："忆年十五心尚孩，健如黄犊走复来。庭前八月梨枣熟，一日上树能千回。"当然，除却这些自由玩耍、可爱纯真的幸福小儿，栖居于古典诗词中还有不少饱尝苦涩磨难的儿童形象。这些小儿被隔绝于童年的嬉戏玩乐之外，过早地承受了生活的艰辛。如清代诗人钱振锽的《挑荠女》："蓬头小女茅房住，东方明时挑荠去。春寒少雨土脉坚，星星荠菜小如钱。腹空惟有隔宵粥，日高挑得盈筐绿。市人持秤不容情，两则有余斤不足。得钱与母持换米，明日提筐还早起。"

《世说新语》《聊斋志异》等笔记小说、《搜神记》等志怪小说以及宋元

---

① 周作人：《关于儿童的书》，《晨报副镌》（文学旬刊）1923年8月17日。

话本小说、历代歌谣中也都活跃着各色儿童。只是这类儿童大多作为类型化的陪衬人物，着墨不多，少有鲜明的个性，如各类道童、佛教类儿童、侍童、女奴等。当然，其中也有一些智勇双全的儿童形象。如《搜神记》的《李寄斩蛇》篇中的李寄，她从小就体贴父母的艰辛不易，甘愿去作"祭品"而后又精心设计斩杀大蛇。《聊斋志异》的《牧竖》中两牧童巧妙地战胜凶悍母狼：分捉两小狼，各登一树，"于树上扭小狼耳，故令嗥"，惹得大狼往复怒奔跑号，气绝而亡。此外，对历史人物童年生活的文字记叙也丰富了古代儿童形象。如讲史话本《新编五代史平话》中对郭威、黄巢、刘知远等人童年生活的刻画等。

这些丰富的文学遗存尽管距离儿童本位的现代儿童文学尚有一定距离，但仍然展现了古代儿童的生活与精神状态，并在前儿童文学时代带给孩童与葆有童心的成人些许慰藉。

二　对古代文学遗存的审视

方卫平指出在考察古代儿童文学现象时，应该掌握三项标准："（1）作品具有文学性；（2）作品具有一定的儿童特点；（3）作品在历史上曾经为儿童所阅读和接受。"[①] 以这样的标准来衡量，上述文学遗存可以称之为儿童文学。陈学佳在《儿童文学的问题》中就鲜明指出："要知我们中国古代，早有儿童文学。不过不知道儿童文学的重要罢了！但中国儿童文学，何时发生，已无从考究。总之一句话，中国儿童文学发生是很古的了。证之如遗传下来的童话、歌谣、故事等，极受儿童天性的欢迎。"[②] 相较于这种确之凿凿肯定古代儿童文学的言论，很多研究者对古代是否存在儿童文学持有不同意见。换言之，古代儿童文学遗存，能否称之为儿童文学尚且存在论争。

中国儿童文学的历史起源即中国古代有没有儿童文学，中国儿童文学是否"古已有之"，是儿童文学基础理论建设和学科建设上的重大问题，也是儿童文学史书写中不可规避的重要问题之一。"例如，中国古代究竟有没有儿

[①] 方卫平：《中国儿童文学理论发展史》，少年儿童出版社 2007 年版，第 44 页。
[②] 陈学佳：《儿童文学的问题》，载赵景深编：《童话评论》，新文化书社 1934 年版，第 168 页。

童文学？如果有，又有哪些遗产？由于没有开展深入细致的研究工作，缺乏一部（更不必说多部）有史有识、史论结合的儿童文学史专著，人们对此一直缺乏明晰的认识，这就影响了我们对我国儿童文学历史及其发展规律的科学认识。"[1] 目前学界对这一问题有几种不同看法：王泉根等人秉持儿童文学古已有之的看法，以朱自强为代表的学者认为儿童文学是现代化的产物。胡从经则认为"有意识地为儿童创作"是在晚清时期，这才是中国儿童文学的开端。

2014年，朱自强发表了《"儿童文学"的知识考古——论中国儿童文学不是"古已有之"》，宣称中国儿童文学不是"古已有之"。在方法论上，他通过对古人如何建构儿童文学观念的探寻，来彻底取代对儿童文学"实体"的指认，因为历来支撑儿童文学古已有之观点的证据就是儿童文学的"实体"（具体作品）存在。依据他秉持的建构主义的本质论史观，朱自强认为最重要的是考察作为一个建构的观念的儿童文学在古代是否存在。为此，他借鉴了布尔迪厄的"文学场"概念，指出儿童文学的生产，需要历史的、社会的构成条件，是以"一整套社会机制"来进行实践的，不能采取对细部进行孤证的做法，不能将与现代社会性质相反的古代社会里的某些特定的文本称为"儿童文学"。他强调儿童文学是现代的概念，其诞生只能出现在中国社会的现代化进程中。同时，他还引入了福柯的历史学研究的"事件化"方法，即把古代"儿童文学"观念（假设有）的生成"事件"化，其结果是古人的文献里，从来都没有出现过"儿童文学"这一语汇，没有儿童文学的"确定的话语实践"，无法梳理儿童文学这一知识（假设有）在古代的建构过程，更没有对其"特性"进行过"辨认"和"概括"。朱自强旗帜鲜明地总结：中国儿童文学不是古已有之。

"我现在想确立的是一种建构主义的本质论，即主张儿童文学不是一种具有自明性的客观实体，而是一个在历史中被建构的观念。持着这种建构主义的本质论来讨论儿童文学的起源问题，要做的工作就不是寻找作为一块'石头'的儿童文学存在于历史的何处，而是考察作为一种历史观念的儿童文学

---

[1] 方卫平：《我国儿童文学研究现状的初步考察》，《文艺研究》1986年第6期。

在人们的意识中的形成过程为何形。"① 既然儿童文学是一种历史的建构物，在考察外来影响的同时，必然也涉及溯源的工作，那么对于前史的追溯，与其诞生关联的史料史实的发掘、论证就成为不可或缺的步骤，而且是必要且重要的环节。只是，周作人的儿童文学观念的发生，除却美国斯坦利·霍尔、麦克林托克、斯喀特尔等人的思想资源的影响，肯定还有本土文化积淀的作用，即基于对中国古代社会与文化的深刻体察、醒悟的建设。

儿童文学前辈陈伯吹的一段话就真正具有了建构主义的意义："有人问'中国有没有儿童文学传统？'或者问：'中国的儿童文学的传统在哪里？'这是一个不简单的、不容易回答而且应该慎重回答的问题。当然，这是个在'中国儿童文学成长发展史'上，必须涉及、而且必须回答的问题。但是，这应该在作了广泛深入的调查研究和缜密的科学分析以后，才能得出一个相当的结论来回答的吧。"② 对中国古代儿童文学是否古已有之的考察，在观念论辩的同时，尚需要进行"广泛深入的调查研究和缜密的科学分析"，这正是对古代是否有儿童文学这一问题思考的另一重面向。

陈蒲清的《中国古代童话小史》就是在进行这样的工作。早在1980年代，陈蒲清就开始对从先秦至明清的各种相关典籍进行爬梳、整理，编选了《中国古代寓言选》《历代童话精华》，撰写了《中国古代寓言史》等。《中国古代童话小史》收集了中国古代典籍里的童话和中国各民族的民间童话。这种对文化典籍的整理，正是儿童文学史撰写不可或缺的务实垦拓。难能可贵的是，作者在进行这项工作的时候，清楚地意识到了古代童话的存在性质与状态：陈蒲清认为古代童话与现代童话的本质区别在于有没有儿童本位观念。中国古代没有"儿童本位"的观念，没有作家自觉为儿童创作、适应儿童的生活与心理的意识。但是，他并没有止步于此，而是敏锐地洞察到了古代童话的独特魅力：古代童话是与古代儿童的文学生活紧密相关的，为儿童不自觉地喜爱，尽管其中往往掺杂不适合儿童的成分。③ 作者看重的是古代

---

① 朱自强：《第二届中美儿童文学论坛：在交流中共生与发展》，《文艺报》2014年7月16日。
② 陈伯吹：《谈外国儿童文学作品在中国》，载陈伯吹：《儿童文学简论》，长江文艺出版社1982年版，第63页。
③ 陈蒲清：《中国古代童话小史》，岳麓书社2014年版，第6页。

儿童的文学生活，尽管以儿童本位论的唯一标准来看，古代童话自然不能算儿童文学，但这种为儿童不自觉地喜爱的文学，既彰显了儿童的文学接受特点，又是中国源远流长的文学长河中流淌至今滋养着儿童成长的可贵财富，是维系和延续文学传统与特质的重要存在。这就涉及一个十分重要的问题，即古代儿童文学到现代儿童文学的转型。

三　古代儿童读物的现代转型

抛开儿童文学是否古已有之的争论，对中国儿童文学来说，更为重要的是对古代儿童文学的遗存进行系统梳理，这一方面近年已取得一定成效。同时，另一个重要的问题是，缘何在西学东渐的晚清，盛行了上千百年的古代儿童读物会变成一种亟须转型的存在呢？

郑振铎认为在新式学校未兴起、新式的教科书和《无猫国》《玻璃鞋》一类的童话未输入中国以前，儿童读物约略可分为五种类型，第一种是学则、学仪、家训以至《小学》《圣谕广训》一类的伦理书（包括《小儿语》一类的格言韵语）。第二种是《三字经》《百家姓》《千字文》一类识字用的基本书。第三种是启发儿童智慧的故事，像《日记故事》一类的书。第四种是《高厚蒙求》《名物蒙求》《史学提要》等浅近的历史、地理以及博物方面的常识书。第五种是《神童诗》《千家诗》等，所谓"陶冶性情"的诗歌。[①]那么，这些古代儿童文学的丰厚遗存，曾经陪伴一代代中国孩子成长的儿童读物，缘何在晚清社会日渐呈现出不适宜的状态呢？

《论语·学而》中曾言："父在，观其志；父没，观其行；三年无改于父之道，可谓孝矣。"《礼记·祭仪》中说："父母爱之，喜而弗忘；父母恶之，惧而无怨；父母有过，谏而不逆；父母既没，必求仁者以之粟以祀之，此之谓礼终。"儿童的蒙学读物，也处处充溢着这种对长者的服从恭敬，幼者的自主性是受到压抑的。如《弟子规》中指出的："父母呼，应勿缓，父母命，行勿懒。父母教，须敬听；父母责，须顺承。"又如《三字经》中的"父子

---

① 郑振铎：《中国儿童读物的分析》，《文学》1936年第7卷第1号。

恩，夫妻从，兄则友，弟则恭，长幼序，友于朋，君则敬，臣则忠，此十义，人所同"。蒙学读物充溢着忠孝观念，而在忠孝观念的背后就是强势的长者对幼者的压抑和掌控。

"鸦片战役之后，志士扼腕切齿，引为大辱奇戚，思所以自湔拔，经世致用观念之复活，炎炎不可抑。又海禁既开，所谓'西学'者逐渐输入，始则工艺，次则政制，学者若生息于漆室之中，不知室外更何所有，忽穴一牖外窥，则粲然者皆昔所未睹也。环顾室中则皆沈黑积秽，于是对外求索之欲日炽，对内厌弃之情日烈。"[1] 随着西方文化和思想的引入传播，传统思想受到空前的冲击。这其中传统儒家文化的孝亲观念主导下的古代儿童读物，以及这种读物背后浓烈的成人本位的观念势必受到批判。鲁迅曾在《我们现在怎样做父亲》中指出中国的旧见解对儿童的认识存在着明显的谬误，进而对这种儿童观进行批判："父对于子，有绝对的权力和威严；若是老子说话，当然无所不可，儿子有话，却在未说之前早已错了。"这就是典型的幼者被压抑的状态："本位应在幼者，却反在长者；置重应在将来，却反在过去。前者做了更后者的牺牲，自己无力生存，却苛责后者又来做他的牺牲，毁灭了一切发展本身的能力。"[2] 正是这种长者本位对幼者的压抑，在晚清儿童群体作为未来国民日渐受到重视的局势下，传统儿童读物日渐不能适应儿童阅读与发展的需求。为此，对积弊的改革就迫在眉睫，而在这声势浩大的改革运动中，幼学成为重要的改革领域，儿童跃升为重要的群体。

这正如黄海锋郎（汪钦）在《儿童教育》中所提出的儿童教育改革的方向："今日儿童教育，第一要输进普通智识。输进普通智识，是要改良学科。儿童教育的学科，大约六种：一修身；二历史；三舆地；四博物；五国文；六算学。其余还有习字诗歌图画体操，都是儿童教育的教授材料。"[3] 中国传统儿童读物尚需要漫长的转型和建设，因此，外国儿童读物的引入就势在必行。这些译介的儿童读物，融入清末以来小学教科书的编写中，随着教育改

---

[1] 梁启超：《清代学术概论》，载《饮冰室合集》第九册，中华书局2015年版，第52页。
[2] 鲁迅：《我们现在怎样做父亲》，载《鲁迅全集》第一卷，人民文学出版社2005年版，第137页。
[3] 黄海锋郎（汪钦）：《儿童教育》，载王泉根评选：《中国现代儿童文学文论选》，广西人民出版社1989年版，第6页。

革浪潮下新式学堂的建设而为更多儿童接受和阅读。

第三节 启蒙视野与现代儿童文学的"被需求"

如果说,传统儿童读物是长者对幼者的压抑,是长者本位的体现,那么清末以来,随着启蒙运动声势浩大地展开,儿童群体被赋予了空前的价值与意义,成为新民思想的重要载体和实现者,由此儿童的文学需求被尊重,儿童文学的现代诞生就成为一种必然。

一 启蒙思潮与儿童的被发现

儿童群体的被发现,或者说儿童作为重要群体的意义的张扬是晚清社会一道独特的风景线。随着民族危机的加深与救亡图存的需要,儿童作为未来国民的重要性被提上日程。或者说在晚清启蒙思潮中,儿童身上被寄托了国家民族的前途和希望,对儿童的培养和形塑意在养成健全的未来国民。儿童从封建伦常中被挖掘,被赋予一定的权利,如梁启超在《卢梭学案》发表对"天赋人权"的探讨:"彼儿子亦人也,生而有自由权,而此权当躬自左右之,非为人父者所能强夺也。"[1] 这种为儿童赋权的理念是对长期以来"父为子纲"的伦理观念的批判。儿童不仅要拥有与成人一样的"人权",而且因其成长性与可塑性被视为未来国家的重要建设者。国家民族的强盛与未来的前途都在于儿童的成长,这一改以往重成人轻儿童的观念。1900年,梁启超就在《清议报》发表《少年中国说》:"老年人如夕照,少年人如朝阳;老年人如瘠牛,少年人如乳虎……少年强则国强,少年独立则国独立,少年自由则国自由,少年进步则国进步,少年胜于欧洲,则国胜于欧洲,少年雄于地球,则国雄于地球。"[2] 在这样的呼号中,儿童的重要性得到前所未有的张扬。

在晚清的时代语境中,报刊作为新兴的媒介,加入到对儿童重要性的呼

---

[1] 梁任公:《饮冰室文集》,上海文化进步社2001年版,第229页。
[2] 梁启超:《少年中国说》,载《清议报论说》卷一,1901年。

号中，如《杭州白话报》的"少年乃为国之宝"[①]，《童子世界》的"中国存亡悬诸吾童子之掌上"[②]。钱瑞香还将国家兴亡与儿童相关联，在《童子世界》的创刊号开宗明义地阐述道：救国的"责任尽在吾童子……二十世纪中国之存亡，实系于吾童子之手矣。则虽谓二十世纪之世界为吾童子之世界也亦宜"。[③] 很多文章都直接标示儿童与国家前途之关联，如《论童子为二十世纪中国之主人翁》等。

在儿童被赋权并冠以重要性的同时，文学尤其是小说的政治意义也被提出。1902 年，梁启超在《新小说》创刊号上发表了《论小说与群治之关系》，提出了"欲新一国之民，不可不先新一国之小说。故欲新道德，必新小说；欲新宗教，必新小说；欲新政治，必新小说；欲新风格，必新小说；欲新学艺，必新小说；乃至欲新人心，欲新人格，必新小说。何以故？小说有不可思议之力支配人道故"。他还进一步指出："欲改良群治，必自小说界革命始，欲新民，必自新小说始。"[④] 于是小说这一文体被赋予了极高的政治、文化地位。梁启超倡导的"小说界革命"应者云集，国外小说译介乃实现的捷径。吴沃尧在《〈月月小说〉序》感慨："吾感夫饮冰子《论小说与群治之关系》之说出，提倡改良小说，不数年而吾国之新著新译之小说，几乎汗万牛，充万栋，犹复日出不已而未有穷期也。"[⑤] 于是在晚清中国，儿童的被赋权与文学的被赋权完成了合流，基于儿童的未来政治意义，其文学需求得到照应。儿童文学乃塑造未来理想国民的有效方法。

东海觉我（徐念慈）在《余之小说观》中谈及今后小说之改良的方案，鉴于"今之学生，鲜有能看小说者，而所出小说实亦无一足供学生之观"的现状，他特别注意到了儿童小说的翻译：

> 今谓今后著译家，所当留意，宜专出一种小说，足备学生之观摩。

[①] 黄海锋郎（汪嵚）：《文明种——冀蒙学之改良也》，《杭州白话报》1902 年第 8 期。
[②] 钱瑞香：《敬告同志者》，《童子世界》1903 年第 28 期。
[③] 钱瑞香：《论童子世界》，《童子世界》1903 年第 1 期。
[④] 梁启超：《论小说与群治之关系》，《新小说》1902 年第 1 号。
[⑤] 吴趼人：《〈月月小说〉序》，载陈平原、夏晓虹编：《二十世纪中国小说理论资料（1897—1916）》第一卷，北京大学出版社 1997 年版，第 169 页。

其形式，则华而近朴，冠以木刻套印之花面，面积较寻常者稍小。其体裁，则若笔记或短篇小说。或记一事，或兼数事。其文字，则用浅近之官话，倘有难字，则加音释。全体不逾万字，辅之以木刻之图画。其旨趣，则取积极的，毋取消极的，以足鼓舞儿童之兴趣，启发儿童之智识，培养儿童之德性为主。其价值，则极廉，数不逾角。如是则足辅教育之不及，而学校中购之，平时可为讲谈用，大考可为奖赏用。[1]

在启蒙的视野下，儿童群体被发现，儿童的文学需求得到重视，《蒙学报》可谓这种思想在儿童文学中的实践。早在1897年，梁启超就在《〈蒙学报〉、〈演义报〉合叙》中说过："人莫不由少而壮，由愚而智。壮岁者，童孺之积进也，士夫者，愚民之积进也。故远古及泰西为善为教者，教小学急于教大学，教愚民急于教士夫……故吾恒言他日救天下者，其在今日十五岁之童子乎！西国教科之书最盛，而出以游戏小说者尤多，故日本之变法，赖俚歌与小说之力；盖以悦童子，以导愚氓，未有善于是者也。他国且然，况我'支那'之民，不识字者十人而六，其仅识字而未解文法者，又四人而三乎？故教小学教愚民实为今日救中国第一义。"[2] 另外，在《变法通议·论幼学》中，他更明确地主张编写"说部书"作为蒙学读物之一，可以发挥"借阐圣教""激发国耻"等多种社会作用。另一方面，新式学堂建立，在社会各界热烈要求教育改革的呼声之下，清政府设立蒙学堂，儿童在接受"游戏、歌谣、谈话、手技"等蒙学教育后直升入小学堂。

这其中，蒙学公会及其对儿童群体的系统观照成为不可忽视的力量。蒙学公会就是专门研究儿童教育问题的爱国团体，致力于从幼学方面培养新式人才。该公会的主旨尤其注重蒙养的重要性，且通过会、书、报、学四种路径实现。如"一曰报，立法方说新天下之耳目，而为蒙养之表范也。一曰书，为图器歌诵论说，使童蒙之诵习而浚其神志也"[3]。这里所说的"报"，就是蒙学公会的机关刊物《蒙学报》，这份报刊在晚清发行很广，影响一时。在创刊

---

[1] 东海觉我（徐念慈）：《余之小说观》，《小说林》1908年第10期。
[2] 梁启超：《〈蒙学报〉、〈演义报〉合叙》，载《梁启超全集》，北京出版社1999年版，第131页。
[3] 《蒙学公会公启》，《时务报》1897年10月16日。

的第二年即 1898 年 7 月初,《蒙学报》第三十一期统计了该报发行后的销售数量,其长期发往上海以外各地的数量多达 1525 份。当时关心西学和启蒙的人士甚至有人写信索要该报纸:"穰卿表兄大人阁下……浩吾、清漪诸君所立《蒙学报》销路若何?近日改试策论,新译西书,争睹为快。裕州人物简陋,东人拟购书以开其蒙,惟豫省西书无购觅处,拟请吾兄代为一购。"①

《蒙学报》主要栏目有文学类的"读本书"、智学类的"修身书"、史学类的"儿童笑话"等,西方儿童文学改编的作品与改编自传统读物的故事成为其主要内容。值得称道的是,《蒙学报》的内容编排注意到了儿童的生理发育和阅读接受的特点,这在第十五期的《本报序例》中有明确体现:

> 识字法系三岁至五岁用。此时小孩脑气未充,只能由耳记言,不能依规例分别清楚,故今改识字法为一张八字,每字下注明类名色式,用一两句陈说即止,下辅以图。
>
> 小孩由五岁至七岁,脑气渐足,积受语言亦多,此时意在求分别是非,思索义例。然记性虽好,而回想推悟尚迟也。故此时宜就其已识各字,仿尔推释名之例,释物名品质及训话,一也。用读本书修身书,借喻劝诫,二也。重在记诵,略事解喻,而不使劳神苦想为主。
>
> 小孩自七岁半至十岁,脑气大足,知觉灵明,已有自主之能,此时宜授以方名地理史事类要,算学变式。因此时除记诵之外,小孩已能自行汇集分类推想,故宜将类要变化诸浅理,在此时引导。
>
> 小孩十岁至十三岁宜博采专门要学,依次全授。今本报改正,每期依类,全出完具之文史地理及农工修补专习科各书报,以便文义完具,讲解易明。

《蒙学报》这种注重儿童年龄分段特征和接受差异,施以适宜的蒙养内容的尝试,正是古代蒙学读物现代转化的积极体现。

---

① 《孙甲铭致汪康年书》,载上海图书馆编:《汪康年师友札记》,上海古籍出版社 1986 年版,第 3580 页。

二 儿童本位文学的倡导与建立

西学东渐,晚清的中西文化碰撞,推动了儿童群体的被发现,但这一群体的政治意义多于其本体意义。清末民初对儿童群体的重视,对儿童文学的关注更多的出于一种启蒙和政治的需求。"五四"时期,真正意义上的儿童本位观念的倡导和落实,滋生了现代意义上的儿童文学。茅盾曾说"儿童文学这名称,始于五四时代"。① 以往,从儿童文学发生学意义上讲,儿童文学始于"五四"时代,注重的是"五四"时期儿童本位论的倡导和现代意义儿童文学的诞生。不过从西方儿童文学中国化的意义上来说,茅盾的话还有另一层重要含义,即儿童文学意义上的翻译的开始,这就包含着翻译观中对儿童性的尊重,这在上文中已有论述。

1920年10月25日,周作人在北京孔德学校进行题为"儿童的文学"的讲演,这是中国最早的系统、全面、深入阐述儿童文学观的理论文章。周作人批判了封建的儿童观,肯定了儿童本体价值和文学需求:

> 以前的人对于儿童多不能正当理解,不是将他当作缩小的成人,拿"圣经贤传"尽量的灌下去,便将他看作不完全的小人,说小孩懂得甚么,一笔抹杀,不去理他。近来才知道儿童在生理心理上,虽然和大人有点不同,但他仍是完全的个人,有他自己的内外两面的生活。儿童期的二十岁年的生活,一面固然是成人生活的预备,但一面也自有独立的意义与价值;因为全生活只是一个生长,我们不能指定哪一截的时期,是真正的生活。我以为顺应自然的生活各期,——生长,成熟,老死,都是真正的生活。②

这是近代以来直接而明确的建基于儿童本位立场,对儿童期不同年龄段的文学需求,以及适宜于各年龄段的文学体裁进行关切的文字。周作人所张扬的这种儿童本位的理论,在《儿童的书》中有更为明确的强调:"儿童的文

---

① 茅盾:《关于"儿童文学"》,《文学》1935年第4卷第2号。
② 周作人:《儿童的文学》,《新青年》1920年第8卷第4号。

学只是儿童本位的,此外更没有什么标准。"周作人以儿童本位的文学原则,审视儿童文学存在的两种偏颇:"在儿童文学上有两种方向不同的错误:一是太教育的,即偏于教训;一是太艺术的,即偏于玄美;教育家的主张多属于前者,诗人多属于后者。其实两者都不对,因为他们不承认儿童的世界。"而对中国的实际情况来说,更多的是"太教育"的偏颇:"中国现在的倾向自然多属于前派,因为诗人还不曾着手干这件事业。向来中国教育重在所谓经济,后来又中了实用主义的毒,对儿童讲一句话,眨一眨眼,都非含有意义不可,到了现在这种势力依然存在,有许多人还把儿童故事当作法句譬喻看待。"[1]

周作人这种本位论儿童观的倡导,在"五四"时期得到了积极的应和。现代儿童观的确立,也催生出现代意义的儿童文学。在经历晚清艰难的萌蘖与发展之后,现代儿童文学终于在"五四"时期完成了绚烂的登场。而在当时,儿童文学的理论建设秉持着儿童本位论的理论主张。郑振铎在《儿童文学底教授法》中指出:"儿童文学是儿童的——便是以儿童为本位,儿童所喜看所能看的文学""故事内容要切合一般儿童心理需要的嗜好""句法和风格须美丽精密""描写宜要有主要人物""要描写做什么样的事情"。[2]1923年,魏寿镛、周侯予在《儿童文学概论》中给出了如下定义:"儿童文学,就是用儿童本位组成的文学,由儿童的感官,可以直接诉于他精神的堂奥的。换句话说:就是明白浅显,饶有趣味,一方面投儿童心理之所好,一方面儿童可以自己欣赏的文学。"[3]次年,中华书局出版了朱鼎元的《儿童文学概论》,其中提及:"儿童文学,是建筑在儿童生活和儿童心理基础上的一种文学,以适应儿童的自然需要……从创作方面说:定要熟悉儿童心理或赤子之心未失的人,化身为婴儿,然后自然地表现其情感与想象。从赏鉴方面说:定要使儿童欣赏时,觉得完全出自己心坎,不期然而与之起浑化作用……"[4]郭沫若说:"儿童文学,无论采用何种形式(童话、童谣、剧曲),是用儿童本位的文字,由儿童的感官以直诉于其精神堂奥,准依儿童心理的

---

[1] 周作人:《关于儿童的书》,《晨报副镌》(文学旬刊)1923年8月17日。
[2] 郑振铎:《儿童文学底教授法》,《吴县教育月刊》1923年第3期。
[3] 魏寿镛、周侯予:《儿童文学概论》,商务印书馆1923年版,第10页。
[4] 朱鼎元:《儿童文学概论》,中华书局1924年版,第4页。

创造性的想象与感情之艺术。儿童文学其重感情与想象二者，大抵与诗的性质相同；其所不同者特以儿童心理为主体，以儿童智力为标准而已。"①但中国儿童文学并未沿着儿童本位论的道路继续前行，而是出现了儿童本位论理论和儿童文学创作现实走向的不同步，偏离儿童本位论的重大错位现象。这种错位现象，在以往的研究中，更多注重创作层面的考察，其实就儿童文学翻译来说，也明显存在，同样值得研究。

第四节　西方儿童文学中国化：建设新儿童文学的捷径

　　1933年，王哲甫出版了《中国新文学运动史》，该书被认为是"第一本真正为中国新文学述'史'的书籍"。②陈思和则认为该书"奠定了新文学史研究的基础，成为中国第一部新文学史的研究著作"。③该书单列专章谈论儿童文学，在第八章"整理国故和儿童文学"中，王哲甫以商务印书馆、北新书局、儿童书局等出版机构的儿童出版物为例证，评点儿童文学发展的成绩，指出"中国的新文学尚在幼稚时期，没有雄宏伟大的作品可资借鉴，所以翻译外国的作品，成了新文学运动的一种重要工作"。④换言之，国外文学的译介和传播不仅是中国文学近现代转型阶段的重要组成部分，更是新文学建设的重要路径。正如夏丏尊在《近代文学与儿童问题》中谈及的要借船去寻求："我爱'儿童底国'，这国现在还埋没在烟波里面，未曾发现。我得用了我的船去寻求。"⑤清末以来，中国儿童文学发生与发展进程始终倚重翻译

---

① 郭沫若：《儿童文学之管见》，《民铎》1921年第2卷第4号。
② 邢铁华：《中国现代文学史研究述评》，《文学评论》1983年第6期。黄修己说："今天人们常常说，王瑶的《中国新文学史稿》是第一部草创性的新文学史著作。如果精确一点，应该说王哲甫的《运动史》是第一部新文学史著作。王瑶的《史稿》则是第一部完整地叙述中国新文学的历史（按照目前习惯把1949年作为新文学史的终结而言），第一部以毛泽东的《新民主主义论》为指导的中国新文学史。这样也许更切合历史的实际。"（《中国新文学史编纂史》，第44页）
③ 陈思和：《一本文学史的构想——〈插图本20世纪中国文学史〉总序》，载陈国球：《中国文学史的省思》，生活·读书·新知三联书店1993年版。
④ 王哲甫：《中国新文学运动史》，北平杰成印书局1933年版，第259页。
⑤ 夏丏尊：《近代文学与儿童问题》，《东方杂志》1922年第19卷第1号。

的力量，对域外儿童文学的译介是建设本土儿童文学可以借力的一艘船。

一 原创的贫弱与翻译的繁盛

清末以来，域外小说的译介蔚然成风，其比率甚至超过了创作小说。日本学者樽本照雄在《新编增补清末民初小说目录》里，统计出1840年至1911年间，翻译小说篇目多达1036种，成就斐然。近年的研究表明，实际翻译小说数量远不止如此。当时的《申报》《新小说》《绣像小说》《月月小说》《小说林》《新新小说》等刊物纷纷刊载翻译小说。如1902年《新小说》杂志创刊，宣布"本报所登载各篇，著译各半"。[①] 徐念慈的《余之小说观》对当时小说的出版和阅读情况做了一番调查，给出了比较详尽的资料，其中第二节"著作小说与翻译小说"就指出："综上年（一九〇七）所印行者计之，则著作者十不得一二，翻译者十常居八九。"足见当时翻译小说之盛行。而在第五节"小说的趋向"中，他就小说的销售情况分析："他肆我不知，即小说林之书计之，记侦探者最佳，约十之七八；记艳情者次之，约十之五六；记社会态度、记滑稽事实者又次之，约十之三四；而专写军事、冒险、科学、立志诸书为最下，十仅得一二也。"[②] 这些畅销小说大多是来自域外的译介，在晚清的文学版图中，译介文学占据了大半江山。

19世纪末20世纪初叶的晚清儿童文学，在诗歌、学堂乐歌等方面进行了积极的尝试。《新小说》可谓晚清儿童诗歌发表的重要园地，有梁启超的《少年歌》、黄遵宪的《出军歌》四章和《幼稚园上学歌》，张敬夫的《警醒歌》四章、剑公的《新少年歌》、自由斋主人的《爱祖国歌》、珠海梦余生的《劝学》等。在诗歌之外，李叔同、沈心工、曾志忞和杨度等人的"学堂乐歌"也是晚清儿童文学的重要代表。无论是诗歌还是学堂乐歌，都有着浓郁的爱国主义色彩，其主题都指向爱国和启蒙教育，或者说儿童文学在晚清的倡导和被重视，是基于当时特定的社会文化语境，注重的是以儿童文学为媒介承载启蒙教化、爱国教育等功能，儿童文学这一文类的艺术特性较少被关

[①] 梁启超：《中国唯一之文学报〈新小说〉》，《新民丛报》1902年第14号。
[②] 东海觉我（徐念慈）：《余之小说观》，《小说林》1908年第9期。

注。从整体来说，本土原创作品相对薄弱和匮乏，翻译作品大行其道的情形下，以现代观念对中国传统、民间资源的改编以及以中国化方式对域外资源的改写，是彰显儿童文学本土化建设努力的重要手段。如1909年商务印书馆的孙毓修编撰出版的大型《童话丛书》，被誉为"我国校外读物之嚆矢"，风行一时。[①]《童话丛书》的出版发行，不仅是中国儿童读物出版史的重要里程碑，更是促成"五四"儿童文学诞生的重要文化事件之一。就其来源构成而论，在孙毓修编辑的七十七种《童话》中除却来自中国历史故事的二十九种，其余的四十八种都源于西洋民间故事和名著。[②] 由此观之，这位"中国编辑儿童读物的第一人"[③]"中国有童话的开山祖师"的先行者，实在是改编高手。作为商务印书馆的同事，茅盾对孙氏的改编工作极为赞赏并明确其对于中国儿童文学发展的重要意义。他认为用白话编译的《无猫国》是"中国历史上第一次有儿童文学"。[④] 茅盾还指出"五四"时期的儿童文学运动，其实质就是把孙毓修主编《童话丛书》所改编（Retold）过的，或者他未曾用过的西洋现成"童话"再来一次所谓"直译"。[⑤] 此后儿童文学的发展历程秉持了孙毓修的改编传统。如"五四"时期郑振铎主编的《儿童世界》、黎锦晖主编的《小朋友》等专门性儿童刊物都十分注重改编作品的刊登。即使在当代，经由中外经典著作改编而成的作品仍是童书出版中的重要种类。

可以说，茅盾对孙毓修儿童读物编辑活动的赞誉，有着商务印书馆编译所共事的情意在内。因为当时儿童文学的整体状况实在有些贫弱。"五四"前后尽管有周作人、鲁迅、叶圣陶等文学大师投入儿童文学创作，但原创儿童文学和理论研究依然处于起步阶段。周作人在《〈儿童文学小论〉序》中曾对"五四"前后自己研究儿童文学理论的寂寥状态有过描述：

这里边所收的共计十一篇。前四篇都是民国二三年所作，是用文言

---

① 《清末的三种少年儿童书刊》，载王泉根：《现代儿童文学文论选》，广西人民出版社1989年版，第715页。
② 赵景深：《孙毓修童话的来源》，《大江月刊》1928年第11期。
③ 茅盾：《关于"儿童文学"》，《文学》1935年第4卷第2号。
④ 茅盾：《商务印书馆编译所生活之一——回忆录（一）》，《新文学史料》1978年第1期。
⑤ 茅盾：《关于"儿童文学"》，《文学》1935年第4卷第2号。

写的。《童话略论》与《研究》写成后没有地方发表,商务印书馆那时出有几册世界童话,我略加以批评,心想那边是未必要的,于是寄给中华书局的《中华教育界》,信里说明是奉送的,只希望他送报一年,大约定价是一块半大洋罢。过了若干天,原稿退回来了,说是不合用。恰巧北京教育部编纂处办一种月刊,便白送给他刊登了事,也就恕不续做了。后来县教育会要出刊物,由我编辑,写了两篇讲童话儿歌的论文,预备补白,不到一年又复改组,我的沉闷的文章不大适合,于是趁此收摊,沉默了有六七年。民国九年北京孔德学校找我讲演,才又来饶舌了一番,就是这第五篇《儿童的文学》。以下六篇都是十一二三年中所写,从这时候起注意儿童文学的人多起来了,专门研究的人也渐出现,比我这宗"三脚猫"的把戏要强得多,所以以后就不写下去了。[①]

到了民国十一年至十三年间,儿童文学俨然已成为教育界的一种时髦追求:"年来最时髦,最新鲜,兴高采烈,提倡鼓吹,研究试验的,不是这个'儿童文学'问题么?教师教,教儿童文学,儿童读,读儿童文学,研究儿童文学,演讲儿童文学,编辑儿童文学,这种蓬蓬勃勃勇往直前的精神,令人可惊可喜。"[②] 随着学校园地对儿童文学的倡导,国语教材的儿童文学化,儿童文学有了一定程度的繁盛。

有研究者指出,在"五四"时期的儿童文学领域,翻译(重译与直译)外国儿童文学、采集民间口头创作、改编传统读物构成了"五四"文坛儿童文学的基本内容,而创作儿童文学,则刚刚起步,显得稚嫩杂芜。有研究者建议将1917—1921年视为中国整个现代儿童文学的诞生期,当时儿童文学发展整体格局如下:这时期的儿童文学主要是依赖外来的翻译作品和传统的东西,还没有出现一支专门的或半专门的儿童文学作家队伍,没有形成基本作品的数量,没有具有超出国界影响的第一流的作品,没有形成具有中国风格和气派的自立于世界之林、能代表一个时代的作品,此外与儿童文学有关

---

① 周作人:《〈儿童文学小论〉序》,载周作人:《儿童文学小论·中国新文学的源流》,止庵校订,河北教育出版社2011年版,第1—2页。
② 魏寿镛、周侯予:《儿童文学概论》,商务印书馆1923年版,第1页。

的建设，如儿童读物出版社、儿童文学社团、高等院校儿童文学的教学等一片空白。①

与理论局促现状对应的是创作上的贫弱。当时被誉为四大副刊之一的《晨报副镌》曾在1923年7月24日第190号第2版开辟"儿童世界"专栏。该专刊刊发了很多诗歌、童话、故事、小说。最有影响的是冰心的《寄小读者》。这份一直关注儿童文学的刊物对缘何迟迟未开儿童文学专刊的解释，恰好说明了"五四"前后儿童文学发展所需人才匮乏的境况。编辑在《记者按语》中写道："冰心女士提议过好几回，本刊上应该加添一栏儿童的读物。记者是非常赞成的，但实行却是一件难事。中国近来的学术界，各方面都感到缺人。儿童的读物，一方需要采集，一方也需要创作，但现在哪一方都没有人。因为没有人，所以这一件事延搁到今日。从今日起，我们添设'儿童世界'一栏。"②《晨报副镌》开辟"儿童世界"专栏，除了冰心的留美记录文字，连载占据最大篇幅的就是周作人的系列译文《土之盘筵》。这十篇译文大多翻译自《格林童话》《伊索寓言》等西方儿童文学经典。《晨报副镌》的运作情况折射出在儿童文学建设初期，采集和创作人才的匮乏，而相对易于操作的翻译就成了建设的捷径。

《儿童世界》是商务印书馆创办的一份专门的儿童文学刊物，是刊载现代儿童文学并推动其发展的重要媒介平台。叶圣陶在该刊发表的《稻草人》等童话更是中国本土原创儿童文学的早期代表。作为主编的郑振铎阐释了传统教育和以往儿童读物的缺憾，以前的注入式教育满足于将种种的死知识、死教训装入儿童的头脑里。随着清末以来教育的改革，人们对以往的弊端有所规避，尽力去启发儿童的兴趣，但小学校里的教育仍旧是被动的，不太能吸引儿童的兴趣，儿童自动的读物极少，刻板庄严的教科书几乎就是唯一的选择。为了改善这种"刻板庄严"的局面，《儿童世界》才呼之欲出。他还引用麦克·林东的观点来陈述该刊物的编辑宗旨，儿童文学要达成三点目的：第一是要适宜于儿童及其本能的兴趣及爱好，第二是养成并且指导儿童

---

① 王泉根：《中国儿童文学现象研究》，湖南少年儿童出版社1992年版，第52页。
② 《记者按语》，《晨报副镌》（文学旬刊）1923年7月24日。

的兴趣及爱好，第三是唤起儿童已失的兴趣与爱好。① 为了实践儿童本位的文学追求，在原创不够的情况下，郑振铎对译作的采用毫不避讳。郑振铎在《〈儿童世界〉第三卷的本志》中特别明确地强调世界各国的儿童文学，只要是适合于中国儿童的，就尽量地采用。

从《儿童世界》实际刊发的文章情况来看，翻译作品占据了很大比例，影响最大的也是翻译文学作品。郑振铎在《天鹅童话集》中坦率道："我们对于'童话'的兴趣都很高，但在现在的工作环境里，创作的欲望是任怎样也引不起，所以只好向译述这条路走去。这是我们现在所能贡献给中国的最可爱最有望的第二代的了。将来，如有向'创作'这路走去的可能时，也许可以更贡献给他们以我们自己的东西。"② 《天鹅童话集》出版于1925年，作为《儿童世界》的主编，郑振铎的话充分道出了当时儿童文学创作的实况。这也从一个侧面证明了在儿童文学建设的初期，翻译儿童文学不仅在数量上众多，而且影响更为广泛。

另一个重要例证是《小说月报》在儿童文学原创作品和翻译作品方面的刊载比例。早在茅盾主编该刊物期间，就开始了儿童文学原创和翻译作品的刊发。郑振铎接任主编之后，加大了儿童文学刊载力度，郑重其事地开辟了"儿童文学"专栏，将更多优秀的儿童文学作品介绍给"老师们和儿童们"。其中最引人注目的是，在1925年安徒生诞辰120周年时，推出的《安徒生号》，两期一共刊登了安徒生童话译作22篇，史料与评论13篇。在安徒生之外，18卷（除第7、9号）集中刊载了徐调孚翻译的意大利作家科洛迪的《木偶奇遇记》，21卷第1号到第6号集中刊载了郑振铎译述的希腊罗马神话故事和英雄传说。除了这种集中对经典作家和作品的介绍，还有很多期号的儿童文学专栏全部以翻译作品构成。如12卷的第6号及号外，13卷的第1、2号，14卷的第9、11号，15卷的第6、7、11、12号；16卷的第2、3、4、5、12号，17卷的2、5、6、7、8、9、11号全部是翻译作品。相对于这种大张旗鼓介绍国外优秀儿童文学的阵势，原创儿童文学的刊载显得默默无闻，而且从数量来说，翻译作品是原创作品的五六倍。有研究者统计了《小说月

---

① 郑振铎：《〈儿童世界〉宣言》，《妇女杂志》1922年第8卷第1号。
② 郑振铎：《〈天鹅童话集〉序》，载《郑振铎全集》第十三卷，花山文艺出版社1998年版，第6页。

报》1921年到1931年因为战火停刊期间的儿童文学作品刊载数量，原创作品是28篇，翻译作品是170余篇。①

在《小说月报》1925年推出《安徒生号》之前，《妇女杂志》是发表安徒生译文最多、最集中的杂志。赵景深、顾均正、伯恩、仲持、汪延高、天赐生等人都在《妇女杂志》发表安徒生童话译作。主要篇目有学憨译的《玫瑰花妖》（7卷1号）、《顽童》（7卷3号），红霞译的《母亲的故事》（7卷5号），赵景深译的《苎麻小传》（7卷6号）、《鹳》（7卷8号）、《一荚五颗豆》（7卷11号）、《恶魔和商人》（7卷12号）、《安琪儿》（8卷2号）、《祖母》（8卷12号）、《老屋》（9卷3号）、《柳下》（10卷1号），伯恩译的《老街灯》（7卷7号），石麟译的《一滴水》（7卷10号），仲持译的《她不是好人》（8卷3号），天赐生译的《一对恋人》（10卷11号），顾均正译的《大克劳斯和小克劳斯》（11卷1号）、《夜莺》（11卷4号），汪延高译的《飞尘老人》（11卷2号）。1930年，《妇女杂志》发表了《介绍安徒生童话集》的文章，可见该杂志之于安徒生中国传播的持续热情与巨大功绩，也从另一个侧面反映出当时翻译的繁盛局面。

在周期性报刊倚重翻译的同时，当时出版物中最引人注目的也是翻译读物。较之于原创作品出版的贫弱，翻译文学的出版蔚为大观。安徒生童话、格林童话都有诸多译本。赵景深曾致力于安徒生童话作品的翻译，他对当年从事安徒生童话翻译经历的回忆，颇能反映当时安徒生童话翻译的热闹。1925年，赵景深从长沙到上海，经由郑振铎介绍认识了徐调孚和顾均正。这几位童话的爱好者后来一起参与主编了开明书店的"世界少年文学丛刊"，其中安徒生的创作就占据了8本，此外还有郑振铎翻译的《列那狐》。同时，郑振铎翻译的德国的《莱森寓言》（1925）和《印度寓言》（1926），被列入文学研究会丛书出版。

这种翻译作品占据大半壁江山的格局一直延续到了20世纪30年代。1935年，茅盾的《书报述评·几本儿童杂志》中分析了龙文书店发行的《童话月刊》，他指出《童话月刊》的台柱子其实还是童话，比如第四期的两篇

---

① 赵晓红：《〈小说月报〉（1921—1931）翻译儿童文学研究》，四川外语学院2011年硕士学位论文。

童话《聪明的裁缝》翻译自格林童话,《沙滩上的三公主》也是译作,两篇译作占据了全期文字的一半。而在素来重视翻译作品刊登的《儿童世界》,尽管有叶圣陶的《稻草人》、吕伯攸的童诗等原创作品,但经过十多年的发展,翻译依然占据主要地位。同样以1935年的34卷1号的《新年特大号》为例,六篇儿童文学中,翻译的《小人国》和《水孩子》占据了整个儿童文学篇幅的大半。在第2号中,《白鸟湖》《水孩子》以及《大萝卜》均为译作。① 尽管数量和规模可观,但这其中不乏一些生吞活剥的改译。

在儿童文学的发生期,这些被译介的作品还进入了教育的园地。"那些优秀的外国儿童文学作品,在一个时期内,的确曾经在咱们小学教育的舞台上扮演过比较重要的角色,而它的观众——小读者,也的确曾经被激动地在思想上和感情上起过变化,起过教育的作用。"陈伯吹仔细罗列了自《伊索寓言》以来外国儿童文学在中国教材中广泛存在的情形。他认为传统的相袭沿用了几百年的《三字经》《百家姓》《千字文》《千家诗》和《神童诗》等,已经不合乎需要而被淘汰,而新的适合儿童心理发展、生理成长和理解能力、接受能力的材料一时又接不上来。在这种情况下,外国儿童文学就成为顺应时代潮流的选择。"《伊索寓言》由于它的寓意浅,篇幅短,适合儿童阅读,首先幸运地作了被恭请光临的贵宾……这把'金钥匙'被发现以后,大门一开,采用外国儿童文学作品作为小学语文教科书里的课文的道路就逐渐地畅通了。"② 选入小学语文教材的外国儿童文学作家作品有《鲁滨逊漂流记》《格列佛游记》《卖火柴的小女孩》《皇帝的新衣》《安乐王子》《最后一课》《塞根先生的羊》,还有亚米契斯的《爱的教育》中的《少年笔耕》,托尔斯泰的《三问题》和《鸡蛋那么大的一粒谷》,等等。贝洛的《鹅妈妈的故事》中《小红帽》《灰姑娘》(又译《辛特拉》)和《穿靴子的猫》,格林兄弟的《童话和家庭故事》中的《金鹅》《大拇指》和《不莱梅镇音乐家》,还有那些著名的《拔萝卜》《三只熊》《三只猪》《狼和七只小山羊》等美丽有趣的童话,在很长时期内都被幼儿园和小学低年级教师作为讲故事的蓝本。

---

① 子渔(茅盾):《书报述评:几本儿童杂志》,《文学》1935年第4卷第3号。
② 陈伯吹:《谈外国儿童文学作品在中国》,载陈伯吹:《儿童文学简论》,长江文艺出版社1982年版,第65页。

关于《爱的教育》，甚至还出现了《爱的教育实施记》等专门的图书。在教材之外，编选的学生课外补充读物也都倾向于选择外国儿童文学作品。

二 译介影响下的新儿童文学的建设

"域外小说的输入，以及由此引起的中国文学结构内部的变迁，是二十世纪中国小说发展的原动力。"[①] 作为20世纪中国文学整体的一部分，萌蘖于晚清的儿童文学在西方文学文化的东渐过程中受益、发展。换言之，西方儿童文学的输入和传播，是促成中国儿童文学发生的重要动因。不仅如此，儿童文学建设和发展的步伐对译介有着明显的依赖。

郭沫若在《儿童文学之管见》中提出建设儿童文学的方法为三种：一为收集，二为创造，三为翻译。他指出："这在青黄不接的时代，是一便法。一方面更能指示具体的体例以供作家的观摩。但是不可太偏重了。太偏重翻译，启迪少年崇拜偶像的劣根性，而减少作家自有创造之精神。翻译时也不可太滥，欧洲人的儿童文学不能说篇篇都好，部部都好，总宜加以慎重的选择。举凡儿童文学，地方色彩大抵浓厚，译品之于儿童，能否生出良好的效果，未经实验，尚难断言。"[②] 因此，郭沫若的主张是倾重于前两种办法，也即收集和创造。

而就儿童文学发生来说，收集还仅仅是较为基础性的工作，更重要的是转换，也就是改编。所谓"改编"是英语 rewrite 的翻译语，它是指将民间文学、成人文学中具有童话和儿童文学因素的作品，所谓大众文学等，根据儿童文学的定义和条件改编而成的文学。[③] 因此，改编既是儿童文学创作的一种策略，也是儿童文学的一种形式。日本学者上笙一郎认为：改编并不比创作儿童文学作品更容易，它需要付出同样艰巨的精神劳动。[④] 在《儿童文学引论》一书中，他将改编儿童文学与童话、儿童小说等并列为表现儿童文学内

---

① 陈平原：《二十世纪中国小说史》第一卷，北京大学出版社1989年版，第23页。
② 郭沫若：《儿童文学之管见》，《民铎》1921年第2卷第4号。
③ 〔日〕上笙一郎：《儿童文学引论》，郎樱、徐效民译，四川少年儿童出版社1983年版，第32页。
④ 〔日〕上笙一郎：《儿童文学引论》，郎樱、徐效民译，四川少年儿童出版社1983年版，第7页。

容的十种形式。同时，世界儿童文学史上不乏改编成功的案例，如布尔芬奇的《希腊罗马神话》、兰姆姊弟的《莎士比亚故事集》等，都是耳熟能详的改编精品。

从中国儿童文学发展历程来看，改编、翻译、原创三者构成了儿童文学生产格局三足鼎立之势，改编是中国儿童文学发展的重要推动力。尤其是在20世纪初叶儿童文学发生期，本土原创作品相对薄弱和匮乏，改编和翻译就成为建设新儿童文学的最为重要的两条路径。中国儿童文学对传统资源的改造，其思想的缘起与翻译文学有着紧密的关系，最为重要的是与《格林童话》及其民俗学观念的传播有着密不可分的关联。

《格林童话》早在清末就有译介，但其价值的被认可是在"五四"前后，并由此带动了国内儿童文学界对民间资源的搜集和整理。赵景深对格林兄弟的民间故事搜集工作表示赞赏，认为："这种采集极有价值，不但对于民俗学的研究者有益，就是对于任何国家的儿童，也没有不引起他们喜欢的。这种书在德国重印了五十版，欧洲各国译文重印的尤不计其数。在欧洲差不多没有一个国不译他们的教育童话。"[①] 格林兄弟的行为鼓舞了一大批中国知识分子走向民间。周作人曾高度赞扬格林兄弟，号召中国知识分子学习格林兄弟，在面临民族危机的紧要关头，潜心搜集、整理民间艺术宝藏。他在《童话研究》一文中说道："中国童话自昔有之，越中人家皆以是娱小儿，乡村之间尤多存者，第未尝有人采录，任之散佚，近世俗化流行，古风衰歇。长者希复言之，稚子亦遂鲜有知之者，循是以往，不及一世，澌没将尽，收拾之功，能无急急也。"[②] 文学家们除了搜集研究民间歌谣、传说和谚语，还特别重视对民间儿童文学作品尤其是儿歌和童话的收集。1922年12月出版的《歌谣》周刊第一期就特辟"儿歌"专栏，刊登了《拍手歌》《捉迷藏歌》等为孩子们所喜闻乐见的作品。1924年在"歌谣研究会"的一次工作会议上，周作人还特别提出将童话纳入民俗研究。此后，许多杂志都以刊登儿歌和童话为重，如广东儿歌《鸡公仔，尾弯弯》《喜鹊尾巴长》和童话《老虎外婆》

---

① 赵景深：《童话家格林兄弟传略》，载赵景深编：《童话评论》，新文化书社1934年版，第180页。
② 周作人：《童话研究》，载王泉根编：《周作人与儿童文学》，浙江少年儿童出版社1985年版，第72页。

《蛇郎》《田螺姑娘》，就曾在《东方杂志》《妇女杂志》《小说月报》等杂志上刊登。①

在致力于民歌童谣搜集的同时，很多关于儿歌和童话研究的理论文章也开始出现，有周作人的《儿歌之研究》、褚东郊的《中国儿歌的研究》、陆永恒的《广州儿歌研究》等。这些文章在推动古代民间儿童文学和童蒙读物搜集整理的基础上，展开了儿童文学与教育、民俗学关系的探讨，极大地推进了儿童文学的建设。

"翻译和创作，应该一同提倡，决不可压抑了一面……注重翻译，以作借镜，其实也就是催进和鼓励着创作。"② 中国儿童文学的发生发展，最后要落实到原创儿童文学的发展上。西方儿童文学的编译是中国儿童无书可读境况下救急的办法。许多作家正是在西方儿童文学的影响下走上创作之路。但在创作初期，很多即使标明是创作的作品其实也是在译述基础上改写的。如郑振铎的《竹公主》，刊载于 1922 年《儿童世界》第一卷二至九期，就是根据日本长篇民间童话《竹取物语》译述而成的。采用白话的方式，"文字很简质，毫没有什么藻饰，然自有一种朴质的美"③。而更值得忧虑的影响在于，有一段时间西洋童话中的仙女、妖女、王子、公主、魔鬼、胡狼等形象竟然占据童话主角，全然看不出这是中国的文学创作。对于这种矫枉过正的现象，茅盾等人曾进行尖锐批评，关于这方面的阐述，下文将会有相关阐释。

---

① 〔美〕洪长泰：《到民间去：1918—1937 年的中国知识分子与民间文学运动》，董晓萍译，上海文艺出版社 1993 年版，第 178—179 页。
② 鲁迅：《关于翻译》，载《鲁迅全集》第四卷，人民文学出版社 2005 年版，第 568 页。
③ 郑振铎：《〈高加索民间故事〉序》，载《郑振铎全集》第二十卷，花山文艺出版社 1998 年版，第 152 页。

第三章 强化与遮蔽：西方儿童文学中国化的路径

"国门初开时，外来的文本与固有的东西反差太大，就会影响读者的接受。读者和翻译家，都有对外来文本逐渐适应的过程。因此，对原文加以有意改造的'豪杰译'，恐怕是翻译史上的一个必经阶段。"[1]清末梁启超等人为了实现政治意图，强调文学的功用价值，曾大力倡导翻译。他们对原文本进行随意增删的翻译行为就是"豪杰译"的表现。"豪杰译"一词见于晚清时期，但据学者考证，"豪杰译"这一说法最初可能来自明治时代的日本。明治维新初期的日本文坛，出于文明开化的需求，兴起了对西方文学的翻译热潮，许多英国、法国、俄国的重要文学作品纷纷被译成日文。日本学者古田精一将明治维新头十年称为"翻译文学时代"，因为这一时期"在创作方面当时几乎没有值得一读的作品，而翻译或改编的作品占据了文艺的中心地位"。[2]而在翻译策略上，当时构成翻译主体的政治家和知识分子不仅将原文浅俗化、梗概化和理性化，还将其"洋气"漂洗过滤，熏染上中国文学的色调。翻译的内容，明显反映出译者对社会需要的理解，书名的拟定、对原作的删节、增补和改写，都毫无掩饰地展示出译者的价值取向。[3]深受日本文化影响，清末梁启超等人的文学翻译明显有着"豪杰译"的特点。这种豪杰译的贯彻和达成，明显贯穿着政治意图和强烈的现实功用性。

---

[1] 王向远：《二十世纪中国的日本翻译文学史》，北京师范大学出版社2001年版，第26页。
[2] 〔日〕古田精一：《现代日本文学史》，齐干译，上海人民出版社1976年版，第10页。
[3] 蒋林：《梁启超"豪杰译"研究》，上海译文出版社2009年版，第34页。

第一节 转译、重述、节译到还原：西方儿童文学中国化的面貌

早在 1898 年，严复就在《天演论·译例言》中提出了翻译的标准："译事三难：信达雅。求其信已大难矣！顾信矣，不达；虽译犹不译也；则达尚焉……一西文句中名物字，多随举随释，如中文之旁支；后乃遥接前文，足意成句；故西文句法，少者二三字，多者数十百言；假令仿此为译，则恐必不可通；而删削取径，又恐意义有漏；此在译者将全文神理，融会于心；则下笔抒词，自善互备。至原文词理本深，难于共喻；则当前后引衬以显其意。凡此经营，皆以为达；为达，即所以为信也。"[①]如果以信、达、雅的标准来审视，晚清以降西方儿童文学的翻译很难践行这些标准。西方儿童文学中国传播的历程有着明显的阶段性特点：转译、节译、重述到尊重原文客观地还原。需要说明的是，在译介的实践中，这种转译、重述和节译现象很多时候是融合在一个文本中的。

一 转译现象

转译（indirect translation）是指"以一种外语（媒介语）的译本为原本，将其翻译成另一种语言"[②]。晚清儿童文学的翻译，转译占据很大比例，具体地说是基于英文、日文的转译。日本是当时中国了解西方文明文化的重要渠道，也是西学东渐的重要中转路径。1902—1904 年间出版的 529 种译书中，译自英、美、法、德等国文字的有 130 多种，占全部译书总数的 23%；而译自日文的有 321 种，占总数的 60%。[③]如清末蔚然成风的凡尔纳翻译，大多译本并非源自于法文，而是借助日文译本进行汉译。当时的主要译本有《海底旅行》（卢籍东译，1902 年《新小说》本）、《铁世界》（包天笑译，1903 年文明书局刊）、《空中旅行记》（译者不详，1903 年江苏本）、《秘密海岛》

[①] 严复：《译例言》，载〔英〕赫胥黎：《天演论》，严复述译，商务印书馆 1933 年版，第 1 页。
[②] 方梦之：《译学辞典》，上海外语教育出版社 2004 年版，第 82 页。
[③] 熊月之：《西学东渐与晚清社会》，上海人民出版社 1994 年版，第 640 页。

（奚若译，1905年小说林社刊，今译《神秘岛》）、《地心旅行》（周桂笙译，1906年广智书局刊）、《飞行记》（谢沂译，1907年小说林社刊）和《海中人》（悾悾译，1915年《礼拜六》本）等十余种。1903年至1904年间，鲁迅也先后翻译了凡尔纳的《月界旅行》和《地底旅行》。这些中译本除薛绍徽译的《八十日环游记》、奚若译的《秘密海岛》、周桂笙译的《地心旅行》和谢沂译的《飞行记》取自法文原语外，半数以上则由日文转译。在科学小说之外，清末民初，很多广有影响的儿童文学作品的译介都是采用了转译的方式，如梁启超的《十五小豪杰》、包天笑的《馨儿就学记》等。梁启超的《十五小豪杰》就是经过了多重转译："此书为法国人焦士威尔奴所著，原名《两年间学校暑假》。英人某译为英文，日本大文豪森田思轩，又由英文译为日文，名曰《十五少年》。此编由日文重译者也。"①《十五小豪杰》从法文到英文，由英文到日文，再从日文转译为中文，经历了辗转多次的转译。

　　这种倚重日文的转译一直延续到民国时期。一个典型现象就是安徒生童话的译介。"五四"时期安徒生童话的翻译繁盛一时，版本极多。如1918年出版的陈家麟、陈大镫译的《十之九》（中华书局）。1920年代出版的有赵景深译的《无画的画帖》（新文化书社），林兰、CF女士（即张近芬）合译的《旅伴》（新潮社）。1930年代，仅开明书店出版的译本就有谢颂羲译的《雪后》，顾均正译的《小杉树》《水莲花》，赵景深译的《皇帝的新衣》《柳下》，徐调孚译的《母亲的故事》等。此外儿童书局出版了徐培仁译的《安徒生童话全集》（1、2、3卷），世界书局出版了席涤尘译的《安徒生童话集》（上、下册）、过昆源译的《小杉树》《雪人》、江曼如译的《牧猪奴》等。上述安徒生童话的中译本大多为转译本，或转译自英译本或转译自日译本。直到1955年，叶君健译自丹麦原文的译本才出版，后来又有林桦的译本。

　　在单个有影响的作家的转译之外，还有大规模的丛书也是采用转译方式。中华书局曾出版《世界童话丛书》，该丛书是民国时期出版的一套较大规模的童话丛书，是民国时期第一次集中且全面地对世界童话的概览。不仅

---

① 梁启超：《十五小豪杰》译后语，《新民丛报》1902年第6号。

有《德国童话集》《法国童话集》《意大利童话集》《丹麦童话集》等西方国家的童话，而且有《印度童话集》《伊朗童话集》《日本童话集》等东方童话。该丛书出版后广受欢迎，曾多次再版。以《法国童话集》为例，该书1933年6月初版，半年之后即1934年1月再版，到1945年10月已出版至5版，内容上收录了《青鸟》《穿靴子的小猫》《宝石和青蛙》等篇目。只是署名为《法国童话集》的作品并不是一本由法国人辑录的童话集，而是由日本的永桥卓介所著。《德国童话集》由甲田正夫著，许达年据日译本译出。该丛书中其他国别的童话集也都是由日本人著述，其脚本就是日本东京世界童话大系刊行会出版的《世界童话大系》。

当然，许多重要作品是借由英译本转译。如民国期间许多德国儿童文学作品的翻译都是经由英译本而来，如被列入"世界少年文学丛刊"，顾均正译的柏吉尔《乌拉波拉故事集》就是根据1932年英国培尔书店（G. BELL & Sons）出版的克雷格（Ivy E. Clegg）的英译本 *OOLA-BOOLA's Wonder Book* 重译的；还有郑振铎译的《莱森寓言》，林俊千译述的德国作家凯斯特纳的《小学生捕盗记》等都是从英译本转译的。很多东方文学，如《天方夜谭》也经由英译本译介，如1903年出版的《绣像小说》，就刊出了《天方夜谭》，并有小注："是书为亚剌伯著名小说，欧美各国均多译之，本馆特延名手重译，以饷同好。"①

清末借途日本传播西学的方法为梁启超等爱国志士所推崇。梁启超主张从日文转译西书："以东文为主，而辅以西文。"②"日本与我为同文之国，自昔行用汉文。自和文肇兴，而平假名、片假名等，始于汉文相杂式厕，然汉文仍居十六七。"除却文字相近的便利，梁启超更为看重的是日本学习西学的成功经验，日本自维新运动之后，锐意西学，翻译西方书籍。因此学习日文，译日书，"用力甚鲜，而获益甚巨"，③可以达到事半功倍的效果，是便捷的方法。"泰西诸学之书，其精者日人已略译之矣，吾因其成功而用之，是

---

① 《天方夜谭》，《绣像小说》1903年第54期。
② 梁启超：《大同译书局叙例》，载《梁启超全集》，北京出版社1999年版，第132页。
③ 梁启超：《论学日本文之益》，载《梁启超全集》，北京出版社1999年版，第324页。

吾以泰西为牛，日本为农夫，而吾坐而食之。"① 在翻译实践上，梁启超从日文翻译了《十五小豪杰》等多部作品。夏晓虹曾这样评价梁启超的西学转译功绩："借途于日本，梁启超不仅跨过了东西方之间巨大的鸿沟，并且一跃而接近了西方的最新思潮。虽然他对于西方文化的选择是建立在日本思想界的选择之上，难免因为片断的抽取而割断了学说演变的线索，或因为外在的诱导而限制了自由采择的范围，但中国国情与日本的相似，使得梁启超的'翻版'译介仍然适合于中国思想界的需要。"②

晚清许多译者都自信即使经过多重转译，最终中文的传情达意并不会背离于原文。林纾认为翻译重要的是保留其旨，而辞的变异是不重要的。他曾在《黑奴吁天录》的例言里谈及书中歌曲的翻译："书中歌曲六七首，存其旨而易其辞，本意并不亡失，非译者凭空虚构。证以原文，识者必能辩之。"③ 再如《小仙源》原著为德文，历经多次重译，但中译者对转译之后的译文有着充分的自信："穿凿附会病不轻，拘文牵义病不达。译者于是书微有改窜，然要以无惭信达为归。"④ 但客观来说，这种经由日译本的翻译仍有不少遗憾。日本明治时期译名不规范及对原作的误记现象也直接影响到晚清。就儒勒·凡尔纳的译名来说，就有房朱力士（薛绍徽《八十日环游记》）、焦士威尔奴（梁启超《十五小豪杰》）、美国查理士·培伦（鲁迅《月界旅行》）、英国·威伦（鲁迅《地底旅行》）、英国萧鲁士（佚名《空中旅行记》）、迦尔威尼（包天笑《秘密党魁》）、焦士威奴（即焦士威尔奴）（奚若《秘密海岛》）等，此外还出现了焦奴士威尔士、迦尔威尼、裘尔卑奴、萧尔斯勃内等译名，国别也时而英国，时而法国。凡尔纳在晚清出现十多个不同译名，国别混淆的乱象，从一个侧面反映出当时从日译本转译的问题。其中译音的不规范，明显是受到日译本以及以日译本所依据的英译本的影响，这

---

① 梁启超：《读〈日本书目志〉书后》，载《饮冰室合集》第二册，中华书局2015年版，第52—54页。
② 夏晓虹：《觉世与传世——梁启超的文学道路》，上海人民出版社1991年版，第190页。
③ 林纾：《黑奴吁天录·例言》，载〔美〕斯土活：《黑奴吁天录》（4版），林纾、魏易译，文明书局1920年版，第2页。
④ 《小仙源》，《绣像小说》1904年第16期。

也是清末转道日本翻译中普遍存在的问题。[①]

近代以来,对转译的批评就一直存在。穆木天曾在《各尽所能》一文中表达了对转译的批评,他说有译者英文很好,但不直接翻译英美文学,而是投机去间接翻译法国文学。在他看来,间接翻译是一种滑头的办法。[②] 他也不主张转译:"'一劳永逸'时,最好是想'一劳永逸'的办法,无深解的买办式的翻译是不得许可的。"[③] 梁实秋同样不赞成转译,他说:"转译究竟是不大好,尤其是转译富有文学意味的书。本来译书的人无论译笔怎样灵活巧妙,和原作比较,总像是掺了水或透了气的酒一般味道多少变了。若是转译,与原作隔一层,当然气味变得更厉害一些。"[④]

每一种翻译现象的形成,背后都有深刻的文学、文化甚至政治的动因。儿童文学中转译现象的形成亦如此。其中语言层面的原因是其中之一。鲁迅在《论重译》中曾这样说:"重译确是比直接译容易……中国人所懂的外国文,恐怕是英文最多,日文次之,倘不重译,我们将只能看见许多英美和日本的文学作品,不但没有伊卜生,没有伊本涅支,连极通行的安徒生的童话,西万提司的《吉诃德先生》,也无从看见了。这是何等可怜的眼界。自然,中国未必没有精通丹麦,诺威,西班牙文字的人们,然而他们至今没有译,我们现在的所有,都是从英文重译的。连苏联的作品,也大抵是从英法文重译的。"因为语言的限制,转译是一种不得已却有裨益的选择。因此,鲁迅主张对于翻译,暂且不用严峻的堡垒,"最要紧的要看译文的佳良与否,直接译或间接译,是不必置重的;是否投机,也不必推问的"。[⑤] 这种对转译现象的阐释就超越了纯粹的语言层面,而上升到文学发展的高度。

另一方面,包括儿童文学在内的转译现象的形成,还有一大原因在于翻译人才的缺失。郑振铎早年对现代文学翻译人才匮乏发出感叹,他以为在文学趣味薄弱的当时,找到直接译原文的人才是有相当难度的。正是因为语

---

① 范芩:《明治"科学小说热"与晚清翻译——〈海底旅行〉中日译本分析》,《大连海事大学学报》(社会科学版) 2009 年第 3 期。
② 穆木天:《各尽所能》,《申报》1934 年 6 月 19 日。
③ 穆木天:《论重译及其它》,《申报》1934 年 6 月 30 日。
④ 转引自郭著章主编,边立红等撰著:《翻译名家研究》,湖北教育出版社 1999 年版,第 199 页。
⑤ 鲁迅:《论重译》,载《鲁迅全集》第五卷,人民文学出版社 2005 年版,第 531—532 页。

言能力卓越的翻译人才的匮乏，加之转型期的文学亟须域外视野的引入，才促成了蔚为大观的转译现象。王哲甫就曾对林纾的翻译进行宽容且体贴的评论："虽然林氏本人不谙英文，错谬的地方很多，但在这青黄不接的时候，能介绍大批的外国文学进中国来，这种伟大的功绩，直至今日尚没有人可以比得上的。"[①] 尽管如此，也有批评者对这种长期蔓延的转译和翻译不严谨的现象进行讥讽："翻译在中国似乎是最容易也没有的一件事情。因为完全不懂外国文的人，在中国，也可以用了之乎者也来翻译，并且大家都还在说他译得很好。其次稍稍懂一点外国文的人，更加可以来翻译……对于这两类翻译大师，中国一向就有很好的历史和传统在那里。大约读一点书的人，总该都知道得很明白，我可以不必拿出经传来作注。"[②]

二 重述现象

从儿童文学翻译历史和实践上说，重述与重译、改写有着紧密的联系。从翻译方法来说，晚清的文学翻译形成了以意译为主的时代风尚。关于重述，并没有特别明确的一种界定，但是许多早期从事儿童文学翻译的实践者都承认他们的翻译是一种重述。

郑振铎在《〈儿童世界〉宣言》中就很清楚地宣称："我们的采用是重述，不是翻译，所以有时不免与原文稍有出入。这是因为求合于乡土的兴趣的原故，读者当不会有所误会，又因为这是儿童杂志的原故，原著的书名及原著者的姓名也都不大注出。"[③] 郑振铎所谓的重述，或称之为译述，有着译者的多种考虑，既要便于儿童的阅读接受，又要"为求合于乡土的兴趣"，为此在翻译的基础上，作家个人的创作是不可避免的。《小朋友》是商务印书馆出版的以少年儿童为读者对象的文学刊物，也是迄今为止持续出版时间最长、影响最大的一份儿童刊物。《小朋友》的重点在于对民间文学宝藏的发掘，搜集民间笑话，征集民间歌谣。译介作为其中的一部分，也带有鲜明

---

① 王哲甫：《中国新文学运动史》，北平杰成印书局1933年版，第258页。
② 郁达夫：《说翻译和创作之类》，《论语（半月刊）》1933年第8期。
③ 郑振铎：《〈儿童世界〉宣言》，《妇女杂志》1922年第8卷第1号。

的改写特点。在黎锦晖任主编期间，吴翰云因为懂德文，主要的工作是翻译德国的儿童书籍，只是他的译法和别人的不同，人家是直译，他的是意译，原因在于"意译时，可以将不合我国儿童口味的意思删去，长的故事可以将它缩短，短的可以将它拉长，但决不愿意将原有的精华失去"。如由吴翰云翻译的第16期上的《该死的狼》和第26期上的《狼和白鹤》，"都是经过了一番改造的手续，才能成功的"[①]。

有研究者认为，这样的译述策略已不仅是简单的翻译，而是一种创作："对原著抉择取之，进行加工改制：原作的顺序、情节、结构、人物、篇幅等，可能作一定的变动，同时加入了译述者对作品的合乎逻辑的创新。因此，这是一种融合了译述者个人心血的劳动成果，已不再是原作的简单翻版。"[②] 为此，他认为郑振铎译述的童话不是翻译，而是一种创作。如《郑振铎与儿童文学》就将译述的作品，列入郑振铎的"创作"，另一类直译的童话归之为"翻译"。这与郑振铎本人注重翻译创造性的见解是一脉相承的。他格外重视翻译在文学创新和文化建设上的功用，在1920年代关于翻译创造性的"处女与媒婆"之争中有过重要见解：

> 视翻译的东西为媒婆，却未免把翻译看得太轻了。翻译的性质，固然有些像媒婆，但翻译的大功用却不在此……就文学的本身看，一种文学作品产生了，介绍来了，不仅是文学的花园，又开了一朵花；乃是人类的最高精神，又多一个慰藉与交通的光明的道路了。如果在现在没有世界通用的文字的时候，没有翻译的人，那末除原地方的人以外，这种作品的和融的光明，就不能照临于别的地方了。所以翻译一个文学作品，就如同创造了一个文学作品；它们对于人们的最高精神的作用是一样的。[③]

[①] 吴翰云：《我和〈小朋友〉》，载《长长的列车——〈小朋友〉七十年》，少年儿童出版社1992年版，第429页。
[②] 蒋风编：《中国现代儿童文学史》，河北少年儿童出版社1987年版，第52页。
[③] 郑振铎：《处女与媒婆》，载《郑振铎全集》第三卷，花山文艺出版社1998年版，第487页。

郑振铎的《天鹅童话集》也是采用重述的方式进行的。《天鹅童话集·序》中写道："我们以为童话为求于儿童的易于阅读计，不妨用重述的方法来移植世界重要的作品到我们中国来，所以本书中对于日本、北欧、英国以及其他各地的传说、神话以及寓言，都是用这个方法。至于安徒生、梭罗古勃诸人的作品，具有不朽的文学的趣味的，则亦采用翻译的方法。"① 不仅是郑振铎个人的创作，他主编的《儿童世界》同样存在这个问题。《儿童世界》刊载的图画故事《熊夫人幼稚园》，前后约有 300 期。作者署名为"守一""叔蕴"。那么守一和叔蕴是否就是故事的作者呢？郑振铎曾在《插图之话》中指出，《熊夫人幼稚园》是从一部给英美儿童看的杂志里选出的插图，② 由此，署名作者很有可能仅是该文的编译或重述者。

这种为求适宜于儿童接受而对译作进行处理的"重述"方式，在"五四"之后相当长的一段时间内颇为流行。另一份作为儿童文学发生重要见证的刊物《小朋友》，其主编吴翰云对译作的要求也是"合我国儿童口味"。陈伯吹回忆《小朋友》经常刊载民间故事和传说等中国传统文化内容，习惯将外国儿童文学名著做一番改写或重述，如列夫·托尔斯泰的《傻子伊凡的故事》就被改编为《果子国》。吴翰云的回忆证实了《小朋友》当时所进行的中国化的改写工作。他对德国的儿童书籍的翻译就不是"直译"而是一种"意译"。吴翰云认为意译能够将不合我国儿童口味的意思删去，为此《小朋友》刊载的作品都是经过改造的，比如刊载于第 16 期的《该死的狼》、第 26 期的《狼和白鹤》。③ 钟望阳在《我们的儿童读物》一文中，充分肯定了吴翰云时期《小朋友》的编辑方向——"童话翻译热转为注重现实题材描写"，认为"中国的童话在敌人的炮火中是更加向前发展了"。④ 再有陈伯吹翻译的美国图画书奠基之作《百万只猫》，几乎完全被视为他的童话代表作。因此，重述与创作的界限和区分是值得重视的话题，中国儿童文学发展

---

① 郑振铎：《〈天鹅童话集〉序》，载《郑振铎全集》第十三卷，花山文艺出版社 1998 年版，第 6 页。
② 郑振铎：《插图之话》，《小说月报》1927 年第 18 卷第 1 号。
③ 吴翰云：《我和〈小朋友〉》，载《长长的列车——〈小朋友〉七十年》，少年儿童出版社 1992 年版，第 429 页。
④ 钟望阳：《我们的儿童读物》，载王泉根评选：《中国现代儿童文学文论选》，广西人民出版社 1989 年版，第 160 页。

史上，重述作品能否视为创作，一些翻译作品能否视为创作，这些都是值得一一厘定的重要问题。

三 节译现象

早在明万历年间（1608），传教士利玛窦的《畸人十篇》第一次将《伊索寓言》翻译成汉语，当时把伊索的名字翻译成"阨琐伯"。书中翻译了《肚胀的狐狸》《两树木》《狮子和狐狸》等寓言。这可谓西方儿童文学中国传播的重要事件，也是西方儿童文学首次以节译面貌出现。在利玛窦之后，西班牙传教士庞迪我也对《伊索寓言》进行了选译，如卷一的《伏傲篇》里就有《乌鸦和狐狸》等。1625年，中国出现了第一本真正的汉文版《伊索寓言》集——《况义》，由法国金尼阁口述、中国张赓笔录。至此《伊索寓言》在中国正式成书。"《况义》全书正编收二十二篇，补编收十六篇，共收寓言三十八篇。其绝大部分为《伊索寓言》，但补编前两篇为柳宗元的寓言，也有别的篇出处仍待查考。"[1] 清末以降，域外儿童文学的翻译，大多以节译本的形式出现。这期间《伊索寓言》也出现了几种重要节译本。1840年，英国人罗伯聃（Robert Thom）和他的中文老师蒙昧先生合作翻译的《意拾喻言》在广东出版，这是晚清第一个《伊索寓言》的汉译本。1888年由赤山畸士依据《意拾喻言》改写编选的《海国妙喻》，收《伊索寓言》73则。1903年（清光绪二十九年），商务印书馆出版了由严培南、严璩口译，林纾笔述的《希腊名士伊索寓言》。当然，《伊索寓言》的节译现象只是儿童文学翻译中节译现象的一个缩影。清末随着西方儿童文学翻译的日渐兴盛，大量文学经典都以节译本的形式出现。这些节译本往往对原著内容进行压缩和筛选，或以单行本的形式，或以单章节的形式刊载于杂志。这种节译形式的选用与刊物的连载要求有一定关系。

"近代报刊的出现，是整个晚清文学与文化变革的重要基石。"[2] 晚清报刊传媒的出现需要大量的内容资源，外国文学经典的翻译恰逢其时。1872年，

---

[1] 杨扬：《〈伊索寓言〉的明代译义抄本——〈况义〉》，《文献》1985年第2期。
[2] 陈平原：《文学的周边》，新世界出版社2004年版，第97页。

《申报》刊登了中国近代第一部翻译小说《谈瀛小录》,该作品系英国斯威夫特的讽刺小说《格列佛游记》的节译,即其中小人国的故事。《谈瀛小录》全文只有五千字左右,但却是英国儿童文学翻译的先锋。此后,这种选取国外儿童文学经典之作进行译介的策略成为常态。《新小说》《东方杂志》《教育杂志》等大型刊物都曾连载儿童文学译作,如包天笑的《馨儿就学记》就曾在《教育杂志》连载。同时,为了适应刊物的需求,有很多名著是以节译的形式刊载于杂志的,孙毓修主编的商务印书馆的《少年杂志》就以节译的形式刊载过诸多儿童文学名著。如狄更斯的《大卫·科菲波尔》被译为《孤儿自述》(《少年杂志》1912年第2卷第3号),瑞士魏斯的《瑞士的鲁宾逊一家》被译为《绝岛漂流记》(《少年杂志》1913年第3卷第4号)。

　　以近现代影响最广的《爱的教育》来看,该书在清末到民国期间的译介,就囊括了节译、转译、译述等多重现象。1903年,文明书局出版了包天笑的《三千里寻亲记》,该书选译自《爱的教育》"每月故事"之一,单行本出版的时候,改名为《儿童修身之情感》。后来商务印书馆的《教育杂志》创刊,邀请包天笑撰写教育小说。这才有了连载于《教育杂志》的《馨儿就学记》。尽管该书标明由"天笑生著",实则是从日文转译自意大利作家亚米契斯的《爱的教育》,该书共49则故事,有46则从日文转译,有两则合为1则,包天笑自己创作的有4则,和若干年前的《三千里寻亲记》同出一源。杂志连载结束后,1910年商务印书馆出版单行本,成为横跨清末和民国的畅销书。到1938年长沙商务印书馆已重印18版。1924年夏丏尊翻译的《爱的教育》在《东方杂志》连载。这一次同样是转译自日文。1926年,译文又以单行本形式由开明书店出版,成为风靡一时的畅销书。该书后来被列入"世界少年文学丛刊"多次再版,影响甚广,到1949年4月已出19版。除了上述包天笑和夏丏尊的译本,有张栋译本(龙虎书店1935年版)、施瑛译本(启明书局1936年版)等诸多全译本,还有冯石节(经纬书局)、柯篷洲(世界书局)、张鸿飞(春明书店)等节译本,再有范泉依据夏丏尊译本改编而成的缩写本(永祥印书馆1949年版)。长期以来,《爱的教育》或译自日文,或译自英文的转译本形式传播,直到1981年,河北人民出版社出版了梁海涛、蔡雪萍的译本,这是第一个直接译自意大利原文的译本。后来又有了王干卿译自意大利原文的译本。

西方儿童文学在中国传播的相当长的一段时间里,这种转译、重述和节译的现象一直共存,导致了晚清翻译界呈现出乱象丛生的局面。如翻译界互不通气的无组织状态,这在《〈译书交通公会试办简章〉序》中有间接反映:"坊间所售之书,异名而同物也,若此者不一而足,不特徒耗精神,无补于事,而购书之人,且倍付其值,仅得一书之用,而于书贾亦大不利焉。夷考其故,则译书家声气不通,不相为谋,实尸其咎。"翻译质量方面,也有待提高:"以吾近时译界之现状观之……译一书而能兼信、达、雅三者之长,吾见亦罕。今之所谓译书者,大抵皆率而操觚,惯事直译而已;其不然者,则剿袭剽窃,敷衍满纸。译自和文者,则惟新名词是尚;译自西文者,则不免诘屈聱牙之病,而令人难解……"①仅以儒勒·凡尔纳在晚清的译介为例,梁启超、包天笑、周桂笙、鲁迅等一大批翻译大家参与翻译,共有十多个译本,译文风格迥异,质量参差不齐。

"五四"时期,很多作品译介仍存在转译、节译等现象。郑振铎对《莱辛寓言》的翻译就杂糅了转译、节译和选译:"莱森(莱辛)的寓言,我未见过有英译的全本。这里所译的,只不过是我所见到的数十则的选本。将来有机会得到全本,当更补译出以呈读者。"②较之于以往,译作的儿童性问题得到空前重视。这不仅是当时一大批儿童文学翻译者的认识,也是儿童文学理论建设者的意识。

"五四"时期出现了对格林童话的重译,这种重译,除了对语言的讲究,更为重要的是对儿童性的充分尊重。魏寿镛、周侯予的《儿童文学概论》是最早的儿童文学理论著作之一,作者在这本书中颇为重视翻译的价值和意义。他们指出:从文学本体上讲,要注意翻译外国儿童文学是否有价值;如果说这是翻译选择的问题,那么较之于晚清的翻译,他们还提出了另一个重要的问题,就是从儿童心理上讲,是否有效,考虑到儿童读者的接受问题。③正因为如此,一大批重要的儿童文学著作都在"五四"时期得到重

---

① 周桂笙:《〈译书交通公会试办简章〉序》,《月月小说》1906年第1卷第1号。
② 郑振铎:《〈莱辛寓言〉序》,载《郑振铎全集》第十三卷,花山文艺出版社1998年版,第15页。
③ 转引自秦弓:《二十世纪中国翻译文学史·五四时期卷》,百花文艺出版社2009年版,第193—194页。

译。如格林童话的翻译，《京报》附设的周刊《儿童》第四十期（1925年9月24日）连载正璧的《葛林童话集》，其中的《重译者引言》说道："德国葛林的童话，从前的中国孩子，已经看过不少了。然而大都是从商务印书馆编的童话里看来的，那种童话，完全是重编，不是翻译，不但失去原作的风味，又加上许多无谓的讨厌的训诂，在现在已不适用了。我现在将美国桀姆士（James H. Fusset）的译本，逐篇重译出，按原本次序投登。此本虽只有二十篇，然而大都是富有趣味，而合于多数儿童的脾胃的。"[①] 较之于此前有着各种政治寄托，而忽视其作为儿童文学特性的翻译来说，张扬儿童性的翻译无疑是时代的进步。

"五四"时期对儿童文学的翻译还原还体现在对儿童读物插图的重视和印刷等方面。周作人阅读了《王尔德童话》，指出了书中个别名词翻译的失误。但他认为最不满意的是纸张和印工的拙劣，这同王尔德的文学主张与文笔实在不符。他甚至觉得对于著者和译者而言，粗纸错字是一种损害与侮辱。因此，从翻译语言的选择、语体的选用到插图绘制、印刷装帧等各个环节，都应当契合"五四"时期儿童本位的需求。儿童文学翻译从转译、重述终于步入了尊重儿童性的阶段。

第二节　政治意图的实现：未来国民的养成与豪杰译、科幻小说热

魏源对文学的社会功用有过详细的阐述："文之用，源于道德而委于政事。百官万民，非此不丑；君臣上下，非此不牖；师弟友朋，守先待后，非此不寿。夫是以内亹其性情而外纲其皇极，其缊之也有原，其出之也有伦，其穷极之也动天地而感鬼神，文之外无道，文之外无治也；经天纬地之文，由勤学好问之文而入，文之外无学，文之外无教也。执是以求今日售世哗世

---

① 周作人：《王尔德童话》，《晨报副镌》（文学旬刊）1922年4月2日。

之文，文哉，文哉！"① 传统的文以载道、经世致用的思想一直延续着，文章承载着治国、教育等社会功用。到了清末，内忧外患，社会危机集中爆发，文学的功用价值被提上议事日程，只是在实现路径上，更多依赖翻译来进行。梁启超在《论译书》中论及日本通过译书学习西方而成为强国："凡西人致用之籍，靡不有译本。故其变法灼见本原，一发即中，遂成雄国。"② 在梁启超看来，译书和变法革新有着紧密联系。他在《大同译书局叙例》中呼吁："译书真今日之急图哉！""及今不速译书，则所谓变法者，尽成空言，而国家将不能收一法之效！"③ 这种将域外资源的译介和传播与政治意图捆绑的观念，在晚清的社会语境下是一种风潮。林纾致力于小说翻译，也是寄予了救国保种的拳拳之心："纾年已老，报国无日，故日为叫旦之鸡，冀吾同胞警醒。恒于小说序中，琊其胸臆。"④ 在这样的文化语境下，为未来国民儿童所准备的文学，在译介方面自然渗入了强烈的政治意图。

一 从晚清到"五四"：儿童文学翻译背后的政治意图

在晚清西学东渐的潮流中，文学译介被赋予了重要的政治和社会意义，儿童群体因社会对新国民和未来国民的期待备受启蒙人士的重视，在此合力影响下，西方儿童文学的译介无论在规模上还是文体上都有了很大拓展。梁启超、林纾、周桂笙、包天笑等都致力于儿童文学的翻译。仅林纾的儿童文学翻译就有《伊索寓言》、《吟边燕语》(《莎士比亚戏剧故事集》)、《鲁滨孙漂流记》、《海外轩渠录》(《格列佛游记》)、《黑奴吁天录》(《汤姆叔叔的小屋》)等。继传教士为译介主体的阶段之后，西方儿童文学的中国传播进入了启蒙人士为译介主体的阶段，不同于传教士译介的宗教旨趣，晚清民初国人的译介更注重对译介作品启蒙价值的弘扬。如格林童话最早于1903年由

---

① 魏源：《默觚上·学篇二》，载《魏源集》上册，中华书局1976年版，第355页。
② 梁启超：《论译书》，载《梁启超全集》，北京出版社1999年版，第45页。
③ 梁启超：《大同译书局叙例》，载《梁启超全集》，北京出版社1999年版，第132页。
④ 林纾：《〈不如归〉序》，载陈平原、夏晓虹编：《二十世纪中国小说理论资料（1897—1916）》第一卷，北京大学出版社1997年版，第355页。

中国近代文学翻译家周桂笙翻译并收入二卷本文集《新庵谐译》中。《十二兄弟》《林中三人》《乐师》《狼羊复仇》《熊皮》和《蛤蟆太子》等12篇格林童话故事被录入该书第二卷。周桂笙在《自序》中阐发了翻译的目的:"朝廷既下变法之诏,国民尤切自强之望,而有志之士,眷怀时局,深考其故,以为非求输入文明之术断难变化固执之性。于是而翻西文、译东籍尚矣。日新月异,层出不穷。要皆觉世牖民之作堪备,开智启慧之助洋洋乎盛矣哉!不可谓非翻译者之与有其功也。"[①] 翻译是介绍西方文明、唤醒国民、拯救危机的必经之路。

在清末众多翻译家中,林纾的译介数量多,质量高,影响大。林译小说中的译序、跋等"副文本"中鲜明地表达了自己的译介目的。1903年,林纾翻译了《利俾瑟战血余腥记》,他指出翻译军事小说,是希望国人以兵书读之,"能使吾华之人读之,则军行实状,已洞然胸中"。[②] 即使是对《茶花女》这样畅销的爱情小说的翻译,林纾也寄予了自己的政治希望。在《红礁画桨录》的翻译中,他还对倡导女权、兴女学和救国之间的关系进行了阐述:"倡女权,兴女学,大纲也;轶出之事,间有也。今救国之计,亦唯急图其大者尔。"[③] 正因为如此,陈熙绩认为林纾翻译泰西小说,是为了寄予其改良社会、激劝人心的雅志:"自《茶花女》出,人知男女用情之宜正;自《黑奴吁天录》出,人知贵贱等级之宜平。若《战血余腥》,则示人以军国之主义;若《爱国二童子》则示人以实业之当兴。"[④]

林纾的儿童文学译介体现出鲜明的政治意图。1901年林纾与魏易合译了斯托夫人的《黑奴吁天录》。该书翻译正值反美华工禁约运动的高潮,小说中美国黑奴的悲惨遭遇使国人产生唇亡齿寒之心,林纾言明:"是书以吁天明者非代黑奴吁也,书叙奴之苦役,语必呼天因用以为名,犹明季六君子

---

① 周桂笙:《自序》,转引自吴趼人著,刘敬圻主编:《吴趼人全集 点评集》,北方文艺出版社2019年版,第288页。
② 林纾:《〈利俾瑟战血余腥记〉序》,载陈平原、夏晓虹编:《二十世纪中国小说理论资料(1897—1916)》第一卷,北京大学出版社1997年版,第138页。
③ 林纾:《〈红礁画桨录〉序》,载陈平原、夏晓虹编:《二十世纪中国小说理论资料(1897—1916)》第一卷,北京大学出版社1997年版,第183页。
④ 陈熙绩:《〈歇洛克奇案开场〉序》,载陈平原、夏晓虹编:《二十世纪中国小说理论资料(1897—1916)》第一卷,北京大学出版社1997年版,第350页。

碧血录之类……是书系小说一派,然吾华丁此时会,正可引为殷鉴,且证诸呸噜华人及近日华工之受虐。将来黄种苦况,正难逆料,冀观者勿以稗官荒唐视之,幸甚",他还指出:"其中累述黑奴惨状,非巧于叙悲,亦就其原书所著录者,触黄种之将亡,因而愈生其悲怀耳。"① 林纾又写道:"余与魏君同译是书,非巧于叙悲以博阅者无端之眼泪,特为奴之势逼及吾种,不能不为大众一号。"② 译者的这种寄托,在读者中得到了广泛的回应。1904年灵石在《读"黑奴吁天录"》中写道:"黄人之祸,不必待诸将来,而美国之禁止华工,各国之虐待华人,已见诸事实者,无异黑人,且较诸黑人而尤剧。"他读"吁天录","以哭黑人之泪哭我黄人,以黑人已往之泪哭我黄人之现在"。③ 鲁迅读完《黑奴吁天录》也很有感触,在致蒋抑卮信中说:"曼思故国,来日方长,载悲黑奴前车如是,弥益感喟。"④ 可见,林纾在《黑奴吁天录》翻译中所渗透的强烈政治意识,已然传递给读者,并且激发出了读者爱国保种的满腔热血。

秉承着文学救国论的原则,林纾在翻译中寄托政治意图,反映在译文处理上相应地会产生一种"中国化"演绎。其中一个典型的例证便是《黑奴吁天录》第十章结尾处乔治送别汤姆的处理,英文原文为:"Tom: O! Mas'r George, ye mustn't talk so bout yer father! / George: Lor, Uncle Tom, I don't mean anything bad."

虽然只是两个人之间简短的日常对话,林纾在翻译中却融合了"家法""道"等与中国传统文化紧密相关的内容:

> 汤姆曰:小主人切勿以一奴之故,致家法阻梗,于理非福。乔治曰:吾自有道,亦不致取怒于二亲。汤姆曰:且吾尚有两雏,此后仰属

---

① 林纾:《例言》,载〔美〕斯土活:《黑奴吁天录》(4版),林纾、魏易译,文明书局1920年版,第1页。
② 林纾:《跋》,载〔美〕斯土活:《黑奴吁天录》(4版),林纾、魏易译,文明书局1920年版,第1页。
③ 陈平原、夏晓虹编:《二十世纪中国小说理论资料(1897—1916)》第一卷,北京大学出版社1997年版,第44页。
④ 鲁迅:《致蒋抑卮》,载《鲁迅全集》第十一卷,人民文学出版社2005年版,第329页。

小主人恩覆矣。乔治曰：谨佩良箴。至尔二儿，吾定不以常人目之。

"五四"时期的儿童文学翻译，尽管在儿童文学的本体论上，对儿童特性方面的尊重有了很大的改善，但文学翻译与政治意图融合的特点却依然鲜明。这在"五四"时期的文学翻译选择中有明显体现。"十月革命"成功之后，俄国的文学翻译的数量就有着明显的上升，与革命密切相关的文学受到重视。如1921年9月，《小说月报》推出的《俄国文学研究专号》中有一篇《俄国底童话文学》，介绍评析了克雷洛夫寓言，普希金、特米托利哀夫、托尔斯泰、契诃夫等人的作品，而这篇文章被选译，其原因在于"俄国底童话中，现实的分子似多于空想的分子"，且这六个人的儿童文学作品"于俄国底革命，功效也着实不小罢"！[1] 同时，从文学特质来说，俄国文学对人生的关注，对"被侮辱与损害的人"的同情都与当时中国境况有着关联。

俄国的文学契合了文学研究会为人生的艺术主张："俄国的文学，从尼古拉斯二世时候以来，就是'为人生'的，无论它的主意是在探究，或在解决，或者堕入神秘，沦于颓唐，而其主流还是一个：为人生。"[2] 这些和中国文学的共同之处，使得俄国文学在一段时间内成为翻译的不二选择："我的本意只是想说明俄国文学的背景有许多与中国相似，所以他的文学发达情形与思想的内容在中国也最可以注意研究……他（俄国文学）的特色是社会的、人生的。俄国的文艺批评家自别林斯奇（Bielinski）以至托尔斯泰，多是主张人生的艺术……中国的特别国情与西欧稍异，与俄国却多相同的地方，所以我们相信中国将来的新兴文学，当然的又自然的也是社会的人生的文学"，"俄国的文人都爱那些'被侮辱与损害的人'，因为——如安特来夫所说，我们都是一样的不幸，陀思妥耶夫斯基，托尔斯泰，伽尔洵，科罗连珂，戈尔奇，安特来夫都是如此。"[3] 这也从另一个层面解释了缘何"五四"之后苏联儿童文学翻译一跃而上。

---

[1] 〔日〕西川勉：《俄国底童话文学》，夏丏尊译，《小说月报》1921年第12卷号外《俄国文学研究专号》。
[2] 鲁迅：《〈竖琴〉前记》，载《鲁迅全集》第四卷，人民文学出版社2005年版，第443页。
[3] 周作人：《文学上的俄国与中国》，《新青年》1921年第8卷第5号。

二 梁启超的文学翻译实践

钱玄同曾这样评价梁启超对"五四"新文学运动的贡献:"梁任公先生实为近来创造新文学之一人……论现代文学之革新,必数及梁先生。"[①] 在中国文学近现代转型进程中,梁启超有着不可忽视的重要地位。而就西方儿童文学的译介来说,以梁启超为代表的晚清学人,也是重要的群体,或者说西方儿童文学中国化历程中,梁启超等人代表了重要的一个阶段。梁启超创办的《新小说》是翻译科学小说的重要平台:"本报宗旨,专在借小说家言,以发起国民政治思想,激励爱国精神。"[②] 周作人在《我学国文的经验》一文中,评述清末逐渐兴旺的翻译界,"严几道的《天演论》、林琴南的《茶花女》、梁任公的《十五小豪杰》,可以说是三派的代表"。[③]

在梁启超提倡的"小说界革命"的热潮中,科学小说最早被列入"新小说"。《新小说》被认为是"中国唯一之文学报"。《新小说》的办刊宗旨在发刊词中有明示:专借小说家之言,以发起国民政治思想,激励起爱国精神。具体小说类型有历史小说、政治小说、哲理科学小说、军事小说、冒险小说、侦探小说等多种类型。其中"哲理科学小说"意在"专借小说以发明哲学及格致学,取材皆出于译本"。具体译作有《海底旅行》《世界末日记》《空中旅行》等。其中,儒勒·凡尔纳的《海底旅行》被誉为是"泰西最新科学小说",是《新小说》连载的有影响的译作之一。

除却《新小说》这一阵地,梁启超还译介了《十五小豪杰》的前七回,刊载于《新民丛报》1902 年 2 月 22 日第 2 号至 1903 年 1 月 23 日第 24 号。《十五小豪杰》是法国焦士威尔奴(儒勒·凡尔纳)的作品,原名为《两年间学校暑假》(《两年的假日》)。英国人由法文译成英文,日本人森田思轩由英文译为日文,名为《十五少年》,梁启超再由日文译成中文。这一经过 3 次"豪杰译"的翻译小说——《十五小豪杰》,其翻译过程颇能体现晚清翻译的状况。

---

① 钱玄同:《寄陈独秀》,《新青年》1917 年第 3 卷第 1 号。
② 梁启超:《中国唯一之文学报〈新小说〉》,《新民丛报》1902 年第 14 号。
③ 周作人:《我学国文的经验》,载《谈虎集》,北新书局 1936 年版,第 101 页。

在具体的译文处理上，梁启超采取了割裂的方式："森田译本共分十五回，此编因登录报中。每次一回，故割裂回数，约倍原译。然按之中国说部体制，觉割裂停逗处，似更优于原文也。"也就是说，因刊物连载需要，梁启超将日译本的十五回改成了十八回，在回目上一律加上七言对偶句，每一回的末尾处还附有四言七言等对偶句来加强悬念效果，以引起读者的阅读兴趣。译文一开首就按中国章回小说的体例添加了一首词来概括全书内容并阐明写作目的，小说第一回《茫茫大地上一叶孤舟 滚滚怒涛中几个童子》，开首部分就有梁启超为《十五小豪杰》填的卷首词《调寄摸鱼儿》：

莽重洋惊涛横雨，一叶破帆飘渡。入死出生人十五，都是髫龄稚乳。逢生处，更堕向天涯绝岛无归路。停辛贮苦，但抖擞精神，斩除荆棘，容我两年住。英雄业，岂有天公能妒。殖民俨辟新土，赫赫国旗辉南极。好个共和制度，天下负，看马角乌头奏凯同归去，我非妄语，劝年少同胞，听鸡起舞，休把此生误。①

该词不仅叙述了故事的梗概，还通过小说寄托了"新民"的更为深沉的用意。"劝年少同胞，听鸡起舞，休把此生误"，正是启蒙思想与儿童受众的关联在翻译小说中的体现。

接着，正文开始，套用话本小说的形式，"看官，你道这首词讲的是甚么典故呢"，以疑问引发读者的好奇，接着娓娓道来：

话说距今四十二年前，正是西历一千八百六十年三月初九日，那晚上满天黑云，低飞压海，濛濛暗暗，咫尺不相见。忽然有一只小船，好像飞一般，奔向东南去，仅在那电光一闪中，瞥见这船的形儿。这船容积不满百吨，船名叫做胥罗，曾有一块横板橛在船尾写着的，但现在已经剥落去，连名也寻不着了。②

---

① 饮冰子、披发生译述：《十五小豪杰》，世界书局1930年版，第1页。
② 饮冰子、披发生译述：《十五小豪杰》，世界书局1930年版，第1—2页。

梁启超的译文有着明确的读者意识，叙事流畅，情节一波三折。为了充分调动读者的阅读趣味和积极性，译者对叙事技巧很在意，每每在一个大的情节段落叙述完毕时适时止住，故意对新的情节欲盖弥彰，如每回结尾处都以诗句的形式对前述内容予以概括，同时又加以章回小说的"欲知后事如何，且听下回分解"的套语。如第一回的结尾处就是在四个孩子陷入绝境之时戛然而止：

　　这四个孩子眼巴巴的望着狂澜怒涛，不发一语，都如兽子一般，各发各的心事。又过了半点多钟，猛然听得莫科一声狂叫起来道："陆！陆！"
　　正是：山穷水尽，怜我怜卿。肠断眼穿，是真是梦？究竟莫科所见到底是陆地不是？且听下回分解。①

再如第二回回末，梁启超对读者的心态有着充分的揣摩和尊重：

　　叙了两回，到底这船为何事欲往何处，缘何只有这几个孩子？读者闷葫芦已打得不耐烦了。第三回便当说明，先泄露一点消息，以慰看官之望。

而到了第三回，梁启超再用倒叙的方式，细细交代主人公的情况、缘何航海等前文尚未告知的信息：

　　前回讲到武安绞下盘涡里去，连影也不见。看官阿，你不必着急，这武安是死不去的，他是这部书的主人公，死了他哪里还有十五小豪杰呢？却是前两回胡乱讲了许多惊心动魄的事情，到底这些孩子们是哪国的？是甚么种类的人？这胥罗船到底欲往哪里？为何没有船主，只剩这几位乳臭小儿？我想看官这个闷葫芦，已等得不耐烦了，如今趁空儿补说一番罢……②

---

① 饮冰子、披发生译述：《十五小豪杰》，世界书局1930年版，第8页。
② 饮冰子、披发生译述：《十五小豪杰》，世界书局1930年版，第19页。

梁启超的翻译充分虑及少年读者的理解水平,在"译后语"中说道:"本书原拟依《水浒》《红楼》等书体裁,纯用俗话,但翻译之时,甚为困难。参用文言,劳半功倍……译者贪省时日,只得文俗并用。"他在小说的结尾处谈及翻译缘起:"各国莫不有了这本十五小豪杰的译本,只是东洋还有一老大帝国,从来还没有把他那本书译出来,后来到《新民丛报》发刊,社主见这本书可以开发本国学生的志趣智识,因此也就把它从头译出。"[①]

在译文的处理实践中,梁启超处处贯穿其新民的思想,借故事以讽喻时政。如每回回目的撰述、内容的拟定都是为了突出重点,章头回尾的评注大多贯穿自己的政治志趣与寄托。第二回的后记说道:"此两回专表武安,就中所言'今日尚是我辈至危极险之时,大家同在一处,缓急或可相救。若彼此分离,是灭亡之道也'。"接着,他阐发道:"我同胞当每日三复斯言。"他还借书中人物的言行,表达对资产阶级议会制度的向往之情,并结合当时时政予以深化:"有竞争乃有进化,天下公例也。武杜两党抗立。借以为各国,政党之影子。全书之生气活泼,实在于是。"他还循循善诱地告知读者:"读者勿从痛恨杜番,且看其他日服从公议之处,便知文明国民尊重纪律之例。观其后来进德勇猛之处,便知血性男子克己自治之功。"[②]

梁启超的这种改造,并没有影响读者对该书的喜爱。这些译介的小说,在当时都成为畅销小说。开明书店的主持人夏颂莱在《金陵卖书记》(1903年)中称:"今新小说界中,若《黑奴吁天录》,若《新民(丛)报》之《十五小豪杰》,吾可以百口保其必销。"[③]端木蕻良是在不满十岁,充满幻想的年纪读到了梁启超翻译的《十五小豪杰》,这也是他生平看到的第一篇外国科学幻想小说。从此他就对这篇小说不能忘怀,在他离开家乡,到处漂泊的时候,《十五小豪杰》都给予他信心:"希望的帆影总在前面招引着我。我想,《十五小豪杰》对我还是起了很大作用的。"[④]

---

① 饮冰子、披发生译述:《十五小豪杰》,世界书局1930年版,第182页。
② 饮冰子、披发生译述:《十五小豪杰》,世界书局1930年版,第18页。
③ 张静庐辑注:《中国现代出版史料》甲编,中华书局1954年版,第388页。
④ 端木蕻良:《〈十五小豪杰〉和我》,《民主》1995年第11期。

三 科幻小说的翻译

在晚清时代语境下，科学小说的译介蔚然成风。《新小说》刊载了《海底旅行》等作品，成为刊载科学小说的重要园地。同时该园地积极倡导科学小说的译介，如第22号（1905年11月），发表了周桂笙译的英国解佳原著的科学幻想小说《神女再世奇缘》。对于科学小说的倡导，周桂笙指出："科学在西国与文学并重。""盖天下事，必先有理想，而后乃有实事焉。故彼泰西之科学家，至有取此种理想小说，以为研究实事之问题资料者，其重视之，亦可想矣。"进而，他大声疾呼："今外国已有空中飞艇之制，而回视吾国，则瞠乎未有之闻，科学不明，格致不讲，宜乎儒者于本国经史之外，几不复知有学矣。后之学者，其于科学，幸加之意焉！"[1] 在他看来，科学小说是人们喜闻乐见的接受形式，是传播科学思想，打破固有陈旧偏狭观念，进行科学启蒙的重要方式。在晚清的科学小说倡导中，周桂笙是一个积极的行动者。他自署为"知新室主人"，发起了译书交通公会，在翻译实践上有《地心旅行》《飞访木屋》等。《〈译书交通公会试办简章〉序》申明了译书的功用：

> 吾国开化虽早，而闭塞已久，当今之世，苟非取人之长，何足补我之短？然而环球诸国，文字不同，语言互异，欲利用其长，非广译其书不为功……苟能以新思想、新学术，源源输入，俾跻我国于强盛之域，则旧学亦必因之昌大，卒收互相发明之效，此非译书者所当有之事欤！[2]

徐念慈译的《黑行星》是当时科学小说的重要译作。徐念慈曾倡导专为儿童的小说，他的翻译是当时译作中最为贴近儿童接受需求的，语言流畅简洁，采用纯粹的白话。最为难得的是基本保持着原著面貌，有意保持西洋小说原有的体裁。如第一章《可惊的信号》：

---

[1] 周桂笙：《〈神女再世奇缘〉序》，《新小说》1905年第22号。
[2] 《〈译书交通公会试办简章〉序》，《月月小说》1906年第1卷第1号。

黑行星！黑行星！

这句话从哪里发起？原来是一个信号，从火星球上的天文台知会我们地球上的。自得了这个信号，细细考察，果然见天空的一方，有一从未见过的黑点，想来就是黑行星了。

我们地球上和火星球通讯的地方，是在喜马拉雅山最高峰顶上的中央天文台。这信号一到后，中央天文台便用电光通讯法，报告全地球。

这个时候，学术上的发明，逆溯到数千年前，早已达到极点，再没有进步的方法。全地球太太平平百般的事理极沉静，这好像立定在那里一样。社会的事务，都是机器在那样运动，更没有什么战争。就是这一国与那一国，任有什么问题，只要从订定的全球公法，听他的判断便了，（然而）近几百年，这种公法也未曾借光他一次。

最没有趣味的，便是这时候的历史了……①

鲁迅曾说，在梁启超所办的《时务报》上阅读了《福尔摩斯包探案》，又在《新小说》上看见了焦士威尔奴的科学小说《海底旅行》，这些阅读都带给他新奇的感觉。正是童年时代对科学小说阅读的记忆，使得鲁迅对科学小说记忆深刻，他认为科学文艺具有"改良思想，补助文明"的特殊作用。他批评当时的创作，并宣扬科学小说的"好处"：

盖胪陈科学，常人厌之，阅不终篇，辄欲睡去，强人所难，势必然矣。惟假小说之能力，被优孟之衣冠，则虽析理谭玄，亦能浸淫脑筋，不生厌倦……故掇取学理，去庄而谐，使读者触目会心，不劳思索，则必能于不知不觉间，获一斑之智识，破遗传之迷信，改良思想，补助文明，势力之伟，有如此者！我国说部，若言情谈故刺时志怪者，架栋汗牛，而独于科学小说，乃如麟角。智识荒隘，此实一端。故苟欲弥今日译界之缺点，导中国人群以进行，必自科学小说始。②

---

① 〔英〕西蒙纽加武原著，东海觉我译述：《黑行星》，小说林社1905年版，第12页。
② 鲁迅：《〈月界旅行〉辩言》，载《鲁迅全集》第十卷，人民文学出版社2005年版，第164页。

鲁迅对科学小说翻译的热衷，既表现出对当时出版种类单一状况的不满，又表现出强烈的启蒙意识。他曾根据日本井上勤的译本重译了凡尔纳的科学小说，但从翻译方法上仍倾向于"豪杰译"。日本井上勤氏的译本有二十八章，还附有杂记。鲁迅在翻译时"截长补短"，删改为十四回，同时，对于书中"措辞无味，不适于我国人者，删易少许"。包括书名的处理，原书名为《自地球至月球在九十七小时二十分间》，被简略为《月界旅行》。①

科学小说的重要性也得到茅盾等人的认可。茅盾认为"提倡科学知识乃是一切知识中之最基本的，尤其对于小朋友们"②。1917 年，茅盾进入商务印书馆，跟着孙毓修主编《童话丛书》，同时从事文学翻译。当时《学生杂志》没有登过小说，朱元善就请茅盾翻译小说，而且最好是科学小说。于是茅盾就在涵芬楼图书馆的英美旧杂志中选中了两种，一种叫《我的杂志》，一种叫《儿童百科全书》。这两种杂志原本是供给中学生以历史、科学知识的通俗读物，有时也会有科学幻想小说。这就是茅盾翻译的《三百年孵化之卵》。③茅盾还翻译了《两月中之建筑谭》《理工学生在校记》等科学幻想小说。此后，茅盾一直维持着对科学小说的兴趣。在 1920 年代，茅盾对当时海外的英文儿童文学概况有过一番介绍，在总结的时候指出："现代似乎还没有产生像安徒生那样的伟大儿童文学作家，这是无可讳言的；可是现代的儿童也很有幸，并不缺乏新颖的可读的读物，尤其是年长些的孩子常能得到从前所没有的儿童科学小说。"④在 1930 年代的《论儿童读物》一文中，茅盾仍坚持科学的读物的重要性："能够有计划地编印儿童读物，总是对于儿童有益的；但是我的偏见总以为目前迫切需要者，倒是高年级的儿童读物。而此项读物中尤以关于科学的及历史的读物最为缺乏。"⑤就中国儿童文学发展来说，科学文艺一直受到重视。这种科学文艺的影响在 20 世纪三四十年代还在持续。陈伯吹曾指出："自民国 20 年沈阳事变，接着 21 年淞沪抗日血战以后，全国朝野都有一致的呼声：'科学救国！''迎头赶上！'文学是时代的反映，而儿童读

---

① 鲁迅：《〈月界旅行〉辩言》，载《鲁迅全集》第十卷，人民文学出版社 2005 年版，第 164 页。
② 茅盾：《从〈有眼与无眼〉说起》，《新华日报》1940 年 2 月 20 日。
③ 茅盾：《我走过的道路》，人民出版社 1981 年版，第 123—124 页。
④ 沈雁冰：《海外文坛消息·最近的儿童文学》，《小说月报》1924 年第 15 卷第 1 号。
⑤ 珠（茅盾）：《论儿童读物》，《申报》1933 年 6 月 17 日。

物的转变到注重科学常识,一半也由时代的浪潮冲激的罢。"[1] 苏联伊林的《五年计划的故事》《十万个为什么》,法国法布尔的《科学的故事》等作品,"对我国科学文艺起着榜样的作用"[2]。随着科学文艺作品的传播日益广泛、影响逐步深化,本土原创科学文艺得到长足发展,涌现了高士其、周建人、董纯才、顾均正、贾祖璋等优秀创作者。董纯才就是一边从事翻译,一边学习创作。1937 年,他在上海翻译伊林和法布尔的作品,在这两位作家的影响下,董纯才创作了《凤蝶外传》《狐狸夫妇历险记》等几篇作品。[3]

四 《鲁滨逊漂流记》等冒险小说的翻译

英国作家笛福的《鲁滨逊漂流记》是成人文学被儿童喜爱的典型范本。该书早在 1898 年就由沈祖芬翻译,1902 年由杭州惠兰学堂印刷,上海开明书店发行,译名为《绝岛漂流记》。商务印书馆编译所高梦旦作序,指出该书"不恤呻楚,勤译此书,以觉吾四万万之众"。沈祖芬在该书的《译者志》中对作者和该书的影响、译介的目的进行介绍:"英人狄福,小说名家也,因事系狱,抑郁无聊,爱作,是以述其不遇之志,原名劳卞生克罗沙,在西书中久已脍炙人口,莫不家置一编,法人卢骚谓教科书中能实施教育者,首推是书,日人译以和文,名《绝岛漂流记》,兹用其名,乃就英文译出,用以激励少年。"[4] 沈祖芬选用漂流记为书名,舍弃原文的生活与历险的用词,以绝岛漂流这样置之死地而后生的意境来凸显主人公的冒险精神,这显然与译者的"以药吾国人"的意图,即警醒国人、激励国人的冒险精神密不可分。有意思的是,晚清以降,该书的诸多译本都沿用了漂流记这一译名,如林纾译本,以及译林版译本。译者郭建中的一番话颇能说明译者的这种企图:"可是,自从林纾恰如其分地定名为《鲁滨孙漂流记》之后,有谁能想出比'漂流记'这个词更贴切的译名呢?因此,在这方面,我的原则是宁负

---

[1] 陈伯吹:《儿童读物的检讨与展望》,《大公报》1948 年 4 月 1 日。
[2] 叶永烈:《论科学文艺》,科学普及出版社 1980 年版,第 51 页。
[3] 董纯才:《〈凤蝶外传〉序》,东北书店 1948 年版,第 1 页。
[4] 〔英〕狄福:《绝岛漂流记》,沈祖芬译,开明书店 1902 年版,第 1 页。

抄袭之嫌，也不弄巧成拙。"①

该书以文言翻译，采用中国章节小说形式。结尾部分译者对全书内容予以概括："岁月如流，百年一瞬，余春秋已七十有二，历尽无数艰难辛苦，多有骇人听闻者，从此隐居林泉闭门不出，游历一事须待来生矣。"②在具体的章节上，译者也有调整，有时候甚至将原文的一章拆解为两章进行翻译。如鲁滨逊遭遇野人的部分，这是书中情节紧张，极为吸引人的章节，而沈祖芬的译本拆成两章，其中第五章：

> 至山顶探望，忽见海边隐约有红光，相距甚远，不能指定何物，细细凝视，莫能窥见……遂循山而下至红光处，见尸骨累累，一胫一肘零星抛散，心甚惨恻，旁有薪火尚未燃尽，又有一物俨如火斧，因思此处必有野蛮杀人为食，一念及此惊惶无状，立即上山奔回家中流涕不止，惟默祈苍天不令来食余体而已。

译文写到鲁滨逊发现累累尸骨，惶恐不安就戛然而止，接着另起一章，营造了"预知后事如何，且听下回分解"的悬念效果。

> 余自见尸骨以后约年余不敢出门……屡欲移居，苦无佳处，忽思烧木为炊多烟使彼易见，不如炭火无烟。一旦往深林烧炭，斩去树木，寻得一穴在大石下，余喜不自禁，遂将荆棘锄尽，入内观望，见洞口甚黑，内有二睛闪闪如明月，惧而出，不知何兽，疑为鬼，惊骇欲绝。既而自言曰，何不达至此耶，如畏鬼断不能独居荒岛至二十年之久，其中究系何物，余必探之。因持火把，放胆前行不过三步，忽又中止，心甚战战，趑趄不前，忽闻大声，如病人叹息，既又作断续之声，似语未全而遽止者，后长叹一声，音动山谷，余心惧甚，匍匐而出，毛发悚然，汗流浃背，少憩片时，此心始定。③

---

① 〔英〕丹尼尔·笛福：《鲁滨孙漂流记》，郭建中译，译林出版社1996年版，第2页。
② 〔英〕狄福：《绝岛漂流记》，沈祖芬译，开明书店1902年版，第31—32页。
③ 〔英〕狄福：《绝岛漂流记》，沈祖芬译，开明书店1902年版，第10—11页。

作为《鲁滨逊漂流记》最早的中译本,该书却是节译本。沈祖芬的节译本很好地保留了原著中鲁滨逊的冒险进取精神。在《绝岛漂流记》出版之后,1905年有译本《绝岛英雄》,1906年商务印书馆又出版了林纾和曾宗巩合译本,题名为《鲁滨孙漂流记》,著者署名为达孚,该书被列入"说部丛书",曾多次再版。除此之外,主要译本还有徐霞村译的《鲁滨孙漂流记》(商务印书馆,1930年)。《五四以来我国英美文学作品译介史(1919—1949)》中曾指出《鲁滨逊漂流记》至少有17种译本,另有2种以上的英汉对照本,其中杨锦森编注的译本(附中文译义)出了35版之多,至20世纪末,这本名著依然盛行。

宋教仁在1906年读了《鲁滨逊漂流记》之后,感叹说鲁滨逊的"冒险性及忍耐性均可为顽懦者之药石"。[①]在清末的时局中,这种冒险探索精神往往成为时代的一种风尚。《新小说》在1901年、1902年、1903年刊载了多期的冒险小说。商务印书馆的"说部丛书"也曾有不少冒险小说,如《航海少年》《金银岛》《八十日》等。此后出版的冒险小说,还有文明书局于光绪三十一年(1905)的《云中燕》,该书由法国某著作大家原著,大陆少年译。译者在《叙言》中写道:"是书述法国少女蝶英大冒险之事,情节离奇,叙事委婉。英、德各国,皆有译本,或有以之作学校中课本者。其书之艳传欧西,可想见矣。"译者表达了对泰西各国儿童参与战事的钦羡:"披阅一过,不禁掩卷叹曰:嘻!泰西各国之人诚不及哉!如美国南北之战,则有少年军,以弱龄童子,抗拒如虎如狼之强敌,是虽可羡,然犹不足奇也。乃法国竟有纤纤仅十三龄之弱女子,出入敌军之间,而安坦夷如,竟能成绝伟艳之业者,不成尤可奇也哉?"接着译者笔锋一转,结合中国被列强瓜分、社会腐败等形势,对中国少年寄予殷切的期待,这或许才是译者的重点所在:

  回首故国,荆棘铜驼,瓜分之危,为奴之惨,近在眉睫,社会腐败,已达极度,欲施针砭,着手无从,尚有一线之希望者,惟吾辈少年同胞之兴起耳。呜呼!我中国之少年军何时起乎?我中国之少看护妇何

[①] 宋教仁:《宋教仁日记》,湖南人民出版社1980年版,第317页。

时起乎？二十世纪中大陆上少年听者："尔辈负千钧之重任在身，其好自为之！仲姊妹，凡我同胞诸昆仲姊妹，其亦有视是编而兴起者乎？"①

五 个案的分析：《伊索寓言》的考察

1888年由赤山畸士辑录的《海国妙喻》依据《意拾喻言》改写而成。《意拾喻言》由英国人罗伯特·汤姆和他的中文老师蒙昧先生合作翻译，其翻译的用意是便于英国人学习汉文。张赤山在"序"中对《伊索寓言》的作用给予了很高的评价："其义欲人改过而迁善，欲世返璞而还真，悉贞淫正变之旨以助文教之不逮，足使庸夫倾耳，顽石点头，不啻警世之木铎，破梦之晨钟也。"为此，他将西人所译的刊载于报章的寓言进行搜罗汇辑为《海国妙喻》，"借以启迪愚蒙，于惩劝一端，未必无所裨益，或能引人憬然思，恍然悟，感发归正，束身检行，是则寸衷所深企祷者也，幸勿徒以解颐为快焉可耳"。②可见，张赤山是抱着"启迪蒙愚"的愿望进行辑录的。张赤山的《海国妙喻》后来经过裘毓芳的白话改写，在《无锡白话报》连载。这份注重开启民智的白话报刊对《伊索寓言》中国化的最大贡献是语言上的白话化，即将文言改写为浅显明白的白话，同时将原本的语言标题改为传统七言回目，如《不吃肉良犬尽忠》《骑驴叟生成软耳》《树上鸦唱曲受欺》等。

这一阶段，最能体现《伊索寓言》中国化的例证是林纾的译本。1903年（清光绪二十九年），商务印书馆出版了由严培南、严璩口译，林纾笔述的《希腊名士伊索寓言》。林纾翻译《伊索寓言》有明确的目的性，即"日为叫旦之鸡，冀吾同胞警醒"③。他在序中说："夫寓言之妙，莫吾蒙庄若也，特其书精深，于蒙学实未有裨……伊索氏之书，阅历有得之书也，言多诡托草木禽兽之相酬答，味之弥有至理。欧人启蒙，类多撷拾其说，以益童慧。"林纾指出本土文学"专尚风趣，适资以佑酒，任为发蒙，则莫逮也"。他认为

---

① 转引自胡从经：《晚清儿童文学钩沉》，少年儿童出版社1982年版，第82页。
② 张赤山：《〈海国妙喻〉序》，载施蛰存主编：《中国近代文学大系·第11集·第28卷·翻译文学集三》，上海书店1991年版，第246页。
③ 林纾：《〈不如归〉序》，载阿英编：《晚清文学丛钞·小说戏曲研究卷》，中华书局1960年版，第263页。

对《伊索寓言》的译介"非黜华伸欧,盖欲求寓言之专作,能使童蒙闻而笑乐,渐悟乎人心之变幻,物理之歧出"[1]。由此,林纾是把《伊索寓言》视为启蒙教育的优良材料,希望能以寓言形式实现其警醒国人、发愤图强、救国保种的爱国抱负。

再如《骆驼》:

村人见驼而惧,已而驼来徐徐,于人无忤,始敢近之,乃知驼之于兽为无用者,加之以勒,令小儿牧之。

畏庐曰:一西人入市,肆其叫呶,千万之华人均辟易莫近者,虽慑乎其气,亦华人之庞大无能,足以召之。呜呼!驼何知者?吾腼然人也。乃不合群向学,彼西人将以一童牧我矣。

细读林译本,不难发现其在文本忠实度上较之传教士阶段的译本有了很大提高。郭延礼甚至认为林译《伊索寓言》的翻译"较忠实于原文",是林译中的特例。林纾对《伊索寓言》的中国化处理,即承载其启蒙意图的文字,主要集中在阐述故事的主旨和教训的"畏庐曰"。换言之,林译本的特色与重点在于"畏庐曰",这才是传达其翻译旨趣的核心。"畏庐曰"的"借他人之酒杯,浇自己心中之块垒",即以《伊索寓言》为载体的阐发有以下几类:

第一,对西方列强恃强凌弱的侵略行径的抨击和对晚清社会内忧外患的现实困境的忧虑。如家喻户晓的《狼和小羊》,周作人译本体现寓意的文字为:"这故事说明,对于那些预定要做不公正的事情的人,正当的辩解也无效力。"[2] 而林纾的"畏庐曰"则结合晚清凋敝、内忧外患、为列强欺凌的现实生发:"弱国羔也,强国狼也,无罪犹将刏取之,抇之耶,若以一羔挑群狼,不知其膏孰之吻也,哀哉。"[3] 再如"畏庐曰:不入公法之国,以强国之

---

[1] 林纾:《〈伊索寓言〉序》,载林纾、严培南、严璩译述:《伊索寓言》,商务印书馆1903年版,第5页。
[2] 周作人:《周作人译文全集》第3卷,止庵编订,上海人民出版社2019年版,第264页。
[3] 林纾:《〈伊索寓言〉序》,载林纾、严培南、严璩译述:《伊索寓言》,商务印书馆1903年版,第7页。

威凌之，何施不可？此眼前见象也。但以檀香山之事观之，华人之怨，黑无天日。美为文明之国，行之不以为忤，列强坐观不以为虐，彼殆以处禽兽者处华人耳。故无国度之惨，虽贤不录，虽富不齿，名曰贱种，践踏凌竞，公道不能稍伸。其哀甚于九幽之狱，吾同胞犹梦梦焉，吾死不瞑目矣"①。

第二，面对困境，倡导国人勿忘国忧，团结合力御敌自强。如"畏庐曰：有志之士，更当勿忘国仇"。"畏庐曰：为国家而借助于人，虞心因之而滋，斗志因之以馁，一不得助。则举国张皇，若敌患非其国所应有者，病在恃人助而不自助也。自助之云，先集国力，国力集则国群兴，无论敌患况义合力御之，即大利亦可以合力。"

第三，林纾警醒国人的意图还通过对国人崇洋媚外、懦弱、好内斗等劣根性及诸多小人丑恶行径的批判来表现。如"畏庐曰：吾黄种人之自夸，动曰四万万人也，然育而莫养，生而不摄，满而岁恒歉，疫盛而死相属，因赔款而罄其蓄，喜揭竿而死于兵，所余总总之众，又悉不学，夸多又胡为者，哀哉哀哉"。又如"畏庐曰：嗟夫，威海英人之招华军，岂信华军之可用哉？亦用为椓杙耳。欧洲种人，从无助他种而致其同种者，支那独否。庚子之后，愚民之媚洋者尤力矣"。再如周作人译的《驴与蝉》的寓意对驴的不幸表现出了一定的同情，而在林纾的"畏庐曰"中这种同情不见了，引发的却是对自强的思考："故欲变其术以自立于世，必当追蹑强者之后，若湛于虚寂，适足以自毙其身。"

第四，表达对立法、变例的需求。如"畏庐曰：人贵自治"。又如"畏庐曰：故欲通中西之情，亦必先解欧西之公例而后交涉始不至于钩棘。矧今日之势，全球均入于公法，而吾华独否。人安有不群噪以攻我、联盟以排我者？余谓欲变法，先变例，例合则中西水乳矣。此救亡之道也。若摘为不经之谈，与儒术叛，则余不敢置喙矣"。

纵观林纾的儿童文学翻译，这种带有鲜明个人色彩的中国化阐释正是其翻译的特色，这也与他一贯持守的文学译介观相一致。1900年，林纾在《清议报》发表了《〈译林〉序》，道明其译书以开民智："吾谓欲开民智，必立

---

① 林纾：《伊索寓言》，载林纾、严培南、严璩译述：《伊索寓言》，商务印书馆1903年版，第21—22页。

学堂；学堂功缓，不如立会演说，演说又不易举，终之唯有译书。"[1]这种翻译旨趣贯穿其译介实践中，在他此后译介的许多作品的序言、跋、例言中都一再有所体现。如林纾在《爱国二童子传·达旨》中也指出："听其朗诵西文，译为华语，畏庐则走笔书之，亦冀以诚告海内至宝至贵、亲如骨肉、尊如圣贤之青年学生读之，以振动爱国之志气，人谓此即畏庐实业也……多译有益之书，以代弹词，为劝谕之助。"[2]可见，林纾在《伊索寓言》中的"畏庐曰"是其振动爱国之志气的"畏庐实业"。

有学者分析了林纾的翻译，认为其中蕴含了明显的文化操纵意图。安德烈·勒菲弗尔在《翻译、改写以及对文学名声的操控》一书中提出翻译研究应与权力、意识形态、赞助人和诗学观结合起来，指出翻译作为特定时代和社会的产物，无不受到译者认同的意识形态和诗学的支配，并将翻译视为改写，即译者对文本的操纵。林译本《伊索寓言》用文言翻译一定程度上限制了其读者范围，不过该译本影响却很大。胡怀琛在《中国寓言研究》中提到了20世纪二三十年代，中国文坛由林纾译本引发的寓言热："我们说到中国寓言的复活，不得不说是受了《伊索寓言》的影响……这廿年中间，希腊的寓言，趁海舶到中国来了，长眠在深山古寺里的印度寓言，被人们唤醒了，沈埋在旧书堆里的中国古代的寓言，被人们扑去灰尘，从蠹鱼窝中挖出来了。真可谓盛极一时。"[3]《伊索寓言》也通过成为学童启蒙必读书目的方式实现了它的启蒙价值。孙毓修指出寓言"自教育大兴，以此颇合于儿童之性，可使不懈而几于道。教科书遂采用之。高文典册一变而成为妇孺皆知之书矣。古之专以寓言者著书，自成一子者，昉于希腊之伊索"。[4]光绪庚子年（1900）江南书局印行的学生课外读物《中西异闻益智录》，其卷十一共辑有19则寓言，基本出自《伊索寓言》。光绪辛丑年（1901）出版的教科书《蒙学课本》、光绪甲辰年（1904）出版的教科书《绘图蒙学课本》及《启蒙课本初稿》等，都被选入了中西寓言。在辛亥革命之后，《伊索寓言》被更多

---

[1] 林纾：《〈译林〉序》，《清议报》1900年第69期。
[2] 林纾：《爱国二童子传》，载吴俊标校：《林琴南书话》，浙江人民出版社1999年版，第69页。
[3] 胡怀琛：《中国寓言研究》，商务印书馆1930年版，第83页。
[4] 孙毓修：《欧美小说丛谈续编》，《小说月报》1913年第4卷第6号。

的教科书选用,其传播和影响也更为扩大。

第三节　教育意旨的彰显:《馨儿就学记》等教育小说

1878年,意大利作家亚米契斯在给出版商的信中谈及写作的心境:

> 长期以来,我的脑海始终萦绕着一部新书的蓝图。为了它,我辗转反侧,寝食不安,甚至流出了激动的泪水。我要集中自己的全部智慧写好这部内容新颖别致,情节跌宕起伏,水准定能超过其它作品的书。我创作的欲火业已熊熊燃烧,在我的血液中已感到它的躁动,这是我二十年心血的结晶,是三十年理智的内心独白。凡是读这部书的人将都无法抗拒它的魅力,是无可争论的教科书,它所饱含的教益、慰藉和激荡的情趣无不使所有的人流下动情的眼泪……

这部令作家流出了激动泪水,倾尽他全部智慧的作品,就是 Cuore。据译者王干卿介绍,该书在意大利出版之后仅两个多月就再版四十余次,到1913年已发行100多万册。截至目前,该书在意大利印行了一百多版,成为家喻户晓的畅销书。该书还被改编为影视作品、漫画等多种形式。[①] 更令人称奇的是,这部意大利佳作,同样享誉中国,成为民国时期家喻户晓的译作,有包天笑的《馨儿就学记》、夏丏尊的《爱的教育》等诸多译本,被列入"影响中国近代社会的一百种译作"。从清末到民国,这部作品曾掀起绵延数十年之久的畅销热潮,成为西方儿童文学中国化进程中重要的代表作。

一　《馨儿就学记》等教育小说的倡导

1906年,灌文书社印行了《短篇小说丛刊》,其中包天笑所作《爱国幼

[①] 王干卿:《爱的教育·前言》,载〔意〕埃·德·阿米琪斯:《爱的教育》,王干卿译,人民文学出版社1998年版,第2页。

年会》根据"美利坚"之"爱国幼年会"故事译述改写而成。包天笑对美国爱国幼年会的介绍,明显透露出以其为"我国之少年"模范的意图,该文末尾有这样一段话:

> 余述此事竟,余敬告我国之少年,曰"是可为模范者也,是可为模范者也!"
>
> 他日,我海上或有"中国幼童"之军舰者出现乎,我不禁三呼曰:"我中国少年万岁!我中国爱国幼年会万岁!我'中国幼童'之军舰万岁!"

包天笑这种翻译意图也贯穿于《馨儿就学记》的翻译中。商务印书馆筹办出版《教育杂志》,邀请他"写一种教育小说,或是儿童小说,要长篇的,可以在《教育杂志》上连期登载",但是他"当时意识中实在空无所有,那就不能不乞灵于西方文化界了"。[①] 于是,包天笑就从虹口的日本书店搜寻可译的日文书,从翻译自欧西各国文字的日文书中选取资料,由此译编了《苦儿流浪记》《馨儿就学记》《埋石弃石记》,这三部"教育小说"被称为"三记",曾获民国教育部嘉奖。《埋石弃石记》为包天笑创作,另两部则为译作。其中《馨儿就学记》的影响最大,先在《教育杂志》1909年2月第1卷第1期创刊号上连载,至1910年第1卷第13期连载完毕。后来又以单行本形式出版,风靡一时。《教育杂志》曾刊载图书广告:

> 商务印书馆庚戌九月出版新书目表(下)
> 教育小说《馨儿就学记》
> 定价三角五分
> 天笑生撰 是书叙馨儿幼年入学事妙在琐屑不遗情景兴趣宛然逼真极合儿童心理文章雅驯尤令阅者爱不忍释。[②]

---

① 包天笑:《在商务印书馆》,载包天笑:《钏影楼回忆录》,中国大百科全书出版社2009年版,第383页。
② 《教育杂志》1910年第10期。

该书前后出版达 18 版之多。除此之外，还有各地盗版翻印的，总销数高达几十万册。之后尽管有夏丏尊的全译本，但是包天笑的译本直到四十年代末还一再销行。

对于这段翻译经历，包天笑曾说："我每从青州回苏州，或从苏州去青州，每次必道经上海。到上海后，必到虹口的日本书店，搜寻可译的日文书，往往拥取四五册以归，那都是日本的作家翻译西欧各国文学者，我便在此中选取资料了。于是第一部给《教育杂志》的便是《苦儿流浪记》，第二部给《教育杂志》的便是《馨儿就学记》，第三部给《教育杂志》的是《弃石埋石记》。"① 这段回忆有两个失实之处：第一，包天笑给《教育杂志》发表的第一部"教育小说"是《馨儿就学记》而非《苦儿流浪记》；第二，《弃石埋石记》应为《埋石弃石记》，前两部译自儿童文学经典小说，这一部是包天笑自创的小说。后来，包天笑曾忆及《苦儿流浪记》的相关情况。这部作品是法国作家穆勒尔的小说，讲述一个苦儿吃尽苦头，流离转徙，最后终于苦尽甘来的故事。这部儿童小说叙事曲折，引人入胜，很受儿童读者欢迎。包天笑是从日译本转译的。《苦儿流浪记》在民国也是一部影响广泛的作品。在包天笑译本之后，又有章衣萍的译本，名为《苦儿努力记》，还有徐蔚南的译本，题名为《孤零少年》。此外《苦儿流浪记》还被改编为电影，曾在上海上映。

《馨儿就学记》这部影响巨大的译作，无论是连载的形式还是单行本都署名为"天笑生著"，并无"译"字。包天笑在谈及该书时，用的更多的是"写"而不是"译"："写此书时，却有一重悲痛的故事。原来我最先生育的一个男孩子，他的名字是唤作可馨，这孩子生得俊美而聪明，又因我们前此有几个孩子不育，我夫妇颇钟爱之，因此我写这小说时，便用了书名。不想写未及半，馨儿还未满三岁，又殇亡了。后来夏丏尊先生所译的《爱的教育》一书，实与我同出一源。"② 包天笑明确指出该书与《爱的教育》同出一

---

① 包天笑：《在商务印书馆》，载包天笑：《钏影楼回忆录》，中国大百科全书出版社 2009 年版，第 383 页。
② 包天笑：《在商务印书馆》，载包天笑：《钏影楼回忆录》，中国大百科全书出版社 2009 年版，第 383—384 页。

源，可谓不同的译本。只是仍习惯地称之为"写"而非"译"。包天笑的这种坚持反映了早期儿童文学翻译的一大特色。

在《钏影楼回忆录》中，包天笑回忆《馨儿就学记》这部儿童小说是"乞灵于西方文化界"。对于自己的翻译水平，包天笑坦率地承认自己的英文程度尚不能译书，日文程度勉强可以，但那种和文及土语太多的日文书依然不能了解。为此他避开日本人自著的小说，而是选择译自西洋的日文书。[①] 不过，即使是以日文翻译的西洋书，在中译过程中仍有问题，因为这些西洋小说在日译的过程中，已经被日化了。包天笑说他在民国初年光顾上海虹口的日本书店以选取日本人翻译的西文小说，结果是那时候很多日本的翻译小说，因为译者的汉文差了，所以译文中汉字明显偏少。最令人厌恶的是，有些翻译小说将欧美小说的人名、地名、制度、风俗等，甚至人物的对话、道白，全都给日本化了。为此，包天笑感叹说往往购买五六本日文翻译小说，只有一二种可以重译。[②] 这些可以重译的作品中就有刊载在《教育杂志》上的《馨儿就学记》等。此外，在《译小说的开始》中也有相关论述，包天笑清楚日本当时翻译西文书籍，差不多是以汉文为主的，在这个基础上再译成中文，就比较容易操作。于是他就托人搜求旧小说，要求为译自欧美的、书中汉字多而和文少的译本。包天笑翻译的《三千里寻亲记》和《铁世界》就是符合这两个条件的译本，因此他就在日译本的基础上译成中文。[③]

尽管是从日译本转译，包天笑还是对《馨儿就学记》的译文进行了充分的中国化的创造与改动，主要体现为：

首先，结构的改动。包天笑在翻译时加上"绪言"和"全书结论"，加之以自己痛失的爱儿"馨儿"为题名，让读者错觉为该小说是关于其少年回忆的自传。

其次，内容的增删，包天笑并未按部就班翻译，而是从原书100则故事

---

① 包天笑：《译小说的开始》，载包天笑：《钏影楼回忆录》，中国大百科全书出版社2009年版，第174页。
② 包天笑：《译小说的开始》，载包天笑：《钏影楼回忆录》，中国大百科全书出版社2009年版，第174页。
③ 包天笑：《译小说的开始》，载包天笑：《钏影楼回忆录》，中国大百科全书出版社2009年版，第173页。

中精心选译了相对活泼、有趣、富含教育意义的 46 则故事，在顺序上重新编订。当然，包天笑对内容的增删有自己的原则——中国化。当时的日译本在处理欧美小说时，习惯将书中的人名、习俗、文物、起居一切日本化。包天笑翻译时，对译文内容进行贴合中国读者接受的变动，将小说人物、称谓、地名、习俗等都中国化，如小说主人公名为馨儿，就是为了纪念包天笑夭折的爱儿可馨。同时，书中的日记体的日期形式，也改为中国的夏历。

在删除部分内容的同时，包天笑还增补创作了部分内容，如依据他的家事，写的清明时节"扫墓"的章节，就是最为典型的例证。

……三月廿三日，我侍我父母，往扫先人之墓。我祖茔在支硎山下白马涧，相传为支公饮马地也。时则父母携我及妹往，并随一老苍头。自金阊门，买棹行，虽轻舸一叶，而明窗净几，荡漾于波光山影之中，如入画图也。船娘二十许人，为态至甜净，衣服复楚洁，舟行如飞，和风煦拂，春意中人欲醉。两岸桃花，缤纷如红雨，落英飘堕水面，争为游鱼所接也。

……

我祖母之傍，有一小茔，我母语我曰："此汝长姊可青也，殇时仅三岁，最得祖母欢心，每晨，必向婆婆索饼饵，后以病殇，殇时犹紧握尔父之手呼爷也。嗟夫青儿，今得长侍慈爱之大母矣。"我母语时，亦泣不能仰，我妹揽母颈，谓母不要哭。守墓者为一媪，与我父缕缕然道太夫人事，而肩山舆之老乡人，亦能话我家前三代故事。展墓既竟，守墓人请顾其庐，将烹茗饷客。我妹入乡村，觉在在皆可爱玩，沿路行来，掇拾野花，芳菲盈握，置诸吾青姊之茔，云将以此代花圈耶。既入媪室，亦颇清洁，村中儿童，围而观之，复窃窃私语，我母出铜圆数十枚分赠之，曰"添土钱"，此乡俗例也，咸欢跃道谢而去。①

这一名为《扫墓》的章节，正如包天笑所说写的是他自己的家事，与

---

① 包天笑：《在商务印书馆》，载包天笑：《钏影楼回忆录》，中国大百科全书出版社 2009 年版，第 385 页。

《爱的教育》原书的情节没有任何联系，是译者中国化的一种处理。但正是这原文之外的增补内容，却被编进了发行量很大的高小教科书。类似《扫墓》的章节还有不少："这都与《爱的教育》原书原文无关的，类此者尚有好多节，无须赘述了。当时尚不用语体文，那也是时代背景使然。以现在一般人的目光，那种文言，已成过去了。"包天笑所说的文言翻译、增加中国化内容的译介策略，代表了晚清"豪杰译"阶段的特点。这种译介方式，在"五四"前后受到了诟病和批判。如志希（罗家伦）在《今日中国之小说界》中提出译外国小说的四条意见，其中一条就是对林纾为代表的译文过于"中国化"处理的批评。他指出译外国小说的一个重要条件，就是不可更改原来的意思或者加入中国的意思。他认为中外都有其固有的风俗习惯思想，中国人与外国人各有其高明之处。但译者在翻译时往往按照自己的意愿各求其真。他批判林纾翻译外国小说时，"常常替外国人改思想，而且加入'某也不孝''某也无良''某事契合中国先王之道'的评语"，同时还将西洋的一切风俗习惯，饮食起居，一律变成中国式。① 对于这样的中国式变动，罗家伦是不赞成的，以为这种改动于逻辑上说不过去，是翻译外国小说时需要力避的问题。

二 夏丏尊的《爱的教育》及其他重要译本

巴金年轻的时候就读过意大利作家亚米契斯的小说。他回忆说最初读的是包天笑的改编本《馨儿就学记》，然后才是夏丏尊的全译本《爱的教育》。"夏丏尊译本的读者很多，影响很大。小说描写当时社会中人与人之间的关系，有不少美化的成分。可是书中叙述师生间的感情和同学间的感情非常动人。"② 继包天笑《馨儿就学记》译本之后，夏丏尊从"儿童的需要和情趣出发"的重译，成为又一重要译本。夏丏尊的译本用白话文，更适应了"五四"之后提倡的白话文运动和当时新式学堂初等教育课外读物的需要。

夏丏尊根据日译本和英译本，重译这部意大利小说为《爱的教育》，连

---

① 志希（罗家伦）：《今日中国之小说界》，《新潮》1919年第1卷第1号。
② 巴金：《随想录》，生活·读书·新知三联书店1987年版，第861页。

载于上海的《东方杂志》第 21 卷（1924 年）第 2、3、4、6、10、15、16、17、20、22、23 号，1926 年结集出版，由上海开明书店于同年 3 月印行第 1 版。开明书店出版的版本图文并茂，由著名美术家丰子恺装帧设计、配画。这本小说还先后被列入"世界少年文学丛刊""开明少年文学丛刊"。该小说"二年之内，重版五次"，至 1936 年 7 月已印至 21 版，1938 年开明书店又出修正第 1 版，至 1949 年 3 月出至第 19 版，1951 年 4 月北京又出第 20 版，成为民国儿童文学中的畅销书。

《爱的教育》被选择译介，很大程度上是因其教育方面的价值和意义。一方面，夏丏尊本人就是教育家。《爱的教育》所倡导的情感教育旨趣与夏丏尊的教育追求相吻合，这在夏丏尊的译序中有鲜明体现。在谈及翻译此书的起因与目的时，他指出："这书给我以卢梭《爱弥尔》、斐斯泰洛齐《醉人之妻》以上的感动。"夏丏尊在得到该书的日译本时，花了三个日夜流着泪读完，日后在翻译和阅读时仍感到深深的刺激。作为二子二女的父亲，作为一名有过十余年执教经验的教师，他已然为书中所叙述的亲子之爱、师生之情、朋友之谊、乡国之感、社会之同情所感动，进而省思自己为人为父为师的态度。这是作为读者的夏丏尊对该书的一种深切的情感体验。同时书中所倡导的情和爱，即《爱的教育》传达的一种理想的教育模式对于当时中国亟待改革的教育体制和教育方法有着重要的意义。他意识到"学校教育到了现在，真空虚极了。单从外形的制度上方法上，走马灯似的更变迎合，而于教育的生命的某物，从未闻有人培养顾及。好像掘池，有人说四方形好，有人又说圆形好，朝三暮四地改个不休，而于他的所以为池的要素的水，反无人注意。教育上的水是什么？就是情、就是爱。教育没有了情、爱，就成了无水的池，任何四方形也罢，圆形也罢，总逃不了一个空虚"。由此，夏丏尊之所以译介该书，更多的是注意《爱的教育》之于教育的启示意义，对于该书的预期读者，他特别明确："这书一般被认为是有名的儿童读物，但我以为不但儿童应读，实可作为普通的读物。特别地应介绍给与儿童有直接关系的父母教师们，叫大家都流些惭愧或感激之泪。"[1]《爱的教育》出版之后，教

---

[1] 夏丏尊：《〈爱的教育〉译者序言》，载夏丏尊：《白马湖之冬》，天地出版社 2013 年版，第 145 页。

育界对该书的赞誉再一次印证了这部教育小说的魅力。王知伊《开明书店纪事》称此书是一本畅销书，被当时"各地小学都采用为课外辅助读物，十余年中，印行达一百版左右"[①]。陈伯吹当年在宝山县立小学执教，和同事、知友徐学文，在学生中开展课外阅读时，采用的文学作品就有《爱的教育》。徐学文还在辅导阅读工作的实践中，写出了《给小朋友们的信》，送投给开明书店出版。后来王志成写了《爱的教育实施记》，也在开明书店出版。[②] 叶至善的回忆印证了这种说法：当时"许多中小学把（夏译）《爱的教育》定为学生必读的课外书，许多教师认真地按照小说中写的来教育他们的学生。就在我上学的小学里，这样做的教师就不少；有一位（小学教师）王志成先生还写了一本《〈爱的教育〉实施记》，1930年由开明书店出版"[③]。六十多年后，王志成当年的学生王清华在《我和〈爱的教育〉——纪念我的小学老师王志成先生》中对此有过生动的描述。《爱的教育》的风行，从20世纪20年代一直延续到40年代。王统照在1946年撰写的《丏尊先生故后追忆》中讲道："那本风行一时至今仍为小学后期，初中学生喜爱读物之一的《爱的教育》。这本由日文重译的意大利的文学教育名著，在译者动笔时也想不到竟能销行得那样多，那样引起少年的兴味……我知道这个译本从初版至今，似乎比二十年来各书局出版白话所译西洋文学名著的任何一本都销得多。"[④]

夏丏尊对《爱的教育》的这种教育定位，在《续爱的教育》翻译中得到了延伸和拓展。夏丏尊在1930年2月又译出意大利作家孟德格查的《续爱的教育》，同年由开明书店出版。该书延续了《爱的教育》的畅销神话，出版一年不到就发行有三版，至1938年4月已重印12版；抗战时期又在长沙、桂林重版，至1949年共印38版之多。尽管《续爱的教育》并非《爱的教育》同一作者的作品，但是可以作为审视《爱的教育》的一个补充材料。夏丏尊谈道："亚米契斯的《爱的教育》译本出版以来，颇为教育界及一般人士所

---

① 王知伊：《开明书店纪事》，《出版史料》1985年第4期。
② 陈伯吹：《牧歌声声一线牵》，载中国出版工作者协会编：《我与开明》，中国青年出版社1985年版，第14页。
③ 叶至善：《挖池塘的比喻：介绍〈爱的教育〉》，《书林》1981年第1期。
④ 王统照：《丏尊先生故后追忆》，载〔意〕德·亚米契斯：《爱的教育》，夏丏尊译，译林出版社1997年版。

乐阅。读者之中，且常有人来信，叫我再多译些这一类的书。"朋友孙俍工更是直接从东京寄了日译本来，嘱他翻译，这就促成夏丏尊翻译的决心。① 同时，夏丏尊在《续爱的教育》的译者序中有一番对《爱的教育》的评价：

> 这书以安利柯的舅父白契为主人公，所描写的是自然教育。亚米契斯的《爱的教育》是感情教育，软教育，而这书所写的却是意志教育，硬教育。《爱的教育》中含有多量的感伤性，而这书却含有多量的兴奋性。爱读《爱的教育》的诸君，读了这书，可以得着一种的调剂。学校教育本来不是教育的全体，古今中外，尽有幼时无力受完全的学校教育而身心能力都优越的人。我希望国内整千万无福升学的少年们能从这书获得一种慰藉，发出一种勇敢的自信来。②

《爱的教育》在民国有各种译本。据不完全统计有 1935 年 8 月由上海龙虎书店出版的张栋译的《爱的学校》，两个月之后，该书已经印第二版，一年之后，到 1936 年 8 月该书已经出版至第六版。上海启明书局出版的施瑛译的《爱的教育》，该书为全译本，从英译本转译，比夏丏尊译本多了两三万字，被列入"世界文学名著丛书"，一年中连出三版。此外还有知非译本《爱的教育》、夏云山译本《爱的教育》等。另外，《爱的教育》还出版诸多节译本。主要有 1931 年 10 月上海世界书局的《爱的学校》，该书被列入"世界少年文库"，内容上选择了小说中"每月故事"《六千里寻母》等 7 篇。还有 1939 年 4 月上海春明书店出版的张鸿飞的节译本《奇童六千里寻母记》，内容上选择了 8 篇"每月故事"。

抛开《爱的教育》风靡一时的史实，另一个重要的问题在于，其作为儿童文学经典译介作品的价值和意义，尤其是在关于中国化的问题上，还有深入探讨的空间。夏丏尊在译者序言中对该书的文学价值几乎未置评论。他在

---

① 夏丏尊：《〈续爱的教育〉译者序》，载〔意〕孟德格查：《续爱的教育》，夏丏尊译，开明书店 1930 年版，第 3 页。
② 夏丏尊：《〈续爱的教育〉译者序》，载〔意〕孟德格查：《续爱的教育》，夏丏尊译，开明书店 1930 年版，第 3—4 页。

该书的译者序中坦率地承认其翻译是有遗憾的:"译文虽曾对照日英二种译本,勉求忠实,但以儿童读物而论,殊愧未能流利生动,很有须加以推敲的地方。可是遗憾得很,在我现在实已无此功夫和能力。"① 夏丏尊尽管翻译了《爱的教育》和《续爱的教育》,但对其作者却并不太熟悉。"原著者的事略,我尚未详悉,据日译者三浦关造的序文中说,是意大利的有名诗人,且是亚米契斯的畏友,一九一零年死于著此书的桑·德连寨海岸。"②

可是,就是这样一本在译介上有遗憾的著作,却因为承载的教育理想契合了中国读者的接受需求,而成为译介史上的一段传奇。夏译本在儿童化和文学性上的缺陷,为其他版本译者所注意,并进行了修正和改动,最明显体现在上海永祥印书馆1949年出版的《爱的教育》。范泉在该书的《附记》中赞誉《爱的教育》是儿童教育的圣经:"情感的深刻,事件的逼真,人物的亲切,却跃然于纸上……作者用'爱'和'情'作为基础,把儿童教育里各部门的组成分子,紧密地联系在一起,完成了一种理想的爱的教育。"缘何会有这个缩写本,范泉不仅解释了为何要缩写,如何缩写,并强调缩写时"中国化"的必要:"这个缩写本,约相当于原著的篇幅五分之一,是根据夏丏尊的华译本(开明版)改写。夏氏的华译本,主要是根据日译本转译。大概过于忠实原文的缘故,有若干造句比较生涩,有若干日本的词,如'时针''新闻'(即报纸)等,都没有译出而直接采用。本书则力求通俗、简素而中国化,人物的名字和篇名,也略有改变。原著中的'每月例话',因为和正书的发展并无直接关系,所以一律删除。但是全书中的几十个最最感动人的场面,却已经完全收在这个集子里了。"③

尽管被视为教育读物,但是《爱的教育》的文学感召意义依然明显。戈宝权在《我怎样走上翻译和研究外国文学的道路》中写道:"高等小学毕业后,我就进了由南通实业家张謇在东台创办的母里师范学校。这时我们家里订阅的报刊,就有《申报》《时报》和《东方杂志》《小说月报》《教育杂志》

---

① 夏丏尊:《译者序言》,载〔意〕亚米契斯:《爱的教育》,夏丏尊译,开明书店1934年版,第7页。
② 夏丏尊:《〈续爱的教育〉译者序》,载〔意〕孟德格查:《续爱的教育》,夏丏尊译,开明书店1930年版,第3页。
③ 范泉:《附记》,载《爱的教育》,上海永祥印书馆1949年版,第121—122页。转引自范泉:《斯缘难忘》,湖南教育出版社2007年版,第213—214页。

《学生杂志》等。在我当时读过的书中,夏丏尊翻译的意大利作家亚米契斯的《爱的教育》(原名《心》,又名《一个意大利学生的日记》)给我的印象最深。"[1] 黄裳称自己读的第一本翻译书就是《爱的教育》,"虽然故事细节早已模糊,但当时心灵上受到的震撼仿佛仍旧可以追寻"[2]。李辉英在《夏丏尊先生》一文中指出《爱的教育》给予中国青少年以巨大的影响。他认为这部书不仅适合九岁至十三岁的小学生们阅读,也适合十七八岁的青年甚至中年人阅读。他说自己在阅读该书之后,就被激励起发愤图强、不怕吃苦、好好用功的斗志。[3]

第四节 经典的选择与选择的经典:安徒生的译介与接受

"安徒生是一个创作文学童话的领袖……他在文学上的位置,我们虽不敢夸说,竟能胜过荷马、莎士比亚……然而,他的作品流布的势力,要比荷马、莎士比亚大几百倍。"[4] 顾均正此番话生动描述了安徒生童话的广泛传播与影响。安徒生童话可谓儿童文学经典中的经典,对中国儿童文学的发展与建设有着深远影响。自称为中国的"安党"的周作人,在 1936 年回忆自己与安徒生相遇相知的经历:"我和安徒生(H. C. Andersen)的确可以说是久违了。整三十年前我初买到他的小说《即兴诗人》,随后又得到一两本童话,可是并不能了解他,一直到 1909 年在东京旧书店买了丹麦波耶生的《北欧文学论集》和勃阑特思的论文集《十九世纪名人论》来,读过里边论安徒生的文章,这才眼孔开了,能够懂得并喜欢他的童话。"[5] 周作人这般诚恳的言辞描述的是他个人对安徒生理解欣赏的过程。作为中国现代儿童文学史上的重

---

[1] 戈宝权:《我怎样走上翻译和研究外国文学的道路》,载戈宝权:《中外文学因缘:戈宝权比较文学论文集》,北京出版社 1992 年版,第 2 页。
[2] 黄裳:《关于开明的回忆》,载中国出版工作者协会编:《我与开明》,中国青年出版社 1985 年版,第 44 页。
[3] 邹振环:《影响中国近代社会的 100 种译作》,中国对外翻译出版公司 1996 年版。
[4] 顾均正:《安徒生传》,《小说月报》1925 年第 16 卷第 8 号。
[5] 知堂(周作人):《安徒生的四篇童话》,《国闻周报》1936 年第 5 期。

要文学事件，安徒生童话的中国传播却颇多磨难。尽管关于安徒生作品的译本和评论颇多，但是真正领会安徒生童话的精髓与特质，是经历了很长一段时间，或者说安徒生童话的精髓在不同的文学文化背景下有差异化的呈现。

早在1909年，周氏兄弟翻译的《域外小说集》在东京出版时，在书末刊有新译的预告文字，其中就有安兑尔然的《廖天声绘》和《和美洛斯垄上之华》。后来因为《域外小说集》销路不畅，后续翻译未能出版。日本学者藤井省三推测这两篇童话可能就是安徒生的《没有图画的画册》和《荷马墓上的蔷薇》。① 尽管作品尚未翻译，但是安徒生的艺术成就却令周作人折服。安徒生的中国传播，最用力的推动者是周作人。1913年9月，周作人在《教育部编纂处月刊》上发表的《童话略论》中就介绍说："今欧土人为童话唯丹麦安兑尔然（Andersen）为最工，即因其天性自然，行年七十，不改童心，故能如此，自郐以下皆无讥矣。故今用人为童话者，亦多以安氏为限。"同年12月，《丹麦诗人安兑尔然传》略述了安徒生的生平和创作情况，指出安徒生所著"小说传奇尚多，顾其天才所见，乃在童话小品，今古文人，莫能与竞也"。周作人还结合《大克劳斯和小克劳斯》《刀火匣》等十多篇作品进行论述："其所著童话，即以小儿之目观察万物，而以诗人之笔写之，故美妙自然，可称神品"，"其辞句简易如小儿言，而文情菲宣，欢乐哀愁，皆能动人。且状物写神，妙得其极，其叙鹅鸭相语，使鹅鸭信能人言，殆必尔矣。他如一草一石，一针一带，亦各具性情，不能相假。"在对安徒生童话进行阐释的同时，周作人充分理解童话创作的难度："著作童话，其事甚难，非熟通儿童心理者不能试，非自具儿童心理者不能善也。"② 尽管当时的中国对安徒生所知甚少："安兑尔然童话，欧土名国，传写迨遍。日本亦有二三译本，中国尚鲜有知之者，故为绍介其行业如此。"③ 周作人对安徒生童话特质的体认是精准而敏锐的。联系安徒生童话的中国译介历程，安徒生在中国一度被推崇备至，他的创作被视为儿童文学的典范和标本，但随着文学语境的变迁，兴起了一股批判安徒生童话的潮流，安徒生的童话从各个层面被质

---

① 参见〔日〕藤井省三：《鲁迅比较研究》，陈福康编译，上海外语教育出版社1997年版，第213页。
② 周作人：《童话略论》，《儿童文学小论 中国新文学的源流》，河北教育出版社2002年版，第10页。
③ 周作人：《丹麦诗人安兑尔然传》，《若社丛刊》1913年第1期。

疑诟病。因此周作人对安徒生童话的体认更显示出某种寂寞的前瞻性。

"五四"之后，周作人翻译了《卖火柴的女儿》刊发在《新青年》杂志，此后又发表了批评安徒生童话集《十之九》的文章。这以后，安徒生逐渐为国内文坛所认识和注意，从事安徒生作品译介的人也逐渐增多。① 郑振铎曾统计，截止到 1925 年《小说月报》的《安徒生号》出版，全国翻译的安徒生童话作品一共有 43 种 68 篇。1925 年是安徒生诞辰 120 周年，这一年《小说月报》第 8 号和第 9 号推出《安徒生号》，连续刊出。主编郑振铎在"卷头语"中说安徒生是"世界最伟大的童话作家。他的伟大就在于以他的童心与诗才开辟一个童话的天地，给文学以一个新的式样与新的珠宝"。② 专号共刊登了安徒生童话译作 22 篇，评论与史料 13 篇，照片与插画 21 幅，全面系统地介绍了安徒生童话。

这一时期，因其作品对丰富的儿童趣味以及儿童精神的生动描摹，安徒生童话的艺术地位及其艺术价值很受肯定和推崇。其中推荐力度最大的就是周作人。周作人在与赵景深关于童话的讨论中，就有对安徒生的评论，独到而犀利地指出了安徒生和王尔德童话的异同：

> 安徒生与王尔德的童话的差别，据我的意见，是在于纯朴（Naive）与否。……安徒生因了他异常的天性，能够复造出儿童的世界，但也只是很少数，他的多数作品大抵是属于第三的世界的。这可以说是超过成人与儿童的世界，也可以说是融和成人与儿童的世界。……我相信文学的童话到了安徒生而达到理想的境地，此外的人所作的都是童话式的一种讽刺或教训罢了。③

对安徒生这种"纯朴"观念的认可与推崇，这种注重于安徒生童话儿童性的评判得以一直延续。徐调孚在《小说月报》的《近代名著百种》栏目介绍安徒生作品，称赞安徒生讲述故事的句法和语调的独特性和趣味性，认为

---

① 郑振铎：《安徒生的作品及关于安徒生的参考书籍》，《小说月报》1925 年第 16 卷第 8 号。
② 郑振铎：《〈安徒生号（上）〉卷头语》，《小说月报》1925 年第 16 卷第 8 号。
③ 赵景深、周作人：《童话的讨论》，《晨报副镌》（文学旬刊）1922 年 4 月 9 日。

安徒生能够调用特殊的想象，亲近儿童的心思，洞悉儿童的思想。徐调孚对安徒生童话的超越性进行总结：安徒生"以'永久的孩子'的资格，摆脱了'成人'的因袭观念的束缚，而自己创造出他真正的文学的童话，这便是他超越一切别的童话作家的地方"①。

这其中，最值得关注的是，周作人关于安徒生童话的"无意思之意思"的评价。周作人在《儿童的书》中提出：小学校里的正当的文学教育，可以顺应满足儿童之本能的兴趣与趣味，可以培养并指导文学趣味，还能唤起以前没有的新的兴趣与趣味。他的文学教育注重趣味，但反对儿童文学的政治功用性，"把政治上的偏见注入小学儿童，我更反对儿童的书报也来提倡这些事……要提倡那些大道理，我们本来也不好怎么反对，但须登在《国民世界》或《小爱国者》上面，不能说这是儿童的书了"。这种反对政治功利在儿童文学中渗透的主张，保持儿童世界纯真与无用特点的论说，其实与他所激赏的安徒生童话之"无意思之意思"的审美思想有异曲同工之妙。

> 向来中国教育重在所谓经济，后来又中了实用主义的毒，对儿童讲一句话，眨一眨眼睛都非含有意义不可，到了现在这种势力依然存在，有许多人还把儿童故事当作法句譬喻看待，我们看那《伊索寓言》后面的格言，已经觉得多事，更何必去模仿他。其实艺术里未尝不可寓意。不过须得如做果汁冰酪一样，要把果子味混透在酪里，决不可只把一块果子皮放在上面就算了事。但是这种作品在儿童文学里，据我想来本来还不算是最上乘，因为我觉得最有趣的是有那无意思之意思的作品。安徒生的《丑小鸭》，大家承认他是一篇佳作，但《小伊达的花》似乎更佳；这并不因为他讲花的跳舞会，灌输泛神的思想，实在只因他那非教训的无意思，空灵的幻想与快活的嬉笑，比那些老成的文字更与儿童的世界接近了。我说无意思之意思，因为这无意思原自有他的作用，儿童空想正旺盛的时候，能够得到他们的要求，让他们愉快的活动，这便是最大的实益，至于其余观察记忆，言语练习等好处即使不说也罢。②

---

① 徐调孚：《近代名著百种》，《小说月报》1927年第18卷第6号。
② 周作人：《关于儿童的书》，《晨报副镌》（文学旬刊）1923年8月17日。

当周作人看到赵元任翻译的《阿丽思漫游奇境记》，他说"近来看到一本很好的书"，还特意要向少数还葆有一点儿儿童的心情的大人们"郑重介绍"该书。他认为《阿丽思漫游奇境记》的特色就在于有意味的"没有意思"，推崇这部空想的作品在儿童文学上的价值，激赏其中的趣味性、游戏性和娱乐性。

令人欣喜的是，"五四"时期的文学大师们都抱持着儿童本位的思想，欣赏安徒生那充满幻想而纯真的孩童世界。郑振铎在泰戈尔的《新月集》译者序中评述道："我喜欢《新月集》，如我之喜欢安徒生的童话。安徒生的文字美丽而富有诗趣，他有一种不可测的魔力，能把我们从忙扰的人世间带到美丽和平的花的世界、虫的世界、人鱼的世界里去；能使我们忘记了一切艰苦的境遇，随了他走进有静的方池的绿水、有美的挂在黄昏的天空的雨后弧虹等等的天国里去。"① 顾均正认为："安徒生对于文学上的超越的贡献，不只在创造儿童读物这一点上，而尤其在把儿童的气味曲曲地表现出来。在他的童话里处处充满着儿童的精神，这种才力的展露，便是他得到无上荣名的一个大的原因。"②

赵景深曾言"我极爱安徒生童话"③。他也是安徒生童话翻译的积极实践者。早在"五四运动"后几个月，赵景深就译介了《皇帝的新衣》《火绒匣》和《白鹄》（即《白鹅》）等并刊登在商务印书馆的《少年杂志》。1920至1922年，赵景深在棉业专门学校纺织科求学，功课余暇，就继续翻译安徒生的童话，投给《妇女杂志》。此后，赵景深与徐调孚、顾均正替开明书店编了一套"世界少年文学丛刊"。该丛书仅他们三人就翻译了八本《安徒生童话》。赵景深翻译的是《月的话》《皇帝的新衣》和《柳下》，徐调孚译的是《母亲的故事》，顾均正译的是《小松树》《夜莺》《水莲花》和《沼泽王的女儿》。赵景深还从安徒生《我的一生的童话》中摘译了《我作童话的来源和经过》，同时还有评述安徒生的专门文章《安徒生评传》《安徒生的人

---

① 郑振铎：《〈新月集〉译者自序》，载《郑振铎全集》第二十卷，花山文艺出版社1998年版，第3页。
② 顾均正：《安徒生传》，《小说月报》1925年第16卷第8号。
③ 赵景深：《安徒生评传》，载赵景深：《安徒生童话集》，新文化书社1934年版。

生观》《安徒生童话里的世界》《安徒生轶事》等。徐调孚评价说："在我国，我们提起了安徒生，大概就会联想到赵景深的罢。赵先生是介绍安徒生最努力者中的一个，也是出版安徒生童话集中译本最先的一个。"① 赵景深深谙安徒生童话的绝妙之处，他曾说自己爱看安徒生的童话，主要是觉得有和儿童的心相近，和自然的美相接两个特点。赵景深对安徒生童话精髓的认识体现出"五四"前后文坛推崇安徒生童话的共性所在。王人路在《儿童读物的研究》中介绍了当时在国内流行的一些外国儿童文学读物，其中就有安徒生（他翻译为安德孙）的童话。他认为：安德孙他能先知道儿童的幻想，他的起点是儿童的游戏性；所以他大部分的童话都是不想有意加入什么思想和教训的；尤其是在他改编的童话里，显示得更清楚：哪一处是他省略的，哪一处是他扩大的。他对于许多哲理和教训之类枯涩无味的，减人兴趣的东西，总是删去；而合乎儿童心理的怪诞的事情，常是特别地描写。他认为安徒生以儿童的理解力为标准；所以他的童话都写得很自然，同时安徒生的童话是给儿童们看，用儿童的口语来写儿童们看得懂的话。②

　　从具体的作品来看。安徒生在《为我的童话和故事写的说明（1862）》中回忆道："我得到《小伊达的花》这个童话，是在拜访诗人蒂勒，跟他的小女儿伊达谈植物园里的花的时候；这小姑娘的一些话也写到故事里去了。"③ 这篇《小伊达的花》就是被周作人深深喜爱，觉得充分体现"无意思之意思"的作品。但是，从译介的实践来说，最受欢迎的却是有着深刻现实底色的作品，而不是周作人那种"无意思之意思"的作品。第一篇被介绍进中国的安徒生童话，是由有着丰富创作和翻译经验的刘半农翻译的《皇帝的新装》，于1914年7月刊登在《中华小说界》第7期上。"五四"之后，《新青年》杂志专门开辟儿童文学专栏，陆续刊载安徒生、托尔斯泰等作家的儿童文学作品。《新青年》专题介绍安徒生时，将其定位为丹麦批判现实主义的童话大师。次年译刊了他的名作《卖火柴的小女孩》。

---

① 徐调孚：《皇帝的新衣·付印题记》，载〔丹〕安徒生：《皇帝的新衣》，赵景深译，开明书店1931年版。
② 王人路：《儿童读物的研究》，中华书局1928年版，第112—113页。
③ 〔丹〕安徒生：《为我的童话和故事写的说明（1862）》，载〔丹〕安徒生：《安徒生童话全集》，任溶溶译，浙江少年儿童出版社2005年版，第1005页。

刊载于《小说月报》"革新号"的《文学研究会宣言》明确指出：将文艺当作高兴时的游戏或失意时的消遣的时候（时代），现在已经过去了，我们相信文学是一种工作，而且又是于人生很切要的一种工作……可以说两者的潜台词都是"为人生的艺术"。① 作为文学研究会的机关刊物，《小说月报》秉持着为人生的艺术准则，自然会延伸到对翻译作品的选择上。在翻译文学的选择上，固然有儿童本位的译文，但同时已经开始有偏向，比如对弱小民族文学的倾斜。这在 1925 年和 1935 年对安徒生的童话评价的差异中可以见出。王尔德童话的译者之一巴金坦言："我喜欢王尔德的童话，喜欢他那对不合理的社会制度的严正控诉，对贫苦人的深刻同情和在作品中表现出来的崇高灵魂。"② 许多曾致力于安徒生童话翻译和推广，对安徒生的小儿语和纯美思想极其热爱的人，都开始转而批判其作品中逃避现实的倾向。1935 年，徐调孚以"狄福"为笔名发表了《丹麦童话作家安徒生》，严厉批判安徒生童话，认为其特色是逃避现实，躲到"天鹅""人鱼"的乐园里去，是对儿童精神的一种麻醉，以今日眼光予以评判，安徒生的童话含有一些毒素，是当时儿童阅读所不需要的。他进一步论述说，安徒生的童话给予孩子的是一种空虚的思想，并未面对现实，将社会真相剖析给孩子。在进行上述现实视野的批评之后，他也客观地分析说，安徒生创作的时代，丹麦正流行浪漫主义，正是这种浪漫主义的影响，导致安徒生没有成为一个"前进者"。③

这种接受语境的变迁，以及徐调孚对安徒生既有批判又有辩解的矛盾心态，典型地反映了在当时的文学语境下人们对安徒生童话接受态度的微妙变化。而从中国儿童文学的创作实际来说，深受安徒生童话影响而走上创作道路的叶圣陶就是一个典型的例子，他在写就了《小白船》等优美童话之后，转向《稻草人》等现实色彩浓郁的作品，把成人的悲哀显示给儿童看，创作出现实色彩日渐浓烈的作品。在中国现实语境中，周作人为儿童文学发展所构筑的理想的园地被打破了。

---

① 《文学研究会宣言》，《小说月报》1921 年第 12 卷第 1 号。
② 巴金：《再记》，载〔英〕奥斯卡·王尔德：《快乐王子集》，巴金译，四川人民出版社 1981 年版，第 177 页。
③ 狄福（徐调孚）：《丹麦童话作家安徒生》，《文学》1935 年第 4 卷第 1 号。

第四章　生成与建设：西方儿童文学经典中国化与本土儿童文学的建构

　　周作人在北京孔德学校的演讲中指出：儿童生活上有文学的需求，要适当地将"儿童的"文学供给儿童，他还将儿童的发展分期为幼儿前期、幼儿中期和少年期，依照各期儿童身心发展特点分配适宜的儿童文学，如适宜于幼儿期前期的是诗歌、寓言、童话，少年期对应的是诗歌、传说、写实的故事、寓言、戏曲等。儿童同成人一样需要文艺，新文学就有供给儿童文艺作品的义务，那么迫在眉睫的就是如何实现文学供给的问题。"中国向来对于儿童，没有正当的理解，又因为偏重文学，所以在文学中可以供儿童之用的，实在绝无仅有；但是民间口头流传的也不少，古书中也有可用的材料，不过没有人采集或修订了，拿来应用。"在这样的现实困境下，周作人提出了儿童文学建设的具体路径："希望有热心的人，结合一个小团体，起手研究，逐渐收集各地歌谣故事，修订古书里的材料，翻译外国的著作。"周作人建议的搜集民间资源、改编传统资源、翻译借鉴外国资源，成为发生期儿童文学建设的三种路径。不过对中国儿童文学的传统遗存有着清晰认识的周作人，清醒地意识到从传统文学遗存中寻找的局限性，因为适宜儿童各期的文体中，有很多都是本国没有的，只有借助翻译的力量。如适宜幼儿中期的天然故事，"中国这类著作非常缺少，不得不取材于译书，如《玩物一览》等书了"。再如适宜少年期的戏曲，"这类著作，中国一点都没有，还须等人去研究创作；能将所讲的传说去戏剧化，原是最好的，却又极难，所以只好先从翻译入手了"[①]。在这些直接倚赖翻译的文学种类，诸如童话、写实的故

---

① 周作人：《儿童的文学》，《新青年》1920 年第 8 卷第 4 号。

事中,周作人所列举的或者说用以作为建设标准的都是丹麦安徒生的童话、希腊神话和欧洲寓言等西方文学资源。此后郭沫若也提出建设儿童文学的三种方法为收集童话童谣、创造、翻译。翻译是建设本土儿童文学的一种便利之法,西方儿童文学的翻译与中国本土儿童文学的建设是紧密地联系在一起的。

反观晚清以降西方儿童文学中国译介的历程,在中国儿童文学发生、发展的不同阶段,无论是晚清启蒙志士还是"五四"时期的文学大师们,对于倚重翻译来建设本土儿童文学这一路径的探索,大都抱着开放与包容的态度。如郑振铎谈及《儿童世界》的编选,指出各个国家适合于中国儿童的一切儿童文学材料,都要尽量地采用,儿童文学是没有国界的。如果因为他们是"外国货"而不用,那就完全是蒙昧无知的表现。他还具体举例说,存了排斥"外国货"的心理去拒绝格林、安徒生的童话,是很可笑的且有害的举动。[①] 在这一基本立场之下,译介的具体实践中仍裹挟着太多需要细细梳理的问题,主要有西方儿童文学翻译语言从文言到白话的转换、儿童本位译介观的逐渐确立以及多元文体的选择、从传教士到文学大师的译界主体的转变、陈伯吹《阿丽思小姐》等作品的"仿写",以及现代儿童文学创作道路的选择等。

第一节 白话译介、本位儿童观和多元文体的参照

致力于儿童文学翻译、创作和儿童读物编辑的茅盾,曾这样审视翻译与儿童文学的发展进程:"我们有所谓'儿童文学'早在三十年以前。因为我们那时候的宗旨老老实实是'西学为用',所以破天荒的第一本'童话'《大拇指》(也许是《无猫国》,记不准了),就是西洋的儿童读物的翻译。以后十年内——就是二十年前,我们翻译了不少的西洋的'童话'来。在尚有现成的西洋'童话'可供翻译时,我们是曾经老老实实翻译了来的,虽然翻译的时候不免稍稍改头换面,因为我们那时候很记得应该'中学为体'的。"

---

① 郑振铎:《第三卷的本志》,《儿童世界》1922 年第 2 卷第 13 期。

这是茅盾在 1935 年发表的《关于"儿童文学"》中的一段话，他认为中国有所谓的"儿童文学"是在 20 世纪初，是当时对西方儿童文学的翻译实践的产物。茅盾的话真切道出了中国本土儿童文学发生与发展进程中翻译的重要性。他还指出"五四"时代的"儿童文学运动"是把孙毓修"改编"过的西洋童话再来一次"直译"："我们有真正翻译的西洋'童话'是从那时候开始的。"[①] 缘何茅盾认为"五四"之后的"直译"才是真正的翻译呢？在这番话的背后所折射的其实是儿童文学翻译从晚清到"五四"时期的一种转型。

一 儿童文学语言：从文言到白话的进程

现在公认最早的白话报刊可以追溯到 1876 年 3 月 30 日申报馆创办的《民报》。这是申报馆用通俗语体出的一份周刊。《字林西报》曾对该报做过介绍："我们已经看到申报馆新出版的一种报纸的创刊号，名字叫做〈民报〉，卖五个小钱一份，它的特点是在于用白话写的，可以帮助读者容易懂得它的内容。每一句的末尾都空着一格，人名和地名的旁边均以竖线号（—）和点线号（……）表明之。"白话的通俗易懂以及半个铜钱的售价带来的直接好处是打开了报纸的销量，扩大了报纸的受众，使《民报》"达到《申报》所不能及于的阶级，譬如匠人、工人和很小的商店里的店员等"。[②]《民报》存活时间并不长，但其意义在于开启了白话报刊的潮流。《演义白话报》《无锡白话报》《杭州白话报》等都是白话报刊实践的体现。白话报创办最明显的意图在于借助白话通俗易懂的特性来实现开启民智的启蒙目的。如于 1898 年 5 月创办的《无锡白话报》，创办者裘廷梁在《〈无锡白话报〉序》中宣称：

> 谋国大计，要当尽天下之民而智之，使号为士者、农者、商者、工者，各竭其才，人自为战，而后能与泰西诸雄国争胜于无形耳。

---

① 茅盾：《关于"儿童文学"》，《文学》1935 年第 4 卷第 2 号。
② 《六十年前的白话报》，载上海通社编：《旧上海史料汇编下》，北京图书馆出版社 1988 年版，第 321 页。

>　　欲民智大启，必自广兴学校始，不得已而求其次，必自阅报始。报安能人人而阅之，必自白话报始……
>
>　　以话代文，俾商者农者工者，及童塾子弟，力足以购报者，略能通知中外古今，今广开民智之助。①

有学者认为一部现代新闻史差不多就是一部纯粹的白话报刊的历史，因为仅 1876—1919 年间，中国就出版了大约二百种白话报刊，这以后文言报刊逐渐为白话报刊所取代。② 在白话报刊渐次创办，影响日益扩大的同时，文言报刊也开始尝试向白话报刊转变。1900 年 1 月（光绪二十五年十二月），陈荣衮在《知新报》发表《论报章宜改用浅说》，提出"开民智莫如改革文言"，主张报纸改用白话，用白话文办报。可见，在晚清的启蒙思潮中，白话是开启民智的一种有效手段。

白话报刊蔚然兴起，尤其是专门以儿童群体为受众的白话报刊的创办，使得儿童受众的地位不断提升。这些白话报刊十分注重儿童文学的作品的刊登，并跃升为儿童文学翻译与传播的重要平台，西方儿童文学的中国化也逐渐从文言译文转为白话译文。如 1897 年 11 月 1 日（光绪二十三年十月初七）创刊的《蒙学报》，该周刊由叶瀚主编，是蒙学公会的机关刊物。蒙学公会十分看重蒙养的重要性："蒙养者，天下人才之根柢也……务欲童幼男女，均沾教化为主。"为此蒙学会的四大宗旨是："一曰会，连天下心志，使归于群，相与宣明圣教，开通锢蔽也。一曰报，立法广说新天下之耳目，而为蒙养之表范也。一曰书，为图器歌诵论说，便童蒙之诵习而浚其神智也。一曰学，端师范、正蒙养、造成才、必兼赅而备具也。"③ 为了契合儿童的接受，《蒙学报》将儿童分为五至八岁，九至十三岁，编选适宜不同分期儿童的文学类、数学类、智学类内容，文言与白话并用，注重图画的运用。《蒙学报》中有很多改写自古代典籍的篇目，如第十六期就刊登了蒋黼用白话文

---

① 裘廷梁：《〈无锡白话报〉序》，《无锡白话报》1898 年 5 月 11 日。
② 方汉奇主编：《中国新闻事业通史》第一卷，中国人民大学出版社 1992 年版，第 784 页。
③ 《蒙学公会公启》，《时务报》1897 年 10 月 16 日，转引自汤志钧、陈祖恩编：《戊戌时期教育》，上海教育出版社 1993 年版，第 105 页。

写的《勤学》：

> 周朝苏秦读书要睡拿锥子刺自己的腿，腿上的血一直流到脚上。汉朝孙敬在太学里读书用绳子把自己的头挂在梁上，不放他睡着。宋朝司马温公用圆木做枕头，略为有点睡着这个枕头便会滚动，他就起来读书。古人如此勤学，所以能名传千古。[①]

在倡导蒙养的重要性的同时，该报还选译了许多契合儿童接受的国外童话、寓言、名人传记等内容，如第 19 期刊发的《狮蚊较量》：

> 人不可自恃其大而欺人之小，有时以至大者与至小者斗，而大不能胜小。
>
> 有一狮子与蚊虫，一大一小，本大相悬殊也。一日蚊谓狮曰："闻大王力大无穷，莫能抵敌，以我看起来，究属笨物，非我之对手也。"狮素勇猛，从未闻有欺我者，今闻蚊言，大笑不止。蚊曰："如不信，请即试之。"狮曰："速来，无得后悔。"于是张其牙，舞其爪，左旋右盘，不能取胜。讵蚊忽钻入其耳，复攻其鼻。狮觉难受，摇头搔耳，甚不耐烦，乃大佩服。
>
> 人之斗力而智不足者，何弗看作榜样。[②]

尽管《伊索寓言》早在明代就有汉译，后来又有《况义》《意拾喻言》等传教士和国人合作的译本，晚清张赤山的改写本《海国妙喻》，这些译本的旨趣或在传达基督教义或在启迪蒙愚，并未做出适应儿童接受心理的处理。《无锡白话报》，这份注重开启民智的白话报连载了裘毓芳用白话改写的《伊索寓言》。这也是西方儿童文学从文言翻译转向浅显明白的白话译写的开始。《树上鸦唱曲受欺》就是其中一篇。

[①] 转引自胡从经：《晚清儿童文学钩沉》，少年儿童出版社 1982 年版，第 52 页。
[②] 转引自胡从经：《晚清儿童文学钩沉》，少年儿童出版社 1982 年版，第 58—59 页。

老鸦这样鸟，叫出来是极不好听的。有一日，这老鸦嘴里衔了些东西，躲在树上，却被一只饿狐狸看见了，要夺老鸦嘴里的东西。因在树上夺不着，心里就想一个法子，对老鸦说道："听说先生的喉咙，唱出曲子来极好，我要求先生，唱与我听听，清清我耳朵里俗气。先生可不能推托。"这老鸦从没有听见赞他喉咙好过，如今听见赞他，快活极了，就放出声音，开口要唱，却把嘴里衔的东西，掉了下来，被狐狸拾去吃了，仰起头对老鸦说道："将来再有求先生唱曲的，总不可信他了。"俗话说，对我说甜话，总有缘故，总要防人家骗我的。唉！这老鸦如果不信狐狸的甜话，东西也不会到狐狸嘴里去。可见得，恭维不是好受的。[1]

整个故事一气呵成，语言平易浅显，尤其是"快活极了"等表述显现出儿童语言的纯真与稚气，颇为传神。裘毓芳的白话改写增加了文本对于儿童的亲切感，同时以耳熟能详、简明扼要的传统七言回目替换原本的标题，如《不吃肉良犬尽忠》《骑驴叟生成软耳》等。以白话改写《伊索寓言》，可谓西方儿童文学从文言翻译转向浅显明白之白话译文的开始。

白话报刊的创办及其传播的受益群体之一便是儿童。白话报刊也因此成为刊登儿童文学的重要平台，并在西方儿童文学的中国化进程中发挥了重要作用。这是用白话翻译西方儿童文学作品的较早尝试。如1901年6月20日创刊的《杭州白话报》就以"开明智和作民气两事并重"[2]，儿童是其启蒙的重要对象，也因此形成了对儿童文艺予以重视和倡导的理念。而陈独秀在安徽芜湖创办的《安徽俗话报》也直接宣示"女人孩子们"是其读者对象之一。

"五四"前后，随着文学革命的开展和周作人"人的文学"的倡导，白话逐渐取代了文言，报刊上的白话文学创作日渐增多。1918年1月15日，《新青年》从第4卷第1号起，完全改用白话，并使用新式标点，成为引领白话报刊变革的先驱。此后的1919年"至少出了四百种白话报"，其中与儿童文学联系紧密的《晨报副镌》《时事新报》的副刊《学灯》等都开始刊登白话译作。在时代需求的呼唤下，新文学运动主将们也敏锐地意识到了儿童文

---

[1] 裘毓芳：《树上鸦唱曲受欺》，《中国官音白话报》1898年第5—6期。
[2] 《谨告阅报诸公》，《杭州白话报》1902年第33期。

学在国语运动中的价值和意义,竭力将儿童文学引入国语教学。胡适在教育部国语讲习所的演讲中,呼吁从事儿童教学的人要引发儿童的文学兴趣。童话、神话、故事等儿童文学的教学和传播已成为一种趋势,且儿童文学之于国语统一有着重要意义,因为儿童文学兴趣的养成,可以促成文学的充分发达,可以增加国语运动的势力,帮助国语的统一。[1]

基于国语与小学校和小学生的高度契合,"国语化的儿童文学读物"就成为国语运动中极为紧要的环节,各类支持国语运动的刊物纷纷开设儿童文学专栏。《国语月刊》在1922年的创刊号专设儿童文学栏目,发刊词宣称:"小学校是现在宣传国语最得力的机关;小学生又都是快要使用国语的青年。国语的读本虽然渐渐的通行,但是还不能补救儿童世界的饥荒。而一般旧的儿童读物,有的未脱旧小说习惯,有的又骤染西文的气味,都可以使儿童难于十分了解。"该专栏刊载了不少儿童的读物,一律注音,供给儿童自由欣赏,作为练习国音的读本,又可作为父兄师长指导儿童阅读之材料。[2]国语化儿童读物倡导的后继行为,就是国语化的儿童文学作品大量进入教科书,由此掀起影响深远的教科书的儿童文化运动,这也是"五四"之后儿童文学全面推广、优化传播的重要历程。

在儿童文学中倡导白话文的积极实践者还有黎锦晖。黎锦晖的兄长黎锦熙是国语运动的主将,1918年7月北洋政府颁布的注音字母方案就是他设计的。创刊于1918年10月5日的《京报》在1922年11月11日开辟了《儿童》副刊,主编为黎锦熙。他在《发刊词》中说:"情感是智识底开胃品,是意志底兴奋剂,而情感教育底利器就是儿童文学。因此决定每周出一期《儿童》,以供儿童阅读。"该刊致力于推广普通话,黎锦熙在两年后写的《续刊宣言》中提出:"今后的《儿童》……尤其欢迎北方儿童歌谣、传说……以及北方小朋友们底创作等等,因为这些乃是国语统一底基础,乃是'国语文学'底正宗。……总希望渐渐地多运用字母,用来曲达语言底精神,减除文字底障碍。"[3]在他的影响和带动下,原本在中华书局从事中小学教科书编

---

[1] 胡适:《国语运动与文学》,《晨报副镌》(文学旬刊)1922年1月9日。
[2] 黎锦熙:《发刊词》,《国语月刊》1922年第1期。
[3] 黎锦熙:《续刊宣言》,《儿童》1924年第1期。

辑的黎锦晖，也积极参与国语运动工作，推广国语拼音。这其中一个重要的宣传推广平台就是《小朋友》杂志。黎锦晖主持该刊物期间，热忱宣扬注音字母，刊发的许多文章都采用注音。同时他还创作了大量白话儿童剧，其中《麻雀与小孩》在当时影响很大，这出戏剧创作于1920年，刊登在《小朋友》周刊。经过六年的试演和修正才出了单行本。黎锦晖说："一九二〇年暑假，我在开封一师讲习班讲'小学国语教学法'，为了证明唱歌可以帮助国语课的'正音练习'，曾用布娃娃演出这个故事的片段。由于学院要求写出剧本与乐谱来，我开始构思。"[1]1956年后黎锦晖将其改名为《喜鹊与小孩》，由中国儿童剧院演出。在回忆创作缘起时，黎锦晖说道："在当时，为什么会编写这种歌剧呢？首先为了宣传普通话，企图使小学生在歌唱时，把标准音唱熟；其次，让每一支歌曲代替唱歌教材（当时很缺乏），教完全部，便可排剧上演。因为要求易学易记，又易演易懂，便挪用了现成的曲调，填配了接近口语的歌词，果然唱得顺口，听得顺耳。"[2]"五四"之后，黎锦晖的儿童剧影响很广。在白话革命倡导下，白话文创作勃兴的同时，儿童文学的翻译也迎来从文言向白话的大转型。

只是，从文言到白话的转型并非一蹴而就，因为清末以来西方儿童文学的译介中，林纾、周瘦鹃、周桂笙、包天笑等人的译文大多采用文言，并且这种文言表述还颇受推崇。林纾深厚的文言功底、才华横溢的文笔，赋予了林译小说译文鲜明的个性："译笔复雅驯隽畅，遂觉豁人心目。"[3]译者的才学与文言的完美融合成就了当时文言翻译的佳话，瑞典学院院士、诺贝尔文学奖评委之一马悦然教授，对林琴南极为推崇，称赞他译的狄更斯小说："在某种意义上甚至比原著还要好，能够存其精神，去其冗杂……已故英国汉学大师亚瑟·韦历也有同感。"[4]

鲁迅和梁启超在翻译实践中甚至舍不得放弃文言，因为文言有着天生简约概要的优势。鲁迅在《月界旅行》中道出文言不可或缺的原因："初拟

---

[1] 黎锦晖：《我和明月社》，载政协湖南省湘潭市文史资料研究委员会、湖南省湘潭黎锦晖艺术馆编：《湘潭文史》（内部资料）第11辑，1994年版，第27页。

[2] 黎锦晖：《喜鹊与小孩》，北京出版社1957年版，第1页。

[3] 阿英编：《晚清文学丛钞·小说戏曲研究卷》，中华书局1960年版，第539页。

[4] 〔瑞典〕马悦然：《中国文学作品应有传神译本》，《文汇报》1986年11月4日。

译以俗语，稍逸读者之思索，然纯用俗语，复嫌冗繁，因参用文言，以省篇页。其措辞无味，不适于我国人者，删易少许……书名原属'自地球至月球在九十七小时二十分间'意，今亦简略之曰《月界旅行》。"① 梁启超在《十五小豪杰》的"译后语"中陈述了文俗并用的原因在于文言的事半功倍之效："本书原拟依《水浒》《红楼》等书体裁，纯用俗话，但翻译之时，甚为困难。参用文言，劳半功倍……译者贪省时日，只得文俗并用，明知体例不符，俟全书杀青时，再改定耳。"②

尽管儿童文学文言译作不乏名家佳译，但就儿童读者的阅读接受而言，他们对文言的阅读和理解仍有一定限制和隔阂。如1903年《启蒙画报》就刊载了《黑奴传》，这是对林纾翻译的《黑奴吁天录》的白话改写本，采用了章回体演义小说的形式。改写者认为林纾的文言翻译，文义略高，不太适合识字不多的读者：

> 这《黑奴吁天录》，本是外洋小说，经仁和魏先生翻译，闽县林先生笔记，书中叙事，极是得神。可惜文义略高，只能给那通文墨的读读；识字不多，给那文理浅近的人，可就看不懂了。我们把他演成白话，附在报后，请学生们到处传说，照着原文，高声念念，连那不识字的，亦可以教他知道知道：黑奴被人欺压，不过是不能自强，不能自立，所以落到这步田地。③

当然，这也是仁者见仁的问题。郭沫若童年阅读时，就从林纾翻译的《英国诗人吟边燕语》之文言译文中"感受着无上的兴趣"，并在无形间深受其影响。成年之后即便阅读莎士比亚的 Tempest、Hamlet、Romeo and Juliet 等原作，也觉得小时候所读的那种"童话式的译述来得更亲切"。④

---

① 鲁迅：《〈月界旅行〉辩言》，载《鲁迅全集》第十卷，人民文学出版社2005年版，第164页。
② 梁启超：《十五小豪杰第四回末译后记》，载陈平原、夏晓虹编：《二十世纪中国小说理论资料（1897—1916）》第一卷，北京大学出版社1997年版，第64页。
③ 〔美〕斯土活：《黑奴传》，佚名演述，转引自施蛰存编：《中国近代文学大系·第11集·第26卷·翻译文学集一》，上海书店1990年版，第300页。
④ 郭沫若：《我的童年》，载郭沫若：《郭沫若选集》第1卷，四川人民出版社1982年版，第127页。

随着白话运动的开展，文言逐渐被视为落后的语言，文言的弊端引起诸多批评。志希（罗家伦）在《今日中国之小说界》中对译外国小说的人提出了四条意见，其中第二条是对白话的强调以及对林纾古文翻译的批评：

> 欧洲近来做好小说都是白话，他们的妙处尽在白话；因为人类相知，白话的用处最大。设如有位俄国人把 Tolstoy 的小说译成"周诰殷盘"的俄文，请问俄国还有人看吗？俄国人还肯拿"第一大文豪"的头衔送他吗？诸君要晓得 Tolstoy 也是个绝顶有学问的人，不是不会"咬文嚼字"呢！近来林先生也译了几种，并且也把"大文豪"的头衔送他，但是他也不问——大文豪的头衔是从何种文字里得来！他译了一本《社会声影录》，竟把俄国乡间穷得没有饭吃的农人夫妇，也架上"幸托上帝之灵，尚留余食"的古文腔调来。诸君！假如乡间穷得没有饭吃的农民，说话都会带古文的腔调，那也不做《社会声影录》了！日本人译西洋小说用东京白话，芮恩施博士还称赞他。林先生！请你想一想看，这是小说，不是中学校的林选古文读本呢！①

这段批评文字写于1919年，锋芒毕露地抨击了文言翻译的不合时宜。但回顾"五四"时期的儿童文学翻译，有两个重要的事实：第一，"五四"前后一段时间，很多有影响的儿童文学译本依然采用文言翻译，文言译本依然流行。当时出版最多的安徒生作品，文言本依然占多数，最有代表性的是1918年中华书局出版的陈家麟、陈大镫译的安徒生童话集《十之九》，内收《火绒箧》《飞箱》《大小克劳势》（即《大克劳斯和小克劳斯》）《翰思之良伴》《国王之新衣》《牧童》等6篇，译文语言是文言文。第二，很多文学大师的儿童文学翻译，都是从文言翻译起步的。如鲁迅早年对科幻小说《月界旅行》《地底旅行》的翻译。茅盾在商务印书馆编译所翻译的《三百年后孵化之卵》《两月中之建筑谭》《理工学校在校记》等也是用文言。

文学革命首先是文学语言的革命，"是白话替代古文的革命，是用活的

---

① 志希（罗家伦）：《今日中国之小说界》，《新潮》1919年第1卷第1号。

工具替代死的工具的革命"。①在新文学运动者看来："中国虽然有文字，现在却已经和大家不相干，用的是难懂的古文，讲的是陈旧的古意思，所有的声音，都是过去的，都就是只等于零。"②语言变迁的潮流已在酝酿，并且显露了诸多变革的端倪。1912年，中小学教材的名称已由国文改为国语，文言主导的格局已经发生了变化。1920年，教育部训令："自本年秋季起，凡国民学校一二年级，先改国文为语体文，以期收言文一致之效。"白话文进入教材意味着在教育体制内部确立了白话语言的合法性地位。对于这一事件，胡适曾有评论说："这个命令是几十年来第一件大事。他的影响和结果，我们现在很难预先计算。但我们可以说：这一道命令，把中国教育的革新，至少提早了二十年。"③教科书的白话改革自然影响到学生的阅读接受，为此用白话翻译和创作的作品就成为最受欢迎的书籍类型之一。

当时对安徒生翻译批判的焦点之一就是对语言的批评。1918年9月，一向热心儿童文学建设的周作人撰文激烈批评陈家麟、陈大镫的文言译作《十之九》。周作人称安徒生童话中最宝贵的两大特色，一是言语，二是思想，是"小儿一样的文章"和"野蛮一般的思想"，然而这些特色在陈家麟的文言曲译中丧失殆尽，"把小儿的言语，变了大家的古文"，"用古文来讲大道理"。这在"自认是中国的安党"的周作人看来是极其不适宜的。他认为翻译者"'有自己无别人'，抱定老本领旧思想，丝毫不肯融通；所以把外国异教的著作，都变作班马文章，孔孟道德"，甚至将安徒生"小儿一样的文章，同野蛮一般的思想"演化成班马文章，实在是荒谬之至，令人"不禁代为著作者叫屈，又断定他是世界文人中，最不幸——在中国——的一个人"。④可见，在语言变革者看来，文言是导致曲译和偏离的根本。

　　　　一退伍之兵。在大道上经过。步伐整齐。背负行李。腰挂短刀。战事已息。资遣归家。于道侧邂逅一老巫。面目可怖。未易形容。下唇既

---

① 胡适：《逼上梁山——文学革命的开始》，《东方杂志》1934年第31卷第1号。
② 鲁迅：《无声的中国》，载《鲁迅全集》第四卷，人民文学出版社2005年版，第12页。
③ 胡适：《国语讲习所同学录序》，《新教育》1921年第1期。
④ 周作人：《随感录二十四》，《新青年》1918年第5卷第3号。

厚且长。直拖至颜下。见兵至。乃诱之曰。汝真英武。汝之刀何其利。汝之行李何其重。吾授汝一诀。可以立地化为富豪。①

这是陈家麟、陈大镫的文言译文,周作人认为:"中国用单音整个的字,翻译原极难:即使十分仔细,也只能保存原意,不能传本来的调子。"② 在文字的处理上,为了更好地以白话文呈现安徒生童话的神韵,周作人亲自翻译了该篇童话。

一个兵沿着大路走来,一,二!一,二!他的背上有个背包,腰边有把腰刀:他从前出征,现在要回家去了。他在路上遇见一个老巫:她很是丑恶,她的下唇一直挂到胸前,她说,"兵阿,晚上好!你有真好刀,真大背包!你真是个好兵!你现在可来拿钱,随你要多少!"

另一位儿童文学翻译大家徐调孚也用白话翻译了这篇作品,其中开头部分的译文为:

一个兵正沿着大路走来——一,二!一,二!他背上有个背包,腰边有把刀。③

安徒生这一富于节奏和韵律的"一二,一二",曾得到许多人的赞许,顾均正在《安徒生传》中分析说:"只要能够捉住那灵活的儿童的幻想,他就好不迟疑而大胆地写下去。"他还继续举例分析:"又如那个兵士'沿着大路走来:一二,一二!'。小鹳鸟学体操'一,二,一,二!向左转!向右转!'实在没有一个人能够像安徒生这么完全自处于儿童的地位。"④ 周作人对文言译文的不满与苦恼,意在尊重和还原安徒生的创作语言的特色,也即他的小

---

① 〔丹〕安德森:《十之九》,陈家麟、陈大镫译,中华书局1908年版,第1页。
② 周作人:《随感录二十四》,《新青年》1918年第5卷第3号。
③ 〔丹〕安徒生:《火绒箱》,徐调孚译,《小说月报》1925年第16卷第8号。
④ 顾均正:《安徒生传》,《小说月报》1925年第16卷第8号。

儿语。勃兰兑斯在《安徒生论》中就安徒生的语言特点阐述道："为了让年轻的读者们能够了解，他不能不用极其简单的字极其简单的概念，不能不避免一切抽象的事物，应用直接的语言来代替间接的语言；但在这样寻求单纯的时候，他发现了诗意的美。"[①] 郑振铎也注意到安徒生创作语言的特点："所用的文字是新的简易如谈话似的文字。当他动手写童话之前，先把这些童话告诉给孩子听，然后才写在纸上，所以能创造出一种特异的真朴而可爱的文体。"[②] 到了1940年代，现实功用主导创作潮流，在这个安徒生童话思想被视为"麻醉品"的年代，他的口语化的写作依然被视为一种创作典范。陈伯吹在《儿童读物的编著与供应》中强调："编著儿童读物，在造句方面第一要注意的是'短句'。使得儿童容易阅读，容易了解，这样也就容易发生阅读的兴趣。进一步是要注意写'口语'，所有的句子，'文'的气味能减到零愈好，这个最好的例子是《安徒生童话》，他老人家写完一篇以后，就去念给儿童们听，看看他们是否听得懂，这是无异请儿童做老师，要他们指示给他修改过的地方，因此他的文学作品，才是真正的儿童自己的读物，因此他的作品以写作技巧而言，直到如今还最优秀。"[③] 在具体论述语言技巧时，陈伯吹再一次引用了士兵沿着大路走来"一二，一二"的神来之笔，这段文字再一次被用来作为语言技巧锤炼的不二之选。

为了更好地呈现安徒生童话的特质，周作人用白话文翻译了《卖火柴的小女孩》刊发在1919年《新青年》第6卷第1号，这是国人用白话文翻译的第一篇安徒生童话。文言的译介与儿童不亲近已成为当时的一种共识。就格林童话的翻译来说，白话运动前，格林童话已有多个译本，如周桂笙、时谐译本等。赵景深曾对格林童话的文言译本进行如下批评："商务的'说部丛书'里，有一种《时谐》，译了六七十篇我们的童话。但是那本书是用文言写的，和儿童不很接近，并且没有标明那是儿童用书，实在是一件缺憾。况且儿童的特点，就在于小儿说话一般的文章，现在他用古文腔调说起来，

[①] 〔丹〕格奥尔格·勃兰兑斯：《安徒生论》，严绍端摘译，《世界文学》1962年第11期。
[②] 郑振铎：《〈安徒生号（上）〉卷头语》，《小说月报》1925年第16卷第8号。
[③] 陈伯吹：《儿童读物的编著与供应》，《东方杂志》1947年第23卷第8号。

弄得一点生趣也没有了。"① 而在传达效果上，文言的确有其缺憾，如双引号（""）的翻译传达方面。周作人认为："种种谈话的笔法，如干脆活泼的开场，一下子抓住了听者的注意，又如常用背躬独白或插句……还有那些语助辞——言语里的点头和撑肘。"② 这些所谓"谈话的笔法"实际上是指口语化的修辞，而这在长期充当书面语的文言环境里很难实现。

二 赵元任和《阿丽思漫游奇境记》的翻译

在文言主导的译本向白话文译本的嬗变中，具有标志性意义的尝试是赵元任的《阿丽思漫游奇境记》。③《爱丽丝漫游奇境记》的中国译介，是"现代新诗学的创造者推动参与的结果，是赵元任自觉响应并推动白话文运动的时代潮流的产物，也是现代文学早期对新文学诗学标准的一次积极有效的实践"④。

在如火如荼的白话文运动大潮中，赵元任的《阿丽思漫游奇境记》翻译正当其时。"赵氏译这书的时候，正值中国小学国语教育运动的高潮，那时正闹着文言一致。他便在中国的言语这样经过试验的时代，乘这个机会来做一个几方面的试验……"⑤ 1920年赵元任回国，归国后不久加入"国语统一筹备委员会"，接受了为商务印书馆写作国语教科书和制作国语留声片的任务。1921年上半年，赵元任开始了《阿丽思漫游奇境记》的翻译。在回忆录中，赵元任说"有关国语统一委员会的活动，商务印书馆要我写一本教科书，并制作一套国语留声片；但我最感兴趣的还是翻译《阿丽思漫游奇境

---

① 赵景深：《童话家格林弟兄传略》，载赵景深编：《童话评论》，新文化书社1934年版，第184页。
② 周作人：《安徒生的四篇童话》，《国闻周报》1936年第5期。
③ 《爱丽丝漫游奇境记》（*Alice's Adventures in Wonderland*）是英国作家刘易斯·卡罗尔（Lewis Carroll）的作品，是世界儿童文学经典之作。赵元任的译本可谓经典译本。赵元任译为《阿丽思漫游奇境记》，现最为通用的译名为《爱丽丝漫游奇境记》，引文中笔者尊重原引文的表述，不作统一表述。
④ 史画：《爱丽丝的中国旅行：中国现代文学对〈爱丽丝漫游奇境记〉的接受》，北京大学2012年硕士学位论文。
⑤ 王人路：《儿童读物的研究》，中华书局1928年版，第107—108页。

记》，这是我的处女作，由胡适命的书名，1922年在上海出版"①。有学者认为赵译《阿丽思漫游奇境记》在1920年代初的出现，其意义并不局限于单纯的域外儿童文学译介的范畴，需要从现代翻译文学史及其所属的整个中国现代文学史的眼界去进行解析。②

《爱丽丝漫游奇境记》自1865年出版以来，已被译为五十多种语言。赵元任中译本可谓当之无愧的经典译本。作为赵氏译本的第一读者，胡适对该书的翻译赞不绝口，在1921年5月6日的日记中写道："十二时，去看赵元任。他译的 Alice in Wonderland〔《阿丽思漫游奇境记》〕差不多译完了。这部书译的真好！"③赵元任在序文中盛赞该书的文学价值比得上"莎士比亚最正经的书"，但就翻译目的及初衷而言，他却毫不避讳地直言是语言试验：

> 《阿丽思漫游奇境记》这部书一向没有经翻译过。就我所知道的，就是庄士敦（R. F. Johnston）曾经把它口译给他的学生宣统皇帝听过一遍。这书其实并不新，出来了已经五十多年，亦并不是一本无名的僻书：大概是因为里头玩字的笑话太多，本来已经是似通的不通，再翻译了变成不通的不通了，所以没有人改动它。我这回冒这个不通的险，不过是一种试验。我相信这书的文学的价值，比起莎士比亚最正经的书亦比得上，不过又是一派罢了。
>
> 现在当中国的言语这样经过试验的时代，不妨乘这个机会来做一个几方面的试验：一、这书要是不用语体文，很难翻译到"得神"，所以这个译本亦可以做一个评判语体文成败的材料。二、这书里有许多玩意儿在代名词的区别，例如在末首诗里，一句里 he, she, it, they 那些字见了几个，这个是两年前没有他，她，它的时候所不能翻译的。三、这书里有十来首"打油诗"，这些东西译成散文自然不好玩，译成文体诗词，更不成问题，所以现在就拿它来做话体诗式试验的机会，并且好试

---

① 赵元任、杨步伟：《浪漫人生》，张昌华、钟效雯选编，江苏文艺出版社1998年版，第120页。
② 胡荣：《白话的实验与趣味的变异——论赵元任译〈阿丽思漫游奇境记〉的文学史意义》，《清华大学学报》（哲学社会科学版）2007年第6期。
③ 胡适：《胡适日记全编》第3册，曹伯言整理，安徽教育出版社2001年版，第245页。

试双字韵法,我说"诗式的试验",不说"诗的试验",这是因为这书里的都是滑稽诗,只有诗的形式而没有诗文的意味,我也本不长于诗文,所以这只算诗式的试验。以上所说的几句关于翻译的话,似乎有点说头,但是我已经没最好是丢开了附属品来看原书。翻译的书也不过是原书附属品之一,所以也不怎么看。既然不必看书,所以也不必看序,所以更不必做序。①

从文学史的意义来说,《阿丽思漫游奇境记》是白话文运动和儿童文学互动的良好例证。对于赵元任之于国语运动的参与,晚年的胡适曾回忆说,他们"当初提倡白话文时候的情形,虽然提倡有心,但是创作无力"②。胡适所言创作无力的状况,的确在包括儿童文学在内的文学中普遍存在。在声势浩大的理论倡导之后,尽管有《狂人日记》《尝试集》等尝试,但是可以说白话文的文学实践并不充分,这时候赵元任熟稔的白话文译作的出现可谓意义重大,既可视为白话文运动发展的标志性事件,是白话文运动发展到一个阶段的成果展示,又是宣示西方儿童文学中国化的新阶段的试金石。

对此陈原在《〈赵元任年谱〉代序》中指出《阿丽思漫游奇境记》的翻译是赵元任留给我们的宝贵财富,但他更认为这是一次语言的实践:元任先生进行这次翻译,不是一般的文学译作,他是在进行一种试验,语言的试验,文字改革的试验,文学革命的试验,也是不同思维的文学作品移译的试验。为什么说是一种试验呢?按照翻译者在序言中所指出的,这试验至少在三个方面做出(其实不止这三个方面):

  一、只有用语体文(白话文)翻译这等作品才能传神——不要忘记"五四运动"很重要的内容是白话文应当在一切方面取代文言文,而这本翻译则在事实上或实践上证明白话文能够做到。

---

① 赵元任:《译者序》,载〔英〕加乐尔:《阿丽思漫游奇境记》,赵元任译,商务印书馆1931年版,第10—12页。
② 胡适:《提倡白话文的起因》,载欧阳哲生编:《胡适文集》第12册,北京大学出版社2013年版,第39页。

二、西方语文中一些代名词（如他、她、它之类）在语体文（白话文）中能够恰如其分地准确地表达——例如当时"她""它"等才在创始过程中。现在看来这些都是不成问题的问题，但在七十年前则是一个需要经过试验才能使人信服的。

三、西文的"打油诗"能不能用中文的语体诗（白话诗）形式翻译成可笑的打油诗；元任先生自己说，这是作一次"诗式的试验"，而不是"诗的试验"。[①]

赵元任深厚的语言学积累和娴熟的翻译技巧成就了《阿丽思漫游奇境记》的典范性。《阿丽思漫游奇境记》出版于1922年。时至今日，该书已出版各种全译本、节译本和改写本二百多种，这其中赵元任的译本永葆着活力和阅读的吸引力，可谓当之无愧的典范。在该书出版七十多年之后，陈原总结说这部翻译读起来却好像说话似的流畅、通顺，读者丝毫不觉得表述的文字"老"和"旧"了。而究其原因，他认为是一个超凡的语言学大师做的口语写成书面语的试验。笔者认为，赵元任译的《阿丽思漫游奇境记》的价值不仅在于用绝佳的白话对英语经典的演绎和传达，还在于它的破与立。该译本是对以往儿童文学翻译成人化弊病的破除，是对儿童适读性和中国化的张扬。

《阿丽思漫游奇境记》是作家老舍极其钟爱的一部作品。他在英国的时候，老师就推荐他阅读该书，甚至认为没有念过这本书就不算念过英文。《阿丽思漫游奇境记》对老舍的影响远不仅在于其语言，更多表现在创作方面，尤其是对老舍清浅俗白、亲切幽默的京味语言风格影响深远。老舍曾说文字的好并不在于用典故掉书袋，他认为用最浅显的白话文字要甚于最深涩的文字，因为用白话文字写好是很有难度的。[②] 在读了《阿丽思漫游奇境记》等作品以后，老舍才明白儿童的语言，只要运用得好，也可以成为文艺

---

① 陈原：《〈赵元任年谱〉代序》，载陈原：《陈原序跋文录》，于淑敏编，商务印书馆2008年版，第460—461页。
② 老舍：《读与写——卅二年三月四日在文化会堂讲演》，载《老舍全集》第17卷，人民文学出版社1999年版，第66页。

佳作。他说"这使我有了更大的胆量，脱去了华艳的衣衫，而露出文字的裸体美来"。① 所以，后来当老舍谈到自《二马》起他文字中的大变化时，除感谢提倡国语的朋友外，承认对自己影响最大的是《阿丽思漫游奇境记》，而这种影响，直接体现在语言上。如果说，《阿丽思漫游奇境记》中举重若轻的言语表述影响了老舍的创作，那么在中文语境中，对语言的传达要归功于赵元任。作为白话翻译的一种实践，赵元任的译本最大的贡献在于其语言处理——对翻译语言成人化弊病的克服和妥帖的中国化处理。而这也是赵元任译本留给读者，甚至是专业读者印象最深刻的地方。翻译家杨静远回忆了当年还是一个小女孩的时候读到赵元任译本的情形，她说当时简直迷恋上这个译本。因为赵元任把如此不好对付的童话翻译得出神入化，流畅通顺得仿佛不是翻译过来的。尤其令人称道的是，赵元任抛开了书中的英语掌故、双关语、文字游戏等，也即那些令译者为难的绊脚石，另起炉灶，用中文语境中的俚语、歇后语、双关语代替。她总结说赵元任的译本是值得后人认真研习的翻译典范。②

《阿丽思漫游奇境记》的特色首先在于语言的特色，即语言的儿童性，是"没有意思"的儿童化语言的表达。周作人曾高度赞扬赵元任的译文，认为这是一部"绝世妙文"，"曾经做过小孩子的大人，也不可不看"。同时，周作人格外欣赏其特色——有意味的"没有意思"。他以为只有拥有异常才能的人方能写出"没有意思"的作品，也只有天才的诗人——儿童独能鉴赏。③ 周作人的评论切中肯綮地道出了该书独到的艺术特色，这也是该书傲然屹立于儿童文学经典之列的艺术魅力所在。

为了更好地传递原作的"儿童化"语言，顺应中国读者的接受需求，赵元任在译文中创造性地使用了儿童化的语言，其中尤以"儿"字的应用为最多。仅在第一章《钻进兔子洞》中，"儿"的运用，就有画儿、野菊花圈儿、一会儿、等会儿、好玩儿、在哪儿、今儿、一块儿、花园儿……再有就是

---

① 老舍：《我的"话"》，载《老舍全集》第 16 卷，人民文学出版社 1999 年版，第 725—729 页。
② 杨静远：《永不消逝的童年的梦——一本老幼共赏的书〈阿丽思漫游奇境记〉》，《读书》1981 年第 2 期。
③ 周作人：《阿丽思漫游奇境记》，载周作人：《知堂书话》，岳麓书社 1986 年版，第 2 页。

叠词的使用，如偷偷地、昏昏地、样样、瞧瞧、练练说说、想想、恰恰、小小……这些语言的运用，使得译文朗朗上口，富有节奏感，一扫以往译文正襟危坐、严肃不可亲近的面貌，而代之以亲切平和、活泼童趣、符合儿童语言的清新气象。

"书面语言是贫乏的，不够用的，口头语却可以借助于许许多多的东西，诸如模仿谈话中提到的事物的口部表情，形容那种事物的手的动作，音调的长短、强弱，严肃或者滑稽，面部的一切表情以及整个的姿态等等。谈到的事物越接近于自然状态，这些辅助的东西对理解的帮助越大。"① 赵元任还在译文中大量运用"踢勒踏踢勒踏""刮喇喇""唧哩唧哩""乒呤乓啷"等拟声词，使得译文更为形象生动，更好地让读者产生身临其境的感觉。

《阿丽思漫游奇境记》在语言的儿童性的处理上也得到了王人路的赞赏。王人路认为，首先，该书的翻译做到了用语体文翻译却不失原书的神韵；其次，打油诗翻译的尝试，成功地传达出好玩、不失掉原书的滑稽意味；最后，赵元任的翻译秉持着"大人者不失其赤子之心者也"。②

其次，中国化处理。儿童文学翻译语言是否欧化，及其是否适应中国儿童，向来为批评者所看重。茅盾等翻译家都倡导儿童文学语言方面要用明白晓畅的白话，避免欧化。这种建议到了1930年代依然被倡导："在文字方面千万请避免半文半白的字句，不必要的欧化，以及死板枯燥的叙述（narrative）；千万请用些活的听得懂说得出的现成的白话！"③赵元任的译文，并不主张逐字死译，有时为了通顺会适当地牺牲准确，这就是他关于通与不通的智慧处理："但是有时候译得太准了就会把似通的不通变成不通的不通。或是把双关的笑话变成不相关的不笑话，或是把押韵的诗变成不押韵的不诗，或是把一句成语变成不成语，在这些例里，那就因为要达原书原来要达的目的起见，只可以稍微牺牲点准确的标准。"因此，我们能在《阿丽思漫游奇境记》读到许多中国化的处理。赵元任将英文的词汇替换为中国文化

---

① 〔丹〕乔治·布兰兑斯：《童话诗人安徒生》，严绍端译，载小啦·约翰·迪米留斯主编：《丹麦安徒生研究论文选》，安徽少年儿童出版社1999年版，第18页。
② 王人路：《儿童读物的研究》，中华书局1928年版，第107—108页。
③ 江（茅盾）：《关于"儿童文学"》，《文学》1935年第4卷第2号。

特色的词汇，如"八戒""阎王""大馄饨""念佛""五更天""公堂"等。当然，也有研究者指出中国化的过分：但赵先生的译文，有时好像过于游戏式了。随手从第一页举个例子：in another moment 译作"不管四七二十八"，似有过犹不及之嫌。新出的吴钧陶先生译本，是译作"一转眼工夫"的。①

三　多元文体的实践

丹麦研究者乔治·布兰兑斯（Georg Brandes）曾这样评价安徒生："他的文字属于我们曾经一个音节、一个音节地辨认过而今天我们依然在阅读的一类书籍。"②自20世纪初期进入中国文学视野以来，安徒生童话在中国的广泛传播与深远影响，对于西方儿童文学中国化的探讨来说，是一个富有意味的文学现象和典型代表。

文体的选择，是探讨安徒生童话翻译中很有意思的视角。周氏兄弟的《域外小说集》在初版时预告将有安徒生的作品，其中王尔德的《安乐王子》也一道被归入小说。可见最初无论是安徒生童话还是王尔德童话，都被视为小说。1913年开始，孙毓修在《小说月报》开始连载《欧美小说丛谈》，后来该系列文章列入"文艺丛刻甲集"丛书，于1926年出版。这其中的《神怪小说》中，孙毓修明确将安徒生视为"神怪小说大家"："18 世纪中，有丹麦人安徒生。Hans Christian Andersen，丹麦之大文学家，亦神怪小说之大家也……其脑筋中贮满神仙鬼怪，呼之欲出，是诚别擅奇才者也。"③

在《神怪小说之著者及其杰作》这一篇中，孙毓修对神怪小说的概念和起源进行了阐释："神怪小说 Fairy Tales 者，其小说之祖乎。生民之初，智识愚昧，见禽兽亦有直觉，而不能与人接音词通款曲也，遂疑此中有大秘密存而牛鬼蛇神之说起焉……而神仙妖怪之说起焉……"④孙毓修进一步分析了安徒生童话创作的特色：

---

① 周克希：《翻译的失落》，载周克希：《译边草》（增补版），上海三联书店2008年版，第11页。
② 〔丹〕乔治·布兰兑斯：《童话诗人安徒生》，严绍端译，载小啦、约翰·迪米留斯主编：《丹麦安徒生研究论文选》，安徽少年儿童出版社1999年版，第18页。
③ 孙毓修编：《欧美小说丛谈》，商务印书馆1926年版，第39页。
④ 孙毓修编：《欧美小说丛谈》，商务印书馆1926年版，第54页。

第四章　生成与建设：西方儿童文学经典中国化与本土儿童文学的建构　169

> 安徒生未成名之前，格列姆为神怪之巨子，及安徒生之书成，乃得比较之评论曰：格列姆之书，述神怪之神怪而已，安徒生则不然，当其闭置一室、凝神静思之顷，不啻变其身为神怪而执笔以自叙其生平也，酣畅淋漓，跃然纸上，是惟安徒生为绝调矣（由此观之，则《聊斋志异》《阅微草堂》等书之不能与于神怪小说作者之列，其可知矣）。
>
> 安徒生之书，时而花妖木魅，时而天魔山魈，其境即无不奇；而安徒生之自传，则奇亦与其书称。①

这在一定程度上解释了为何在一段时间的译介实践中，安徒生童话被视为神怪小说，其作品被归为小说。1914年，刘半农编译的《皇帝的新装》以《洋迷小影》为题发表于《中华小说界》第7期（1914年7月），这是第一篇被介绍进中国的安徒生童话。刘半农在译者引言中介绍"是篇为丹麦物语大师安德生氏（1805年至1875年）原著，名曰《皇帝之新衣》，陈义甚高措词诙谐"，②只是被作为"物语大师"的安徒生的创作却被归类为"滑稽小说"。安徒生童话被视为小说的命运一直持续着。1917年2月中华书局出版了周瘦鹃译的《欧美名家短篇小说》，该书收有安徒生的《断坟残碣》，在附录的《盎特逊小传（1805—1875）》中这样评述安徒生的创作：

> 综其生平著述，以神怪及寓言小说为多。而意中皆有寄托，非徒作也。有《丑鸭》（The Ugly Ducking，此篇夫子自道）、《锡兵》（The Tin Soldier）、《皇帝之新衣》（The Emperor's New Clothes）、《火绒箱》（The Tinder Box）诸篇，篇幅虽短，寓意却深。其状物写生，绝富兴趣，欧美儿童金好之。③

周瘦鹃对安徒生文学事迹的概要是准确的，但是将其著述归类为神怪及寓言小说就有鲜明的时代特点。而他指出安徒生作品寓意深的品评，在译文

---

① 孙毓修编：《欧美小说丛谈》，商务印书馆1926年版，第65页。
② 半侬（刘半农）：《滑稽小说：洋迷小影》，《中华小说界》1914年第7期。
③ 《欧美名家短篇小说》，周瘦鹃译，岳麓书社1987年版，第521—522页。

中可见一斑。试看下面这段文字:

> ……最幼之儿独兀立椅上,张其巨眸于窗纱之后,注视庭中,则……冥冥中斗觉有安琪儿来,吻其额,作微语曰:"孺子志之,尔其善保尔之谷种,他日必能得果,以培以长,毋怠毋忽……孺子志之,尔其善保尔之谷种,行见其发为好花,结为良果。尔身虽死,而尔名尚绷彪于天壤之间。孺子乎,天下为善之人,直能永永不朽。并世之人,又乌能忘!且文人有燕许大手笔在,亦当传之文章,诗歌中也。"①

翻译主旨是倡导孺子要从小立志,向善才能身后扬名,这是在晚清以降救亡图存,少年肩负改革图强任务的时代语境下的一种需求。

还有一个例证就是1918年中华书局出版的陈家麟、陈大镫翻译的《十之九》,该书是"五四"前较有规模的安徒生作品集。出版之后因为周作人等人的尖锐批评而获得较多关注。不过有意思的是,解弢在《小说话》的《小说提要》中对该书有过简要评述:

> 书为短篇小说,其中所载:一、火绒箧。二、飞箱,甚奇。箧擦之能得三犬,箱乘之能飞行也。三为大小克劳势,兄弟相欺,欺人者卒以自杀。四、翰思之良伴,因射履而得妻。其最奇之两篇,一为国王奇服,国王既好奇服,有二织工,献织无形之衣,衣惟忠智者见之,国人惧受不忠不智之名,均诡云见衣,于是国王乃著无形之衣,裸体游于国中;一为牧童,有王子求婚某公主,不谐,乃伪作牧童,以奇器惑公主,公主爱之,竟与接吻,接吻之数,或十或百,如论市价焉。②

《小说话》是一部对章回小说和笔记小说,以及个别翻译小说的内容、派别和作者的评论札记。解弢将《十之九》列入其中,安徒生作品被视为小说的历史面貌可见一斑。

---

① 《欧美名家短篇小说》,周瘦鹃译,岳麓书社1987年版,第524—525页。
② 转引自胡从经:《晚清儿童文学钩沉》,少年儿童出版社1982年版,第194页。

当然，安徒生童话也有作为童话被出版。最明显的例证就是孙毓修的《童话丛书》，其中就有《小铅兵》和《海公主》两篇。但值得指出的是，孙毓修的童话并不符合现代意义上的童话概念。《童话序》中他认为儿童最爱的是"荒唐无稽之小说"，结合他对安徒生的介绍，可以推断，这两篇作品更有可能是被视为小说。

在此需要补充童话这一概念在清末民初的演变。童话自世纪初引入中国以来，刚开始并不是作为儿童文学的体裁，即幻想体的童话。中文名词"童话"最早出现于孙毓修在商务印书馆编撰的《童话丛书》。这部丛书收录了民间传说、神怪故事、历史故事及科学故事共计102册作品。该丛书的广告宣传中也可以见出其童话与小说混淆的情形，"故东西各国特编小说为童子之用，欲以启发智识，含养德性"，"虽语言滑稽，然寓意所在必轨于远，童子阅之足以增长德智"。[1] 因此，童话概念是一个文体集合，囊括了儿童文学的诸多文体。

尽管周作人在《丹麦诗人安兑尔然传》中明确了安徒生的作品是"童话"："今欧土认为童话唯安兑尔然为最工，即因其天性自然，行年七十，不改童心，故能如此。"[2] 同时，周作人对安徒生童话的特质有着精准而明晰的论述。但在当时儿童文学的语境下，童话并非作为一种文体的童话。一个明确的例证就是1922年张梓生与赵景深关于儿童文学的讨论。赵景深指出："孙毓修先生的童话集竟包括一切（寓言、小说、神话、历史故事和科学故事）……我以为Fairy Talese or Märchen，不可译作'童话'二字，以致意义太广，最好另立一个名词，免得混淆。"而张梓生的回应则认为："我所说的童话定义是人类学研究上的定义……不能包括一切孙先生童话集中的东西，不全是纯粹的童话，只能说是儿童文学的材料。因为童话一个名词，是从日本来的，原意虽是对儿童说的话，现在却成了术语，当做Märchen的译名；正如小说二字，现在也不能照原意解说了。如恐混淆，便不妨用儿童文学这

---

[1] 《〈童话〉初集广告》，《少年杂志》1911年创刊号，转引自盛巽昌：《郑振铎和童话》，载《儿童文学研究》编辑部编：《儿童文学研究》第6辑，少年儿童出版社1981年版，第175页。
[2] 周作人：《童话略论》，《教育部编纂处月刊》1913年第1卷第7号。

个名称，包括一切。"[①] 可见在一段时间内，童话是儿童文学的代名词，而不是特定的文类。抛开童话概念的复杂性不论，就安徒生童话的翻译而言，在文体上就经历了神怪小说、志怪小说、童话等多种说法。

除却发生期儿童文学概念本身的含混与模糊，其实人们对安徒生童话译介的文体选择还寄予了更深切的现实关怀。在中国现实语境下，人们迫切希望文学有反映现实和干预现实的能力。也因此，童话这一文体也被赋予深切的现实意义，甚至评论界一度用现实主义小说的评判标准，如对现实的反映深度、广度等来评判童话艺术创作质量的优劣和品质的高下。如巴金在《〈快乐王子集〉译本新版再记》中写道："我喜欢王尔德的童话，喜欢他那对不合理的社会制度的严正控诉，对贫苦人的深刻同情和在作品中表现出来的崇高灵魂。"[②] 此后，他在《为〈快乐王子集〉撰写的广告》中明确指出，王尔德的童话并非普通的儿童文学，却是童话体的小说。[③] 这种童话与小说的纠缠一直延续，随着儿童文学创作的发展，最终出现了童话与小说的融合，这就是幻想小说。巴金曾创作过《长生塔》《隐身珠》《能言树》等童话，也曾翻译英国作家王尔德的童话，他对童话的认识颇能折射童话这一文类的"命运"。

外国文学作品的翻译，除政治功用之外，回归到文学发展本身，其重要的目的在于促进本国文学的发展。茅盾曾指出，"我们翻开各国文学史来，常常看见译本的传入是本国文学史上一个新运动的导线"，从影响的角度来说，"一切文学作品的译本对于新的民族文学的崛起，都是有间接的助力的"。[④] 清末以来，随着西方儿童文学翻译的推进，童话、小说、寓言、戏剧等各类文体渐次被引进。对儿童文学文体建设来说，最具有实践意义的是儿童戏剧和寓言。

首先，儿童戏剧的实践。作为一种外来文体形式，儿童戏剧在中国落地生根、发展，经历了漫长历程。中国文学自《诗经》以来就有载歌载舞的传

[①] 张梓生、赵景深：《儿童文学的讨论》，《妇女杂志》1922年第8卷第1号。
[②] 巴金：《〈快乐王子集〉译本新版再记》，载〔英〕王尔德：《快乐王子集》，四川人民出版社1981年版，第1页。
[③] 巴金：《为〈快乐王子集〉撰写的广告》，《文学报》1986年9月25日。
[④] 茅盾：《译诗的一些意见》，《晨报副镌》（文学旬刊）1922年10月10日。

统,《诗·大序》曰:"诗者,志之所之也。在心为志,发言为诗,情动于中而形于言。言之不足,故嗟叹之。嗟叹之不足,故咏歌之。咏歌之不足,不知手之舞之足之蹈之也。"这种歌咏的传统与戏剧的产生关联密切。尽管有发达的戏剧创作,但儿童戏剧却一直缺失,仅有民间傀儡戏、皮影、木偶戏等形式为儿童所热爱。到了近代,梁启超等人考察欧美学校教育,发现儿童戏剧是儿童教育的重要内容。他在《饮冰室诗话》中曾提及欧美学校在休业的时候,学校都会组织学生表演戏剧:

> 盖戏曲为优美文学之一种,上流社会喜为之,不以为贱也。今岁横滨大同学校年假时,各生徒开一音乐演艺会,除合歌新乐府外,更会串一戏,曰《易水饯荆卿》,其第一幕《饯别》内有歌四章,以《史记》所记原歌做尾声,近于唐突西施,点窜《尧典》;然文情斐茂,音节激昂,亦致可诵也。①

这是近代以来对儿童戏剧较早的论述文字,也由此开启了儿童剧和学校教育的紧密联系。在理论倡导的同时,儿童剧创作的探索也逐渐开启,如李宝嘉主编的《绣像小说》上连载了二十四出的《童子军传奇》,可谓较早的儿童剧本,还有胡敬熙汇集的《儿童无言剧》等。商务印书馆的《少年杂志》曾刊载过《心之邑》《伯父》《催眠术》等儿童剧本。儿童剧真正得到发展是在"五四"之后。儿童戏剧作为一种外来文体,受到新文学大师们的热切推崇。1919年11月,郭沫若在《上海时报·学灯》发表了剧本《黎明》,开启儿童剧创作的序幕。郑振铎创作了诗歌剧《风之歌》、黎锦晖创作了《麻雀与小孩》《月明之夜》《三蝴蝶》《葡萄仙子》等歌舞剧。周作人就曾编译过《儿童剧》,内有《老鼠会议》《卖纱帽的与猴子》等六出童话剧。同时,考虑到儿童戏剧和学校教育的紧密联系,"各小学校里常有游艺会的举行,他们所用的剧本都是临时自编的",郑振铎主编的《儿童世界》特意将儿童剧作为重要文体,隔两三期就刊登一篇戏剧,这些简单的独幕剧,学校

---

① 梁启超著,周岚、常弘编:《饮冰室诗话》,时代文艺出版社1998年版,第117页。

里可以用，家庭里也可以用。仅在创刊第一年，就刊载了《牧童与狼》《两个洞》《三个问题》等二十部剧。[①] 这些剧本取材自《伊索寓言》、古今传说，内容大多和儿童的学校生活相关。

《葡萄仙子》《麻雀与小孩》等儿童歌舞剧开启了中国儿童剧创作的序幕，随着现实苦难和民族危机的加深，唯美的、充溢着理想色彩的儿童剧日渐为现实色彩浓烈的儿童剧所取代。尤其在抗日战争爆发之后，儿童剧因其适应宣传的特点，成为明显发达的一种文类。叶圣陶在童话集《古代英雄的石像》之后，投注很多精力于儿童剧创作。1931年他写了儿童历史剧《西门豹治邺》《木兰从军》，1933年又与何朋斋合写儿童歌舞剧《蜜蜂》《风浪》。董每戡的《给我们需要的》，蒋本沂的《帝国主义底狗》，于伶的《蹄下》，陈白尘的《两个孩子》，姚时晓的《炮火中》，白兮（钟望阳）的《小毛毛的爸爸》等，大多描绘战争状态下儿童的命运与斗争，具有鲜明的现实针对性与强烈的时代气息。随着抗战的深入，儿童戏剧继续得到发展与繁荣。一大批儿童积极融入表演行列，出现了"孩子剧团"等很有影响力的儿童剧团。作家充分重视儿童在抗战宣传中的作用。熊佛西创作了《儿童世界》，认为这一抗战儿童剧的公演"不是一个寻常的戏剧表演，而是一个新的教育活动，是一个革命的教育活动……是中国儿童抗敌示威的大运动"。[②] 董林肯的《表》《小主人》，许幸之的《最后一课》《古庙钟声》，包蕾的《巨人的花园》等都是抗战之后涌现的优秀剧作。1940年代中后期立化出版社推出的"立化儿童戏剧丛书"分为甲乙丙三种，囊括了多幕剧、独幕剧、小型诗歌剧和儿童演剧理论，是当时儿童戏剧读物出版的集大成者和重要总结。

其次，寓言文体的实践。从历史来追溯，在儿童文学诸多文体中，寓言是最早受到重视的文体。早在明代，《伊索寓言》就开始了中译的历程。清末以来，包括《伊索寓言》在内，寓言这一文体的译介更是蔚为大观。林纾曾致力于《伊索寓言》的翻译，以启蒙愚昧。光绪庚子年（1900）江南书局印行的学生课外读物《中西异闻益智录》，其卷十一共辑有19则寓言，基本为《伊索寓言》。光绪辛丑年（1901）出版的教科书《蒙学课本》、光绪

[①] 郑振铎：《〈儿童世界〉宣言》，《妇女杂志》1922年第8卷第1号。
[②] 熊佛西：《〈儿童世界〉公演感言》，《战时戏剧》1938年第3期。

甲辰年（1904）出版的教科书《绘图蒙学课本》及《启蒙课本初稿》等，都选入了中西寓言。在辛亥革命之后，《伊索寓言》被更多的教科书选用，其传播和影响也更为广泛。孙毓修指出寓言"自教育大兴，以此颇合于儿童之性，可使不懈而几于道。教科书遂采用之。高文典册一变而成为妇孺皆知之书矣。古之专以寓言者著书，自成一子者，昉于希腊之伊索"[1]。"五四运动"之后，《小说月报》成为刊载翻译儿童文学的重要平台。不过从文体上来说，在童话、小说、寓言等文体中，寓言占据的比例是最高的。《小说月报》从第十三卷第二号（1922年2月10日）开始发表寓言，主要有郑振铎翻译的克雷洛夫的《天鹅与鱼与螃蟹》《箱子》，梭罗古勃的《平等》等作品。从十三卷到第十八卷第一号，五六年时间中，《小说月报》一共刊载了印度寓言、莱森寓言、高加索寓言、拉·封丹寓言等共计一百二十多则寓言。

　　寓言之所以为《小说月报》所青睐，与其文体特征关联密切。茅盾认为寓言是以讽刺教训为宗旨的。[2] 郑振铎在《〈稻草人〉序》中主张："把成人的悲哀显示给儿童，可以说是应该的。他们需要知道人间社会的现状，正如需要知道地理和博物的知识一样，我们不必也不能有意地加以防阻。"[3] 如果说，在童话文体中实现反映社会现实、对社会不公正不平等现象进行揭露与批判的任务有些不宜，或者说让作者和研究者都觉得有些为难，那么寓言文体本身所具有的现实讽喻性，对现实的批判性和渗透性的文体特征契合了文学研究会秉持的"为人生"的艺术主张，成为文学研究会翻译儿童文学的重要组成部分。郑振铎对寓言无处不在的道德训诫和教育有着清晰的认识："寓言所最常表达的是道德的格言，人间的真理。最高尚的寓言常包含有伟大的目标，它在说人间的真理，在教训着对面的人类，却把它的教训与真理，隐藏于创作人物的言、动中；这些人物，大约都是些在田野中的家畜，空中的飞鸟，林中的树木，山内的野兽等等。寓言作家于他们的一言一动中，传达出他的教训。读者得到这种教训，却并不看见教训者之立在他的面前。因此，他常常不自觉的表同情于一切纯洁、高尚的行动，而厌恶卑下

---

[1] 孙毓修：《欧美小说丛谈续编》，《小说月报》1913年第4卷第6号。
[2] 茅盾：《中国神话的研究》，《小说月报》1925年第16卷第1号。
[3] 郑振铎：《〈稻草人〉序》，《文学周报》1923年第92期。

的、无价值的行动，而同时便觉察到或改正了他自己的谬误。"①正是在故事叙述之外的深刻寄托，其对读者的劝诫与道德的培育功能，契合了文学研究会的文学主张，所以寓言在"五四"时期迎来了重要的发展阶段。同时，这种借由文学作品的刊载、阅读，引导读者认识社会和人生的黑暗及弊病，进而激发其改造社会和人生志向的观念，正是清末以来梁启超、林纾等人倡导的文学服务社会功用思想的延续。

虽然，郑振铎等人对寓言的选择初衷有着发挥文学服务社会功用的考虑，但是他们并没有忽视寓言和儿童接受之间的契合性。"寓言是很简陋的文体，它并不需华丽的雕饰，并没有繁复的内容；叙述直捷而简明，教训也浅陋而不稍含蓄。然其故事却为儿童所最愉悦，其教训也为成人所深感动。"他还建议将寓言纳入学校教学："寓言作家所注视的乃是全个人间，乃是不变的道德训条，乃是深切的人间真理……小学校用此作教本，乃儿童们取它来读，我想是很相宜的——虽然其中有几则深刻的道德训条，是儿童们未必懂的，故事的本身已足使他们愉悦了。"②正因为看重寓言和儿童的契合性，在主编《儿童世界》时，郑振铎将寓言列为儿童文学的主要文体。但是特别注明"寓言：以翻译的为主"。③郑振铎将《儿童世界》建设为刊发寓言的主要平台。除此之外，《小说月报》也不遗余力地推介寓言。在郑振铎的文学翻译实践中，寓言翻译占据了很大的板块。仅《小说月报》就刊发了郑振铎翻译的印度寓言57则、莱森寓言31则、高加索寓言2则、克鲁洛夫（克雷洛夫）寓言及梭罗古勃寓言3则。

郑振铎寓言翻译是有选择性和批判性的，他认为："《伊索寓言》，中国周秦诸子书中的寓言，都是寓着极深刻的哲理与教训的，儿童未必懂，而近代的寓言作家，象克鲁洛夫（克雷洛夫）和梭罗古勃，又都是借寓言以寓讽刺与悲哀的，也不是恰当的儿童读物。"④而将寓言作为儿童文学的文体建设，除却郑振铎在翻译层面的实践，另一重要建设是对中国原有传统寓言的整理

---

① 郑振铎：《〈印度寓言〉序》，载《郑振铎全集》第十三卷，花山文艺出版社1998年版，第10—11页。
② 郑振铎：《〈莱森寓言〉序》，载《郑振铎全集》第十三卷，花山文艺出版社1998年版，第15页。
③ 郑振铎：《〈儿童世界〉宣言》，《妇女杂志》1922年第8卷第1号。
④ 郑振铎：《儿童读物问题》，《大公报》1934年5月20日。

和出版。

先秦诸子、两汉"经史子集"中都有丰富的寓言,但作为中国文学中精美的存在,寓言的整理和研究一直都很不充分。1930年11月,商务印书馆出版了胡怀琛的《中国寓言研究》。该书首开系统研究寓言文学之先河,系统梳理了中国寓言古今发展的主要脉络。更为重要的是,该书将寓言视为一种重要文体予以探讨。胡怀琛指出,中国寓言的专书,在民国以前,只有一部,那就是明人徐元太辑的《喻林》。此后也只有一部,即1917年商务印书馆出版的沈德鸿辑的《中国寓言初编》。从这个意义上说,茅盾从先秦诸子、两汉"经史子集"中筛选27则寓言而成的寓言集,不仅是对中国寓言的整理,而且是第一部专为少年儿童编选的寓言集,也是将寓言视为儿童文学文体的重要举措。中国的寓言如何复兴?郑振铎曾对柳宗元的《永某氏之鼠》、马中锡的《中山狼传》以及陆灼的《艾子后语》、江盈科的《雪涛小说》、刘元卿的《应谐录》等寓言作品进行辑录和分析,指出"一面搜罗各地民间故事,一面求取其来源,一一较证之,也是一种很有趣的工作"。[1] 但就寓言文体的发展来说,真正引起关注、引发热潮是在20世纪二三十年代。中国文坛的寓言热是由林纾的《伊索寓言》译本引发,在这二十年间,希腊寓言、印度寓言都在中国译介传播,还有原本沉睡在故纸堆中的中国古代寓言,也被挖掘出来,形成寓言盛极一时的景象。[2] 林纾及其《伊索寓言》的广泛影响,推动了寓言文体的翻译,以及本土典籍中寓言的整理和再传播。

第二节 从传教士到文学大师:译者主体与译介姿态的转变

一 传教士与西方儿童文学的翻译

西方儿童文学的发源与宗教有着紧密的联系。佩里·诺德曼指出:"明

---

[1] 郑振铎:《寓言的复兴》,载《郑振铎全集》第五卷,花山文艺出版社1998年版,第352页。
[2] 胡怀琛:《中国寓言研究》,商务印书馆1930年版,第83页。

显写给儿童的文学最终出现于17世纪的欧洲。"①早期写给孩子的文本是英格兰一群献身基督的清教徒所写的。这批清教徒的信仰是每个人都需要赎罪,他们认为儿童易于犯罪,所以跟成人一样需要救赎,为此给儿童写书旨在引导孩子走上正途。有意思的是,西方儿童文学的中国之旅始于来华传教士群体。只是在以往对西方儿童文学传播的考察中,我们更多地关注国人的译介。近年来,宋莉华为近代传教士与儿童文学翻译的研究,提供了大量文本。她指出早在1852年,德国礼贤会传教士叶纳清翻译了基督教成长小说《金屋型仪》,这是第一部真正意义上的专门的童书。来华传教士的儿童文学翻译主要体现为福音故事、基督教成长小说、受儿童欢迎的成人小说、儿童小说和寓言等多方面。

来华传教士融入中国的社会生活,对中国儿童生活与文学接受情况有深入的考察与记录。1909年美国传教士泰勒·何德兰在北京写下了这样一段话,作为《中国的男孩和女孩》的引言:

> 在中国紧闭的国门被打开、西方人对中国家庭生活还一无所知之前,西方人不可能会对中国儿童的生活有全面的了解。但是,我们仍会有很多的机会进行各方面的了解,比如,孩子们嬉戏玩乐的场所——大街,中国的儿歌、故事、游戏被中国保姆带进了外国人的家里,我们就是根据这些来窥探中国孩子的生活的。中国幼儿园里的游戏方法和设施并没有什么特别之处,尤其是在新颖性和趣味性以及开发智力方面。流浪艺人的演出和变戏法跟其他国家也差不多,这些看起来特别简单的玩耍、嬉戏的玩法却是孩子最重要的游戏。
>
> 只要仔细观察,就可以发现很多不同方式的中国儿童的游戏和娱乐项目,其中有很多和其他国家一样。②

---

① 〔加〕佩里·诺德曼、〔加〕梅维丝·雷默:《儿童文学的乐趣》,陈中美译,少年儿童出版社2008年版,第128页。
② 〔美〕泰勒·何德兰:《中国的男孩和女孩》,载〔美〕泰勒·何德兰、〔英〕坎贝尔·布朗士:《孩提时代:两个传教士眼中的中国儿童生活》,王鸿涓译,金城出版社2011年版,第1页。

与此同时，传教士还积极投入儿童文学作品的翻译。如英国女作家莫蒂母（Favell L. Mortimer）的福音故事《将明篇》，就曾由美国北长老会牧师倪维思的夫人倪戈氏翻译为宁波方言。1859年在宁波出版了宁波土白罗马字符拼音本《路童指要》，1861年该书又由英国循道公会义务教士翻译为羊城土白，1879年美国长老会的传教士译为苏州土白《训儿真言》，1868年又出现了浅显的文言的两种译本以及官话本。英国儿童文学在中国的译介最早就是由传教士开创的，最早翻译成中文的英国作品是约翰·班扬的《天路历程》，该书由西方传教士翻译，并于1853年在厦门印行。

（一）《小孩月报》与西方儿童文学翻译

报刊作为近代兴起的传媒，得到传教士的青睐，成为传教士传播西方儿童文学的重要载体。这其中影响最大、最集中的是《小孩月报》。"沪上有西国范牧师创设《小孩月报》，记古今奇闻轶事，皆以劝善为本，而其文理甚浅，凡稍识之士者皆能入于目而会于心，且其中有字义所不能达之处，则更绘精细各图以明之，尤为小孩所喜悦，诚启蒙之第一报也。按该报开行有年，近更日新而月盛，说理愈精，销场愈广，固其所也，本馆按月取阅，欢喜赞叹不能已，爰赘数语以质诸月观该报者。"①这是1879年《申报》对《小孩月报》的介绍，精准地描述了《小孩月报》的特色，即其注重儿童受众与启蒙的特点。范约翰创办《小孩月报》的初衷在于启发童蒙："仆航海东来，客华已十余载矣。中土人情，颇能领略，华邦文义，尚未精详。然性质虽疏，未尝学问，而裁成有志，愿启童蒙。奈地隔东西，安得四海英才，同为乐育。而教无南朔，庶几环中子弟，共沐熏陶，此《小孩月报》一书所由始也。"在他看来，其启蒙对象定为儿童，是因其知少长之年，易培百行。有感于当时鲜有以儿童为目标读者的报刊，且当时大部分报刊对于打造儿童的"初基"毫无益处："报之为类多矣，或关于国家，或关于商贾，或凭街谈巷议为奇闻，或据怪状奇形为创见，或著诗词为规劝，或借文藻为铺张，而要之皆无补于童年初基也。"他关于童年初基的具体认识是："童年初基，首在

---

① 《申报》1879年1月9日。

器识，文艺次之，故以二者兼而行之。"他通过器识和文艺的双向路径，以期"俾童子观之，一可渐悟天道，二可推广见闻，三可辟其灵机，四可长其文学，即成童见之，亦非无补"。他还以启发童蒙为宗旨，向社会征文："凡我圣经义塾诸生，如有新奇见解，合于圣道，足以启发童蒙者，亦可据范按月邮寄沪地小南门外清心书院内范约翰处登报，以公同好可也。"

在语言方面，《小孩月报》改文言为官话，用明白晓畅的语言、浅显的叙事来贴近儿童受众的接受需求："此报首卷刊印文理少加润色。兹奉诸友来信，嘱余以后删去深文，倘能成官话更嘉，以便小孩记诵。余亦然之。今后刊印，浅语叙事，不尚文藻，辞达而已，阅者谅之。"[①] 在语言浅白的基础上，注重图文并茂，以图画的直观、价格的实惠来促成儿童的接受：俾童稚见之，灵机日辟，眼界时新，其理浅而明，其词粗而俚，且佐以谚词，俾童稚心领神会。"标以图画，令小子触目感怀。编次无多，无乃惠而不费。价洋甚少，更且取不伤廉。"[②]

晚清社会儿童未被发现和重视的时代语境下，《小孩月报》这样处处体贴和尊重儿童读者需求的报刊受到了很大的欢迎。据《清心堂图记》记载："光绪元年创《小孩月报》，月印三千五百本。"[③]1877年8月的《小孩月报》上刊登了一封上海读者的来信，写道："所有真正把中国的利益放在心上的人，都应该尽其所能地在中国儿童和青少年中宣传《小孩月报》。该报刊有科普文章和大量图片，受到了孩子们的热烈欢迎，大人们读了也觉得受益匪浅。"可见其印量之大和畅销程度。基于此，《小孩月报》对中国晚清思想史意义重大，它是中国晚清社会大转变时期儿童观念转变的领路者。[④] 在宣教的同时，范约翰倡导的从器识和文艺两方面来补益童年初基的认识，在《小孩月报》的编撰中得到了充分的体现，其在内容编排上顺应儿童读者接受特点的用心与尝试，初步奠定了儿童知识读物编辑的雏形。

作为一份传教士报刊，《小孩月报》的创办宗旨是服务于传教，宣传基

---

① 葛伯熙：《〈小孩月报〉考证》，《新闻与传播研究》1985年第3期。
② 葛伯熙：《〈小孩月报〉考证》，《新闻与传播研究》1985年第3期。
③ 葛伯熙：《〈小孩月报〉考证》，《新闻与传播研究》1985年第3期。
④ 庞玲：《〈小孩月报〉与晚清儿童观念变迁考论（1875—1881）》，华东师范大学2007年硕士学位论文。

督教义是贯穿其始终的主旨。《小孩月报》的栏目相对固定，其中直接以传教为内容的栏目有：教会近闻、乐谱（根据圣经格言谱成的歌曲）。其他的固定专栏有：天文易知、游历笔记、寓言故事、忏悔类文章、小孩月历、论画浅说、省身指掌，以及其他介绍西方国家概况的文章等。

《小孩月报》还通过小说、诗歌、故事、寓言等多种形式的作品和精美的插图来达成其目的。如《小孩月报》连载了英国清教徒班扬的宗教小说《天路历程》的摘要。而中外著名寓言更因其短小精悍和富于教育意味而为其编者所青睐。《小孩月报》几乎每一期都刊载有寓言。第13号至第17号目录中就罗列有《狮熊争食》《鼠蛙相争》《蚕蛾寓言》《小鱼之喻》《农人救蛇》《蛇龟较胜》《狐鹤赶宴》《狗的影》《狮鼠寓言》《牛蛙寓言》等。

鉴于晚清时期国内自觉的儿童文学创作尚不多，译介的西方儿童文学成为其主要组成部分。当时译介最多的是短小精悍的寓言，原作者为伊索、拉·封丹、莱辛等欧西名家，基本每期都披载一至数则不等，如《龟兔赛跑》《说谎的牧羊童》《狐狸和酸葡萄》《农夫与蛇》以及《知过必改》《莫贪心》《荡子归家》等故事。这些译作叙述流畅，文笔甚好，如其中的《鸦狐》：

  老鸦的声音，本不甚好听，有一日他嘴里衔着一块吃食，树上蹲着；那时有一饿狐望见了，想骗他的吃食，说道："久慕先生妙音，访教一曲，望勿推却。"老鸦信以为真，喜欢得很，张口就唱，不防嘴里的吃食，掉在地上，饿狐顺便拿了去说："以后有爱听你曲子的，切不可相信，他必有缘故在内，凡系甜言蜜语的话，都是骗人的。"①

《小孩月报》还发表了少量的文学作品，如湖北武昌大义学堂清心子的来稿《灯虫寓言》，浙江宁波周松鹤的来稿《蛇龟较胜》等：

  蛇没有脚，却能快快地奔走。龟有四足，只会慢慢儿匍匐。闻映月池边，有蛇龟居住。那一晚上，蛇同龟说，我们明天清晨，一同到云桥

---

① 《鸦狐》，《小孩月报》1877年第6号。

玩耍风景，且看你先到还是我先到。先到有荣，后到为辱。两个说罢，蛇就即刻起身，走到半路，他自己思忖，说，我是善能快走，这个蠢然愚龟，寸步艰难。必要明天午晌才到。我在这里安眠一刻工夫，也有何妨呢。他就熟睡了。龟也即时动身，健步行走，得寸则寸，得尺则尺，东方未明，早到卧云桥。见蛇未到，心很稀奇。到东方既白，蛇刚刚醒来，急急忙忙赶进，到桥哪知道，日上已三竿了。见龟坐在桥上，意气洋洋，龟说，蛇大哥，你来了么。蛇便叹道，自己夸奖自己才力，轻看那别人，在半路里睡觉，耽误了时辰。拜今以后，我要存谦卑心，把今朝事情当做座右铭。①

这些作品虽然难免有模仿的痕迹，但却是近代中国人自己尝试创作儿童文学作品的开端。《小孩月报》刊载的部分寓言是中国教士或者中国学生创作的。如湖北武昌学生杨相衡的《兄弟寓言》，用寓言的形式讲述兄弟要相亲相爱的道理。武昌义塾学生李详金写的《捕蝉寓言》化用螳螂捕蝉，黄雀在后的故事说明上帝是时刻在天上看着人们的，若是人们做了错的事情，上帝就会严厉批评。《小孩月报》还刊登了北京顾教师馆学生陈绍堂的作品《枯树垂戒》：

有某氏子者，性甚灵敏，家亦殷实。其父为之延师长，设学塾，命其攻读意甚殷也，而某性好嬉游，玩时愒月，数年之间，竟无一得。师有严诫，面听而弗俊。父加痛楚，身受而不该，一似无可启发矣。然直言难入旁喻易通，当是岁也，时维九月，序属三秋，风止雨收之时，烟霞澄鲜之际，其师与某同众友生，相约以游眺焉。步至城西，见群山之峻岭，于是履缠崖，披蒙茸，而险彼高岗，于侧竟无一言。郁郁殊甚。适旁有树数株，形容枯槁，问其师曰，是山深得雨露之滋养，又无牛羊之践履。斧斤之看法，为何有此枯槁树乎。其师曰此非山无雨露之滋养也，非有牛羊之践履也，非有斧斤之砍伐也，是共其本根不立而为朽材也。使能自保共生机，藉人之修理，未始不堪为栋梁之器，奈何竟至枯

---

① 周松鹤：《蛇龟较胜》，《小孩月报》1877年第1号。

朽而为柴薪之需耶。由木如此，人亦类然，某闻此言，怅然良久曰，惜乎。吾未早聆斯言也，今悔已晚矣。可奈何其师曰，见兔而顾犬，犹未晚也，亡羊而补牢，犹未迟也。汝诚痛悔，何晚之有某日，悟已往之不谏，幸来者之可追，虽未善于前，可乐观于后，于是归家。昼夜诵读，卒至及第，吁，其师固可谓善诱者矣，若某者虽败于始，而改过不吝，卒成于终，亦可嘉也。余是为不揣固陋，妄叙其大略。凡我教堂中兄弟皆宜法斯人之勇于改过。及早发奋读书，后为主有用之仆役，则教会之兴，可翘足而待业。较之某氏子，不益善乎。①

（二）亮乐月等传教士的儿童文学翻译

近代来华传教士译介了大量西方经典儿童文学作品，如吉卜林的动物故事、伯内特的《秘密花园》等小说，不过其译介活动带有鲜明的宗教色彩，他们对儿童文学译介的出发点在于传教，换言之，儿童文学是易于儿童接受、便于达成传教意图的一种有效手段。这也就决定了传教士对译介作品的选择倾向性，译作主要是民间故事、儿童福音故事、基督教成长小说等。

以美国儿童文学的中国传播来说，诸多贡献者中最为用力的是亮乐月。亮乐月②（Laura M. White，1867—？）是一位在中国传教达40年之久的美国美以美会（The Methodist Episcopal Church）传教士。亮乐月曾任《女铎》月刊主笔，创作翻译了不少儿童文学作品，且广有影响，是一位富有才能的传教士。《女铎》月刊二十周年纪念时有文章说："亮女士才学之蕴藏丰富、嘉惠后进矣。广学会先总干事英国李提摩太博士，与亮女士相知有素，亦慕其才德，力请编一定期刊物，为我国女界之引导。女士亦义不容辞，乃创刊《女铎》，假天命之所在，而喻振聩聋、矫积弊、育英俊、作指导之意。"③亮乐月的儿童文学翻译主要有伯内特的《秘密花园》《小英雄》和《小公主》等小说。

---

① 陈绍堂：《枯树垂戒》，《小孩月报》1877年第1号。
② 亮乐月的生卒年目前有两种说法，其一是赵晓兰、吴潮合著的《传教士中文报刊史》（复旦大学出版社2011年版）中关于亮乐月的生平是1865—1937年。而其他研究资料中常用的介绍是出生1867年，卒年不详（即1867—？）。
③ 李冠芳：《女铎月刊二十周年纪念之回顾》，《女铎》1932年第20期。

亮乐月的译介与其传教的志趣有着紧密联系，在《小英雄》的序言中，她介绍了该书在欧美受欢迎程度和译介情况，接着阐述译书的缘起："闻之步氏，慈爱为怀，教子有道，其子亦克遵懿训，宅心仁孝。本书小少爷藩特那悦之品性言论，多半本之。论者谓步氏为今日美洲之孟母云。客岁广学会领袖李提摩太先生之夫人，以此书嘱余译为华文。因夫人自入华以来，视译书为己任，匡救中国，输灌文明，其功已彰彰在人耳目。"①她将步奈特视为孟母，而自己译书又是受有孟母风范的李提摩太夫人的嘱托，这种结合中国文化传统的阐释，无疑能更好适应中国读者的阅读接受。广学会图书目录的介绍中也一再强调小伯爵美好德行与母亲的教导有关："本书虽写一个宽宏、仁慈、怜贫、孝顺的活泼小伯爵藩特那悦的故事，但作者明明指示藩特那悦的美德都是受他慈母的精神、品行的影响。因他的人格克服了祖父的暴性，抓住了人们对他的好感，虽有人来冒亲，终究是他承袭了爵位。文笔巧妙而有曲折，使读者百读不厌。诚是一部家庭教育的好故事书。"②亮乐月翻译的《小英雄》在晚清社会影响广泛："刘廷芳博士曾屡告人：'我幼年所阅之书籍，其能使我起景仰受感动者，为梁任公、谢洪赉、亮乐月等之著述。'"③1930年代之后，尽管《小英雄》出现了多种译本，但亮乐月的译本依然流传不止，1923年9月再版，1930年4月发行第3版，1941年3月发行第5版。

1913年，亮乐月还和周彻郎合作翻译了《小公主》，这是一本"鼓励女子进取的小说，是青年女子不可不读的书"。④1914年，亮乐月翻译了伯内特的另一重要作品《秘园》（《秘密花园》），连载于《女铎》月刊。译文用文言表述，较之原作有较大出入，是夹杂翻译者自我观点的一种传达。如书中这样一段话，马利亚现身说法，鼓励库林要走出囚室，走进大自然，加强体格锻炼：

  此后兄宜日出游玩，稍事运动，使筋血流活，饱吸清气，使肺部扩

---

① 转引自宋莉华：《美以美会传教士亮乐月的小说创作与翻译》，《上海师范大学学报》（哲学社会科学版）2012年第3期。
② 《广学会图书目录》目录分类第十九"故事"，第4页。
③ 李冠芳：《女铎月刊二十周年纪念之回顾》，《女铎》1932年第20期。
④ 《广学会图书目录》目录分类第十九"故事"，第8—9页。

张。若终日囚此室内,不见日光,不事运动,不死亦将死矣……吾初至英,亦患瘦弱,后以日在院中游玩,随意寻乐,今不仅体力似较前强健,尤觉寻胜访幽,其乐无穷。①

当然,在这几部作品之外,亮乐月还翻译了《五更钟》《狱中花》等具有浓郁宗教色彩的小说。与传教士选择具有宗教旨意的作品进行译介的动机不同,晚清以降,以林纾等爱国志士为代表的译介主体却对西方文学作品中的宗教内容进行了大刀阔斧的删节。如林纾对《黑奴吁天录》的处理,他在"例言"中解释道:"一是书为美人著。美人信教笃至,语多以教为宗。顾译者非教中人,特不能不为传述,识者谅之。"尽管书中对与宗教相关的内容进行了传述,但同时"是书言教门事孔多,悉经魏君节去其原文稍繁琐者。本以取便观者,幸勿以割裂为贵"②。林纾及其合译者从读者阅读习惯的角度考虑,删去了其中的宗教内容。

如瑞士儿童文学作家史班烈(Johanna Spyri)的《海蒂》(Heidi)最早就是由美国传教士狄珍珠(M. D. Mateer)译为《赫德的故事》,1929年1月由广学会出版。狄珍珠是美国长老会传教士狄乐播(Robert McCheyne Mateer)的继室夫人。狄乐播的哥哥即狄考文(Calvin Wilson Mateer,1836—1908),是近代在山东传教广有影响的传教士,曾创建乐道院狄。狄乐播自清同治二年(1863)来华,一直从事文化活动,在山东生活了四十五年。他曾在山东登州创办登州文会馆。光绪三十一年(1905)与英国浸礼会所办广德书院大学班合并为广文学堂。光绪三年与林乐知等筹备组织美英教会在华所设学校的全国性机构;不久在上海成立"学校与教科书委员会",后改名"中华教育会"(1936年又改称"中华基督教教育协会")。狄珍珠是当时来华从事文学翻译的传教士教母中的佼佼者。她翻译的各类作品多达十余种,有《育婴常识》《护士产科须知》等知识性读物,也有《旧约妇女》《新约妇女》《大先知》这类基督教读物。在儿童文学方面译有《赫德的故事》《莎士比亚的

---

① 《秘园》第五回,《女铎》1918年第73期。
② 林纾:《黑奴吁天录》,载〔美〕斯土活:《黑奴吁天录》(4版),林纾、魏易译,文明书局1920年版,第1页。

故事》。其中《莎士比亚的故事》是由兰姆姊弟根据儿童接受特点对莎士比亚戏剧的改写，林纾曾将其翻译为《吟边燕语》。

狄珍珠翻译的《赫德的故事》，具体内容有很多删节和改动，但整体上保留了23章的章节。这是第一章《孤女投奔祖父》的开篇文字：

> 有一个小村，名美容。一条弯曲的小路，从这村起直达一座山上。这座山上的风景极好，越到上面，奇花异草越多，而且越好看。有一年六月里的一天，天气十分清和，有一个女人，挽着一个小孩从这一条弯曲的小路上向前走去，好像要上山去的样子。[①]
>
> 在瑞士的古朴而清秀的曼英斐村里，有一条小路，穿过草绿叶荫的牧场，蜿蜒地伸到远处的一个山麓。沿这条路走去，愈高处则愈宽广，再上更有短草和粗硬的山上植物的香气。路是渐渐地险峻，笔直可以达到山顶。[②]

第二段为林雪清翻译的《海地》第一章《阿岑爷》的开头。很明显，狄珍珠的译文用的是简洁晓畅的白话，风格更为清新，更富有儿童趣味。陈伯吹曾将该书译为《小夏蒂》，他认为这部初版于1881年的作品能列入最优秀的儿童文学作品之列。但他认为作品的缺点也很明显，主要是由于作者出生在19世纪初期，成长于教会统治势力雄厚的地方，其文艺思想受到宗教思想的影响，有不少地方都流露出上帝拯救人类的宗教色彩，这在某种程度上削弱了作品的思想意义。陈伯吹视这些与宗教相关的内容为消极因素，在翻译中做了删节。即便是因为情节需要保留的内容，他觉得在读者阅读中仍要加以认真的阐说。[③] 相对于陈伯吹对宗教色彩内容的删节和批评，狄珍珠的译本尽管依据中国人的接受特点进行了修改，如"太亲翁"的称呼等，但就宗教相关内容却予以保留。如该书的结尾《辞别再见》，就有着浓郁的宗教色彩：

[①] 〔瑞士〕史斑烈：《赫德的故事》，狄珍珠译，上海广学会1929年版，第1页。
[②] Johanna Spyri：《海地》，林雪清重译，正中书局1946年版，第1页。
[③] 陈伯吹：《前言》，载〔瑞士〕约·斯比丽：《小夏蒂》，陈伯吹译，少年儿童出版社1984年版，第2—3页。

第四章　生成与建设：西方儿童文学经典中国化与本土儿童文学的建构　187

赫德说了这一伏天的事给他们听，彼得也会念书了，床也有了；并且向后各人也永不相离了；而且有这么多的好朋友常为他们打算，因此他们几个人听说了这一件一件的事，说不出是为哪一件欢喜了。贝尔听见赫德说了这话之后，才明白彼得一辈子的功夫每一礼拜可得一角银钱，最末后老大妈对赫德道："你可以再念一首诗，从今至死我觉得真说不完，天父所加给我的恩惠了。"①

二　文学大师作为译介主体的考察

西方儿童文学中国传播的重要译者，除了传教士这个群体，还有梁启超、林纾、包天笑、周桂笙等几位文学大家，他们是一个时代文学思潮的引领者。他们对儿童文学的参与，极大地推动了儿童文学的萌蘖。晚清之后，特别在"五四"前后儿童文学翻译日渐兴盛，这时候儿童文学的参与主体由周氏兄弟、梁启超、茅盾、巴金等文学大师构成。

1904 年的圣诞节，英国剧作家杰姆·巴里创作的儿童剧《彼得·潘——永远长不大的孩子》（Peter Pan）于伦敦上演，伴随着演出的轰动，剧中的彼得·潘成为家喻户晓的人物，成为永远长不大的童年的代名词，成为童年的永恒象征。永无岛也成为人们缅怀童年的向往圣地。此后，巴里又将剧作改写成为童话，彼得·潘成为西方童话中的经典形象。该书在中国的传播始于 20 世纪 20 年代末，归功于梁实秋。

1927 年夏，当时在暨南大学教书的梁实秋从时任该校外文系主任兼图书馆长的叶公超处得到小说本的《潘彼得》（Peter Pan and Wendy），"随即把这本书借出带回家。那一年我住在赫德路安庆宫。窗外电车不时的隆隆而过，震得床椅都微微颤动，可是我展开《潘彼得》阅读，深受感动，聚精会神的读下去，一连几天竟忘了电车声音的骚扰。我太喜欢这部小说，于是就译了出来。把书译一遍，比抄一遍更能使人深入了解并且欣赏它。我译这部小说，心情非常愉快"②。这种译介的兴奋在此书译完之后仍在延续，梁实秋

---

① 〔瑞士〕史班烈：《赫德的故事》，狄珍珠译，上海广学会 1929 年版，第 208 页。
② 梁实秋：《代表青春，代表永恒——〈潘彼得〉重版后记》，台北《中央日报》1987 年 5 月 2 日。

和叶公超谈起这部小说之妙,这便有了叶公超的序文。叶公超在序言中写道:"《潘彼得》可说是近代宗教戏剧方面的一大贡献:这剧的目的是要表现宇宙间那种永在的儿童精神;所以潘彼得就是'永恒'的象征;他重新提醒我们,这世间的主人还是青春的大地和儿童的幻梦",在他看来,"人生唯一最重要的原力就是儿童时代那种放任的顽耍精神",[①]因此他认为潘彼得的精神是一种永远生长而不长成的东西,富有永恒的生命力。可以说,叶公超对《潘彼得》的评价精准而恰如其分,反映了"五四"一代作家和学人对童年的景仰与崇敬之情。

梁实秋的译本于1929年10月由新月书店初版之后,该书受到了很大的关注。吴宓曾撰文《耶稣圣诞节儿童欢迎之潘彼得》,他认为潘彼得代表了儿童的活泼与活力,"吾人重有感者,即西国儿童尚与潘彼得Peter Pan之行为近。吾中国素日教导儿童,辄束缚以成人之规矩礼法,使全失其活泼自由之生趣。又观市中贫家儿童,年十龄内外者,容貌举止已类三十岁人"。在吴宓看来,尽管尚未观看《潘彼得》原剧排演,但是从梁实秋所译的故事就可领略潘彼得的精髓。"茫茫宇宙,悠悠今古。至乐真情,常往不灭。惟一达到,是曰有恒。儿童精神,正其表现。而值兹岁晚年节,以此召示吾人者,潘彼得也。吾人深望潘彼得之精神得稍留于中国。"[②]吴宓的评论隐含了一个重要话题,就是《潘彼得》作为戏剧作品在中国风行。梁实秋译本出版之后,在上海北四川路一小剧院上演英文原文剧《潘彼得》,观众爆满,大半是十岁左右的儿童,中外皆有。"孩子们纷纷起立鼓掌,锐声大叫,欢喜若狂。台上台下打成一片。"而受到儿童欢乐的感染,梁实秋也好像又回到天真无邪的儿童世界里去了。只是,对于将近三十岁的译者来说,已深深感到青春不再的哀伤,于是在观看了演出之后,"一路上心里萦念的是潘彼得,好几天不能忘的景象就是潘彼得"。对潘彼得的这种情缘延续了梁实秋的一生,1980年代,台北九歌出版社蔡文甫先生提出重版梁实秋翻译的《潘彼得》,面对岁月的流逝,想起永远长不大的潘彼得,追逐欢乐、天真,梁实

[①] 叶公超:《梁实秋译〈潘彼得〉序》,载叶公超:《叶公超批评文集》,陈子善编,珠海出版社1998年版,第141页。
[②] 吴宓:《评潘彼得译本附论桓吉尔》,《大公报》1929年第103期。

秋感叹："懂了世故就失去了天真，逝者如斯，无可奈何。校罢清样，抚今追昔，怆然泪下。"[①]

在新月书店出版之后，1935 年《潘彼得》以上下册的形式，被列入王云五主编的"汉译世界名著万有文库"第二集再次出版，只不过梁实秋被署名为译述者。作为一部重要的作品，除却梁实秋的翻译，《潘彼得》还有其他重要译本，主要有张匡译的《仙童潘彼得》，1933 年由世界书局出版，该书被列入"世界少年文库"。此外，佩斯曾在《少年杂志》（1930 年第 1、10—12 号）刊载《潘彼得》译文。此后，五幕剧《潘彼得》在《小说月报》1931 年第 1—6 号连载，熊式一翻译。

潘彼得及其代表的童年精神深刻地影响着现代儿童文学作家们。现代作家不仅积极参与《潘彼得》的翻译，还撰文评价推崇该作品。受潘彼得童年精神的感召，诗人陈梦家曾创作过《潘彼得的梦》："彼得做了一场梦，在昨天的晚上，他看见一片落叶发出一点声浪……彼得笑一声，依旧往天上飞。"[②] 该诗后来编入作者的自选集《梦家存诗》。陈伯吹在《巴雷和他的理想——潘彼得》[③] 中详细介绍了巴雷生平和创作情况。相关评论还有奚行撰写的《潘彼得与巴利》。

潘彼得的受欢迎，契合了"五四"时期童年发现的主题，对童年的回忆和礼赞一度成为一代作家创作的主题。在《潘彼得》之外，有关童年题材的大量西方儿童文学创作也被译介进来。当然，文学大师们对儿童文学的译介还受益于当时报刊媒介对儿童文学平台的大力搭建。当时诸多的刊物都大力支持儿童文学的译介，如《小说月报》《妇女杂志》《东方杂志》《文学周报》《晨报副镌》《民国周报》，以及《儿童世界》《小朋友》等专门的儿童刊物等纷纷刊登国外文学作品。如《新青年》杂志专门开辟儿童文学专栏，陆续刊载安徒生、托尔斯泰等作家的儿童文学作品。周作人关于儿童文学的重要理论篇章《读安徒生童话〈十之九〉》和《儿童的文学》刊载于《新青年》。

"五四"时期的文学大师把儿童文学视为新文学建设的重要组成部分，

---

① 梁实秋：《代表青春，代表永恒——〈潘彼得〉重版后记》，台北《中央日报》1987 年 5 月 2 日。
② 陈梦家：《潘彼得的梦》，《诗刊》1931 年第 3 期。
③ 陈伯吹：《巴雷和他的理想——潘彼得》，《学生杂志》1945 年第 6 期。

亲身投入儿童文学的创作中,更亲力亲为地致力于世界优秀儿童文学的译介和引进,使"五四"时期成为儿童文学翻译的黄金时代。在鲁迅、周作人、郑振铎、夏丏尊、赵元任、梁实秋、戴望舒、陈伯吹等人的努力下,安徒生童话、《爱的教育》《爱丽丝漫游奇境记》《潘彼得》《柳林风声》等一大批经典作品译介出版,为本土儿童文学的初步发展提供了丰厚的滋养。

这其中,最引人注目的是文学研究会。文学研究会大部分会员既是现代儿童文学的创作骨干,又是西方儿童文学的翻译的推动者。1921年1月4日,茅盾、郑振铎、叶绍钧、王统照、许地山、郭绍虞、周作人等十二人发起成立了文学研究会。该会倡导"为人生的艺术",明确指出要"研究介绍世界文学"。在原创儿童文学贫弱的草创期,文学研究会的诸多会员,如郑振铎、夏丏尊、茅盾、赵景深、顾均正、徐调孚、严既澄、谢六逸等都从事西方儿童文学的翻译。

郑振铎翻译了希腊罗马神话故事,《天鹅童话集》《高加索民间故事》《莱森寓言》、安徒生的《一个母亲的故事》《孩子们的闲谈》等。在翻译之外,郑振铎对儿童文学翻译的促进还体现在对优秀儿童文学译作的推介方面。在他主编《小说月报》《儿童世界》期间,这两份刊物成为翻译文学刊载的平台,推出《安徒生号》等。郑振铎还积极以书评等形式推荐优秀译作,如《列那狐的历史》《印度寓言》等。他还帮忙译者校稿,他在《〈莱因河黄金〉后记》中写道:"以故事而论,这也是很好的给儿童看的一篇故事。君箴译完后要我校改一下,连日忙着收拾行装,不能动笔,于是便把它带到Athos上来,在海上费一天工夫把它校改好了。"[①]

作为文学研究会的核心人物,郑振铎从编辑、翻译、推介等层面积极致力于儿童文学活动,还以自己的影响带动文学研究会其他人从事儿童文学翻译。赵景深就是在他的影响之下走上了儿童文学翻译的道路。"郑振铎就在这个时间主编《儿童世界》。他看到我有兴趣翻译童话,就写信给我,要我投稿,并加入他所创办的儿童文学研究会,当然任然以命。"[②]走上儿童文学道路的赵景深成为"五四"之后介绍、翻译、评论安徒生用力甚多的一位。

---

① 郑振铎:《〈莱因河黄金〉后记》,《小说月报》1927年第20卷第11号。
② 赵景深:《郑振铎与童话》,《儿童文学研究》1961年第12期。

赵景深曾言"我极爱安徒生的童话"。① 仅安徒生的评论文章就有《安徒生评传》《安徒生的人生观》《安徒生童话里的思想》《安徒生逸事》,等等。另外赵景深在与周作人等人的书信中也多次谈论安徒生童话的思想和内容。在"五四运动"后几个月,赵景深就译介了《皇帝的新衣》《火绒匣》和《白鹄》(即《白鹅》)等,刊登在商务印书馆的《少年杂志》。1920年至1922年,赵景深在棉业专门学校纺织科求学,功课余暇,就继续翻译安徒生的童话,投给《妇女杂志》。这就是刊载在《妇女杂志》上的安徒生译作,主要有《鹳鸟》《一荚五颗豆》《祖母》《安琪儿》等。而从童话翻译开始,赵景深走上了童话和民间文学研究的道路。

> 我对于民间文学的探索是从童话开始着手的。早在中学读书时期,我就译了许多安徒生童话在商务印书馆编的《妇女杂志》《少年杂志》上刊载……直到1922年之后,我才陆续发表了《童话的讨论》《童话与小说》《研究童话的途径》《童话的意义来源和研究者的派别》等等一系列文章。应该说明的是,当时我所谓的"童话"是:"原始民族信以为真而现代人视为娱乐的故事,亦即神话的最后形式,小说的最初形式。"②

赵景深在安徒生童话翻译上用力甚多的一个例证就是开明书店的"世界少年文学丛刊",其中他翻译的就有《月的话》(又名《无画的画帖》)《皇帝的新衣》《柳下》等8本之多。在安徒生童话之外,赵景深还翻译了《能言树》《格林童话全集》《米老鼠救火车》《米老鼠游小人国》等多部儿童文学作品。

顾均正在欧美童话翻译和研究上颇有建树,翻译了安徒生的《夜莺》《小杉树》《水莲花》。这些作品被收录在徐调孚主编的"世界少年文学丛刊"。他还翻译了保罗·缪塞的《风先生和雨太太》、挪威民间故事《三公主》、萨克莱的《玫瑰与指环》、斯蒂文森的儿童小说《宝岛》、英国笛福的《鲁滨逊漂流记》(与唐锡光合译)等。他根据安徒生《我一生的童话》写的

---

① 赵景深:《安徒生评传》,载赵景深:《安徒生童话集》,新文化书社1934年版,第4页。
② 赵景深:《民间文学丛谈》,湖南人民出版社1982年版,第287页。

《安徒生传》于 1928 年由开明书店出版。此外,他还与徐调孚合编了《安徒生年谱》。徐调孚对域外儿童文学翻译的贡献,集中体现在其主编的"世界少年文学丛刊"。他最为知名的译作是《木偶奇遇记》,连载于《小说月报》十八卷,其他译作还有《皇帝的新衣》和《柳下》等童话,都取牛津本进行补译。

在优秀作品译介的同时,"五四"时期的文学大师们对国外儿童文学的近况都极为熟悉,积极致力于外国儿童文学概况的介绍。从十七卷第一期开始,顾均正就在《小说月报》连载《世界童话名著介绍》,茅盾撰文《最近的儿童文学》,介绍了英文儿童文学中的神仙故事、科学小说等类别,根据儿童受众的年龄与性别,有针对性地推荐作品:"上面说的儿童文学书都是供给较小的孩子们看的;至于年龄较长的孩子自然另有许多专供给他们的书……如果我们按照那些书的主要的趣味分做给女孩子看的与给男孩子看的……"[1]

对于"五四"前后的儿童文学翻译,茅盾在《关于"儿童文学"》中曾谈及:"记得是 1922 年,《新青年》那时的主编陈仲甫先生在私人的谈话中表示过这样的意见:他不很赞成'儿童文学运动'的人们仅仅直译格林童话或安徒生童话而忘记了'儿童文学'应该是'儿童问题'之一。我认为很对。"[2] 儿童文学应该是儿童问题之一,这是主导儿童文学翻译的重要思想,直接关系到翻译作品的选择、译介策略等。但这种思想在儿童本位的遵循方面是有问题的,其本质依然是晚清以降注重的教育意图在儿童文学中的承继与弘扬。从当时翻译的地域来说,日俄文学占主导,欧美文学方面,主要是安徒生童话。这在前文已有论述。因此,从这一阶段翻译的总体特点来说,翻译大多侧重弱小民族的作品,相对来说,英美文学所占的比例反而不大。

三 个案的考察:译介主体的转换和《伊索寓言》翻译的演变

《伊索寓言》的翻译可以追溯到明代。其早期汉译本的译介主体多为来华传教士。1608 年,利玛窦的《畸人十篇》第一次将这部寓言翻译成汉语。

---

[1] 沈雁冰:《最近的儿童文学》,《小说月报》1924 年第 15 卷第 1 号。
[2] 茅盾:《关于"儿童文学"》,《文学》1935 年第 4 卷第 2 号。

书中翻译了《肚胀的狐狸》《两树木》《狮子和狐狸》等寓言。

其中在《善恶之报在身之后》篇，引用了伊索《狮子和狐狸》的寓言。

> 狐最智，偶入狮子窟。未至也，辄惊而走。彼见坑中百兽迹，有入者，无出者故也。
>
> 夫死亦人之狮子坑矣，故惧之。惧死则愿生，何疑焉。

《常念死后备死后审》中引用了《肚胀的狐狸》：

> 野狐旷日饥饿，身瘦癯。就鸡栖窃食，门闭无由入。逡巡巡间，忽睹一隙，仅容其身，馋亟则伏而入。数日，饱饫，欲归，而身已肥，腹干张甚，隙不足容。恐主人见之也！不得已，又数日不食，则身瘦癯，如初入时，方出矣。

利玛窦的《伊索寓言》译介开启了西方儿童文学的中国传播。在利玛窦之后，另一位在中国的西班牙传教士庞迪我（1571—1618）出于传教的目的也对《伊索寓言》进行了选译，如卷一的《伏傲篇》里就有《乌鸦和狐狸》等。

1625年，中国出现了第一本真正的汉文版《伊索寓言》集——《况义》，这是一本由法国金尼阁（1577—1628）口述、中国张赓笔录的《伊索寓言》集，至此为止，《伊索寓言》在中国正式成书。《伊索寓言》译介的合作仍有着鲜明的宗教色彩，因为张赓是一位忠诚的教民。而该书的刻印也有着宗教的意味："《况义》一书可能原刻于泾阳县鲁桥镇王徵家中。（王徵是明末陕西接受西方思想最早的知识分子，曾受洗入教。明末耶稣会传教士到陕西来，都得到过王徵的帮助。金尼阁与王徵关系尤为密切，他们曾合著过《西儒耳目资》。王徵是鲁桥镇人，鲁桥镇在泾阳县的东北乡，距泾阳40里）。"[①]

《况义》的译文有明显的宗教色彩，如第十四则讲述运盐的驴子的故事：

---

① 周作人：《知堂书话》，岳麓书社1986年版，第59页。

驴服盐甚重，心恶之，渡河中流，折膝，濡负迁延而后起，盐湛溃，殊快。又日，服盐过河，便复尔。主人廉其情，更始服木棉，倍重。又复尔，许久，水渍棉，益难胜。主人叱曰："畜生，复敢尔？"

"义曰：主命所加于尔，尔安承之。尔必以诈脱，主还将尔诈绳尔。"

作为《伊索寓言》的选译本，《况义》对篇目的择取从一个层面反映了西方儿童文学中国化的策略，即《况义》选用《伊索寓言》篇目有着自己的标准与倾向：符合基督教义，并在译介中进行适应中国文化的改变。"《况义》全书正编收二十二篇，补编收十六篇，共收寓言三十八篇。其绝大部分为《伊索寓言》，但补编前两篇为柳宗元的寓言，也有别的篇出处仍待查考。"[①] 周作人翻译的《全译伊索寓言集》有寓言358则，从数量上看《况义》选录的篇目仅为全本的十分之一。入选的篇目大多有着鲜明的宗教色彩。其劝诫读者安于天命、不抗争的导向与基督教义是吻合的，这也与谢懋明为该书写的《跋〈况义〉后》中说的"使读之者迁善远罪"的精神暗合。作为古希腊文学的经典，《伊索寓言》中涉及神的寓言共有54篇，占全书故事的六分之一。如《牧牛人与赫拉克莱斯》《蜜蜂与宙斯》《宙斯与狐狸》《赫拉克莱斯与雅典娜》《两只袋》等，这些与宙斯、雅典娜等神密切相关的寓言，或反映了希腊诸神的特点与力量，或反映了凡人对神的态度与观念。《况义》对这类涉及神的寓言择取得很少，仅有第三、第五则。笔者认为《况义》对涉神寓言的谨慎选择有着双重考虑。一方面，选择的作品要吻合其所传授的天主教思想，为此《况义》这两则故事中的神是绝对的主宰，神庇佑有道德的人。《伊索寓言》中那些对神不敬、冒犯、使诈的作品就被有意识地过滤了，如《打破神像的人》《赫耳美斯与雕像家》《旅人与赫耳美斯》等篇目。另一方面，这种考虑也是为更好地契合中国读者的接受特点，因为在注重维系尊卑有别、上下有序的统治，器重君臣关系的传统中国，必然不欢迎那些鼓动以下犯上的寓言。为此，这两则涉神寓言在文字表述上进行了变动，寓言中神灵的称谓不再是希腊诸神的名字，而是采用了中国传统的"天""上

---

① 杨扬：《〈伊索寓言〉的明代译义抄本——〈况义〉》，《文献》1985年第2期。

帝"这样的称谓。

《况义》顺应中国文化接受心理的努力明显地体现在"义曰",即每则寓言后都有以"义曰"开头的按语,这些按语正是彰显选译者对寓意阐释的立场和倾向的最好例证。如《北风与太阳》作为《伊索寓言》的经典篇目,历来备受儿童欢迎,并被改编成为动画片、图画书等,通过多种艺术形式得到了广泛的传播。周作人译本中体现该寓言寓意的翻译为:"这故事说明,劝说常比强迫更为有效。"《况义》中则为:"义曰:治人以刑,无如用德。"这种阐释无疑是顺应了儒家经典《论语》中的治国治人思想。《况义》中第一则寓言(周作人译本为《胃和脚》)的寓意引向了中国历来重视的君臣关系:"义曰:天下一体。君,元首,臣为腹,其五司四肢皆民也。君疑臣曰:尔縻大官俸遇。民亦曰:厉我何为?不思相养相安,物各相酬,不则两伤。无臣之国,无腹之体而已。"该寓意通过对君臣关系的辩证论述,旨在倡导和谐有序的君臣关系。《况义》中类似的具有中国特色的寓意阐释还有很多,如第三则将伊索寓言改造成为反映中国封建王朝中人物关系的故事,第十则的释义也带有明显的中国封建社会君臣意识等。

另一个与中国化相关的重要问题是《况义》中有许多出处待查考的篇目。这些篇目从何而来?杨扬对《况义》明抄本的全文进行整理标校,在每篇寓言之后都加了"按",将出处不详的篇目注明为"此篇故事原貌待查考"。经笔者甄别,以周作人译本为例,原貌待考的篇目中,正编的第二十二则为《兔与虾蟆》,补编的第四则为《母鸡与燕子》,第五则为《捕鸟人与鹳》等。那么,另外那些待查考的篇目会不会是选译者的有意创作呢?或者是张赓在笔录中的有意创作。"张先生悯世人之憒憒也,取西海金公口授之旨而讽切之,后直指其义所在,多方开陈之,颜之曰'况义'。"① 这是谢懋明对张赓翻译的称道。这种"多方开陈"会不会是口授者金尼阁和笔述者张赓的一种传播策略,即为了更好地通过寓言这一更适宜于广泛传播的文学载体,达成传教目的而有意为之的行文呢?据笔者查考,上文谈及的两篇涉神寓言,以及多篇意在阐释君臣关系的篇目,在周作人的全译本抑或罗念

---

① 谢懋明:《跋〈况义〉后》,转引自杨扬:《〈伊索寓言〉的明代译义抄本——〈况义〉》,《文献》1985年第2期。

生的译本中都没有对应的篇目。而从西方儿童文学译介实践来看，这种为了适应受众接受而创作的现象屡见不鲜。如包天笑谈及《馨儿就学记》的翻译，在译文中加入了自己的创作："有数节全是我的创作，写到我的家事了。如有一节写清明时节的'扫墓'，全以我家为蓝本。"①《扫墓》的章节，与《爱的教育》原书的情节没有任何联系，是作者的中国化的一种写法，有意味的是《扫墓》章节还曾被商务印书馆编选进发行量很大的高小教科书，影响很大。

《伊索寓言》是传教士译介西方儿童文学的一个侧影，充分彰显了传教士阶段西方儿童文学中国化的特点：传教士择取吻合其传教理念的作品进行译介，以其为载体更好地传达基督教义；而为了顺应中国接受特点，更好地达成其传教意图，在译介过程中有选择性地过滤、删除一些内容，并有意识地增加、融入更为贴合中国传统与文化的内容。

对于《伊索寓言》来说，还有一个比较特别的阶段，是它曾经作为外国人学习汉语的材料。1840年，晚清第一个《伊索寓言》汉译本《意拾喻言》在广东出版，由英国人罗伯聃和他的中文老师蒙昧先生合作翻译。其翻译的用意在于将其作为西方人学习汉文词章句读的范例，为此，《伊索寓言》被改写成了杂录体笔记小说。这在其《序》中充分显现："吾大英及诸外国欲习汉文者，苦于不得其门而入……余故特为此者，……学者以此长置案头，不时玩习，未有不浩然而自得者，诚为汉道之梯航也，勿以浅陋见弃为望。"②该译本有很大影响，周作人在1925年和1950年曾两次谈到该书，指出该书在中国官场中十分流行。曹聚仁在1937年出版的《文思》中也描述过该书在道光年间风行一时的盛况。

在传教士群体译介《伊索寓言》之后，晚清知识分子是另一重要的译介主体。较之传教士的宗教旨趣，国人的译介更注重其启蒙价值。

1888年由赤山畸士所编的《海国妙喻》，收《伊索寓言》73则。张赤

---

① 包天笑：《在商务印书馆》，载包天笑：《钏影楼回忆录》，中国大百科全书出版社2009年版，第384页。
② 《〈意拾喻言〉序》，载施蛰存编：《中国近代文学大系·第11集·第28卷·翻译文学集三》，上海书店1991年版，第225页。

山是依据《意拾喻言》改写的。他在"序"中对《伊索寓言》给予了很高的评价:"其所著寓言一书,多至千百余篇。借物比拟,叙述如绘,言近旨远,即粗见精,苦口婆心,叮咛曲喻,能发人记性,能生人悟性,读之者赏心快目,触类旁通,所谓道得世情透,便是好文章。在西洲久已脍炙人口,各以该国方言争译之。其义欲人改过而迁善,欲世返璞而还真,悉贞淫正变之旨以助文教之不逮,足使庸夫倾耳,顽石点头,不啻警世之木铎,破梦之晨钟也。"为此,他将西人所译的刊载于报章的寓言搜罗汇辑为《海国妙喻》,"借以启迪愚蒙,于惩劝一端,未必无所裨益,或能引人憬然思,恍然悟,感发归正,束身检行,是则寸衷所深企祷者也,幸勿徒以解颐为快焉可耳"。① 可见,张赤山在辑录的时候也带有启蒙的意图。而仔细辨别,可以发现张赤山辑录的只有36篇为伊索寓言,另外34篇分别来自俄国克雷洛夫、德国莱辛等人的寓言。

1903年(清光绪二十九年),商务印书馆出版了由严培南、严璩口译,林纾笔述的《伊索寓言》,从此之后这部传入中国几个世纪的寓言正式定名,此后的译本都沿用《伊索寓言》这个译名。林纾的《希腊名士伊索寓言》每篇篇后有"畏庐曰",以阐述故事的主旨和教训。尽管林译本用文言翻译一定程度上限制了其读者范围,不过影响很大。胡怀琛在《中国寓言研究》中提到了20世纪二三十年代,中国文坛由林纾翻译《伊索寓言》引发的寓言热:"我们说到中国寓言的复活,不得不说是受了《伊索寓言》的影响……这廿年中间,希腊的寓言,趁海舶到中国来了,长眠在深山古寺里的印度寓言,被人们唤醒了,沈埋在旧书堆里的中国古代的寓言,被人们扑去灰尘,从蠹鱼窝中挖出来了。真可谓盛极一时。"② 该书到1913年已再版8次,1924年已出版19版。

林纾翻译《伊索寓言》有明确的目的性,即"日为叫旦之鸡,冀吾同胞警醒"③,也即他救国保种的爱国情绪。他在《伊索寓言》序中说:"伊索为

---

① 张赤山:《〈海国妙喻〉序》,载施蛰存编:《中国近代文学大系·第11集·第28卷·翻译文学集三》,上海书店1991年版,第246页。
② 胡怀琛:《中国寓言研究》,商务印书馆1930年版,第83页。
③ 林纾:《〈不如归〉序》,载阿英编:《晚清文学丛钞·小说戏曲研究卷》,中华书局1960年版,第263页。

书,不能盈寸,其中悉寓言。夫寓言之妙,莫吾蒙庄若也,特其书精深,于蒙学实未有裨……伊索氏之书,阅历有得之书也,言多诡托草木禽兽之相酬答,味之弥有至理。欧人启蒙,类多撷拾其说,以益童慧。"林纾分析了本土文学资源,指出其"专尚风趣,适资以佑酒,任为发蒙,则莫逮也"。他认为自己"非黜华伸欧,盖欲求寓言之专作,能使童蒙闻而笑乐,渐悟乎人心之变幻,物理之岐出"①。由此,林纾是把《伊索寓言》视为向儿童进行启蒙教育的优良材料。

如果说林纾对《伊索寓言》的翻译还带有晚清时代鲜明的启蒙色彩,那么此后《伊索寓言》的传播就进入了儿童化的阶段,注重贴近儿童阅读接受习惯,明确以儿童群体为受众对象,在译介语言、风格等方面考虑儿童读者的接受特点。1915年孙毓修编译《伊索寓言演义》。1934年出版的商务印书馆的《小学生文库》第一集就集中收录了由孙毓修编译的《伊索寓言》,该书的封面内容为龟兔赛跑,白色的兔子在长着蘑菇的树下酣然大睡,不远处乌龟正在奋力地爬行,充满了童趣。书内还有插图。1932年上海开明书店出版了孙立源翻译的《伊索寓言》,收寓言141则,被列入"世界少年文学丛刊"。1937年,商务印书馆又出版了许敬言翻译的《伊索寓言选》,收寓言30则,被列入"新小学文库"。

1955年周作人(周启明)根据希腊文翻译的《伊索寓言》由人民文学出版社出版,共收寓言358则。此后,《伊索寓言》的译介和传播在中国得到更为广泛的推进,据笔者不完全统计,各种《伊索寓言》的全译本和节译、改编、改写、英汉对照等版本多达近七百种。这其中不乏许多翻译名家的手笔,如1981年,罗念生、陈洪文、王焕生、冯文华合译的《伊索寓言》,收寓言334则。又如1997年浙江文艺出版社出版的任溶溶译本。这些版本大多是各地少年儿童出版社推出的明确以儿童读者为受众对象的版本,如任溶溶就说:"这次我重新翻译《伊索寓言》觉得很有意义,搜集了国际上各种版本的伊索寓言373篇,比国内其他版本多五十余篇寓言,配上几十幅早期优秀的木刻插图。应该说是为广大读者和少年儿童提供了一个更好的版本。"②

---

① 林纾:《〈伊索寓言〉序》,载林纾、严培南、严璩编纂:《伊索寓言》,商务印书馆1903年版,第5页。

② 〔古希腊〕伊索:《伊索寓言集》,任溶溶译,浙江文艺出版社1997年版,第3页。

第三节 被引导和预设的原创：从《阿丽思漫游奇境记》到《阿丽思中国游记》

现代儿童文学的发生建立在对西方儿童文学的吸收之上。玛丽·安·法夸尔就认为，为大多数读者所认可的中国的第一本儿童文学是在20世纪初才产生的，"写给孩子的新文学是建立在西方范式之上的"。[1] 她的意思是中国原创儿童文学的产生与欧洲故事的翻译，如法国作家儒勒·凡尔纳、安徒生等作家作品的译介密不可分。

一 西方儿童文学影响：走上文学创作的缘起

百年前的1908年，商务印书馆的孙毓修编撰《童话丛书》。这套丛书融汇古今、遍览中西，推本儿童心理之所宜，在内容编排上也非常用心，"文字之浅深，卷帙之多寡，随集而异。盖随儿童之进步，吾书之进步焉。并加图画，以益其趣"[2]，被认为是"我国校外读物之嚆矢"，以致"记者拟代我少年同学要求孙氏，迅速从事。虽月出三五册，亦不嫌其多也"[3]。在之后近十年时间中，该丛书共出版三集102编，参与编撰工作的有孙毓修、茅盾、谢寿长、高其希、郑振铎等人。而孙毓修更是因其主编《童话丛书》被茅盾推崇为"中国有童话的开山祖师"[4]，"中国编辑儿童读物的第一人"[5]。茅盾认为孙毓修用白话编译的《无猫国》是"中国历史上第一次有儿童文学"[6]。《童话丛书》面世后，成为影响一时的儿童读物。如第一集的《无猫国》，取材于《泰西五十轶事》等，经过孙毓修中国化的译述之后，生动有趣、浅显晓畅，

---

[1] Farquhar, Mary Ann, *Children's Literature in China: From Lu Xun to Mao Zedong*, London: Sharpe, 1999, p.8.
[2] 孙毓修：《〈童话〉序》，《东方杂志》1909年第5卷第12号。
[3] 《清末的三种少年儿童书刊》，《教育杂志》1909年第1期，转引自王泉根评选：《现代儿童文学文论选》，广西人民出版社1989年版，第715页。
[4] 茅盾：《商务印书馆编译所生活之一——回忆录（一）》，《新文学史料》1978年第1期。
[5] 茅盾：《关于"儿童文学"》，《文学》1935年第4卷第2号。
[6] 茅盾：《商务印书馆编译所生活之一——回忆录（一）》，《新文学史料》1978年第1期。

很受儿童欢迎。在谈及该书影响时,陈伯吹认为就是在这本《无猫国》的影响下,他才萌发了对儿童文学创作的热忱。

西方儿童文学经典作家和作品对现代中国儿童文学的影响是多方面的。当年很多西方儿童文学的小读者,都深受文学魅力的感召,从此走上文学创作的道路。诗意童话创作者严文井充满激情地写道,"最触动我心灵的是安徒生",他的童话"以一种强烈的、优美的诗意感动了我,引起我的思索"。[1]这样通过翻译而走上文学创作道路的例证还有很多,安徒生童话的重要译者叶君健说,翻译安徒生童话"使我更深入进入他的作品境界,从而我本人对于儿童文学创作的欲望也就更迫切了。我就是这样以翻译安徒生的作品进入儿童文学创作这个领域的"[2]。当然,许多儿童文学作家的创作就是从改编西方儿童文学开始的。如茅盾在 1918 年到 1920 年间参与编辑《童话丛书》,其中《驴大哥》《蛙公主》和《海斯交运》都改编自格林童话。再如郑振铎根据日本长篇民间童话《竹取物语》译述而成的《竹公主》,其中关于"竹公主飞升月宫"的描写充分进行了中国化的改造。

  这时月亮正升在中天,放射清洁如水的银光在大地上。有一线白光。又如烟,又如云似的,由天上降到地上。好象一座仙桥。
  由这座桥上,下来了成千上万的穿着银白色甲胄的兵士,如一阵风吹起的烟一样。
  ……
  竹公主随着月宫的军队由白烟似的桥上升上去,渐渐的升过富士山顶。更高,更高的,升到月旁,然后不见了。大概他们是已经进了月宫的银门里了。
  到了现在富士山顶还常常有一缕烟云,围绕于上,好象这座仙桥,还竖在那里一样。[3]

---

[1] 严文井:《我是怎样开始为孩子们编故事的》,载叶圣陶、冰心等:《我和儿童文学》,少年儿童出版社 1980 年版,第 215 页。
[2] 叶君健:《春节杂忆》,载叶圣陶、冰心等:《我和儿童文学》,少年儿童出版社 1980 年版,第 314 页。
[3] 郑振铎:《竹公主》,载《郑振铎全集》第十三卷,花山文艺出版社 1998 年版,第 123—124 页。

再如安徒生的影响，他在童话文体上具有开创意义和深远影响。周作人认为安徒生是当时欧土人士中最擅长童话的。郑振铎称安徒生是"世界最伟大的童话作家，他的伟大就在于以他的童心与诗才开辟了一个童话的天地，给文学以一个新的式样与新的珠宝"[1]。所以纵观"五四"一代儿童文学创作者的童话创作，或多或少都能看到一些安徒生童话的影子。1923年11月由上海商务印书馆出版的《稻草人》，是现代儿童文学史上第一部创作童话集。然而，从影响研究来说，这一具有开创意义的创作却有着深刻的西方儿童文学影响的痕迹。叶圣陶直言："我写童话，当然是受了西方的影响。'五四'前后，格林、安徒生、王尔德的童话陆续介绍过来了。我是个小学教员，对这种适宜给儿童阅读的文学形式当然会注意，于是有了自己来试一试的想头。"[2] 有评论家对叶圣陶童话受到的外来影响进行研究。吴其南指出："叶圣陶的早期创作是明显地受到王尔德的唯美主义思想的影响。"[3]

即使被誉为"给中国的童话开了一条自己创作的路"的叶圣陶的《稻草人》，依然有着浓厚的安徒生童话的印迹。如《鲤鱼的遇险》开头的描写，与安徒生的《海的女儿》中关于"海底世界"的描写很类似。

> 温柔而清净的河是鲤鱼们的家乡。日里头太阳象金子一般，照在河面上；又细又软的波纹仿佛印度的细纱。到晚上，银色的月光、宝石似的星光盖着河面的一切；一切都稳稳地睡去了，连梦也十分甜蜜。大的小的鲤鱼们自然也被盖在细纱和月光、星光底下，生活十分安逸，梦儿十分甜蜜。

由此可见，叶圣陶的早期童话风格明显地受到了安徒生童话风格的影响。而在《稻草人》之后，这种影响在其后来的创作中仍有体现。如《皇帝的新衣》的创作思想得到安徒生童话的启示。但是，叶圣陶绝不是拜倒在西

---

[1] 郑振铎：《〈安徒生号（上）〉卷头语》，《小说月报》1925年第16卷第8号。
[2] 叶圣陶：《我和儿童文学》，载叶圣陶、冰心等：《我和儿童文学》，少年儿童出版社1982年版，第3—4页。
[3] 吴其南：《中国童话史》，河北少年儿童出版社1992年版，第172页。

洋童话面前，他说："对于外国文学，摹仿或袭取是自堕魔道。但感受而消化之，却是极关重要。"① 这种消化，是根植于中国现实文化语境下的创造，由此中国儿童文学形成了自成体系的审美品格和气派。

二 从《阿丽思漫游奇境记》到《阿丽思中国游记》《阿丽思小姐》

赵元任在《〈阿丽思漫游奇境记〉译者序》中谈道："《阿丽思漫游奇境记》这故事非但是一本书，也曾经上过戏台……近来美国把它又做成影戏片。又有许多人仿着这个故事做些本地情形的笑话书。例如美国康桥哈佛大学的《滑稽报》在一九一三年出了一本《阿丽思漫游康桥记》，勃克力加州大学在一九一九年又出了一本《阿丽思漫游勃克力记》。以后也说不定还会有《阿丽思漫游北京记》呢。"② 作为英国儿童文学经典，《阿丽思漫游奇境记》的影响是世界性的，正如赵元任所指出的该书在美国传播产生的影响一样，自1922年赵元任的《阿丽思漫游奇境记》出版以来，该书在中国也产生了广泛的影响。该书多次重印，曾被编入商务印书馆"新中学文库"。《阿丽思漫游奇境记》之后仍有不少中译本。如1933年6月商务印书馆徐应昶节译本，1936年5月启明书局何君莲节译本，1948年8月永祥印书馆缩写本，等等。除了多种译本，《阿丽思漫游奇境记》还受到众多读者的喜爱。赵家璧13岁念高小时读了《阿丽思漫游奇境记》，就觉得该书"第一次打动了我的童心"，"第一个启发我去试探世界文学的宝藏"，并且"从这部书里，发见了另外一座天地"。③ 而语言学家陈原少年时着迷于赵元任先生翻译的《阿丽思漫游奇境记》，说在他的青少年时代，到处都是赵元任的影子。抛开这些，对于中国本土儿童文学来说，《阿丽思漫游奇境记》的意义还体现在中国化的仿写方面。在赵元任的译本出版六年之后，沈从文的《阿丽思中国游记》让赵元任的预言成为现实。此后，又出现了陈伯吹的《阿丽思小姐》。

---

① 叶圣陶：《文艺谈》，载叶圣陶：《叶圣陶论创作》，上海文艺出版社1982年版，第50页。
② 赵元任：《译者序》，载〔英〕加乐尔：《阿丽思漫游奇境记》，赵元任译，商务印书馆1931年版，第9页。
③ 赵家璧：《使我对文学发生兴趣的第一部书》，载郑振铎、傅东华编：《我与文学》（《文学》创刊一周年征文特辑），生活书店1934年版，第105—107页。

沈从文的《阿丽思中国游记》是中国儿童文学史上的第一部长篇童话，第一卷于1928年3月10日至6月10日在《新月》杂志连载，分为十章，原目如下：

序，第一章 她同那兔子绅士是怎样的通信，第二章 关于约翰·傩喜先生，第三章 那一本中国旅行指南，第四章 出发的情形，第五章 第一天的事，第六章 他们怎么样一次花了三十一块小费……

1928年7月该书由上海新月书店出版，原目中的《序》在书中处理为《后序》。第二卷发表于1928年7月10日—10月10日《新月》第1卷第5—8号。1928年12月由上海新月书店出版。

沈从文叙述了阿丽思和白兔先生（取名为傩喜）在中国游历的境况。沈从文在后序中说：

我先是很随便的把这题目捉来。因为我想写一点类乎《阿丽思漫游奇境记》的东西给我的妹看，让她看了好到妈面前去学学。是这样的无目的的写下来，所写的是我所引为半梦幻似的有趣味的事，只要足以给这良善的老人家在她烦恼中暂时把忧愁忘掉，我的工作就算是一种得意的工作了。谁知写到第四章，回头来看看，我已把这一只兔子变成一种中国式的人物了，同时我把阿丽思也写错了，对于前一种书一点不相关连，竟似乎是有意要借这一部名著来标榜我文章，而结果又离得如此很远很远，俨然如近来许多人把不拘什么文章放到一种时行的口号下大喊，根本又是老思想一样的。这只能认为我的失败。

我把到中国来的约翰·傩喜先生写成一种并不能逗小孩子笑的人物，而阿丽思小姐的天真在我笔下也失去了不少。这个坏处给我发现时，我几乎不敢再写下去。我不能把深一点的社会沉痛情形，融化到一种纯天真滑稽里，成为全无渣滓的东西，讽刺露骨乃所以成其为浅薄，我是当真想过另外起头的了。但不写不成。已经把这头子作好，就另外走一条路，我不敢自信会比这个为好。所有心上的非发泄不可的一些东西，又像没有法子使他融化到圆软一点。又想就是这样办，也许那个兔子同那个牧师女儿到中国来的所见到的就实在只有这些东西，所以仍然就写下来了。写得与前书无关，我只好在此申明一句，这书名算是借重，大致这比之于要一个名人题签，稍为性质不同吧。

……………

这还来附说一句，这本书，通计我写来花了整十天工夫，这日子的说明没有要人夸说我是什么天才的野心，倒只是怀着说出以后买我这书的老板因为所花时间短促就出低价的惧心；——"文丐"实在是免不了此。若有人正想从这方面、那方面、行为上、言语上找出我是一个足以寄托他的鄙薄的人，那么前面的一句话又实在是一种顶好证据了。

在这本我承认失败的创作上，我要介绍给其他愿意看我的文章的朋友们，是这个算我初写的一个长篇。这个长篇的试作，也许仍然可以说是值得一读的吧。①

《阿丽思中国游记》作为沈从文的第一部长篇作品，在沈从文的创作中有重要价值和地位，有研究者认为这部长篇是"理解租界体验对沈从文创作的影响，理解沈从文小说基本文化品格的标志性文本"。从这部作品开始，沈从文初步确立了都市乡村二元对立的叙事模式，开始对现代文明进行反思和批判，开始在文化身份上皈依苗族血统。② 尽管如此，作者本人却对这部作品不满意，因为创作基本偏离了《爱丽丝漫游奇境记》的美学旨趣。沈从文以梦中漫游的形式，让阿丽思踏上中国国土，在这个东方古国经历了各种悲惨景象。

虽然再革命十年，打十年的仗，换三打国务总理，换十五打军人首领，换一百次顶时髦的政治主义，换一万次顶好的口号，中国还是往日

---

① 沈从文：《〈阿丽思中国游记〉后序》，载《沈从文全集》第3卷，北岳文艺出版社2009年版，第3—7页。
② 李永东：《沈从文的小说创作与上海租界——解读〈阿丽思中国游记〉》，《中国现代文学研究丛刊》2006年第3期。

那个中国。中国情形之永久不会与哈卜君所说两样，也像是你身上那两种性格永远不会一样，不是你希望可以变。你既然承认你是两样性格，你就得相信中国情形不能在十年二十年就今昔不同。你以为中国凡是进步一点的地方，就要变，不再有求神保佑的作官人，不再有被随意杀头的学生，不再有把奴隶论斤转卖的行市，不再有类乎赌博的战争，不再有苍蝇同臭虫……[1]

《阿丽思中国游记》文中经常有这样对当时时政等现实问题的评述，沈从文说道："因为生活影响于心情，在我近来的病中，我把阿丽思又换了一种性格，却在一种论理颠倒的幻想中找到我创作的力量了。"[2] 也正因为生活影响着作家的创作心态，作家在描述阿丽思小姐中国游历的过程中，融入了相当篇幅的现实内容，包含太多直白的揭露和作家的论说。作家的矛盾、纠结形成文本的复杂性。关于这一文本的文体是小说，还是童话，该文本是否适宜于儿童阅读等都有诸多疑问。儿童文学界普遍将该作品纳入儿童文学范畴，在文体上视为童话，只是在评判的时候却选用了小说的艺术标准。如金燕玉在《中国童话史》中指出："沈从文的作品所描写的阿丽思和兔子约翰·傩喜在中国的游历，展开了五光十色的社会世相，全书贯穿着强烈的对中国文化负面和社会黑暗面的讽刺性批判，它的语言和内容都不是少年儿童所能理解的。"[3] 与此形成对照的是，成人文学界大多将该作品视为长篇小说，如北岳文艺出版社的《沈从文全集》，在第3卷中收录了《阿丽思中国游记》，归入小说文体，视为长篇小说。

《阿丽思漫游奇境记》中国化的另一例证是陈伯吹的《阿丽思小姐》，该文连载于1931年至1932年的《小学生》杂志。对于这部作品的创作，陈伯吹曾说："其时我正在业余习作，试写中篇童话《阿丽思小姐》。早年我读过《阿丽思漫游奇境记》。一个喜欢幻想，有点想象力的青年人，完全给这书

---

[1] 沈从文：《阿丽思中国游记》，载《沈从文全集》第3卷，北岳文艺出版社2009年版，第184页。
[2] 沈从文：《〈阿丽思中国游记〉第二卷的序》，载《沈从文全集》第3卷，北岳文艺出版社2009年版，第147页。
[3] 金燕玉：《中国童话史》，江苏少年儿童出版社1992年版，第271页。

的艺术感染力感染了,也在这篇童话作品的本身得到了启发。至此,象一台蒸汽机的引擎,推动了我那创作的冲动与欲望,满想通过笔尖勾画出天真烂漫、聪明活泼、却又勇敢机智的孩子的形象。"陈伯吹为阿丽思这个"天真烂漫、喜怒无常、却又聪明活泼、机智勇敢的十分可爱的姑娘"给吸引并感到激动,也就是说作家为原著中阿丽思天真烂漫形象所感染,激发了创作的欲望。他接着就构思让阿丽思"来半封建、半殖民地的中国看看,通过她的所见所闻,反映给中国的孩子们,让他们从艺术形象的折光中,认识自己的祖国面貌,该爱的爱,该憎的憎,什么是是,什么是非;然后考虑到何去何从,走自己应该走的道路"。在作者看来,这样的艺术安排,其分量已经够重了,唯恐自己力不胜任。但在写作过程中,尤其是1930年代的文化语境并没有给创作者一个超然的环境,当陈伯吹写到第十二节时,"九一八"事变爆发,听闻消息的陈伯吹认为:"这是多大的刺激,我再也不能循规蹈矩地按着原计划写下去了。"原本定位为正常的、健康的一普通女孩艺术形象,转而成为反抗强暴的"无畏的小战士"了。① 陈伯吹觉得"阿丽思应该从梦游中回到现实生活上来,从游戏生活的途中走上关心国家大事的生活漩涡里去,从浪漫主义转向现实主义"。②

为了让阿丽思成为"无畏的小战士",陈伯吹进行了细致的编织,首先是以阿丽思为主线串联许多现实事件,如抵制日货运动、爱国的十九路军将士的浴血奋战等都被一一写入童话。对于这一艺术处理,多年以后陈伯吹反省说这些描写仅仅依据新闻报道,缺少生活体验,以致内容粗浅,艺术性不强,作品不成熟,不免有"图解"之讥。这种说法,既体现了陈伯吹作为优秀创作者的自觉省思,又体现了特定时代语境下作家的矛盾和纠结,因为在三四十年代的创作大潮中,这样的选择是顺应历史趋向的。同时,就读者角度来说,很多读者对于这样现实事件的融入抱着欣赏理解的态度,甚至有读者写信指出作品没有顾及现实层面。在康同衍写给陈伯吹的信件中,有这样一番话:"您漏了一大段事实没有写上去。那就是:当阿丽思抵抗帝国主义

---

① 陈伯吹:《前言》,载陈伯吹:《阿丽思小姐》,湖南人民出版社1981年版,第5页。
② 陈伯吹:《蹩脚的"自画像"》,载叶圣陶、冰心等:《我和儿童文学》,少年儿童出版社1980年版,第31页。

的时候，没有看到群众抵抗的情形。说您不写群众吧，则又不然，后面——该书给小朋友借去了，无从指出哪一页，——明明是写着群众的。望先生在再出版的时候，把这伟大的事实补上去啊！不然，人家会误会这阿丽思是个人英雄主义者而不是新时代的英雄，这是很危险的。"[1]这封信中我们可以读解出两层意思：第一，阿丽思是一个新时代的英雄，而不是天真烂漫的儿童；第二，《阿丽思小姐》深受读者欢迎，曾在《小学生》连载。

其次，在《阿丽思小姐》中，作家将各种标签贴在昆虫身上，如有奸商米蛀虫，有瞌睡虫法官，有电灯公司经理萤博士，有诗人蝉儿，有相面算命虹虫，有流氓苍蝇等。文本中还融入大量时代性标语，如第十六章中阿丽思听了诗人蝉儿的音乐进入会场，舞台的两旁，满是标语："遵守秩序请勿喧哗""随地吐痰，有碍卫生""不准吸烟，预防火灾""任意小便，旁观不雅""长期抵抗，暂时退让""忍痛奏乐，毋忘国耻"。这些标语既有对儿童进行行为规范的用意，又有着与当时的政治形势的直白关联。

陈伯吹的《阿丽思小姐》于1933年1月由北新书局出版，赵景深为该书作序。吊诡的是，赵景深这位曾经译介过安徒生童话的作家，对该书的推荐却走向了功用的一面。他认为陈伯吹是极其关心孩子的，这本书最贴近孩子的生活，是一部好书，好在哪里呢？他认为该书教给孩子们各种各样的事情："怎样养成智慧，怎样修德，怎样作文，怎样修辞。"赵景深结合具体内容详述该书的好处，如要通过识名、思辨等来做聪明的孩子；通过书中内容学习应用文、记叙文的作法以及嘲讽、隐喻等修辞手法。陈伯吹偏离《阿丽思漫游奇境记》的"无意思之意思"（nonsense），选择实现文学的现实功用，其实是作家在当时中国的现实语境下责任感和使命感的体现。正是国难危机感驱使着作家日渐融入现实洪流，这也导致这部仿写之作距离原作的旨趣更远。

---

[1] 康同衍：《关于〈阿丽思小姐〉的信札》，载张黛芬、文秀明编：《陈伯吹研究专集》，少年儿童出版社1990年版，第289—290页。

第五章　反顾与省思：西方儿童文学中国化的检讨

对域外儿童文学影响的焦虑与中国传统资源的时代转换是交织在一起的。发生期儿童文学的发展，既要"洋为中用"，借鉴西方儿童文学的经验，又要"古为今用"，立足中国历史语境探求对传统资源的继承与发扬问题。T. S. 艾略特在《传统与个人才能》中对"传统"有过独到的论述："历史感不仅感知到了过去的过去性，也感知到了它的现在性；这种历史感迫使一个人不但用铭刻在心的他们那一代人的感觉去写作，而且他还会感到自荷马以来的整个欧洲文学以及处于这个整体之中的他自己国家的文学同时存在，组成了一个共存的秩序。这种历史感既是永恒感又是暂存感，还是永恒与暂存交织在一起的感觉，就是这种意识使一位作家成为传统的；与此同时，它使得一位作家敏锐地意识到他在时间中，在同时代诗人中的位置。"[①] 不难看出，在艾略特的认识中，"传统"首先"涉及一种历史感"，传统具有一种规约的力量，是一种"共存的秩序"，这种历史感与现代性的共存，规约着作家的创作。

中国文学发展的漫长历史和丰厚积累，对现代中国儿童文学的发生发展有着天然的规约作用。换言之，儿童文学的发生，是中国文学传统延续中的一种变更，这充分体现在儿童文学建设中对传统和民族资源的改编。文学传统在一定程度上成为中国儿童文学发生发展的滋养，但也潜移默化地影响着作家的创作姿态、文化使命等。中国儿童文学的发生，既是对中国文学传统的延续与更新，又行进在现代化的进程中，即中国儿童文学在西学东渐、世

---

① 〔英〕T. S. 艾略特：《传统与个人才能》，转引自〔英〕拉曼·塞尔登编：《文学批评理论：从柏拉图到现在》，刘象愚、陈永国等译，北京大学出版社2000年版，第438页。

界文学潮流汇入的大潮中转型和创造。陈思和提出20世纪之后中国文学发展的鲜明特征是"20世纪中国文学的世界性因素"。这些世界性因素与原有的文学传统冲击、碰撞、对话和交流，并最终融入中国文学的发展。"'五四运动'以后，外来思潮与本国世纪相结合的任务提到了历史的日程；'五四'时期同时涌入中国的各种外来思潮能否在中国生根，关键在于，是否适合中国社会的需要。"[1] 此番言论概括的是"五四运动"之后外来思潮在中国落地生根的命运，但如果将这一言论放置在中国文学发展历程中，同样适用。换言之，是否适合中国社会的需要也正是传统的历史感蔓延的一种表现。即在中国儿童文学的现代化进程中，要考虑哪些传统资源能够而且适合进行现代转换，不断对传统资源重新编码，并在这种重新阐释与创造性转化中实现自我主体的持续建构。

同时，一切历史都是当代史。晚清以降，历史感的任务之一还在于其深刻的现实意识。这种服务现实的历史感始终渗透在中国儿童文学发展的历程中。晚清时代，梁启超等人对儿童群体的重视，对儿童文学的倡导，其初衷在于关注和解决国家和民族的危机。到了"五四"时期，随着西方人类学、儿童心理学等思潮引进，终于掀起了"儿童本位论"的思潮。安徒生童话等西方儿童文学经典进入中国。但反观中国儿童文学的发展，即使是在"儿童本位论"倡导最激烈的"五四"时期，儿童文学的建设都不是纯粹的文学建设，而是与儿童问题紧密联系在一起。《新青年》杂志曾刊发征求"妇女问题"和"儿童问题"文章的启事。茅盾认为"五四"时代对儿童文学的关注，是将儿童文学和儿童问题联系起来的。据他回忆，1922年的时候，时任《新青年》的主编陈仲甫还在私人的谈话中，对当时儿童文学运动重视直译格林童话或安徒生童话，而忘记了"儿童文学"应该是"儿童问题"之一的做法表示不赞成。[2] 由此，中国儿童文学甫一诞生就深深扎根中国的现实，背负着服务国家民族的重任。在中国儿童文学建设的征程中，以文学来激励、唤醒国人，达成教化鼓动作用的尝试从未停歇。这种使命感和责任感一直贯穿于中国作家的创作，作家们主动学习西方儿童文学的同时，积极寻求

---

[1] 钱理群：《周作人论》，上海人民出版社1991年版，第81页。
[2] 江（茅盾）：《关于"儿童文学"》，《文学》1935年第4卷第2号。

适宜于中国土壤的文学表现形式。亦即，在中国儿童文学的发展进程中，儿童文学往何处走、儿童文学如何建设一直是核心问题。对西方儿童文学的考察与学习也一直以服从并服务于中国现实与文学发展的需求为目标。随着时代对文学需求的嬗变，原本作为优秀儿童文学的代名词和创作标杆的西方儿童文学，开始经受批判和质疑。作家们也从对域外经典膜拜、崇敬、赞誉，转向秉持"洋为中用"立场进行批判性吸收。这就决定了西方儿童文学的中国之旅注定充斥着中国化的改造与变异。

第一节 西方儿童文学中国化的意义及其局限性

西方儿童文学的译介和传播，从一开始就不是纯粹的文学建设，而是一项事关国难拯救、民族兴亡的重任。在飘摇动荡的晚清时局中，煎熬于西方列强欺凌与当局腐败无为，思想界、文化界和文学领域的知识分子纷纷以各种方式寻求救国救民的治国良方。邻国日本自明治维新之后学习西方进而国力日昌的事实，使得许多知识分子觉得效仿日本是一条可行的路径。"翻译活动是中日两国近代化的一种强大的推动力，翻译文化是近代文化的重要组成部分，是近代运动本身的一个重要侧面。"[①] 在西方儿童文学传播的同时，日本儿童文学作家作品、印度的泰戈尔、阿拉伯的《天方夜谭》等亚洲文学资源的译介在所有外来文学作品中占据了很大的比率，甚至因其对于中国国情的适用性，这些文学的传播在一定程度上挤压了对西方儿童文学的接受。

当时许多来华传教士建议中国效仿日本进行改革。如 1896 年，广学会出版了传教士林乐知翻译的《文学兴国策》。在该书的译序中，林乐知阐述了其翻译的动机："兹观是书，以美国之成法，行之于日本，业已明著大效矣。岂不可以日本之成效，转而望诸中国之人乎。吾知中国之贤士大夫，得是书而读之，当翻然变计，而知取法矣。"[②] 该书对康有为、梁启超等维新派发动文学改良运动产生了重要影响。梁启超曾说："日本自维新以后，锐意

[①] 王向远：《二十世纪中国的日本翻译文学史》，北京师范大学出版社 2003 年版，第 1 页。
[②] 〔日〕森有礼编：《文学兴国策》，任廷旭译，上海书店 2002 年版，第 5—6 页。

西学，所翻彼中之书，要者略备。其本国新著之书，亦多可观。"①

清末以降，张之洞、康有为、梁启超等维新派都主张从日文译书。张之洞就曾在《劝学篇》倡导留学日本，因为"东文近于中文，易通晓"。②康有为在《进呈〈日本明治变政考〉序》明确主张译日本书：

> 若因日本译书之成业，政法之成绩而妙用之，彼与我同文，则转译辑其成书，比其译欧美之文，事一而功万矣；彼与我同俗，则考其变政之次第，鉴其行事之得失，去其弊误，取其精华，在一转移间，而欧、美之新法，日本之良规，悉发现于我神州大陆矣。

他认为从日本译书比直接从西文译书要容易，通过日文译书是学习西方的便捷路径，为此奏请光绪皇帝译介日本图书：

> 臣考日本之事至久且详，睹前车之覆，至险可鉴；若采法其成效，治强又至易也。大抵欧美以三百年而造成治体，日本效欧美，以三十年而摹成治体。若以中国之广土众民，近采日本，三年而宏规成，五年而条理备，八年而成效举，十年而霸图定矣。臣荷皇上非常之知，筹为中国自强之计，未有过此。皇上若采臣言，中国之治强，可计日而待也。臣昔译集日本群书，但割取明治变政之事，编辑成记。③

梁启超本人对这种借助日本为中介的译介有过坦率的分析："戊戌政变，继以庚子拳祸，清室衰微益暴露……青年学子，相率求学海外，而日本以接境故，赴者尤众。壬寅癸卯间，译述之业特盛；定期出版之杂志不下数十种。日本每一新书出，译者动数家；新思想之输入，如火如荼矣。然皆所谓'梁启超式'的输入，无组织，无选择，本末不具，派别不明，惟以多为贵。

---

① 梁启超：《论译书》，载《梁启超全集》，北京出版社 1999 年版，第 46 页。
② 张之洞：《劝学篇·外篇》，中华书局 1991 年版，第 5—6 页。
③ 康有为：《进呈〈日本明治变政考〉序》，载康有为：《康有为散文》，乔继常选编，上海科学技术文献出版社 2013 年版，第 167—168 页。

而社会亦欢迎之；盖如久处灾区之民，草根木皮，冻雀腐鼠，罔不甘之，朵颐大嚼；其能消化与否不问，能无召病与否更不问也，而亦实无卫生良品足以为代。"[1]梁启超分明看到了这番轰轰烈烈翻译背后的诸多问题，如能否"消化"，能否"治病"等。

王国维也曾对这种以日本为中介的"西学东渐"有过精辟的洞察，在他看来，"言语者，思想之代表也，故新思想之输入，即新言语输入之意味也"。而对当时通过日文这一媒介输入西洋学术的情况，他概括为"混混之势"："十年以前，西洋学术之输入，限于形而下学之方面，故虽有新字新语，于文学上尚未有显著之影响也。数年以来，形上之学渐入于中国，而又有一日本焉，为之中间之驿骑，于是日本所造译西语之汉文，以混混之势，而侵入我国之文学界。好奇者滥用之，泥古者唾弃之，二者皆非也。"[2]可以说，西洋思想文化大多经由日本传入中国，日本是中国向西方学习的重要中介。日本文学资源直接成为清末以来中国儿童文学建设的重要参照。

一 日本儿童文学的译介

在晚清科学小说翻译的浪潮中，日本押川春浪的《空中飞艇》《秘密电光艇》《千年后之世界》，菊池幽芳的《电术奇谈》等作品纷纷被引进。尽管从严格意义来说，这些小说并非专为儿童创作，如《空中飞艇》采用才子佳人的结构："是书以科学之思想为主脑，复以才子佳人之事组织之，遂觉结构新奇，一洗陈腐。译笔雅驯修洁，尤觉豁目。"[3]冒险小说方面，有渡边的《世界一周》、押川春浪的《侠女郎》、樱井彦一郎的《朽木舟》等。这些冒险小说和《鲁滨逊漂流记》一道，倡导冒险精神，鼓吹冒险的自由意志。此外，日本儿童文学的优秀作家，如小川未明、坪田让治、滨田广介等人的作品自晚清就传入中国。

---

[1] 梁启超：《清代学术概论》，夏晓虹点校，中国人民大学出版社2004年版，第218页。
[2] 王国维：《论新学语之输入》，载王国维：《王国维散文》，乔继堂选编，上海科学技术文献出版社2013年版，第40页。
[3] 转引自马祖毅：《中国翻译史》上卷，湖北教育出版社2006年版，第707页。

除却上述译介活动，在清末逐渐兴起的各类儿童启蒙报刊，不少都以日本文学资源为主要内容，如《蒙学报》。该报刊创办于1897年，叶瀚、汪康年、曾广铨等人创办并编撰。梁启超曾为该报和《演义报》作过合叙，认为"教小学教愚民，实为今日救中国第一义"。[①]该报以儿童的道德规范教育、知识传授等为主要内容。该报第一期到第六期刊载的东文读本书，就是从日本的儿童书中选译的内容，第一期有对来源的说明，"东文报译，日本古城贞吉译，小学初等读本书之一"。第六期所载的"本馆告白"的"来书总覆"中进一步指出："东文读本修身各一比均有专图，本报系照原图移绘，译人古城贞吉君亦先标明签识，查无贻误，当按期阐发，力求明显。"译自日文的内容还有东文修身书、史学类中的东文儿童笑话。在当时的启蒙语境下，日本的经验很受重视。如《蒙学报》第二期刊出的"会友博议"就有读者来信："周君杰臣等赠书来函而文理又须浅而易明，使读者心领神会则风气定为之一变……日本自明治维新变政以来各种书籍日新而月异，今中国若广译日本各新书则事半功倍大有益也。"

　　晚清到民国初年，日本儿童文学译介持续发酵，到了"五四"时期，日本儿童文学译介呈现繁荣局面，这种状况一直持续到抗日战争的爆发。抗战之后，日本儿童文学的译介转入低谷。李丽曾对1911年至1949年间儿童文学翻译作品的地域和国家分布进行了统计，其结果如下，从洲际分布来说，所翻译的欧洲作品的数量最多，占总数量的74.3%（342/460）；其次是美洲，占15%（69/460）。从各洲的具体情况来看，在亚洲、欧洲和美洲中，居于首位的分别是日本、苏联（俄国）和美国，占各洲翻译作品总数的比例分别是33.3%（16/48），31.9%（109/342）和78.3%（54/69）。[②]以《小说月报》来说，当时《小说月报》对西方儿童文学经典的介绍和翻译不遗余力，可是从翻译所占的比率来说，日本儿童文学的数量远甚于英美。小川未明、宫泽贤治等人的童话都大量进入中国。仅就张晓天的小川未明、秋田雨雀的文学翻译来说，其数量就十分庞大。张晓天翻译的小川未明创作，有《蜘蛛与草

---

① 梁启超：《〈蒙学报〉〈演义报〉合叙》，载《梁启超全集》，北京出版社1999年版，第131页。
② 李丽：《生成与接受：中国儿童文学翻译研究（1898—1949）》，湖北人民出版社2010年版，第28—29页。

花》《懒惰老人的来世》《兔的衣服》《鱼和天鹅》。1932年，上海新中国书局结集出版了《红雀》《鱼与天鹅》《雪上老人》等小川未明童话集。张晓天撰文《介绍小川未明：关于他的童话》《小川未明童话文学论》，对小川未明的童话创作成就、特色等进行介绍。

除却日本儿童文学的译介，日语还是西方儿童文学进入中国的重要媒介。许多西方儿童文学进入国人译介的视野，是因其已被译为日文，而从日文转译相对容易操作。梁启超的《十五小豪杰》、包天笑的《馨儿就学记》、夏丏尊的《爱的教育》等影响一时的重要作品都有转译的经历。卢梭的《爱弥儿》也是依据日译本引入。此外，许多重要的儿童文学丛书也是直接从日文引进，如中华书局出版、许达年等翻译的"世界童话丛书"就是一套规模可观的童话丛书，涵盖了《埃及童话集》《德国童话集》《法国童话集》等十多种童话集，出版时间从1933年持续到1940年前后。这一套囊括世界各国主要童话，呈现童话整体面貌的重要丛书却是由日本人整理辑录，中华书局从日文转译的。

二　儿童文学理论经由日本传入中国

对中国儿童文学发生来说，日本是西方儿童文学理论进入中国的重要中转站，包括儿童观等事关中国儿童文学发生的重要理论资源，很多都是从日文转译。

作为儿童文学理论、翻译建设的先驱，周作人对儿童文学的倡导就与日本文化有着深厚的渊源。1906年9月，周作人随鲁迅赴日留学。在长达五年的留学生涯中，周作人对日本当时的儿童学、民俗学以及儿童文学相关领域的知识产生了浓厚的兴趣，阅读了《日本童谣集》《儿童学纲要》《儿童研究》以及《歌咏儿童的文学》等理论资料。"我在东京时，得到高岛平三郎编的《歌咏儿童的文学》及所著《儿童研究》，才对于这方面感到兴趣，其时儿童学在日本也刚开始发展。"[1] 深受日本文化的滋养，周作人撰写了《童

---

[1] 周作人：《苦茶——周作人回想录》，敦煌文艺出版社1995年版，第539页。

话略论》《童话研究》《古童话释义》等一系列文章，并致力于中国儿童文学理论园地的垦拓。除了这些直接以儿童文学为论述核心的文章，周作人还介绍了游戏、玩具等与儿童生活相关的文化。如翻译的黑田朋信的《游戏与教育》，据天沼匏村所著《关于玩具》和长滨宗估的《小儿养育之心得》等书节译的《玩具研究》，还有据新井道太郎的《小儿恶戏与争斗》翻译的《小儿争斗之研究》等。这些文章与其后来倡导的儿童本位论观念有着深厚渊源。如《游戏与教育》中洞见游戏在儿童期的重要性，倡导一种趣味教育："小儿生活中，游戏一事占其太半，苟视小儿行动，即可知之，无待繁证。小儿自朝起以至夜卧，舍食与游外，更无所事，故其教育亦不可不于游戏中行之。若或欲去其游戏，别施教育，则为大谬，是盖由对于教育之误解而来。"① 这种对小儿无所事事游戏状态的描述与理解，是对于儿童期特定生命状态的可贵认知。

周作人所宣扬的进步儿童观的底蕴里，明显受到了日本"白桦派"的人道主义思想的影响。周作人的童话理论的基石——安德鲁·朗的人类学观点，也是通过日本这一桥梁取得的。日本民俗学者柳田国男的民俗学方法也对周作人有深刻影响。② 鲁迅也曾从日文翻译过上野阳一关于儿童社会教育、艺术教育的论文，如《艺术玩赏之教育》《社会教育与趣味》《儿童之好奇心》等。这些关于儿童心理和文学观念的文论，深刻影响了周氏兄弟的儿童文学观念，《狂人日记》中"救救孩子"的呼号，《我们现在怎样做父亲》等重要文论多能见出这种影响。

正因为日本文化对中国儿童文学发生的持续影响，周作人曾坦言"那时中国模仿日本已经发刊童话了"。③ 而在1922年，周作人与赵景深通信讨论童话时，明确指出童话这个名称是从日本来的："童话这个名称，据我知道，是从日本来的。中国唐朝的《诺皋记》里虽然记录着很好的童话，却没有什么特别的名称。18世纪日本小说家山东京传在《骨董集》里才用童话这两个字，曲亭马琴在《燕石杂志》及《玄同放言》中又发表许多童话的考证，于

---

① 〔日〕黑田朋信：《游戏与教育》，启明（周作人）译，《绍兴县教育会月刊》1913年第2号。
② 朱自强：《日本儿童文学论》，二十一世纪出版社2016年版，第322页。
③ 周作人：《周作人回忆录》，湖南人民出版社1982年版，第375页。

是这名称可说已完全确定了。"① 这是对中日儿童文学交流的一种论述。1994年，朱自强撰文《"童话"词源考——中日儿童文学早年关系侧证》，更是翔实考察了"童话"一词的来源，考证了该词在日语中出现的时间，在日本出版物中的百年轨迹等。这种文献学的实证研究，细致展示了日本文学对诞生期中国儿童文学的影响。在文学观念影响的同时，当时日本的理论论著也得到翻译，主要有芦谷重长的《世界童话研究》（黄源译，华通书店 1930 年版），松村武雄的《童话与儿童的研究》（钟子岩译，开明书店 1935 年版）。

日本文学之外，阿拉伯民间故事集《一千零一夜》为代表的亚洲儿童文学资源在当时得到译介，并对萌蘖中的中国现代儿童文学产生了一定的影响。1900 年，周桂笙翻译的《新庵谐初编》就是最早的《一千零一夜》的单行本。严复在译述的约翰·穆勒的逻辑学名著《穆勒名学》的按语中，译介了《一千零一夜》的主要内容，说明了其书名的来历，肯定此书在世界文学史上的地位。按语写道："《天方夜谭》不知何人所著。……其书为各国传译，名《一千零一夜》。《天方夜谭》诚古今绝作也，且其书多议四城（指亚历山大城、巴格达、开罗、大马士革）回部制度、风俗、教理、民情之事，故为通人所重也。"② 孟昭毅、张乌兰在《〈一千零一夜〉在中国的研究史》中概述了《一千零一夜》的译介和传播情况：20 世纪初的清末，中国知识分子开始翻译《一千零一夜》的某些故事，渐成潮流，当时不断出现《一千零一夜》的中译本，有单行本，也有连载于刊物的，这些译本大多是从英译本转译过来的。1911 年至 1949 年民国时期，在新文化运动和"五四"运动成果的滋养下，《一千零一夜》的翻译工作也很活跃，出版地集中在上海。《一千零一夜》译本从文言到白话的过渡在这一时期基本完成，并且读者也越来越多，除了汉译本，还出现了一些带有评介研究性序文和跋文的《一千零一夜》，以及各种外文注释本和纯外文本。如 1936 年上海启明书局出版的方正译述的《天方夜谭》，1940 年代商务印书馆出版的纳兰翻译的《一千零一夜》五卷等。③

---

① 赵景深、周作人：《童话的讨论》，载赵景深编：《童话评论》，新文化书社 1934 年版，第 67 页。
② 〔英〕约翰·穆勒：《穆勒名学》，严复译，商务印书馆 1981 年版，第 31—32 页。
③ 参见孟昭毅、张乌兰：《〈一千零一夜〉在中国的研究史》，载《比较文学与文化研究丛刊》第 2 辑，中央编译出版社 2015 年版。

印度泰戈尔的创作，在"五四"前后对儿童文学作家有广泛影响。他的《新月集》以其唯美诗意的特质与儿童产生天然的契合。《新月集》被郑振铎誉为是"一部叙述儿童心理、儿童生活的最好的诗歌集"。郑振铎说他喜欢《新月集》正如喜欢安徒生童话一样，《新月集》有一种"不可测的魔力"，能"把我们从怀疑贪望的成人的世界，带到秀嫩天真的儿童的新月之国里去"。[1] 冰心直言不讳地道出对泰戈尔的喜爱："泰戈尔是我青年时代所最爱慕的外国诗人……他的诗中喷溢着他对于祖国的热恋，对于妇女的同情和对于儿童的喜爱。"泰戈尔的诗使冰心"游历了他的美丽富饶的国土，认识了他的坚韧温柔的妇女，接触了他的天真活泼的儿童"[2]。源于对泰戈尔创作的认同，冰心的创作也有着明显的泰戈尔印迹："我自己写《繁星》和《春水》的时候，并不是在写诗，只是受了泰戈尔《飞鸟集》的影响，把自己许多零碎的思想，收集在一个集子里而已。"[3] 这些东方文学在中国的传播和接受，成为西方儿童文学中国化的重要补充。

第二节　西方儿童文学经典的张力与中国现代儿童文学的现实走向

西方儿童文学经典的译介，让一度闭关锁国的国人见识了儿童文学经典的魅力。安徒生童话、格林童话、《爱丽丝漫游奇境记》、《木偶奇遇记》等不同时段的经典，成为中国儿童的精神食粮，更是启蒙与引导文学新人走上儿童文学创作道路的重要"恩物"。许多致力于儿童文学创作和翻译的作家，最初萌生对儿童文学的热爱都源于童年对西方儿童文学的阅读。陈原说："如果说我童年因为读了一大堆中华、商务版的各国童话故事，使我知道有大人国，小人国，白雪公主，七个小矮人等童话世界，那么到少年时代，开明的这两

---

[1] 郑振铎：《〈新月集〉译者自序》，载《郑振铎全集》第二十卷，花山文艺出版社1998年版，第3页。
[2] 冰心：《〈泰戈尔诗选〉译者序》，载〔印度〕泰戈尔：《泰戈尔诗选·吉檀迦利·园丁集》，冰心译，湖南人民出版社1982年版，第1页。
[3] 冰心：《我是怎样写〈繁星〉和〈春水〉的》，《诗刊》1959年第4期。

本书《木偶奇遇记》(徐调孚译)和《吉诃德先生传》(节本)则开始诱导我进入外国文学的现实世界。那时脍炙人口的《爱的教育》(夏丏尊译)和《宝岛》(顾均正译),我也读了,也不如前面两本对我那么有启发。"①顾均正也深情地喟叹:"就由于安徒生童话的嗜读,总引起我们对于儿童文学的兴趣,因而坚定我们从事的决心,可纪念的安徒生童话啊。"②翻译大家任溶溶回忆自己的翻译是源于少年时期对苏联儿童文学作品的热爱,那些作品在他眼前展现了一个新世界,促使他"开始打算翻译苏联儿童文学作品"③。在域外经典儿童文学的滋养下,曾经的文学少年成长为中国儿童文学创作、出版、翻译的中坚力量。

"中国儿童文学不是纯粹的,它有异邦的血统。"中国首位获得国际安徒生文学奖的作家曹文轩,曾以《对于中国儿童文学来说,安徒生恩重如山》为题,深情论述安徒生对中国儿童文学的深远影响,他认为安徒生是中国儿童文学的重要"源头":中国儿童文学的许多特质,都与安徒生童话有着隐形的关系……对于中国儿童文学来说,安徒生恩重如山。中国儿童文学的浩荡大河的源头之一就是安徒生。中国儿童文学的躯体里流淌着安徒生的血液。这鲜艳而纯净的血,在漫长的时间里,一直在滋润着中国儿童文学……④正是以安徒生及其童话为代表的域外儿童文学优秀作家和作品的持续而深入的影响,才形成早期儿童文学作品相对鲜明的学习痕迹。

"五四"前后致力于儿童文学写作的不少作家,都有从事翻译的实践经验。赵景深曾在《妇女杂志》刊载安徒生童话的系列译作,在译介的同时,他还尝试童话创作。1933年北新书局出版了他的《小朋友童话》,其例言中直接表明创作是受到安徒生的影响:"本书凡童话八篇,系赵景深先生一九二二年——一九二三年间之创作。斯时赵先生正努力于移译安徒生童

---

① 陈原:《我与开明书店》,载中国出版工作者协会编:《我与开明》,中国青年出版社1985年版,第9页。
② 顾均正:《付印题记》,载〔丹〕安徒生:《夜莺》,顾均正译,开明书店1933年版,第1页。
③ 任溶溶:《我叫任溶溶,我又不叫任溶溶》,载叶圣陶、冰心等:《我和儿童文学》,少年儿童出版社1980年版,第233页。
④ 曹文轩:《对于中国儿童文学来说,安徒生恩重如山》,《湖南科技学院学报》2005年第3期。

话，故行文每多受此丹麦先哲之影响。"① 赵景深的童话创作与安徒生翻译是一个时段进行的，所以他的创作有着明显的安徒生影响之痕迹。

　　作家的创作深受安徒生的影响，赵景深现象并非个例。"五四"前后，在域外儿童文学启迪之下的创作者，其作品不少均有着明显的安徒生之风格。叶圣陶就是有力的例证。叶圣陶坦言，他的创作受益于西方儿童文学经典的引领。换言之，在西方儿童文学影响下走上儿童文学创作的作家中，叶圣陶可谓最典型的一位，其原因有三方面：首先，叶圣陶坦言他的创作受益于西方儿童文学经典的引领，当时格林童话、安徒生童话、王尔德童话等陆续翻译出版。作为小学教员的叶圣陶就注意到了这种适宜儿童阅读的文学形式，并萌生了尝试创作的念头。加上时任《儿童世界》主编的郑振铎的约稿，于是就有了《小白船》《芳儿的梦》《稻草人》等童话创作。② 其次，在"五四"前后儿童文学的创作发展中，叶圣陶是很典型的一位。他应郑振铎之邀刊发在《儿童世界》的一批童话后来结集出版为《稻草人》，该书成为儿童文学发生期第一部童话集，被鲁迅赞誉是给中国的童话开了一条自己的创作道路。③ 而在儿童文学批评史上，一些评论者将叶圣陶尊奉为现实主义童话的开山鼻祖，④ 认为《稻草人》在中国现代儿童文学史上高扬了现实主义的旗帜，是"儿童社会学派"的代表作，并且以"稻草人主义"来标示该流派，指出"'稻草人主义'的实质是现实主义，崇尚'稻草人主义'的作家所刻意追求的是直面人生，拥抱真实，注重社会批判的现实主义精神"。⑤ 而有的论者却指出，叶圣陶的童话开辟的不是现实主义童话的创作之路，而是中国诗意童话的源头。他的童话秉持着"美而不真"的唯美原则，着力塑造了一种理想的意境。⑥ 姑且不论这些论说是否合理，但由此足见叶圣陶及其《稻草人》在中国儿童文学史占有一席之地。最后，也是最重要的，《稻

---

① 赵景深：《小朋友童话》，北新书局1933年版，第1页。
② 叶圣陶：《我和儿童文学》，载叶圣陶、冰心等：《我和儿童文学》，少年儿童出版社1980年版，第1—2页。
③ 鲁迅：《〈表〉译者的话》，《译文》1935年第2卷第1期。
④ 蒋风主编：《中国现代儿童文学史》，河北教育出版社1987年版，第78页。
⑤ 王泉根：《儿童文学的审美指令》，湖北少年儿童出版社1991年版，第115页。
⑥ 吴其南：《中国童话史》，河北少年儿童出版社1992年版，第179页。

草人》的创作,昭示了在西方儿童文学经典影响下,中国儿童文学审美的自觉。叶圣陶是中国儿童文学现实主义走向的启示者,叶圣陶在童话创作上的自省、两难和最后的选择,典型地反映了中国儿童文学在西方儿童文学经典的影响下的一种审美选择。

一 叶圣陶创作的两难和《稻草人》的文本世界

1921年11月15日,叶圣陶创作了第一篇童话《小白船》,此后便文思泉涌,16、17日接着写了《傻子》和《燕子》;隔了两天,在20日又写了《一粒种子》。半个多世纪以后,在《我和儿童文学》一文中,叶圣陶感慨地回忆道:"不到一个星期写了四篇童话,我自己也不敢相信了。这种情形不止一次,那一年十二月二十五日到三十日,也是六天,写了《地球》《芳儿的梦》《新的表》《梧桐子》《大喉咙》,一共五篇。"[①] 这九篇喷涌而出、一气呵成的童话,加上1922年创作的十四篇童话,合集为《稻草人》,于1923年11月,由上海商务印书馆出版。《稻草人》的创作过程,是本土儿童文学在学习西方经典过程中依据本土文化语境进行转化与创造的有益尝试。

《稻草人》的文本世界并不是一个和谐统一的、一元的世界。叶圣陶从1921年11月15日到1922年6月7日期间创作的几篇童话,就存在着极为显著的差异。有作者的自述为证:"《稻草人》这本集子中的二十三篇童话,前后不大一致,当时自己并不觉得,只在有点什么感触,认为可以写成童话的时候,就把它写了出来。我只管这样一篇接一篇地写,有的朋友却来提醒我了,说我一连有好些篇,写的都是实际的社会生活,越来越不像童话了,那么凄凄惨惨的,离开美丽的童话境界太遥远了。经朋友一说,我自己也觉察到了。"作者在此极为明了地袒露了《稻草人》文本世界的不协调。朋友的提醒与叶圣陶在1922年1月14日写给郑振铎的信中陈述的感觉相吻合。"今又呈一童话,不识嫌其太不近于'童'否?"查阅叶圣陶的创作,《富翁》于1922年1月9日写毕,《鲤鱼的遇险》于1922年1月14日写毕,作

[①] 叶圣陶:《我和儿童文学》,载叶圣陶、冰心等:《我和儿童文学》,少年儿童出版社1980年版,第3页。

者"不近于'童'否"的担忧很可能就与这两篇童话相关，甚至就是《鲤鱼的遇险》一篇。"但是有什么办法呢？生活在那个时代，我感受到的就是这些嘛。"① 顺应时代和自我的感觉，在以后的创作中，叶圣陶甚至加强了这种现实的倾向。郑振铎在《〈稻草人〉序》中，将《鲤鱼的遇险》这类创作归为中间阶段，即"不自禁地融化了许多'成人的悲哀'在里面"，但是"还想把'童心'来完成人世间所永不能完成的完满的结局"。② 除《鲤鱼的遇险》之外，还有《一粒种子》《大喉咙》《旅行家》《眼泪》，甚至还包括《画眉》《克宜的经历》《祥哥的胡琴》。

连接中间阶段的开始阶段和第三阶段，是差别较大、风格迥异，具有极端倾向的两类创作。开始阶段，如《小白船》《燕子》《芳儿的梦》《梧桐子》等，作家沉浸在孩提的梦中，并想把这种美丽的梦境表现在纸上，试图构筑"一个美丽的童话的人生，一个儿童的天真的国土"，所以与现实的联系相对疏远。但是不可否认，这些纯粹的儿童的"美丽的梦境"是对"五四"时期"儿童本位"原则的真诚实践，也是叶圣陶自觉为"最可宝爱者"创作这一创作初衷的文字展现，是真正现代意义上的中国童话的最初尝试。作为叶圣陶童话创作的第三阶段的作品，也即为他赢得现实主义奠基人美誉的作品，如《快乐的人》《稻草人》，笼罩的是一片灰暗，"悲哀已造极顶，即他所信的田野的乐园此时也已摧残"。③

当然，这样的概述还不足以清晰地呈现《稻草人》前后思想和感情倾向的转变。笔者试图从《稻草人》中抽取三个创作时期中共同描绘的一个对象：鱼儿，并从鱼儿的三种不同命运中，揭示作者创作风格的转向和《稻草人》文本世界的递进层次。

在《小白船》中，作者赞颂田野的美丽、多趣，展现的是"将来的田野"。《小白船》开头第一句话，"一条小溪是各种可爱的东西的家"，就将我们引入优美平和的境地，在这片"将来的田野"里，各种生物都得以自由

---

① 叶圣陶：《我和儿童文学》，载叶圣陶、冰心等：《我和儿童文学》，少年儿童出版社1980年版，第5页。
② 郑振铎：《〈稻草人〉序》，《文学周报》1923年第92期。
③ 郑振铎：《〈稻草人〉序》，《文学周报》1923年第92期。

地舒展生命："水面上有极细微的声音，是鱼儿在奏乐，他们会用他们特别的方法奏出奇妙的音乐来：'拨剌……拨剌'好听极了。他们邀请小红花跟他们一起跳舞；绿萍要炫耀自己的美丽的衣服，也跟了上来。"祥和、谐趣的田野风光中，鱼儿畅快地嬉戏游玩，伴随他们的是"活泼美丽的小孩儿"。一条小白船载着天真无邪的孩子随风漂荡，任意东西，即使迷路了，也有善良的人来帮助。"小孩儿"与鱼儿融洽相处，互不侵犯，共同营造着优美、诗意的童话境界。这方天地里洋溢的是真、善和纯洁，表现着作家对理想的、和谐的、充满真诚与爱意的人生的追求，颇有几分浪漫的气息。

  同为鱼儿，到了《鲤鱼的遇险》就有了不同的境遇。尽管也曾有过唱着赞美的歌，"非常轻松，非常快活"的时光，但是不久它们便遭遇了鸬鹚的袭击与骚扰，先前的幸福一扫而光。从此"恐惧和忧虑充满了鲤鱼们的心"，平静而美丽的小河成了可怕的地狱。只是作者并未沉入现实的痛苦和悲哀，而是感叹着"整个世界早就变了。咱们造的什么孽，碰上了这个可怕的世界"，努力修筑逃遁可怕现实的救赎之路。鲤鱼们以眼泪润湿自己，继而泪水不停地流，流满了木桶，流满了船舱，漂起了木桶，最终使鲤鱼回到可爱的家。可以看出，作者尽管描写了现实的残酷，但是仍为文章安排了一个欢乐的结尾，以此来传达心中尚存的一丝理想和浪漫。"它们想，在这个应当诅咒的世界里，居然能够靠自己的泪水来挽救自己，这就不能说在这个世界里已经没有欢乐的幼芽了。"作者对现实仍存有希望，不忍将自己的童话封闭在绝望的黑暗中，仍在奋力开启迎接光明的窗子。

  如果说鱼儿在《小白船》中感受到的是有着理想之光的照耀，明媚晴朗又可以自由歌唱的生活；《鲤鱼的遇险》中则表现的是受到现实压迫，理想之光被吞噬，将近黄昏日暮、希望渐趋渺茫的挣扎和呻吟；而《稻草人》呈现的就是理想之光隐退后的"夜间的风景和情形"，眼前是坠入黑暗深渊、希望湮灭的沉沦的暗夜。虫子毫不留情地吞食农妇赖以生存的稻谷，母亲穷于谋生而无暇顾及病危的儿子，另一个女人则在丈夫的凌辱下，趁着夜色投河自尽。在这种阴郁、惨淡的环境中，鱼儿的命运可想而知。"木桶里的水很少，鲫鱼躺在桶底上"，鲫鱼很难受，想逃开，几经努力都失败，反倒摔得很疼。无奈之中向稻草人求救，但是遍览苦难的人间景象的稻草人，空有同情之心却柔弱无能。"我应该自己干,想法子,不成也不过一死罢了,这又算得了什么?"鲫鱼努力的结果是僵死在木桶里,永远回不到希冀的家园。"天哪,快亮吧!农人们快起来吧!"稻草人的祈祷,在沉沦的暗夜里是如此苍白无力。他所感受到的现实最终使他倒在田地中间。作者淋漓尽致地描绘了苦难的现实,先前美好的、带有理想色彩的期望在现实的景象中轰然逝去。"所谓美丽的童话的人生在哪里可以找到呢?现实的人世间,哪里可以实现'美丽的童话的人生'呢?"[1]叶圣陶对于人世间的希望便随着稻草人的倒塌而灰飞烟灭。

通过鱼儿的三种命运,我们窥探到了叶圣陶童话创作的思想和情感倾向。《稻草人》童话集中的23篇作品,呈现出殊异的两种风格,这也是文本所呈现给我们的状态:有诗意、唯美的表现,有理想的追求;也有冷峻、现实的描绘,更有对于苦难的控诉。《稻草人》中诸文本的多元性决定了我们不能简单地以"诗意童话"或"现实主义童话"对其予以涵盖。而应当顺应或尊重文本的特性,我们既要去关注《稻草人》后期的现实主义精神,又要去体悟前期诗意理想的气质,因为这才是《稻草人》的全部内涵与本真存在。

人们对《稻草人》的解读过程中不免有各自偏好的见解,尤其是后期那些现实主义精神昭然的作品,更合乎文学历史流程的主潮。它所显现的对现实苦难的控诉,对受难生命的关切,更直接地与中国社会情况契合。但是,在评判一部作品的文学价值与意义时,却不能只片面地挖掘其为我所用的一面,而忽视或否认其个性与艺术魅力的另一面。

因此,在客观描述《稻草人》的文本世界之后,笔者既不把叶圣陶框定于"现实主义",也不将之放置在单纯的"诗意童话"中,而是视他为"中国儿童文学的预示者",他的创作转向预示了中国儿童文学发展的趋势,无论是现实主义风格还是优美抒情风格的创作都可以从《稻草人》中找到最初的精神源头。《稻草人》文本的多样性预演了此后儿童文学发展的多样可能与多元丰富和繁荣。叶圣陶创作中的矛盾心态和两难选择,代表了典型的中国儿童文学作家在现实困顿中的困扰和犹豫。基于现实的创作背景,作

---

[1] 郑振铎:《〈稻草人〉序》,《文学周报》1923年第92期。

家的创作总是钟摆一样摇摆于"理想""儿童本位""情趣"的一端与"现实""教育""效用"的另一端。因为现实历史流淌的河床并未给儿童文学冲刷出容纳纯"游戏""幻想""审美"的儿童本位的沙滩。儿童文学只能在现实的波涛中沉浮，间或有几朵珍贵的浪花映射了理想的景致。

叶圣陶的典型性还在于他以个人的创作转向表征了整个儿童文学在此后半个多世纪的选择与走向，即不断被加强的现实主义潮流，在这一点上，他不愧为感知时代的敏锐的"海燕"。为了显示叶圣陶这位中国儿童文学预示者的业绩和儿童文学在发轫期的蓬勃生机，有必要拾取他创作中长期被忽视的另一维，予以审美的关注和挖掘。

叶圣陶原载《晨报》副刊 1921 年 3 月 5 日至 6 月 25 日的四十则《文艺谈》，就有许多极为独到而精辟的论述。他观察到，儿童心里无不有一种浓厚的感情燃烧似的倾露。儿童对文艺、文艺的灵魂——感情——有着极热望的要求，情愿相与融合混合为一体，所以"为最可爱的后来者着想，为将来的世界着想，赶紧创作适合儿童的文艺品，总该列为重要事件之一"，在创作中"对准儿童内发的感情而为之响应，使益丰富而纯美"。①在《文艺谈》之八中，他更是明确地提出"儿童的文艺里更须有一种质素，其作用和教训不同，就是感情"，"教训之于儿童，冷酷而疏远。感情于儿童，则有共鸣似的作用"。张扬感情在儿童文艺中的重要性的同时，叶圣陶还十分重视儿童文学作品中的想象，"儿童文艺里须含有儿童的想象和感情"。他认为"儿童初入世界一切都于他们是新鲜而奇异，他们必定有种种想象，和成人绝对不同的想象……文艺家于此等处若能深深体会，写入文章，这是何等地美妙"。②

有了这样从容、浑厚的积累，叶圣陶选择了 1921 年 11 月 15 日作为《小白船》的诞辰。在感情与想象双桨的推动下，在为儿童创作的自觉意识的引导下，小白船行走穿梭于充溢着爱、美、善的水域中，吟唱一曲曲充盈着童心、理想、自然的赞歌。作者试图用优美的童话去陶冶儿童，使他们永远保持纯洁无瑕的心灵，使"受之者必能富有高尚纯美的感情"。

---

① 叶圣陶：《文艺谈》，载叶圣陶：《叶圣陶论创作》，上海文艺出版社 1982 年版，第 140 页。
② 叶圣陶：《文艺谈》，载叶圣陶：《叶圣陶论创作》，上海文艺出版社 1982 年版，第 17 页。

在这个儿童的天真的国土里，大自然中的一切都是为最活泼可爱的儿童造就的，《小白船》的三个问题就是对此的集中体现。"鸟为什么要歌唱？""要唱给爱他们的人听。""花为什么芳香？""芳香就是善，花是善的符号。""为什么小白船是你们所乘的？""因为我们纯洁，唯有小白船合配装载。"尽管这样点明题旨有些生硬和流于说教，但是作为现代儿童文学走上自觉之后的最初尝试，作家有这样的情怀仍是令人敬佩的，它以童话形式传达出对儿童生命状态的清新礼赞，这些儿童本位的纯真诗意的呈现，也正是受到安徒生等西方儿童文学作家影响的体现。

赵景深指出："我以为叶绍钧君的《稻草人》前半或尚可给儿童看，而后半却只能给成人看了。"① 这又一次印证了《我与儿童文学》中所说的"写的都是实际的社会生活，越来越不像童话"以及叶圣陶在1922年1月14日写给郑振铎的信中所说"今又呈一童话，不识嫌其太不近于'童'否？"的疑虑。

到了1930年代，贺玉波曾说过一段发人深省的话："叶绍钧的童话，并不是一般的童话，它们像这篇小说一样，对于社会现象有个精细的分析；虽然还保存着童话的形式，却具有小说的内容，它们是介于童话和小说之间的一种文学作品，而且带有浓烈的灰色的成人的悲哀。所以，与其把它们当作童话读，倒不如把它们当作小说读为好。"② 贺玉波的评价，指的是叶圣陶中后期的创作。以《稻草人》为例，作者假借稻草人的视角，细致地描绘了当时生活的苦难、农村的衰败以及人们的不幸，相当典型地借用了童话的形式反映社会现实，表现作家主观情感。那么，那些为评论家所看好的渗透"成人的悲哀"的作品，儿童能否接受呢？郑振铎的《〈稻草人〉序》是解开这种困惑的最具意义的文章。郑振铎以十分坚定的口吻写道：

有许多人或许要疑虑像《瞎子和聋子》及《稻草人》，《画眉鸟》等篇带着极深挚的成人与极惨切的失望的呼声，给儿童看是否会引起什么障碍；幼稚的和平纯洁的心里应否投入人世间的扰乱与丑恶的石子。这

---

① 赵景深：《"五四"时期研究童话的途径》，《文学》1924年第108期。
② 贺玉波：《叶绍钧的童话》，载刘增人、冯光廉编：《叶圣陶研究资料》，北京十月文艺出版社1988年版，第444—445页。

个问题,以前也曾有人讨论过。我想这个疑虑似乎未免过于重视儿童了。把成人的悲哀显示给儿童,可以说是应该的。他们需要知道人世间社会的现状,正如需要知道地理和博物的知识一样,我们不必也不能有意地加以防阻。①

不难看出,郑振铎的这番见解,目的是强调童话可以而且应该表现现实("成人的悲哀""人间社会的现状")。就是在同一篇文章中,郑振铎又写道:"在文字方面,儿童是不会看不懂的,而那透过纸背的深情,儿童未必便能体会。"其实"那透过纸背的深情"何尝不是"成人的悲哀"?预设的儿童读者未必能领会,能深切感受的便是成人了。由此,《稻草人》中后期的作品的优点也正是其缺陷所在,直面现实,将现实世界引入童话创作的领域,拓展了童话的表现范围,深化了作品的主题意蕴,但也因其在表现现实方面陷得太深,而丧失了其作为童话的灵动和气韵,远离了儿童乐于接受的情趣与意境,并且由于与小说特点的迫近,它作为童话的形式意义显得不典型。

至于将童话当作浇心中之块垒的"酒杯",叶圣陶在《我和儿童文学》一文中有所论及,这为我们对所谓现实主义童话的思考提供了一种思路:"当时,无数革命青年被屠杀了,有些名流竟然为屠夫辩护,说这些青年是受人利用,做了别人的工具,因而罪有应得。我想让这些受屈的青年出来申辩几句。可是他们已经死了,怎么办呢?于是想到用童话的形式,让他们在阴间向阎王表白。这篇童话不是写给孩子们看的,所以后来没有编进童话集。我在这里提一下,是想说明有些童话可能不属于儿童文学。"②叶圣陶的疑虑与上文所展现的陈伯吹的困惑一样,都是作家创作矛盾心境的反映。

笔者在此并非要抑后扬前,而是试图从较为合理的角度审视其前期创作。从接受的角度而言,叶圣陶前期创作的童话更契合儿童特点,更符合"五四"时期儿童文学理论倡导的"儿童本位论"的原则,因而即使是从文学史的建构来说,这一类童话除了是中国现代儿童文学走上自觉的最初尝

---

① 郑振铎:《〈稻草人〉序》,《文学周报》1923 年第 92 期。
② 叶圣陶:《我和儿童文学》,载叶圣陶、冰心等:《我和儿童文学》,少年儿童出版社 1980 年版,第 5 页。

试,还开创了诗意童话的源头。尽管这些作品不可避免地有幼稚之处,如《小白船》中的三个问题的生硬与突兀。但是将作品放入当时的文学环境,就会使我们多几分理解和体谅。"民国十年(1921)一月,《小说月报》也革新了,特设'创作'一栏,'以俟佳篇';然而那时候作者不过十数人,《小说月报》(十二卷)每期所登的创作,连散文在内,多亦不过六七篇,少则仅得三四篇。而且那时候常有作品发表的作家亦不过冰心,叶绍钧,落华生,王统照等五六人。"而且就当时发表的作品而言,茅盾认为那时候发表了的创作小说有些是比现在各刊物编辑部积存的废稿还要幼稚得多呢,然而在那时候有那么些作品发表,已经很难得。[①]

以这样一种历史眼光来打量《稻草人》前期童话,那些作品的"儿童本位"精神尤其值得崇敬。叶圣陶强调"儿童既富感情,必有其特质,加以艺术的制练,所成作品必且深入儿童之心"[②]。《小白船》《燕子》《芳儿的梦》《梧桐子》都是努力达到"深入儿童之心"的作品,作家努力捕捉儿童的心理、想象和情感,以表现一个儿童喜爱的艺术世界。这个艺术世界不同于以往的童话模式,是真正意义上的创作,所以鲁迅在《〈表〉译者的话》中称赞《稻草人》给中国的童话开了一条自己创作的路子。

在这样的背景下,叶圣陶前期童话作为自觉为儿童创作并富有一定艺术价值的"创作"意义就脱颖而出,而且这些童话十分契合当时"儿童本位论"的观念,是遵循"儿童本位论"原则创作的最初的一批现代意义的作品。因此我们在对叶圣陶的重新审视中,既要承认他后期童话深刻的社会内涵与其缺憾,又要重新挖掘前期创作在文学史上的"创作"意义以及"诗意"对以后儿童文学发展多元走向的启发价值,由此充分彰显叶圣陶作为中国儿童文学最初预示者的意义。

中国儿童文学从一开始就匮乏诗意、优美、幻想、浪漫的因子,别无选择地传承了现实主义的基因。叶圣陶开始童话创作之时,也就是中国儿童文学真正走向自觉的标志性时间——1921年,是一个苦难的年份:频繁的

[①] 茅盾:《〈中国新文学大系·小说一集〉导言》,载蔡元培等:《〈中国新文学大系〉导言集》,贵州教育出版社2014年版,第96页。
[②] 叶圣陶:《文艺谈》,载叶圣陶:《叶圣陶论创作》,上海文艺出版社1982年版,第140页。

地震、肆虐的洪灾、纷起的兵乱和战争，以及艰难的国际关系。面对内忧外患交织的黑暗、苦难的乱世图景，任《小说月报》主编的茅盾如是说："中国现在社会的背景是什么？从表面上看，经济困难，内政腐败，兵祸、天灾……表面的现象，大可以用'痛苦'两字来包括。再揭开表面下去看，觉得'混乱'与'烦闷'也大概可以包括了现代社会之内的生活。"[①]因而叶圣陶在创作了几篇纯美的童话之后，便不由自主地投向现实主义的洪流了。

叶圣陶作为中国儿童文学最初的预示者，他由诗意童话向现实主义童话的转向，典型地反映了儿童文学趋向现实主义这一主潮。这是他个人的选择，也是历史的选择在他身上的显示。叶圣陶极其真切地演绎了"在历史与现实的交合点上"的中国儿童文学作家的矛盾与选择。找寻叶圣陶创作中发生的文化心理结构的嬗变，是洞察一批儿童文学作家转向现实主义的历史原因的入口和捷径。

对中国儿童文学来说，尽管在初创期有着丰富多样选择的可能，但是在现实条件的制约下，合理或谓之无奈的选择只能是，坚决地拥抱苦难的现实人生，走出了"自己的园地"，走向广阔的土地。而初创期那些美好的花苞，也只得一度被遗弃，或闲置，直到半个多世纪以后的1980年代，它们才成为重放的艳丽的鲜花，绽射出它们蕴藏了半个多世纪的馨香。而从西方儿童文学的中国化这一视角来看，叶圣陶自觉的艺术转型即代表了当时作家的选择偏向，也预示了中国儿童文学此后发展的现实走向。

二　创作者的选择与中国儿童文学的现实走向

郑振铎在《中国儿童读物的分析》一文在分析批判了历史上儿童读物之后，在文末却这样倡导："积极的建设国防的儿童教育，尽量地写作适合于时代与国防的儿童读物是必须立刻着手去做的！对于旧时的机械的注入式的教育方法，也是必须彻底改革的；他们可以说是根本无视'儿童时代'的存在的。如何创造出适合于'儿童时代'的需要，顺应着儿童生活的发

[①] 茅盾：《创作的前途》，《小说月报》1921年第12卷第7号。

展,而给他们以最适宜的滋养料?那是新时代教育家们所最应注意之的。"①创造出符合时代需要的文学作品,一直是中国儿童文学作家的创作追求。在"五四"时期对儿童本位论进行文学实践之后,20世纪三四十年代儿童文学日渐融入现实的洪流,选择了符合时代精神的创作。

茅盾,这位曾经热衷于西方儿童文学译介的文学先驱,在1930年代的创作有着极为明显的现实主义倾向和浓郁的时代气息:如1936年的《少年印刷工》、1935年的《大鼻子的故事》。《大鼻子的故事》的结尾均是口号的呐喊。

> 大鼻子的熟练的手指轻轻一转,将那钱袋送回了原处。他忽然觉得精神百倍,也舞动着臂膊喊道:
> "打倒,——他妈的!到庙行去!"
> 他并不知道庙行是什么地方,是什么东西,然而他相信那学生和那女郎不会骗他,而且他应该去!他恍惚认定到那边去一定有好处!
> "中华民族解放万万岁!"
> 这时队伍走过了大鼻子那个"家"所在的瓦砾场了。队伍像通了电似的,像一个人似的,又一句:
> "中华民族解放万万岁!"②

"五四"时期中国儿童文学尚有对儿童本位论的实践,而到了20世纪三四十年代,即使是童话这样的文体,也开始充斥着浓郁的现实色彩,继承了《稻草人》"直面人生"的创作精神,以童话的形式广泛反映社会现实。陈伯吹的《阿丽思小姐》,张天翼的《大林和小林》《秃秃大王》《金鸭帝国》等都是这样的作品。

值得指出的是,在当时的境遇中,作家们对童话形式的运用是被逼无奈的选择。巴金在《〈长生塔〉序》中说道:"现实的生活常常闷得我透不过气来。我的手脚上都戴着无形的镣铐。然而在梦里我却有充分的自由的。没有

---

① 郑振铎:《中国儿童读物的分析》,《文学》1936年第7卷第1号。
② 茅盾:《大鼻子的故事》,《文学》1936年第7卷第1号。

什么东西可以拘束我。我不能让我的梦景被遗忘，所以把它们记下一些来。这些全是小孩的梦。我勉强称它们为童话，其实把它们叫做'梦话'倒更适当。……梦话却常常是大胆的，没有拘束的。那些快被现实生活闷煞的人倒不妨在这些小孩的梦景里呼吸一点新鲜的空气。"① 在1934—1936年间，巴金创作了《长生塔》《隐身珠》《能言树》《塔的秘密》，这些作品有很多直抒胸臆的文字。如《能言树》有大段的控诉国民党军警镇压学生、摧残青年罪行的文字："为什么那些同情别人、帮助别人、爱别人的年轻孩子就该戴镣铐、挨皮鞭、坐地牢、给夺去眼睛、给摧残到死？"《长生塔》的创作用意更为明显："我的童话里的长生塔是皇帝征用民工修建的。他梦想长生，可是塔刚刚修成，他登上最高的一级，整座塔就崩塌下来，他的尸首给埋在建塔的石头下面。这就是皇帝的结局。皇帝就是指蒋介石。我通过这篇童话咒骂蒋介石。"② 巴金说写到这一段文字的时候，屋子里生着火，心里燃烧着火，头上冒着汗，一边念一边写，这是在极度窒息中挣扎与抗争的一种文字表现，是对抗现实的需要。叶圣陶创作《稻草人》时，曾忧虑将成人的悲哀灌注到童话中是否合适，但随着现实困境的加深，这种顾虑逐渐让位于文学宣传鼓动功用的发挥，作家诚挚而投入地进行服务于现实的创作。只是有时候依旧会涌现不安，觉得这些创作勉强可以称为童话。将近半个世纪之后，巴金在创作回忆录中回想这些童话创作，又有一番省思：他说将《长生塔》等童话称为"梦话"，是勉强的童话，因为这几篇童话并不曾受到人们的注意。他还说当代的孩子不容易读懂这些作品，因为"它们既非童话，也不能说是'梦话'，它们不过是用'童话'形式写出来的短篇小说"。③

这恰恰道出了作家们的无奈，为了避开国民党政府的审查，当时少年出版社采取了各种不同的方式积极周旋。如书中论及"日本帝国主义"和汉奸的字样，就不得不用符号来代替，苏苏的《汉奸的儿子》，就改为《车车的儿子》。金近的回忆再一次印证了这段历史："在上海，国民党反动当局一面加紧剥削，一面又血腥镇压人民，人民的反抗也很激烈。当时上海最

---

① 巴金：《长生塔》序，四川少年儿童出版社1981年版，第2页。
② 巴金：《关于〈长生塔〉——〈创作回忆录〉之二》，香港《文汇报》1979年8月12日。
③ 巴金：《关于〈长生塔〉——〈创作回忆录〉之二》，香港《文汇报》1979年8月12日。

受群众欢迎的一些进步报刊，先后被国民党反动派封闭了，有的转入地下发行了。我想写些东西，觉得采用童话这个富于幻想和夸张的形式，似乎还比较顺利，于是连续写了一些，多数是属于讽刺性的。"①以曲折影射的手法对现实予以抨击的创作主张，使得童话这一形式在抗战的大环境下得以充分的发展。贺宜的《凯旋门》、苏苏的《新木偶奇遇记》、巴金的《长生塔》、金近的《红鬼脸壳》都是这样的创作。以陈伯吹的《阿丽思小姐》为例，作者借阿丽思这一童话人物在中国社会的梦游，以阿丽思漫游昆虫世界的梦幻情节，犀利地描绘了当时中国灾难深重的现实和人民的苦难生活。但是童话写到第十二节时，现实的变化使得作者的创作态度发生了大转折，主动地向着明晰的现实精神靠拢。这种情形典型地体现并代表了那个历史时代作家们的共同选择。面对战火硝烟和民族苦难的挤压，儿童文学抛却了单纯的审美追求，转而关注"现代"儿童的生存状况，这种选择是历史的必然，也是儿童文学的审美自觉。

张天翼的一番话相当精确地传达了当时作家们的共同心声："总之，当时写童话也罢，小说也罢，就是想使少年儿童读者认识、了解那个黑暗的旧社会，激发他们的反抗、斗争精神使他们感到做一个不劳而获的寄生虫，多么可耻和无聊。"②这种创作意图在儿童小说中得以贯彻，除却针砭现代中国的诸种人生世相，反映在苦难与死亡线上挣扎的幼小生命的创作，还有紧密结合社会斗争、贴近时代的作品，体现出作家追踪时代精神的自觉意识和高度的社会责任感；把"真的人，真的世界，真的道理"告诉给年幼的一代，体现出儿童小说作家对儿童成长的诗意关怀。

如果说西方儿童文学的译介及其对中国原创儿童文学的影响最明显的体现是在发生期，那么到了20世纪20年代中后期至三四十年代，尽管西方儿童文学译介的规模和数量都进入了高峰期，但是在具体的文学影响与作家创作的关联上，就没有"五四"时候那么直接了。当时的中国儿童文学创作日益朝着现实主义的潮流演进。加之苏联儿童文学的大规模译介，很多作家创

---

① 金近：《开头的话》，载金近：《春风吹来的童话》，人民文学出版社1979年版，第1页。
② 张天翼：《为孩子们写作是幸福的——我和儿童文学》，载张天翼：《张天翼文学评论集》，人民文学出版社1984年版，第359页。

作更多受到苏联儿童文学的影响。如巴金曾说他创作的《长生塔》《塔的秘密》《能言树》《隐身珠》四篇童话，除了《隐身珠》是根据古老的四川民间故事改写的，其他三篇都是在爱罗先珂影响下写成的。巴金曾多次直言苏联的爱罗先珂对他的影响。创作《长生塔》时，巴金住在日本横滨的一位朋友家，翻阅《现代日本小说集》消遣，读到了森鸥外的《沉默之塔》（鲁迅译），突然就想到了苏联盲诗人爱罗先珂的童话《为跌下而造的塔》，眼前出现了一座摇摇晃晃的高塔崩塌的场景，于是就有了写篇童话试试的念头，一气呵成地在两天时间里完成了。他进一步论述道："我的《长生塔》就是从爱罗先珂的两座宝塔来的。……第二篇童话《塔的秘密》。这一篇比较长，又有些自己编造的东西。……这是一篇爱罗先珂式的童话……我的童话中的叙述和爱罗先珂童话里那个要造'全人类都可以乘的幸福的船'的'阿哥'的愿望不是一样的吗？今天我重读它，我还看到《幸福的船》的影响。说实话，我是爱罗先珂童话的爱读者。二十年代爱罗先珂的童话通过鲁迅先生、夏丏尊先生和胡愈之同志的翻译在我的思想上留下了很深的烙印。上个月（一九七八年八月）以德田六郎先生为首的十多位懂世界语的日本旅游者在上海见到我，其中一位女作家向我问起对爱罗先珂的看法，我说我喜欢他的童话，受过他的影响。现在回想起来，我的'人类爱'的思想一半、甚至大半都是从他那里来的。我四篇童话中至少有三篇是在他的影响下写出来的。"[①]

第三节　中国化与西方化：中国现代儿童文学的审美自觉

陈伯吹曾以"弯路"为题对自己儿童文学创作和理论研究进行总结反思。他认为自己在创作上"舍本逐末、弃近求远地走进了狭隘的胡同"，没有写出中国气派、中国作风的儿童文学作品，最主要的原因在于过度倾心于西洋的文学与儿童文学。在有意识地学习儿童文学的时候，大多以格林童话、安徒生童话、《水孩子》《金河王》和《杨柳风声》《木偶奇遇记》等西

[①] 巴金：《关于〈长生塔〉——〈创作回忆录〉之二》，香港《文汇报》1979 年 8 月 12 日。

洋文学为蓝本。但是，待到系统省思自己的儿童文学道路时，却发现，欧洲较早、较著名的童话作家，他们的辉煌硕果，都生发自民间文学的根柢。《格林童话》等作品流传不衰的秘诀在于对本民族民间文学遗产的充分吸收，以及在此基础上的艺术加工和推陈出新。在强调创作上"古为今用，洋为中用"的重要性之后，陈伯吹进一步对自己的理论文字开刀，认为在理论论述中引经据典的往往是外国作家的作品，不结合中国的具体实际，犯了"数典忘祖"的错误，同时这也是漠视民间文学，轻视土生土长的现代文学的"崇洋思想"作祟的结果。[1]

陈伯吹先生对自己儿童文学道路的省思道出了儿童文学创作者和研究者的共同焦虑。晚清以降儿童文学发生发展，一直受惠于西方儿童文学的滋养，但滋养的同时也是一种框限和规约。在亦步亦趋的学习模仿过程中，如何挣脱这种模子的束缚，建立中国儿童文学的中国气派和作风，形塑中国儿童文学独具的美学特色，在"古为今用，洋为中用"的基础上开创中国儿童文学的审美自觉，是近一个多世纪以来中国儿童文学如影随形的焦虑和思考。

周作人将儿童文艺分为两种，一种是以安徒生童话为代表的作家创作，另一种就是如格林童话一般对流行民间的故事歌谣进行的搜集整理。中国儿童文学的建设基本秉持这两种路向。如果说上一节叶圣陶的个案研究，更侧重的是对西方儿童文学传统中作家创作的翻译和吸收，那么中国儿童文学发展不可或缺的另一翼，就是对本土民间资源的搜集和整理。这既关系到传统文学资源的现代转化，又是在西方儿童文学主导的格局中的一种博弈。

一 改编：古为今用之童谣、儿歌的征集活动

中国文学发展的漫长历史和丰厚积累，对现代儿童文学的发生发展有着天然的规约作用。儿童文学的发生，是中国文学传统延续中的一种变更，这充分体现在儿童文学建设中对传统和民族资源的改编。传统文学在一定程度上成为中国儿童文学发生发展的重要根基，潜移默化地影响着作家的创作姿

---

[1] 陈伯吹：《蹩脚的"自画像"》，载叶圣陶、冰心等：《我和儿童文学》，少年儿童出版社1982年版，第40—41页。

态、文化使命等。中国儿童文学的发生,既是对中国文学传统的延续与更新,又行进在现代化的进程中,即在西学东渐,世界文学汇入的大潮中进行转型和创造。域外眼光和视野的进入,给予国人重新审视本土传统资源的契机。中国文学中源远流长的童谣、民间故事、神话等形式,在国外传教士看来,都是妙不可言的能给予童年无限快乐的文学滋养。传教士泰勒·何德兰在北京地区实地调研,发现牛郎织女、吴刚伐桂等故事都深深融入童年文学生活。他曾记录孩子为保姆叙述的故事所陶醉的情景:

> 在这位老保姆讲述银河故事的时候,我并没有睡着。小男孩也非常安静地坐在小板凳上,肘顶着膝盖,手捧着腮,嘴张得大大的,眼睛还经常好奇地眨呀眨。这个故事对老保姆来说自然是真的。织女和牛郎都是鲜活的人物,鲜花盛开,万紫千红,我们好像都可以闻到那醉人的香味,清风慢慢地飘来,轻轻地吹拂着我们的面颊。她不知讲过这个故事多少遍了,从来都没有怀疑过其真实性,而且她非常愿意与我们一起分享这个美丽的故事。①

尽管有民间故事丰富童年的阅读,但在中国旧式教育中,儿童往往不被理解和重视,只是矮小的成人。而到了现代,有了学校教育,但已然浸淫着"少年老成"主义。即使是歌谣的吟唱,也要撒上爱国保种的胡椒末。② 这是周作人对传统中国的儿童生活状态、文学读物供给的深刻批判。但在批判之后,更为任重道远的是如何建设的问题。在原创文学兴盛繁荣之前,对传统文学资源的整理改编就成为重要选择。这也是"五四"时代周作人、郑振铎、赵景深等人的一致选择。

周作人对童话、童谣的收集整理有着近乎急切的想法。在《儿童的文学》《儿童的书》等重要文章中,他坚持倡导要收集各地的歌谣故事,修订古书里的材料,加以编订,成为"儿童的书"。他曾作《儿歌之研究》,指

---

① 〔美〕泰勒·何德兰、〔英〕坎贝尔·布朗士:《孩提时代:两个传教士眼中的中国儿童生活》,王鸿涓译,金城出版社 2011 年版,第 102 页。
② 周作人:《读各省童谣集》,《晨报副镌》(文学旬刊) 1923 年 6 月 5 日。

出儿歌、童话契合孩童接受的特点:"幼稚教育,务在顺应自然,助其发达,歌谣游戏,为之主课。儿歌之诘屈,童话之荒唐,皆有取焉。以尔时小儿心思,亦尔诘屈,亦尔荒唐,乃与二者正相适合,若达雅之词,崇正之义,反有所不受也。由是言之,儿歌之用,亦无非应儿童身心发达之度,以满足其喜欢多语之性而已。童话游戏,其旨准此。"① 既然儿歌、童话是适宜于儿童接受的文学样式,那么对儿歌、童话的搜集、征集、整理就很有必要。而搜集整理的路径有两种,一种是面向典籍的整理。周作人较早意识到中国文化中有许多可以采用的童话材料。他认为中国虽然无童话之名,但晋唐小说中却有成文之童话,比如唐代的《酉阳杂俎·吴洞》故事中备受后母欺凌的叶限的故事就可与法国贝洛童话的《玻璃鞋》相媲美,而且在时间上,这则故事比《玻璃鞋》要早出一千二百多年。此外《女雀》《螺女》《蛇郎》《老虎外婆》等民间童话都与儿童极为契合。"中国许多的所谓札记小说"中就有不少"可以采用的童话材料","很值得一番整理研究"。② 另一种是面向民间的征集活动,周作人致力于童谣的搜集。从《古谣谚》中摘录有关古代"童谣"的议论,还根据范寅的《越谚》,采集儿歌,加以增补,决意编纂《越中儿歌集》。1914年,他在《绍兴县教育会月刊》上刊载《征求绍兴儿歌童话启》:

>作人今欲采集儿歌童话,录为一编,以存越国土风之特色,为民俗研究儿童教育之资材。即大人读之,如闻天籁,起怀旧之思,儿时钓游,故地风雨,异时朋侪之嬉戏,母姊之戏言,犹景象宛在,颜色可亲,亦一乐也。第兹事体繁重,非一人才力所能及,尚希当世方闻之士,举其所知,曲赐教益,得以有感,实为大幸。③

周作人对童话、童谣的搜集整理有着执着的热情。他认为流传在乡村中的童话,大多用来娱乐小儿,未尝有人有意识地进行采录,而是任其散佚,

---

① 周作人:《儿歌之研究》,《绍兴县教育会月刊》1914年第4号。
② 赵景深:《童话的讨论》,载赵景深编:《童话评论》,新文化出版社1934年版,第176页。
③ 周作人:《征求绍兴儿歌童话启》,《绍兴县教育会月刊》1914年第4号。

随着世俗化的流行,"古风衰歇,长者希复言之,稚子亦遂鲜有知之者。循是以往,不及一世,澌没将尽,收拾之功,能无急急也"。为此,对童话、歌谣的征集、整理就势在必行。20世纪二三十年代的歌谣运动可算是在某种程度上实现了周作人的心愿。

周作人对歌谣、童话等民间资源的重视,得益于其广阔的理论视野。如他曾将绍兴乡间流行的《蛇郎》《老虎外婆》等传说,与欧洲的《美女与野兽》、北美土著人的蛇婚传说、希腊、埃及民间故事进行关联研究。周作人对童话民族意义的重视,对国外安德鲁·朗相关研究成果的介绍,直接影响了"五四"时期儿童文学建设的方向和儿童文学研究的品格。如童话研究的民俗学取向:"儿童教育与童话之关系,近已少有人论及,顾不揣其本而齐其末,鲜有不误者。童话研究当以民俗学为据,探讨其本原,更益以儿童学,以定其应用之范围,乃为得之。"[1]

同样致力于民间童话的征集、翻译和研究的还有郑振铎。郑振铎曾以中山狼的故事为个案,考察了马中锡的《中山狼传》、康海的《中山狼》杂剧、王九思《中山狼》原本,和流传于印度、高丽各处的民间传说,以及法国的《列那狐的历史》,挪威的民间故事等。他发现这些故事情节略异,但故事之间有令人惊异的类似,比如施恩的人与忘恩的兽是差不多相同的。为此,他认为把中国各地传说依同样的方法去研究其根源与变异,应该是一件很伟大、很有趣并且很有意义的工作。[2] 此外郑振铎还考察了《伊索寓言》中《榨牛奶的女郎》和《雪涛小说》《青城子·志异续编》等在叙述的层次与结构方面的相同之处。类似这种建立在中西文学比较研究方法之上,以宏阔的视野对中国儿童文学进行搜集整理的工作,正是建构中国化文学的重要路径。

二 改编:中国化的基本立场和"洋为中用"的原则

如果说,对童谣、童话等民间资源的搜集和整理尚是儿童文学建设的一种基础性工作,那么如何将这些传统资源转化为符合新的儿童观念的作

---

[1] 周作人:《童话略论》,《教育部编纂处月刊》1913年第1卷第7号。
[2] 郑振铎:《中山狼故事之变异》,《小说月报》1927年第17卷号外《中国文学研究》。

品，则是进一步的工作，这势必要经过改编这一环节。发生期儿童文学理论研究已树立了重视改编作品研究的传统。早期的儿童文学研究曾一度将改编作品纳入儿童文学的来源范畴加以考察，并以之作为儿童文学事业建设的重要基础。如周作人《征求绍兴儿歌童话启》的开篇即提出："欲采集儿歌童话，录为一编，以存越国土风之特色，为民俗研究、儿童教育之材料。"[1] 此后他仍坚持倡导收集各地的歌谣故事，修订古书里的材料，编订成为"儿童的书"。1923年魏寿镛、周侯予的《儿童文学概论》，1928年张圣瑜的《儿童文学概论》和1930年代王人路的《儿童读物的研究》、钱畊莘的《儿童文学》、吕伯攸的《儿童文学概论》等专著，以及郭沫若的《儿童文学之管见》、周邦道的《儿童的文学研究》等重要论文都以不同篇幅对收集的途径、改编的标准等问题进行相应的论述。如魏寿镛、周侯予将收集、翻译、创作列为儿童文学三大来源，建议从民间口传、旧有书籍和各书局、学校出版的书籍、报刊等出版物中收集儿童文学材料，用"客观的标准"加一番功夫审查，或者摘取，或者修改。[2] 改编的重要性，即其作为建设中国儿童文学的方法和儿童文学研究的重要维度，在中国儿童文学诞生、发展之初就已明确昭示，当下儿童文学发展和研究所要进行的是将这种传统有效地延续并光大。这也是维系儿童文学的本土特色与民族传统，探究儿童文学异质性生存的重要路径。对民间资源的吸收与转化一直是与西方儿童文学译介并行的一种建设路径。比如黎锦晖就在儿童戏剧这种西洋文艺形式中运用了大量的民间资源。他的《十姐妹》《十兄弟》的雏形就是民间流传很广的《十兄弟修长城》等故事。

自晚清西学东渐之风开始，西方成为文明强盛和进步优势的代名词，包括西方儿童文学在内的诸种文学形式成为转型期寻找建设道路的中国文学的"导师"，也是本土儿童文学建构的重要标杆。西方儿童文学自18世纪中叶积淀的经典，安徒生、马克·吐温等作家在儿童文学不同艺术门类富有意义的探索都为中国儿童文学提供了参照。陈伯吹在《儿童读物的编著与供应》中谈及儿童读物的编写和建设，其参照编撰的大多为西方儿童文学经典。如

---

[1] 周作人：《征求绍兴儿歌童话启》，《绍兴县教育会月刊》1914年第4号。
[2] 魏寿镛、周侯予：《儿童文学概论》，商务印书馆1923年版，第31—33页。

对儿童读物题材的选择，有社会内容和自然内容两个领域的指向。如何将复杂的社会问题、深奥的社会原理讲述给孩子呢，《卖火柴的小女孩》《汤姆叔叔的小屋》等作品就是学习的范例。而在写作技巧、插画与封面等方面，西方成熟而优秀的儿童读物也是中国儿童文学建设的标准和努力目标。[①]

自清末民初启蒙和救亡语境下，儿童文学的聚焦点在于发生，包括即如何让儿童文学这一文类在中国扎根。为此初创期的儿童文学在儿童观的构建及对儿童对象的探讨中，都倚赖外来资源。随着本土儿童文学的发展，到了20世纪20年代之后，儿童文学往何处走，儿童文学如何建设，就日渐成为需要思索的问题。换言之，原本作为优秀儿童文学的代名词的西方儿童文学，这时候开始经受批判和质疑。作家们不再一味膜拜崇敬这些作品，而是结合中国现实语境，秉持"洋为中用"立场，对安徒生等作品进行批判性吸收。

洋为中用的一个重要准则是，依据意识形态、现实政治、文化语境等具体因素对作品进行解读和评判。西方儿童文学翻译的中国化进程一直在持续。很多作品再版的时候都会根据特定的语境文化进行调整。如顾均正的《乌拉波拉故事集》在1954年再版的时候，特意写了《重版题记》，肯定柏吉尔的创作是把科学和技术知识写成童话形式的成功尝试。但他也毫不客气地指出：作家的创作环境是在20世纪30年代孕育着法西斯政权的资本主义社会里，尽管作者不满意于当时的现实环境，但阶级意识较为模糊，故事中时时流露出一种愤世嫉俗的气氛。重版时，为了消除这种不好的气氛，译者就在译文方面进行修订，将那种超阶级的对人类的冷酷嘲讽和消极悲观的插话都删去，有的篇目因为无法作局部删节，干脆就全部删除，如"火柴和蜡烛""世界的末日""金刚石和他的弟兄"等。[②]

在具体译文的传达方面，即使是周作人这样赞同并实践如实翻译的学者，也建议结合中国文化特点，充分考虑中国读者的接受习惯，在翻译中进行转换和改造，进行创造性解读。他在《卖纱帽的与猴子》的附记中指出：《卖纱帽的与猴子》原本是一则民间故事，中国也有类似故事，只是略有不

---

① 陈伯吹：《儿童读物的编著与供应》，《东方杂志》1947年第23卷第8号。
② 顾均正：《重版题记》，载〔德〕柏吉尔：《乌拉波拉故事集》，顾均正译，中国青年出版社1954年版，第1页。

同。在翻译中,"一切悉仍其旧",包括其中养老泉的故事,篇中歌词等。但周作人也主张在具体转化时,可以依据接受情况进行一些"酌量变换"。如纱帽的说法有些古旧,可以改用毡帽之类。可以用中国地方歌谣来代替篇中的日本儿歌,但"须文词轻妙,稍带滑稽便好"。[①]

在西方儿童文学翻译中,除这种以读者接受为动机的变异之外,有一个更重要的问题是文学接受的态度和立场,这集中体现为批评家对域外经典文本评判标准的变动上。清末以来,安徒生童话在中国得到了广泛的译介,安徒生童话一直是儿童文学作家孜孜以求的艺术高峰。郑振铎在《安徒生童话在中国》中对周作人介绍传播安徒生的贡献极为赞赏。他认为周作人使中国人对安徒生有了清楚的认识。从《域外小说集》中翻译的《皇帝的新衣》,到"五四"之后刊发在《新青年》上的《卖火柴的女儿》,以及对《十之九》的批评,安徒生在中国从不被注意到逐渐被认识接受,形成译介的高潮,都与周作人的积极努力密不可分。郑振铎在1925年的统计表明,截止到《小说月报·安徒生号》出版之前,全国翻译的安徒生童话作品一共有43种68篇。[②]安徒生童话的译介与广泛接受和周作人、郑振铎、赵景深等文学大师热忱的介绍密不可分。"五四"时期的文学大师们毫不吝啬对安徒生文学成就的肯定与赞誉。周作人与赵景深的《童话的讨论》中讲道:"我相信文学的童话到了安徒生而达到理想的境地,此外的人所作的都是童话式的一种讽刺或教训罢了。"[③]郑振铎也推崇安徒生的童话:"一方面为儿童最好的读物,一方面却亦为成人所深喜的作品;一方面为有趣的故事,一方面却为用散文写的最优美的诗。"[④]但是,在"五四"时期短暂实践"儿童本位论"的创作之后,被周作人所赞许的那些"无意思之意思"的作品,其生存空间日益狭窄,更多的作家都选择现实主义的创作。在20世纪20年代,郑振铎曾结合安徒生的童话对"真实"有过精彩分析:

---

① 周作人编译:《儿童剧》,儿童书局1932年版,第102—103页。
② 西谛(郑振铎):《安徒生的作品及关于安徒生的参考书籍》,《小说月报》1925年第16卷第8号。
③ 周作人:《童话的讨论》,《晨报副镌》(文学旬刊)1922年4月9日。
④ 郑振铎:《文学大纲》,商务印书馆1927年版,第421页。

文艺作品之所以能感动读者，完全在他的叙写的真实。所谓"真实"，并非谓文艺如人间史迹的记述，所述的事迹必须是真实的，乃谓所述写的事迹，不妨为想象的、幻想的、神奇的，而他的叙写却非真实的不可。如安徒生的童话，虽叙写小绿虫、蝴蝶，以及其他动物世界的事，而他的叙述却极为真实，能使读者身临其境，这就是所谓"叙写的真实"。至于那种写未读过书的农夫的说话，而却用典故与"雅词"，写中国的事，而使人觉得"非中国的"，则即使其所写的事迹完全是真实的，也非所谓文艺上的"真实"，决不能感动读者。[①]

1924 年，正是《小说月报》大力推介安徒生作品的时候，也是倡导实践"儿童本位论"的高峰。安徒生"叙写的真实"，令读者身临其境的艺术创造力为大家认可。到了 1935 年，即安徒生诞辰 130 周年的时候，儿童文学批评界的态度出现了大逆转，转向对安徒生作品的一致的批评。当时批评的矛头就在于其作品的逃避现实和耽于幻想。作为儿童文学创作的一种典范，安徒生的童话创作在一定程度上代表了儿童文学的艺术标准，本土儿童文学曾一度以其为创作的参照标准。但是在波澜壮阔的现实潮流中，"五四"时期所崇奉的"儿童本位论"，周作人所秉持的儿童文学相对单纯封闭的"自己的园地"的观念，在此时陷入了尴尬的境地，甚至面临被否定和扬弃的命运。20 世纪 30 年代，中国再次陷入内忧外患的窘境，革命战争的持续，以及更大规模的抗日战争的爆发，时代呼唤着文学的现实功用性，儿童文学如何更好地叙写真实、服务现实需求的问题再一次被提上日程。还有一个问题是，关于应该建立怎样的参照标准的讨论一直伴随中国儿童文学的发展。到了 1947 年，范泉在探讨新儿童文学的起点的时候，提出在当时的社会环境和政治形势下，应该建立中国风格的新儿童文学。安徒生的童话再一次面临质疑与批评。他认为安徒生的童话创作是用封建外衣娱乐儿童感情，对于新儿童文学建设来说是不适宜的。当时处在苦难中的中国孩子，不能忘记现实，不能一味飘飘然地沉浸在神仙贵族的世界里。他认为针对儿童的写作，"应当

---

① 郑振铎：《卷头语》，《小说月报》1924 年第 15 卷第 5 号。

把血淋淋的现实还给孩子们，应当跟政治和社会密切地联系起来，《团的儿子》就是一个好例子"①。

因此，安徒生在不同时代语境下的不同接受境遇，从一个层面反映了"洋为中用"的落实情况。这正如有研究者指出的："用心读周作人对安徒生的诸种评价，却发现周作人取安徒生童话也并不怀着全面研究安徒生童话的出发点，而只是要为他的儿童文学事业加码，为他的性情倾向做注解"，"'儿童本位'的儿童文学观和急于为中国新生的儿童文学取样的出发点决定了周作人在推出有'小儿一样的语言'和'小野蛮一样的思想'的'安徒生童话'的同时，却将有多层思想内涵和多重美学风格的'安徒生童话'忽略了。"②即便是自称为"安党"的周作人对安徒生也是选择性吸收。因此，中国儿童文学对安徒生的接受、批评同样是基于"洋为中用"立场、结合不同时代需求和文学建设目标的选择性吸收和扬弃。

洪汛涛结合《神笔马良》创作，在《童话学讲稿》中提出了对童话发展道路的思考。他认为童话应该是儿童的、文学的、幻想的、向上的、中国的、当代的。其中"中国的"这个要求具体为："我们中国的童话，是我们中国独有的，它产生于中国，是写给中国的儿童所读，因而必须是中国式的。它具有中国的内容，要使得中国儿童能接受和喜爱。中国的童话，走中国童话的道路。一味模仿外国，那是一条岔道，不能离中国之经，叛中国之道，差之毫厘，谬以千里，会愈走愈远。"③不一味模仿外国儿童文学，而是要批判性吸收，创造性转化，这也是茅盾在研究外国文学时的态度："取精用宏，吸取他人的精粹化为自己的血肉，这样才能创造划时代的文学。"④由此，安徒生童话这一经典的中国传播境遇，充分展现了本土儿童文学汲取域外儿童文学创作经验和智慧的批判立场。同时，扎根中国现实语境，凸显文学现实功用的价值取向，在作家的自觉创作中也得到落实和体现。这种理论批判和创作选择的"殊途同归"，展现了中国儿童文学发展自觉性的不断加

---

① 范泉：《新儿童文学的起点》，《大公报》1947年4月6日。
② 李红叶：《安徒生童话的中国阐释》，中国和平出版社2005年版，第37、39页。
③ 洪汛涛：《童话学讲稿》，安徽少年儿童出版社1986年版，第638—639页。
④ 茅盾：《商务印书馆编译所生活之二：回忆录（二）》，《新文学史料》1979年第2期。

强,及其在不断摸索与迂回曲折中探寻本土儿童文学发展的自我个性。

因此,这种"洋为中用"的立场是清末以来贯穿中国儿童文学发生发展的主线。那么在批判吸收,甚至在翻译过程中基于中国国情和接受特点进行改造,都是从外来资源层面丰富了中国儿童文学。西方儿童文学给予中国儿童文学观念、技巧等多方面的滋养和影响。但是中国儿童文学发展的最终考量和评判,并不在于外国儿童文学的翻译规模和数量,亦不在于外国儿童文学对中国儿童文学的影响程度,而在于中国儿童文学本身的发展水平;也就是说,最关键的还是在于儿童文学本体的建构,即原创中国儿童文学的壮大和发展。这不仅是西方儿童文学中国化的一种承续和延展,更是中国儿童文学创作性和独立性的表现。

余 论

西方儿童文学的中国之旅，是催生本土儿童文学诞生、滋养儿童文学发展、影响本土儿童文学审美品性生成的重要因素。西方儿童文学的中国之旅，亦是西方儿童文学在中国文化语境中落地生根、融入、影响、渗透到中国现代儿童文学发展进程的重要过程。在回溯分析西方儿童文学中国化的同时，不能回避另一个重要的问题，即转换成中国本土儿童文学的立场，西方儿童文学中国化对中国儿童文学有着怎样的意义？在考察西方儿童文学如何在中国文化语境中落地生根，如何融入中国现代儿童文学的发展历程的同时，另一个重要相关的问题是，那些萌生于中国文化语境下具有中国传统文化特质的儿童文学遗存，或者说是与儿童文学特质相通的，那些传统的中国文学形式的生存及其在儿童文学中延续的问题。

在西方儿童文学渐次进入中国大地、逐渐扩大影响甚至成长为"霸权"，并以西方儿童文学的内涵、分类来统摄儿童文学整体时，中国本土那些具有深刻的民族根基性的民间故事、武侠小说等文类的生存就岌岌可危了。这些丰富的文化遗存并未形成足够的力量，与西方儿童文学进行对话、抗争，并争取到足够的生存空间以彰显本土的民族特色。因此，很多在历史长河中为读者所喜闻乐见的文学形式如笔记小说、民间故事逐渐式微，而武侠小说等形式尽管拥有广泛的受众群体，但在主流儿童文学研究中被边缘化。换言之，现代儿童文学在吸收西方儿童文学滋养而发展的过程中，对本土传统的资源并未给予充分的承继、发扬光大。那些滋生于中国文化语境下具有中国传统文化特质的儿童文学遗存，与儿童文学特质相通的传统的中国文学形式并未能在现代儿童文学中茁壮地延续下去。这也正是在探讨西方儿童文学中国化背后的隐忧。

　　反观中国百年儿童文学发展历程，郭沫若倡导的三种建设方法中的创造和翻译践行得较为充分，我国古代素有对有艺术价值作品的搜集、整理、出版的意识相对薄弱。尤其是 20 世纪 90 年代末以来，随着"哈利·波特"系列为代表的幻想文学、纽伯瑞儿童文学奖为代表的各种国际大奖儿童文学丛书的引进出版，西方儿童文学不仅在很大程度上主导了中国儿童的文学阅读，而且成为引导国内儿童文学创作潮流的关键因素。对文学经典的追随，固然是作家创作的良好追求，可是当下文学创作对西方儿童文学亦步亦趋的模仿、跟风已导致本土文学自我意识的缺失。这种伴随着儿童文学发展创作的偏向及其弊端应引起理论研究的重视。这种省思对当下儿童文学的创作实践与理论研究都有着醍醐灌顶之效。

　　在对西方儿童文学中国化进行检讨的同时，也需要对本土那些彰显传统文化和民族特色的丰富文学遗存进行思虑、谋划，激活其生命力，找寻其顺应当下生存的路径，因为它们是中国儿童文学能与西方儿童文学进行对话、抗争的异质的"底色"。这也是探讨西方儿童文学中国化问题不可规避的另一个重要面向。

　　杜明城曾撰文《西方范畴划分的霸权与他邦儿童文学的低靡》，他批判性地指出儿童文学的分类是基于西方文化脉络逐步发展出来的一套抽象的分类法。这种文类划分所具有的意义源自其涉入一种知识／权力辩证关系的事实。当我们以西方模式之下的分类法则来定义儿童文学的边界所在时，中国传统的文类划分方式被请下神坛。在中国源远流长并大受青少年追捧的言情小说、历史小说以及武侠小说等文类就很难被纳入儿童文学范畴。他认为中国古典小说相较其他的文化包含了更为多样化的灵界成员，缘何没有在童话以外杜撰出一个更具广泛性的词汇来涵盖涉及魂魄、幽灵、神祇、狐仙、妖精、鬼魅与其他对象的故事呢？这与概念在翻译中的误导有关系。他思考并倡导要尝试着建立"在其自身文化的定义下听起来应该是儿童文学的作品，而非异文化的定义"。在他看来，中国古典文学的深厚传统，可以构成儿童文学的绝佳资源，为此他探讨了一种较为可行的"重写与重述"方式。

《三国演义》《水浒传》《红楼梦》《西游记》《镜花缘》《封神演义》还有《聊斋志异》这些都是上乘之作。我们并不会仅仅在将其重新复印的同时声称当中存在哪些固有的儿童文学要素，或者是仅仅制作成对年轻读者来说更简短、平易的版本而已。反之，这需要更多如同兰姆姊弟那样的一种将经典特别为孩童来重写与重述的才华。反击文化的霸权，意味着创造出一个有所不同的未来。选择跟着流行的脚步走，会使令人不满的现状永久持续下去，并且扼制了使文学臻至成熟完善的康庄大道。①

杜明城甚至以为西方霸权笼罩下的儿童文学之所以未能充分发展，主要的症结在于西方掌握了范畴分类的霸权。在此前提下，本土儿童文学研究者才会"自我质疑题材的正当性，范畴分类是我们儿童文学的紧身箍"，他指出唯有从西方话语霸权的魔咒中解放出来，才能开展独属于中国儿童文学的新天地。②

其实，西方学者本身对儿童文学是否作为一个独立的文类有异议。诺德曼与雷默尽管赞同将儿童文学本身作为一个文类来思考，但就各文类之间的划分与具体分别有所怀疑。他们认为"思索文类的主要好处并不在于为读者提供一个简单的可供遵循的规则，以便他们理解文本或对文本下判断，而是让读者察觉到变化和更改，并思考其中的重要性"。③从中外儿童文学发展历程来看，文体的界定本身是一个相对的限定。随着文学创作面貌的不断丰富，势必会在原有童话、小说、散文等基本文体之上增添新的种类。如图画书、幻想小说这些新的品类。只是这些新增加的品种，其艺术积淀和探索大多由西方儿童文学主导，中国儿童文学在整个儿童文学之林的声音依旧微弱。

西方儿童文学的中国化，是一个有着多重言说可能的课题，对于中国儿

---

① 杜明城：《西方范畴划分的霸权与他邦儿童文学的低靡》，翁小珉译，《竹蜻蜓·儿少文学与文化》2015年第1期。
② 杜明城：《非典型儿童文学的未竟航程》，载方卫平主编：《中国儿童文化》第九辑，浙江少年儿童出版社2015年版，第104—105页。
③ 〔加〕佩里·诺德曼，〔加〕梅维丝·雷默：《儿童文学的乐趣》，陈中美译，少年儿童出版社2008年版，第301页。

童文学的发展与建设有着重要的意义。周作人，这位致力于中国儿童文学理论倡导和翻译实践的先驱，曾热切地期待"有十个弄科学、哲学、文学、美术、人类学、儿童心理、精神分析诸学，理解而又爱儿童的人，合办一种为儿童的定期刊"[①]。他希望有来自不同学科的，理解又爱儿童的人来创办一种"为儿童"的刊物。从期刊发展来说，中国儿童文学经过一个多世纪的探索，既有《小朋友》《儿童世界》《儿童文学》这样的历史性刊物，又有适应新的阅读需求而不断更新繁荣的各类期刊品种。从这个意义来说，周作人的期待有了现实的回应。不过就儿童文学研究来说，笔者以为周作人的倡导依然有积极的意义，儿童文学研究无论是儿童文学史、作家作品还是翻译与传播研究等诸多维度，都需要进行多学科的合力推进。

2014年出版的《思想的缔造者——陈伯吹儿童文学翻译思想研究》论述了陈伯吹在儿童文学翻译的目的、方法、原则等方面的探索，是目前为数不多对于儿童文学翻译家的研究。作为现代儿童文学大家、儿童文学翻译家，陈伯吹不仅创作了大量经典童话，还译介了《小夏蒂》《出卖心的人》等一大批国外作品。在翻译实践的同时，陈伯吹格外重视儿童文学翻译研究，他曾在《谈外国儿童文学作品在中国》一文中，从外国儿童文学作品作为小学语文教科书的课文、外国儿童文学作品的改写等方面，阐述了外国儿童文学作品在中国的情况和影响。谈及该话题时，他坦言："一方面固然意在抛砖引玉，作为儿童文学方面可能'争鸣'起来的一个问题；从而他方面也可能为中国儿童文学史提供微乎其微的'沧海一粟'的资料。"[②] 陈伯吹的期待有两重深意：第一，希望儿童文学翻译有"争鸣"的局面，也就是研究能火热一点；第二，儿童文学史的书写中应该有儿童文学翻译的存在。事实是，长期以来国外儿童文学的译介与出版如火如荼，而在理论探讨与学术研究方面一直相对冷清，现有儿童文学史书写中也未能给予儿童文学翻译以应有的文学史地位。

从西方儿童文学中国化论题延伸开去，就儿童文学翻译研究来说，尚有

---

① 周作人：《关于儿童的书》，《晨报副镌》（文学旬刊）1923年第3号。
② 陈伯吹：《谈外国儿童文学作品在中国》，载陈伯吹：《儿童文学简论》，长江文艺出版社1982年版，第63页。

多重拓展空间，抑或有诸多空白尚待填补。可以从历史与现实双重维度展开相关研究，而且很多时候这两个维度是紧密融合的。

从历史的维度来说，首先，亟待要加强的是儿童文学翻译史实的梳理与史料的整理，如儿童文学翻译书目的整理。目前来说《中国现代文学总书目·翻译文学卷》以国别形式呈现了基本的儿童文学译介书目，李丽的博士论文附录了详尽的儿童文学译介书目，增补了译介出版的儿童文学丛书，只是相对于晚清以降儿童文学翻译的丰富多元的实践与丰硕的译介成果，各种翻译书目所挖掘的目录距离翔实系统的呈现还有较大的差距。其次，在着力史料整理建设的同时，开展对国外儿童文学在中国的传播接受研究。如开展国别体译介史的研究，对英语儿童文学如英国、美国等国别的儿童文学，日本儿童文学在近现代中国的传播予以深入考察，既可以从重要作家和经典作品的传播着手，也可以结合一些重要奖项进行。如美国儿童文学的中国传播，就可以从1922年设立的纽伯瑞儿童文学奖入手。早在1920年代，林微音等人就已开始对纽伯瑞儿童文学奖获奖作品进行译介，斩获首届纽伯瑞儿童文学奖金奖的房龙的《人类的故事》就以《古代的人》《上古的人》《远古的人类》等译本传播。

从现实的维度来说，新时期以来，国外优秀儿童文学作品的翻译与出版规模空前。遗憾的是，较之于国外儿童文学翻译出版热火朝天的局面，在当代儿童文学研究和中国翻译史的版图中，儿童文学翻译却相对冷落，长期处于较为边缘的位置。如"国际安徒生奖"作为国际儿童文学的最高奖项，自1956年设立以来，汇集了全世界最优秀的儿童文学作家和插画家。20世纪90年代之后，荣膺该奖项的作家作品的中国传播开始进入系统化和成规模的介绍阶段。河北少年儿童出版社的"国际安徒生奖获奖作家书系"汇集了12位荣获国际安徒生奖项的作家作品，第一次较为整体地呈现了安徒生奖的文学面貌。2000年之后，各种冠以国际大奖文学荣誉的文学丛书纷纷出版，如"国际安徒生奖"获奖作家作品书系、国际大奖小说丛书、获安徒生奖作家作品系列、"国际安徒生奖大奖书系"等。但相对于作家奖和插画奖在中国的译介、传播和出版情况，对安徒生获奖作家和插画家的系统深入研究较少，目前已有的大多是资料汇编性质的，如《长满书的大树》《走进国际安徒生奖》。除此之外，无论是对整体奖项的系统深入的研究，还是对作家、插画家和作品的个案研究也都较少，这两项研究均是考察国际安徒生奖中国传播中不可或缺的重要环节，也由此折射出儿童文学翻译研究的贫弱现状。

西方儿童文学的中国化与中国现代儿童文学，是一个具有生长性和开放性的课题，既指向西方儿童文学在中国的译介、接受、变异和传播，即西方儿童文学在中国"旅行"的过程；又指向中国儿童文学视野中的西方"经典"建构过程，以及中国本土儿童文学建设与发展的历史进程。西方儿童文学的中国旅行及其对中国儿童文学产生的广泛而深远的影响；中国儿童文学对域外文学的接纳、吸收、转化以及原创文学的发展、提升，成为这个问题相辅相成的两面。在中西文学、文化交流日趋密切的大背景下，可以进一步考察西方儿童文学对中国儿童文学影响的契合点、方式、路径；也可以基于中国儿童文学建设发展的主体立场，研究如何以开放姿态吸纳外来文学影响，又坚守中国特色的审美自觉。以上这些，都是今后值得继续深入探究的重要问题。

参考文献

中文书籍

《1913—1949 儿童文学论文选集》，少年儿童出版社 1962 年版。
《长长的列车 ——〈小朋友〉七十年》，少年儿童出版社 1992 年版。
阿英编：《晚清文学丛钞·小说戏曲研究卷》，中华书局 1960 年版。
阿英：《晚清文艺报刊述略》，中华书局 1959 年版。
阿英：《晚清小说史》，人民文学出版社 1980 年版。
巴金：《巴金和儿童文学》，少年儿童出版社 1990 年版。
巴金：《快乐王子集》，四川人民出版社 1981 年版。
巴金：《随想录》，生活·读书·新知三联书店 1987 年版。
巴金、张耀辉编：《巴金和儿童文学》，少年儿童出版社 1990 年版。
包莉秋：《功利与审美的交光互影：1895—1916 中国文论研究》，西南交通大学出版社 2012 年版。
包天笑：《钏影楼回忆录》，中国大百科全书出版社 2009 年版。
曹聚仁：《我与我的世界》，人民文学出版社 1983 年版。
曹顺庆主编：《比较文学教程》，高等教育出版社 2010 年版。
陈伯吹：《儿童文学简论》，长江文艺出版社 1959 年版。
陈伯海主编：《近四百年中国文学思潮史》，东方出版社 1997 年版。
陈大康：《中国近代小说编年》，华东师范大学出版社 2002 年版。
陈德鸿、张南峰编：《西方翻译理论精选》，香港城市大学出版社 2000 年版。
陈国球：《中国文学史的省思》，香港三联书店 1993 年版。
陈平原、夏晓虹编：《二十世纪中国小说理论资料（1897—1916）》第一卷，北京大学出版社 1997 年版。
陈平原、夏晓虹编注：《图像晚清》，百花文艺出版社 2006 年版。
陈平原：《二十世纪中国小说史》第一卷，北京大学出版社 1989 年版。
陈平原：《中国现代小说的起点》，北京大学出版社 2005 年版。
陈平原：《中国小说叙事模式的转变》，北京大学出版社 2003 年版。

陈蒲清：《中国古代童话小史》，岳麓书社2014年版。
陈思和编：《建构中国现代文学多元共生体系的新思考》，复旦大学出版社2012年版。
陈永国主编：《翻译与后现代性》，中国人民大学出版社2005年版。
陈玉刚：《中国翻译文学史稿》，中国对外翻译出版公司1989年版。
陈原：《陈原序跋文录》，商务印书馆2008年版。
陈子展：《中国近代文学之变迁最近三十年中国文学史》，上海古籍出版社2000年版。
杜慧敏：《晚清主要小说期刊译作研究（1901—1911）》，上海书店2007年版。
范泉：《斯缘难忘》，湖南教育出版社2007年版。
方汉奇主编：《中国新闻事业通史》第一卷，中国人民大学出版社1992年版。
方卫平：《法国儿童文学导论》，湖南少年儿童出版社1999年版。
方卫平：《中国儿童文学理论发展史》，少年儿童出版社2007年版。
戈宝权：《中国比较文学论文集》，北京出版社1992年版。
顾炳权：《上海洋场竹枝词》，上海书店1996年版。
郭建中编：《当代美国翻译理论》，湖北教育出版社2000年版。
郭沫若：《少年时代》，人民文学出版社1979年版。
郭延礼：《中国近代翻译文学概论》，湖北教育出版社1998年版。
郭延礼：《中西文化碰撞与近代文学》，山东教育出版社1999年版。
郭著章主编，边立红等撰著：《翻译名家研究》，湖北教育出版社1999年版。
韩洪举：《林译小说研究——兼论林纾自撰小说与传奇》，中国社会科学出版社2005年版。
洪汛涛：《童话学讲稿》，安徽少年儿童出版社1986年版。
胡从经：《晚清儿童文学钩沉》，少年儿童出版社1982年版。
胡翠娥：《文学翻译与文化参与——晚清小说翻译的文化研究》，上海外语教育出版社2009年版。
胡怀琛：《中国寓言研究》，商务印书馆1930年版。
胡适：《胡适日记全编》第3册，安徽教育出版社2001年版。
蒋风、韩进：《中国儿童文学史》，安徽教育出版社1998年版。
蒋风主编：《中国儿童文学大系》理论（1），希望出版社1988年版。
蒋风主编：《中国现代儿童文学史》，河北教育出版社1987年版。
蒋林：《梁启超"豪杰译"研究》，上海译文出版社2009年版。
金燕玉：《中国童话史》，江苏少年儿童出版社1992年版。
阚文文：《晚清报刊上的翻译小说》，齐鲁书社2013年版。
孔海珠编：《茅盾和儿童文学》，少年儿童出版社1984年版。

孔慧怡:《翻译·文学·文化》,北京大学出版社 2000 年版。
老舍:《老舍全集》第 17 卷,人民文学出版社 1999 年版。
黎锦晖:《喜鹊与小孩》,北京出版社 1957 年版。
李斌:《顿挫与嬗变:晚清社会变革研究》,四川大学出版社 2006 年版。
李红叶:《安徒生童话的中国阐释》,中国和平出版社 2005 年版。
李丽:《生成与接受中国儿童文学翻译研究(1898—1949)》,湖北人民出版社 2010 年版。
李利芳:《中国发生期儿童文学理论本土化进程研究》,中国社会科学出版社 2007 年版。
梁启超:《清代学术概论》,夏晓虹点校,中国人民大学出版社 2004 年版。
梁启超:《饮冰室合集》,中华书局 2015 年版。
梁启超:《中国近三百年学术史》,天津古籍出版社 2004 年版。
梁实秋:《梁实秋文学回忆录》,岳麓书社 1989 年版。
刘军:《日本文化视域中的周作人》,上海文艺出版社 2010 年版。
刘增人、冯光廉编:《叶圣陶研究资料》,北京十月文艺出版社 1988 年版。
柳和城:《孙毓修评传》,上海人民出版社 2011 年版。
鲁迅:《鲁迅论儿童文学》,徐妍辑笺,海豚出版社 2013 年版。
鲁迅:《鲁迅译文选集·儿童文学卷》,上海三联书店 2007 年版。
马祖毅等:《中国翻译通史》,湖北教育出版社 2006 年版。
欧阳哲生编:《胡适文集》第 12 册,北京大学出版社 2013 年版。
钱理群:《周作人论》,上海人民出版社 1991 年版。
钱锺书等:《林纾的翻译》,商务印书馆 1981 年版。
钱锺书:《七缀集》,上海古籍出版社 1994 年版。
秦弓:《二十世纪中国翻译文学史"五四"时期卷》,百花文艺出版社 2009 年版。
沈从文:《沈从文全集》第 3 卷,北岳文艺出版社 2009 年版。
申利锋:《恒星之光:西方经典童话在中国的接受研究(1903—2013)》,中国社会科学出版社 2019 年版。
施蛰存主编:《中国近代文学大系》,上海书店 1991 年版。
宋莉华:《近代来华传教士与儿童文学的译介》,上海古籍出版社 2015 年版。
孙致礼主编:《中国的英美文学翻译(1949—2008)》,译林出版社 2009 年版。
汤志钧、陈祖恩编:《戊戌时期教育》,上海教育出版社 1993 年版。
王宏志编:《翻译与创作——中国近代翻译小说论》,北京大学出版社 2000 年版。
王建开:《五四以来我国英美文学作品译介史(1919—1949)》,上海外语教育出版社 2003 年版。
王黎君:《儿童的发现与中国现代文学》,中国社会科学出版社 2009 年版。

王琳：《"五四"时期儿童文学翻译研究》，四川大学出版社 2021 年版。
王泉根：《儿童文学的审美指令》，湖北少年儿童出版社 1991 年版。
王泉根：《中国儿童文学现象研究》，湖南少年儿童出版社 1992 年版。
王泉根评选：《中国现代儿童文学文论选》，广西人民出版社 1989 年版。
王泉根：《现代儿童文学的先驱》，上海文艺出版社 1987 年版。
王泉根编：《周作人与儿童文学》，浙江少年儿童出版社 1985 年版。
王人路：《儿童读物的研究》，中华书局 1928 年版。
王向远：《二十世纪中国的日本翻译文学史》，北京师范大学出版社 2003 年版。
王哲甫：《中国新文学运动史》，北平杰成印书局 1933 年版。
魏寿镛、周侯予：《儿童文学概论》，商务印书馆 1923 年版。
吴俊标校：《林琴南书话》，浙江人民出版社 1999 年版。
吴其南：《中国童话史》，河北少年儿童出版社 1992 年版。
伍红玉：《童话背后的历史：西方童话与中国社会（1900—1937）》，台湾学生书局有限公司 2010 年版。
夏晓虹、王风等：《文学语言与文章体式——从晚清到"五四"》，安徽教育出版社 2006 年版。
夏晓虹：《觉世与传世——梁启超的文学道路》，上海人民出版社 1991 年版。
小啦、约翰·迪米留斯主编：《丹麦安徒生研究论文集》，安徽少年儿童出版社 1999 年版。
谢天振：《翻译研究新视野》，福建教育出版社 2015 年版。
谢天振：《译介学》，上海外语教育出版社 1999 年版。
谢天振：《隐身与现身：从传统译论到现代译论》，北京大学出版社 2014 年版。
熊月之：《西学东渐与晚清社会》，上海人民出版社 1994 年版。
徐兰君、〔美〕安德鲁琼斯主编：《儿童的发现：现代中国文学及文化中的儿童问题》，北京大学出版社 2011 年版。
杨丽华：《中国近代翻译家研究》，天津大学出版社 2011 年版。
杨联芬：《晚清到五四：中国文学现代性的发生》，北京大学出版社 2003 年版。
杨义主编：《二十世纪中国翻译文学史》，百花文艺出版社 2009 年版。
叶公超：《叶公超批评文集》，陈子善编，珠海出版社 1998 年版。
叶圣陶：《叶圣陶论创作》，上海文艺出版社 1982 年版。
叶圣陶等：《我和儿童文学》，少年儿童出版社 1980 年版。
应锦囊等：《世界文学格局中的中国小说》，北京大学出版社 1997 年版。
袁进：《近代文学的突围》，上海人民出版社 2001 年版。
袁进：《中国文学观念的近代变革》，上海社会科学院出版社 1996 年版。
张黛芬、文秀明编：《陈伯吹研究专集》，少年儿童出版社 1990 年版。

张静庐辑注：《中国现代出版史料》甲编，中华书局1954年版。
张俊才：《林纾评传》，南开大学出版社1992年版。
张璘：《文学传统与文学翻译的互动》，江苏大学出版社2013年版。
张美红：《萌生·汲取·绽放：中韩现代儿童文学形成过程比较研究》，文化艺术出版社2013年版。
张天翼：《张天翼文学评论集》，人民文学出版社1984年版。
张耀辉编：《巴金和儿童文学》，少年儿童出版社1990年版。
赵景深：《民间文学丛谈》，湖南人民出版社1982年版。
赵景深编：《童话评论》，新文化书社1934年版。
赵晓兰、吴潮：《传教士中文报刊史》，复旦大学出版社2011年版。
郑振铎：《郑振铎全集》，花山文艺出版社1998年版。
中国出版工作者协会编：《我与开明》，中国青年出版社1985年版。
周发祥等编：《国际翻译学新探》，百花文艺出版社2006年版。
周克希：《译边草（增补版）》，上海三联书店2008年版。
周作人：《儿童文学小论》，止庵校订，河北教育出版社2002年版。
周作人：《知堂书话》，岳麓书社1986年版。
周作人：《周作人回忆录》，湖南人民出版社1982年版。
周作人：《儿童文学小论》，河北教育出版社2002年版。
朱鼎元：《儿童文学概论》，中华书局1924年版。
朱自强：《日本儿童文学论》，二十一世纪出版社2016年版。
朱自强：《中国儿童文学与现代化进程》，浙江少年儿童出版社2000年版。
邹振环：《影响中国近代社会的一百种译作》，中国对外翻译出版公司1996年版。

译　著

〔美〕S. E. 弗罗斯特：《西方教育的历史和哲学基础》，吴元训等译，华夏出版社1987年版。

〔法〕菲力浦·阿利埃斯：《儿童的世纪：旧制度下的儿童和家庭生活》，沈坚、朱晓罕译，北京大学出版社2013年版。

〔法〕保罗·阿扎尔：《书，儿童与成人》，梅思繁译，湖南少年儿童出版社2014年版。

〔日〕柄谷行人：《现代日本文学的起源》，赵京华译，生活·读书·新知三联书店2006年版。

〔英〕大卫·帕金翰：《童年之死：在电子媒介时代成长的儿童》，张建中译，华夏出版社 2005 年版。

〔日〕古田精一：《现代日本文学史》，齐干译，上海人民出版社 1976 年版。

〔美〕韩南：《中国近代小说的兴起》，徐侠译，上海教育出版社 2004 年版。

〔美〕泰勒·何德兰、〔英〕坎贝尔·布朗士：《孩提时代：两个传教士眼中的中国儿童生活》，王鸿涓译，金城出版社 2010 年版。

〔美〕洪长泰：《到民间去：1918—1937 年的中国知识分子与民间文学运动》，董晓萍译，上海文艺出版社 1993 年版。

〔英〕拉曼·塞尔登：《文学批评理论：从柏拉图到现在》，刘象愚等译，北京大学出版社 2000 年版。

〔美〕刘禾：《跨语际实践：文学，民族文化与被译介的现代性（中国，1900—1937）》，宋伟杰等译，生活·读书·新知三联书店 2002 年版。

〔法〕卢梭：《爱弥儿》，李平沤译，商务印书馆 2017 年版。

〔英〕洛克：《教育漫话》，傅任敢译，教育科学出版社 1999 年版。

〔意〕马西尼：《现代汉语词汇的形成——十九世纪汉语外来词研究》，黄河清译，上海汉语大词典出版社 1997 年版。

〔捷克〕米列娜：《从传统到现代——19 至 20 世纪转折时期的中国小说》，武晓明译，北京大学出版社 1991 年版。

〔美〕尼尔·波兹曼：《童年的消逝》，吴燕莛译，广西师范大学出版社 2004 年版。

〔加〕佩里·诺德曼、〔加〕梅维丝·雷默：《儿童文学的乐趣》，陈中美译，少年儿童出版社 2008 年版。

〔日〕上笙一郎：《儿童文学引论》，郎樱、徐效民译，四川少年儿童出版社 1983 年版。

〔日〕藤井省三：《鲁迅比较研究》，陈福康编译，上海外语教育出版社 1997 年版。

〔美〕劳伦斯·韦努蒂：《译者的隐形：翻译史论》，张景华、白立平、蒋骁华主译，外语教学与研究出版社 2009 年版。

〔英〕约翰·洛威·汤森：《英语儿童文学史纲》，王林译，湖南少年儿童出版社 2020 年版。

〔日〕樽本照雄：《新编增补清末民初小说目录》，贺伟译，齐鲁书社 2002 年版。

〔丹〕安徒生：《安徒生童话全集》，任溶溶译，浙江少年儿童出版社 2005 年版。

〔美〕王德威：《被压抑的现代性——晚清小说新论》，宋伟杰译，北京大学出版社 2005 年版。

论 文

曹文轩：《对于中国儿童文学来说，安徒生恩重如山》，《湖南科技学院学报》2005年第3期。

傅宁：《中国近代儿童报刊的历史考察》，《新闻与传播研究》2006年第1期。

高志强：《〈小说月报〉（1921—1931）翻译文学初探》，北京语言大学2007年博士学位论文。

胡荣：《白话的实验与趣味的变异——论赵元任译〈阿丽思漫游奇境记〉的文学史意义》，《清华大学学报》（哲学社会科学版）2007年第6期。

李红叶：《赵景深的安徒生童话翻译与研究》，《衡阳师范学院学报》2005年第4期。

李永东：《沈从文的小说创作与上海租界——解读〈阿丽思中国游记〉》，《中国现代文学研究丛刊》2006年第3期。

钱中丽：《20世纪中叶中国语境下的安徒生童话》，《外国文学研究》2011年第1期。

秦弓：《"五四"时期的儿童文学翻译》，《徐州师范大学学报》（哲学社会科学版）2004年第5—6期。

沈庆会：《包天笑及其小说研究》，华东师范大学2006年博士学位论文。

宋莉华：《从晚清到"五四"：传教士与中国现代儿童文学的萌蘖》，《文学遗产》2009年第6期。

孙永丽：《中国现代儿童文学的萌芽期研究——从晚清到"五四"》，《中国现代文学研究丛刊》1997年第1期。

王蕾：《安徒生童话的翻译与中国现代儿童观的建立》，《中国现代文学研究丛刊》2009年第5期。

王泉根：《20世纪初叶中国儿童文学的演进》，《中国现代文学研究丛刊》2022年第2期。

韦苇：《中国儿童文学师夷说》，《浙江师范大学学报》（社会科学版）2009年第1期。

夏丹：《"五四"时期儿童文学翻译简论》，《长江论坛》2007年第1期。

杨克敏：《图景·误读·范式——从孙毓修的〈欧美小说丛谈〉谈起》，《中国比较文学》2014年第3期。

应承霏、陈秀：《20世纪上半叶美国儿童文学的译介》，《浙江外国语学院学报》2013年第3期。

张建青：《晚清儿童文学翻译与中国儿童文学之诞生》，复旦大学2008年博士学位论文。

张耀辉：《安徒生童话对中国现代童话创作的影响》，《安徽大学学报》（哲学社会科学版）1992年第3期。

朱自强：《二十世纪中国儿童文学的理论走向——中西方儿童文学关系史视角》，

《社会科学战线》1996 年第 1 期。

外文书籍

Anne Lundin, *Constructing the Canon of Children's Literature: beyond Library Walls and Ivory Towers*, Routledge, 2004.

Avery. Gillian, *Behold the Child : American Children and their Books. 1621—1922*, Johns Hopkins University Press, 1994.

Benjamin Lefebvre, *Textual Transformations in Children's Literature: Adaptations. Translations. Reconsiderations*, Routledge, 2012.

Emer O'Sullivan, *Comparative Children's Literature*, Routledge, 2005.

Gillian Lathey, *The Role of Translators in Children's Literature: Invisible Storytellers*, Routledge, 2010.

Jan Van Coillie, Walter P. Verschueren. *Children's Literature in Translation: Challenges and Strategies*, Routledge, 2006.

Mary Ann Farquhar, *Children's Literature in China: from Lu Xun to Mao Zedong*, M. E. Sharpe, 1999.

Riitta Oittinen, *Translating for Children: Children's Literature and Culture*, New York, Garland, 2000.

Seth Lerer, *Children's Literature: A Reader's History from Aesop to Harry Potter*, University of Chicago Press, 2009.

Susan Bassnett and Andre Lefevere, *Constructing Cultures: Essays on Literary Translation*, Multilingual Matters, 1998.

后　记

　　这本书的写作因缘，可以追溯到十多年前。2007 年 9 月，我考入四川大学，师从蒋晓丽教授攻读文艺与传媒专业博士学位。在沉潜于传媒文化学习的同时，我还对比较文学研究情有独钟。当年本科考研时最想报考的方向就是比较文学，后来保送本校读了儿童文学，但对比较文学一直念念不忘。四川大学比较文学学科积淀深厚、颇具实力与影响。读博期间常约好友去听曹顺庆先生、赵毅衡先生的课程。回想起来那时候的课堂很有穿越感，上一堂课还在中国文化原典中"之乎者也"，下一课程却已在啃读英文版伊格尔顿的《二十世纪西方文学理论》。

　　此后，就是漫长而况味丰富的毕业论文写作，我的选题是《大众传媒视阈下中国当代儿童文学转型研究》。就在我昏天黑地上下求索的时候，接到了时任浙江师范大学儿童文化研究院院长方卫平教授的电话。在关心我的学习情况和论文进展的同时，他谈及学院比较文学与世界文学专业要开设一门比较儿童文学的课程，嘱咐我提前做一些准备，争取毕业回校就能开课。这个消息不啻是柳暗花明的惊喜，瞬间点亮一直潜隐又被按捺的"火苗"。于是一边有序推进论文写作，一边"理直气壮"地探索比较儿童文学，进出川大图书馆搜罗相关资料。很多事情一旦留意就能洞开新天地。彼得·亨特（Peter Hunt）主编的《国际儿童文学百科指南》（*International Companion Encyclopedia of Children's Literature*）、埃莫·奥沙利文（Emer O'Sullivan）的《比较儿童文学》（*Comparative Children's Literature*）、玛丽·安·法夸尔（Mary Ann Farquhar）的《中国儿童文学：从鲁迅到毛泽东》（*Children's Literature in China: from Lu Xun to Mao Zedong*)、瑞塔·奥蒂宁（Riitta Oittinen）的《为儿童翻译：儿童文学与文化》（*Translating for Children:Children's Literature and Culture*）等图书开始进入我的阅读视野。另一方面，借助川大图书馆的相关数据库，还触摸到很多晚清民国时期的文献，对晚清以降到20世纪二三十年代以来儿童文学发生期的相关历史及其研究有了大概了解。此番对比较儿童文学的探索真可谓旁逸斜出的乐趣，极大缓释了苦心孤诣构造毕业论文的压力。

2010年9月，我开始比较儿童文学的课程教学。当时所用的资料既有汤锐的《比较儿童文学初探》这样为数不多的儿童文学成果，也有类似韦努蒂的《译者的隐形：翻译史论》这类来自比较文学、翻译学领域的论著。但更多的是前面提到诸如 *Comparative Children's Literature* 这样的英文专著以及刊发在《儿童文学》（*Children's Literature*）、《教育中的儿童文学》（*Children's Literature in Education*）、《论文：儿童文学探索》（*Papers: Explorations into Children's Literature*）等国外学术刊物的文章。记得当时和学生一起共读的有 *Images of Chinese and Chinese Americans Mirrored in Picture Books*、*Comparative Children's Literature: What is There to Compare* 等论文。教学相长，备课的机缘让我研读了大量文献，加之比较文学课程教学中的激荡与思考，促使我对比较儿童文学尤其是中国化相关话题有了更深入的思考。

2011年，我以"西方儿童文学的中国化与中国现代儿童文学"为题申报国家社科基金青年项目，幸运得以立项。半年后儿子出生，初为人母的欢欣亦伴随着些许焦虑与不安。但想来儿童文学是关乎童年的艺术，其意义就是要关怀、观照、照亮每一个孩子的童年生命。于是，我告诉自己沉住气、安心陪伴孩子的最初时光。正是这珍贵的亲子时光给予我更深入了解儿童文学艺术气韵与儿童文学阅读现场的机会。我给儿子读一本又一本的图画书，倾听、感受他以纯真稚嫩之眼发现的诗意与新奇。在陪伴孩子成长的过程中，我被童真轻盈而智慧的力量狠狠地洗礼，我尝试着以新的眼光与心态重新看待周遭熟悉的存在之物。我关注的不再仅仅是文学作品中呈现和想象的儿童，也是日常生活中具体而实在的孩子，是每一个鲜活、独立的个体。我跟着孩子，学习他对天地万物的敬畏与凝视，和他一起温暖、温柔地在意并关爱一草一木，一起发现"很瘦很瘦的风"……日复一日的陪伴，时光流淌并雕刻铭记着我们的共同成长，慢慢地他开始探索更大的世界，而我也心安地回归到理论跋涉的园地。

2017年底，我提交了近30万字的书稿并顺利结题。结题之后，书稿静静地"躺"着，此后我又断断续续地进行修改和完善，一些章节内容整合修改为单篇论文。书稿相关内容曾在《人民日报》《光明日报》《文艺争鸣》《当代文坛》《中国出版》《中国编辑》《中国社会科学报》《浙江师范大学学报》等刊物发表，并被人大复印资料、《高等学校文科学术文摘》全文转载或摘要。借拙著出版的机会，诚挚地向编发、转载文章的编辑表达衷心的感谢。

十多年成一书，有欣慰却依然有不少遗憾。在书稿撰写中曾搜集整理了《中国现代儿童文学翻译书目（1888—1949）》。该书目收集的主要是翻译主体（译者）为中国人，并且在中国出版的译作。体例上以出版时间为序，不能确定月份的排在该年的最后，出版时间不能确定的排在书目的最后部分。目录编排完整的具体项目顺序大致为：译者（通用名）—译作名称（今译名）—原作者国籍—原作者—原作名—发表杂志/出版社—[其他相关信息]。考虑到该书目有近6万字，且限于资料查找、考证等问题，难免有遗珠之恨，目前仍在不断增补修订中，故这次出版忍痛未纳入。

本书的写作和出版得到诸多师友的帮助与鼓励，曹顺庆教授、高玉教授、方卫平教授、朱自强教授、谈凤霞教授，还有出版界的孙建江老师、刘海栖老师、郭六轮老师都曾给予帮助，对此深深铭记在心。感恩父母与家人。特别感谢责任编辑苗双，她温厚平和、严谨细致，为本书的编辑倾注了大量时间和精力。浙江师范大学人文学院及中国语言文学学科为此书出版提供了资助，在此深表感谢。

前几日，我所在的婺州小城下了一场大雪。黄昏时分漫天而来的雪花，无端地就想到写下"雪似故人人似雪，虽可爱，有人嫌"的东坡先生。人到中年，走在儿童文学这条"光荣的荆棘路"上，却顾所来径，固然有苍苍点点的"翠微",但心境却仿若更能生出"何妨吟啸且徐行。竹杖芒鞋轻胜马,谁怕?一蓑烟雨任平生"的感慨。当下,窗外白雪正消融,阳光和暖,我所在意的,恰可以用黑塞在《悉达多》中的话来表达:"我唯一的事,是爱这个世界。不蔑视世界,不憎恶世界和自己,怀抱爱,惊叹和敬畏地注视着一切存在之物和我自己。"

写于 2024 年 1 月 25 日冬日暖阳中